CHARLES MARTIN

AUTOR DO BEST-SELLER **DEPOIS DAQUELA MONTANHA**

MARÉ ALTA

Traduzido por Lina Machado

Thomas Nelson
histórias

Copyright © 2020 por Charles Martin. Todos os direitos reservados.
Copyright da tradução © 2025, por Vida Melhor Editora LTDA. Todos os direitos reservados.

Título original: *The water keeper*

Todos os direitos desta publicação são reservados à Vida Melhor Editora Ltda. Nenhuma parte desta obra pode ser apropriada e estocada em sistema de banco de dados ou processo similar, em qualquer forma ou meio, seja eletrônico, de fotocópia, gravação etc., sem a permissão dos detentores do copyright.

Copidesque	Maurício Katayama
Revisão	Wladimir Oliveira e Daniela Vilarinho
Design de capa	Rafael Brum
Diagramação	Sonia Peticov

Dados Internacionais de Catalogação na Publicação (CIP)
(Câmara Brasileira do Livro, SP, Brasil)

M334m
1. ed.
    Martin, Charles
        Maré alta / Charles Martin; tradução Carolina Machado. – 1. ed. – Rio de Janeiro: Thomas Nelson Brasil, 2025.
        400 p.; 15,5 × 23 cm.

        Título original: *The water keeper*
        ISBN 978-65-5217-156-6

        1. Ficção cristã. I. Machado, Carolina. II. Título.

01-2025/22   CDD B869.3

Índice para catálogo sistemático: 1.Ficção cristã: Literatura brasileira   B869.3
Bibliotecária responsável: Aline Graziele Benitez – CRB-1/3129

Os pontos de vista desta obra são de responsabilidade de seus autores e colaboradores diretos, não refletindo necessariamente a posição da Thomas Nelson Brasil, da HarperCollins Christian Publishing ou de suas equipes editoriais.

Thomas Nelson Brasil é uma marca licenciada à Vida Melhor Editora LTDA. Todos os direitos reservados à Vida Melhor Editora LTDA.

Rua da Quitanda, 86, sala 601A - Centro
Rio de Janeiro/RJ - CEP 20091-005
Tel.: (21) 3175-1030
www.thomasnelson.com.br

Para Johnny Sarber, meu irmão.

PRÓLOGO

A cinco quilômetros de distância, a trilha de fumaça subia em espiral. Espessa e escura, ela saía dos dois motores a diesel sobrecarregados localizados na sala de máquinas. Chamas laranja e vermelhas lambiam a fumaça contra um horizonte azul desbotado, informando-me que o fogo estava quente e aumentava. Quando o calor atingisse os tanques de combustível, explodiria completamente o iate de milhões em um zilhão de pedaços, lançando fragmentos para o fundo do oceano.

Girei todo o volante do meu console central para estibordo e empurrei o manete do acelerador para a frente. O vento tinha aumentado e uma espuma branca encimava as ondas de quase um metro de altura. Ajustei os lemes para baixo para elevar mais a popa na água, e a lancha da marca Boston Whaler começou a deslizar em direção ao navio que afundava. Cruzei a distância em pouco mais de três minutos. A embarcação, de 244 pés, estava inclinada para seu lado de sotavento, à deriva. As centenas de buracos de bala em sua popa explicavam a perda de seu leme e motor.

E possivelmente o fogo.

Elas também me contavam que Fingers havia alcançado o barco.

As ondas quebravam contra a proa e a água estava inundando a cozinha do andar principal e os quartos de hóspedes. A popa já estava se erguendo na água conforme a proa enchia, puxando o nariz perigosamente em direção ao fundo do Atlântico. Seja por uma explosão ou pela água, a embarcação não aguentaria muito mais. Aproximei a lancha pela popa, atracando-a em sua plataforma de mergulho. Amarrei um cabo de proa frouxamente a um corrimão e pulei no saguão do convés principal, onde encontrei três corpos com várias marcas de tiros. Subi a escada em espiral por um andar até o saguão do convés da ponte, encontrando mais dois corpos.

Nenhum sinal de Fingers.

Chutei a porta do escritório do navio, tropecei em outro corpo e corri até a ponte, onde fui recebido por uma onda de água salgada que atravessava o vidro frontal quebrado. Qualquer um que estivera lá já havia sido levado para o mar. Subi ao último andar, até o saguão do convés do proprietário. A esposa de Victor estava esparramada no chão. Ela havia levado três tiros, o que me dizia que Fingers havia dado cabo dela antes que ela o matasse. Mas a arma em sua mão estava vazia. O que era ruim. Peguei um machado na parede e arrombei as portas de mogno hondurenho para entrar na cabine de Victor. Ele havia levado três tiros e estava retorcido com o pescoço quebrado violentamente. Sugerindo que tinha sofrido ao morrer. O que era bom.

O navio oscilou para a frente, informando-me que estava chegando ao ponto crítico. Avisando que eu só tinha alguns momentos para encontrar Fingers e as meninas e sair dessa coisa antes que ela nos arrastasse para baixo ou nos explodisse para o céu. Desci as escadas e virei para a popa entrando na sala de máquinas, mas ela estava inundada. Avancei com a água na altura da cintura até as cabines da tripulação, passando pelo altar de orações de Victor e em direção à porta da sala de ancoragem, onde a água havia ficado vermelha.

E ali encontrei Fingers.

Na verdade, eu o ouvi antes de vê-lo. O gorgolejo de sua respiração. Quando fiz a curva, ele sorriu, mas a risada tinha sumido. Ele segurava sua arma, mas não conseguia erguer a mão, mesmo com a pistola vazia. Segurei sua cabeça e comecei a arrastá-lo para cima, mas ele apontou para a porta do compartimento da âncora. Tudo o que ele conseguiu dizer foi:

— Lá...

A água jorrava pela fresta abaixo da porta, mostrando que o recinto havia sido inundado. Puxei a tranca, mas a pressão de dentro tornava impossível abrir a porta. Voltei para a sala de máquinas, nadei até o outro lado — tentando não inalar a fumaça tóxica que fazia arder os olhos —, peguei uma barra de cunha da parede e voltei para o compartimento da âncora. Deslizei a ponta contra o mecanismo da tranca e puxei, usando as pernas como alavanca.

Ouvi uma risada às minhas costas.

— Isso é tudo de que é capaz? — Fingers ofegou, espirrando sangue em mim. — Puxe com mais força.

Assim, puxei com toda a força que ele já teve. Quando a pressão de dentro e meu esforço do lado de fora quebraram a fechadura, a porta se abriu com força, prendendo Fingers e eu contra a parede até que o nível da água se equilibrasse. Enquanto isso, eu podia ouvir garotas gritando, mas o som era abafado pela água. Fingers apontou para o tanque de mergulho logo depois da porta. Ao lado dele, pendia uma variedade de pesos e equipamentos, incluindo uma lanterna de mergulho. Verifiquei o regulador, passei os braços pelas alças, acendi a lanterna e nadei, descendo a escada que levava à escuridão da barriga do navio.

Lá, encontrei sete garotas assustadas reunidas em grupo, respirando o que restava de uma bolha de ar presa no nariz agora submerso da proa. Com um pequeno encorajamento e um rápido comentário sobre o *Titanic*, demos as mãos formando uma corrente, e eu as conduzi pela água escura, subindo as escadas. Quando as garotas viram a luz do dia, nadaram para fora e começaram a subir a quilha agora inclinada em direção ao saguão do convés principal e à lancha.

Estavam todas assustadas, tremendo e quase nuas. Marie não estava entre elas. Nadei de volta para o buraco escuro, mas Marie não estava lá.

Voltei até Fingers, que estava apagando. Eu o sacudi.

— Fingers! Fingers!

Ele abriu os olhos.

— Marie? Onde está Marie?

Ele tentou falar.

Eu me inclinei.

Ele sacudiu a cabeça. A admissão foi dolorosa.

— Ela se foi.

— O que quer dizer com "se foi"?

Ele abriu a mão e um frasco de comprimidos vazio caiu na água. Uma lágrima encheu seu olho.

— No mar. — Ele fez uma pausa, sem querer contar o que tinha acontecido em seguida. — Um peso amarrado no tornozelo dela.

A imagem me assombrou. O desfecho me destruiu.

Coloquei o braço de Fingers por cima dos meus ombros — foi quando senti o orifício de entrada que não tinha visto. Passei a mão ao redor do peito dele, apenas para encontrar a mão direita de Fingers cobrindo o orifício de saída. Ele sacudiu a cabeça. A bala tinha entrado ao lado da coluna e explodido para fora do peito.

Enfiei uma parte da camisa dele no orifício de saída, coloquei sua arma atrás do meu colete e o arrastei pela fumaça crescente até o saguão do convés principal. Enquanto eu o arrastava, ele olhou para sua arma gasta e disse com um sorriso:

— Quero isso de volta. — Ele tossiu. — Se essa pistola falasse…

As ondas estavam jogando a lancha de um lado para outro feito uma boia. Com todas as sete garotas a bordo em segurança, ergui Fingers em meu ombro e sincronizei o salto para a plataforma da proa. Nós pousamos, rolamos, e uma das garotas soltou a corda quando empurrei o manete do acelerador. Tínhamos nos afastado cerca de quatrocentos metros quando a explosão soou. Fingers virou a cabeça quando uma bola de fogo engolfou o *Gone to Market* e um zilhão de peças do iate superluxuoso choveu no Atlântico, perto da costa do nordeste da Flórida. Fingers repousava na proa, enchendo a frente da lancha com um vermelho profundo e espumoso e rindo com satisfação orgulhosa. Virei o leme em direção à costa, desliguei o motor e atraquei a quilha em um paraíso arenoso que Fingers nunca veria.

Ele estava com dificuldade para respirar e não conseguia mover as pernas. Como ele tinha conseguido resistir por tanto tempo era um mistério. Patrick "Fingers" O'Donovan tinha sido duro feito aço e delicado como o hálito de um bebê desde o dia em que nos conhecemos. Estoico. Sábio. Não tinha medo de nada. Mesmo agora estava calmo.

Meu lábio estremecia. A mente em disparada. Eu não conseguia encontrar as palavras.

Fingers estava com dificuldade para manter o foco, por isso comecei a falar para tentar trazê-lo de volta.

— Fingers, fique acordado. Fique comigo...

Quando isso não funcionou, usei a única palavra que sabia que o despertaria:

— Padre.

Fingers tinha sido padre antes de começar a trabalhar para o governo. E caso fosse pressionado, diria que ainda era.

Os olhos de Fingers se voltaram para mim. Ele fingiu um sorriso e falou entre dentes.

— Estava imaginando quando você ia aparecer. Já era hora de você fazer alguma coisa. Onde diabos estava? — Tudo nele estava vermelho.

Não era para acabar assim.

Fingers tentou alcançar, depois apontou para uma caixa Pelican laranja e gasta amarrada ao painel. Ele nunca viajava sem ela, e por isso a caixa por si só tinha várias centenas de quilômetros rodados. Sempre que eu pensava em Fingers, a imagem daquela caixa laranja idiota surgia em seguida. E, embora ele e eu raramente falássemos sobre nosso trabalho com alguém, ele era — se pego com o humor certo — estranhamente aberto sobre duas coisas: comida e vinho. Ambos eram coisas que ele protegia com um zelo religioso. Daí a caixa à prova de choque, à prova d'água e à prova de quedas. Ele carinhosamente se referia a ela como sua "lancheira". Ninguém, nem eu ou qualquer outra pessoa, jamais ficava entre Fingers e uma refeição ou uma taça de vinho ao pôr do sol. Algumas pessoas marcavam momentos memoráveis em suas vidas com um charuto ou cigarro. Fingers os marcava com vinho tinto. Anos atrás, ele converteu seu porão em uma adega. Visitantes geralmente eram agraciados com um passeio e degustação. Um verdadeiro esnobe em relação a vinhos, ele costumava segurar sua taça contra a luz, girar um pouco e comentar: "A terra em uma garrafa".

Uma das meninas soltou a corda elástica e me trouxe a caixa. Quando a abri, Fingers pousou a mão no vinho e olhou para mim.

Ele estava me fazendo uma pergunta que eu não queria que ele fizesse, e uma que eu com certeza não queria responder. Balancei a cabeça.

— Você é o padre, não...

— Pare. Não há tempo.

— Mas...

Seus olhos perfuraram dois buracos em minha alma.

— Eu...

Ele forçou as palavras a saírem.

— Primeiro o pão. Depois o vinho.

Parti um pequeno pedaço de pão e imitei as palavras que o ouvi dizer centenas de vezes:

— ... corpo, partido por... — então coloquei o pão sobre a língua de Fingers.

Ele o moveu na boca e tentou engolir, o que lhe causou um espasmo de tosse. Quando se aquietou, tirei a rolha, inclinei a garrafa e virei o vinho contra seus lábios.

— O sangue, derramado por...

Ele piscou. Minha voz falhou mais uma vez.

— Todas as vezes que fazeis isto, proclamais a... — Minha voz sumiu.

Ele falou antes de deixar o vinho entrar em sua boca. O sorriso em seus lábios correspondia ao de seus olhos. Eu ia sentir falta daquele sorriso. Talvez mais do que tudo. Conversava com os lugares mais profundos em mim. Sempre conversou. O vinho enchia o fundo de sua boca e escorria pelos lados.

Sangue com sangue.

Outro espasmo. Mais tosse. Agarrei-me a Fingers enquanto as ondas sacudiam seu corpo. Uma respiração. Depois duas. Reunindo suas forças, ele apontou para a água.

Hesitei.

Os olhos de Fingers rolaram para trás; ele forçou seu retorno e eles se estreitaram em mim. Chamando-me pelo nome. Algo que ele só fazia quando queria minha atenção.

— Bishop.

Puxei Fingers por cima da amurada e para dentro da água morna. Sua respiração estava mais superficial. Menos frequente. Mais gorgolejante. Seus olhos se abriam e fechavam. O sono era pesado. Ele agarrou minha camisa e puxou meu rosto para perto do dele.

— Você é... o que é, o que sempre foi...

Avancei até estar com a água cristalina pela cintura, com o corpo de Fingers flutuando ao meu lado. As meninas se encolheram e não falaram nada, chorando conforme um rastro vermelho pintava a água a jusante. Ele bateu com os dedos no meu peito e usou uma das mãos para fazer os números. Primeiro ele ergueu todos os cinco dedos, depois, rapidamente dobrou três, deixando dois. Indicando sete. Sem pausar, ele levantou todos os cinco para então dobrar dois. Indicando oito. Em seguida, ele fez uma breve pausa e continuou, fazendo um sete seguido por um zero. Seus movimentos enigmáticos significavam 78-70.

Tendo aprendido esse código rudimentar com ele anos atrás, eu sabia que Fingers estava citando os Salmos, que ele sabia de cor. Os números 78 e 70 eram uma referência ao rei Davi e como Deus "o tirou dos currais". Em suma, Fingers estava falando sobre nós. Sobre o início do meu aprendizado. Vinte e cinco anos antes, quando eu estava no segundo ano da Academia, Fingers me tirou da sala de aula e falou algo muito estranho: "Conte-me o que sabe sobre ovelhas". Nós vivemos uma longa jornada desde então. Ao longo dos anos, Fingers se tornou chefe, mentor, amigo, professor, sábio, comediante e, às vezes, figura paterna.

A vida tinha sido diferente com ele.

Ao longo de sua carreira, Fingers esteve em vários lugares onde fazer barulho poderia matá-lo e, por isso, aprendeu a se comunicar com números correspondentes aos Salmos, o que lhe rendeu o apelido de "Fingers". O truque exigia que qualquer pessoa com quem ele estivesse conversando conhecesse os Salmos tão bem quanto ele ou ter acesso a uma Bíblia.

Enquanto a vida de Fingers se esvaía para o oceano, ele me puxou para perto e se esforçou para dizer:

— Conte-me... o que sabe... sobre ovelhas.

Nós tínhamos começado assim. Nós terminaríamos assim. Eu tentei sorrir.

— Elas tendem a vagar.

Ele esperou. Tudo isso eram lições que ele tinha me ensinado. Cada uma delas levando um ano ou mais para ser aprendida.

— Elas se perdem com frequência.

— Por quê?

— Porque elas podem.

— Por quê?

— Porque a grama do vizinho é sempre mais verde...

— E isso se chama?

— Lei de Murphy.

— Bom.

— Elas são presas fáceis. O leão nunca está longe.

Um aceno.

— Elas raramente encontram o caminho de casa.

Ele me instigou:

— Então elas precisam...

— De um pastor.

— De que tipo?

— O tipo que deixará o calor do fogo e a segurança do rebanho para se arriscar no frio, na chuva e nas noites sem dormir para... — Eu me interrompi.

— Para quê?

— Encontrar a escolhida.

— Por quê?

Eu estava chorando agora.

— Porque... as necessidades da escolhida... — As palavras me abandonaram.

Ele fechou os olhos e colocou a mão espalmada sobre meu peito. Mesmo agora, ele estava me ensinando — mostrando-me a razão pela qual estava morrendo em meus braços. Ele tinha ido atrás da escolhida e a transformou em sete.

Ele se puxou em minha direção. Um último momento de força.

— Preciso lhe dar... — Ele enfiou a mão dentro da camisa e tirou uma carta encharcada de sangue. A letra era dela.

Ele a pressionou contra meu peito.

— Perdoe-a.

Fiquei incrédulo.

— Perdoá-la?

— Ela amava você.

Sangue escorria do canto da boca dele. O fluxo era vermelho-escuro. Ele me sacudiu.

— Até o fim...

Segurei a carta e esqueci como respirar.

Ele falou através do gorgolejo.

— Somos todos apenas crianças feridas...

Encarei o papel. O peso da desesperança. Lágrimas escorreram dos meus olhos.

Ele estendeu a única mão que ainda se movia e as afastou com o polegar. Ele também estava chorando. Nós procuramos por tanto tempo. Chegamos tão perto. Ter falhado no final era...

Ele tentou sorrir e depois falar, mas suas palavras estavam falhando. Em vez disso, ele agarrou a corrente pendurada em meu pescoço. O peso de seu braço partiu a corrente, e ela se derramou sobre seus dedos; a cruz que ele me trouxe de Roma balançou com o movimento.

— Ela está em casa agora. Sem arrependimento. Sem dor. Sem tristeza.

Um momento se passou. Ele fechou os olhos, flutuou e sussurrou:

— Mais uma coisa...

Minhas mãos estavam quentes e escorregadias por causa da água e do sangue. Eu não conseguia mais sentir seu pulso. Eu sabia o que ele queria e sabia que isso também doeria. Sem conseguir deixá-lo ir, apenas o puxei junto ao peito e o segurei, enquanto a vida se esvaía e a escuridão se infiltrava.

Ele sussurrou em meu ouvido:

— Espalhe minhas cinzas onde começamos... no fim do mundo.

Reprimi um soluço enquanto minhas lágrimas se acumulavam. Minha mente se encheu de memórias e foi tomada pela dor.

— Não posso...

Ele cruzou os braços, a corrente ainda balançando. Ele sorria levemente. Olhei para a água, mas meu coração tinha embaçado meus olhos e eu não conseguia ver nada. Assenti pela última vez. Ele me soltou e seu corpo ficou flácido em meus braços. Suas palavras se foram. Ele havia dito sua última palavra. Só sua respiração permanecia.

Inclinei-me, consegui dizer de forma entrecortada:

— Vou sentir sua falta.

Ele piscou. Era tudo o que lhe restava. Reuni o pouco da força que ainda me restava.

— Pronto?

Seus olhos se reviraram, então ele extraiu uma última onda de energia das profundezas e se concentrou em mim. Embora ele pudesse estar pronto, eu não estava. As palavras de sua vida estavam escorrendo da página, do preto para o branco. De algum lugar, ele reuniu uma palavra final. Com os olhos fechados, ele me deu um tapinha no peito, murmurando:

— Não a carregue. Essa vai matar você...

Com uma mão sob seu pescoço e a outra cobrindo o buraco em seu peito, falei sobre a água. Ecoando o que ele me ensinou.

— Em nome do Pai... do Filho... e do...

Ele piscou, cortando uma lágrima, e o empurrei, submergindo-o.

Mantive-o ali por apenas um segundo, mas foi tempo suficiente para que seu corpo ficasse mole, enquanto as últimas bolhas de ar escapavam do canto de sua boca e a água ficava vermelha.

Embora maior do que eu, seu corpo parecia leve quando o ergui. Como se sua alma já tivesse partido. Quando ele emergiu, seus olhos estavam abertos, mas ele não estava olhando para mim. Pelo menos não neste mundo. E a voz que eu tinha ouvido dez mil vezes não podia mais ser ouvida. Arrastei-o para a praia e o deitei na areia, onde as ondas batiam em seus tornozelos. Foi quando notei suas mãos. Seus braços cruzados estavam apoiados sobre o peito, e ainda assim seus dedos estavam falando alto o suficiente para o céu ouvir: "2-2".

— Está consumado.

Puxei-o para mim e chorei como uma criança.

A guarda costeira envolveu as meninas em cobertores e começou a administrar soro em três delas. Tendo conhecido Fingers, o capitão do navio entrou na água para me ajudar a erguer seu corpo da areia. Um deles perguntou se eu gostaria de viajar ao lado de Fingers, enquanto pilotava minha lancha de volta ao porto, mas recusei. O corpo de Marie estava lá fora em algum lugar.

Eu havia falhado.

Segui a corrente e atraquei a lancha. O mar faria uma de duas coisas: enterrá-la nas profundezas ou depositar seu corpo na praia. Horas depois, enquanto o sol se punha atrás do limiar da água, com sal e sangue endurecidos na minha pele, parei à beira da água e desdobrei a carta. O peso dela me fez cair de joelhos, onde as ondas batiam em minhas coxas.

As palavras ficaram borradas:

> Meu amor,
>   Sei que esta carta vai fazê-lo sofrer…

Enxuguei as lágrimas, caminhando pela praia até o amanhecer. Lendo a carta várias vezes. Cada vez doía mais. Cada vez a voz dela ficava mais distante.

A maré a empurrou para a praia enquanto o sol rompia o horizonte. Puxei seu corpo flácido e pálido contra meu peito e chorei mais uma vez. Com raiva. Alto. Destruído. Seu corpo em meus braços. A pele transparente e fria. Eu não conseguia dar sentido à minha vida. Nem no que ela havia se tornado nem no que seria. Eu estava perdido. Beijei seu rosto. Seus lábios frios.

Mas eu não era capaz de trazê-la de volta.

A corda em volta do tornozelo dela tinha sido cortada com uma faca, contando-me que ela tinha mudado de ideia em algum ponto na escuridão abaixo. Embora tivesse partido, ela ainda falava comigo. Ainda lutando com todas as forças para voltar. Ficamos ali conforme as ondas nos varriam. Pressionei minha bochecha contra a dela.

— Lembra a noite em que a encontrei aqui? Todo mundo estava procurando você, mas ninguém pensou em olhar tão longe. Mas lá estava você. Flutuando dez quilômetros mar adentro. Você estava com tanto frio. Tremendo. Então, ficamos sem combustível a 1,5 quilômetros da costa, e eu remei de volta. Você temia que não fôssemos conseguir. Mas eu tinha encontrado você. Eu teria sido capaz de remar pela costa da Flórida se isso significasse que poderíamos ficar naquele barco. Depois, fizemos uma fogueira e você se inclinou para mim. Lembro-me de sentir a brisa no meu rosto. O fogo nas minhas pernas e o seu cheiro me envolvendo. Tudo o que eu queria fazer era sentar e respirar. Parar o sol. Pedir para ele esperar mais algumas horas. "Por favor, não pode esperar só um pouco?" Então, você colocou sua mão na minha e beijou minha bochecha. Você sussurrou: "Obrigada", e eu senti sua respiração no meu ouvido.

"Eu não era ninguém. Uma sombra de dezesseis anos andando pelos corredores. Um garoto com um barquinho idiota, mas você me tornou alguém. Aquela noite era nosso segredo, e raramente passava um dia sem que nos víssemos. De alguma forma, você sempre dava um jeito de chegar até mim. Então, no meu último ano, você foi a única que pensou que eu conseguiria quebrar o recorde. Quarenta e oito segundos. Cruzei a linha e o relógio mostrava "quarenta e sete vírgula alguma coisa" e eu desmoronei. Conseguimos. Lembro-me da arma disparando, mas não me lembro de correr. Só me lembro de voar. Flutuar. Mil pessoas gritando e tudo o que eu ouvia era sua voz. É tudo o que sempre ouvi.

"Não sei como deixar esta praia. Não sei como sair daqui. Não sei quem eu sou sem você. Fingers me disse para perdoar você, mas eu não consigo. Não há nada para perdoar. Nada mesmo. Nem mesmo o… Quero que saiba que eu sinto muito por não tê-la encontrado antes. Eu realmente sinto muito. Eu tentei tanto. Mas o mal é real e às vezes é difícil de ouvir. Eu gostaria que você tivesse me ouvido. Então, antes de você ir, antes… Só quero que saiba que eu amei você desde o momento em que a conheci, e você nunca fez nada, nem uma coisa sequer, nunca, que me fizesse amá-la menos.

"Meu coração dói. Muito. Está partindo ao meio e vai doer ainda mais quando eu me levantar e carregar você para fora daqui. Mas não importa aonde eu vá, vou carregar você comigo. Vou manter você em mim. E, toda vez que eu tomar banho ou nadar ou beber alguma coisa ou andar pelas ondas ou pilotar um barco ou simplesmente ficar parado na chuva, vou deixar a água mantê-la em mim. Marie, enquanto houver água, você estará em mim."

Enquanto o sol nascia acima de mim, chamei a guarda costeira. O helicóptero pousou na praia, e, quando a tripulação se ofereceu para tirar Marie de mim, eu recusei. Eu mesmo a carreguei para dentro da aeronave, cruzei seus braços, pressionei sua cabeça contra meu peito e, pela primeira vez desde que a encontrei, desdobrei seus dedos e deslizei minha mão na dela.

Eles conseguiam me ouvir chorando acima do ruído das hélices do helicóptero.

CAPÍTULO 1

Uma semana se passou. Comi pouco. Dormi menos. Na maioria das tardes, eu ficava olhando para a água. Os dias passavam. A última vontade e testamento tanto de Marie quanto de Fingers estipulavam que eles fossem cremados. Eles foram.

Enquanto Fingers me pediu para espalhar suas cinzas no fim do mundo, Marie escolheu um lugar um pouco mais perto de casa. Em sua última carta, Marie me pediu para espalhar suas cinzas na água rasa perto da ilha onde brincávamos quando crianças. Por uma semana, segurei a urna em minhas mãos e observei a maré subir e descer. Maré alta. Maré baixa. Alta. Baixa. Mas não consegui convencer minhas pernas a me levarem até a água. Então, apesar do desejo final de Marie, voltei para casa e coloquei a urna na mesa da cozinha ao lado das cinzas de Fingers, que eu havia colocado em sua icônica lancheira laranja. Um par estranho e uma visão esquisita. Uma urna roxa e uma caixa laranja-berrante. Eu as encarava. Elas me encaravam de volta.

Por mais uma semana, eu as orbitei feito uma lua. Claridade. Escuridão. Dia. Noite.

Fingers havia me ensinado tudo o que eu sabia. Havia me encontrado quando eu estava perdido. Remendou-me quando ninguém nem nada mais havia conseguido. Eu tinha sido Ben Gunn; ele tinha sido Jim Hawkins. Eu tinha sido Crusoé; ele tinha sido Sexta-Feira. No meu momento mais sombrio, eu tinha acordado em uma praia, um náufrago com espuma do mar e caranguejos chama-maré fazendo cócegas no meu nariz. Eu não conseguia me resgatar e não falava a língua da ilha. Fingers tinha me levantado da areia, me limpado, alimentado e ensinado a andar novamente. Ele me resgatou quando eu estava além do resgate. Seu impacto era imensurável. A ausência de sua voz, ensurdecedora.

A vida sem Marie era como acordar em um mundo onde o sol tinha sido removido do céu. Eu mantive a carta dela por perto. Li e reli dez mil vezes. Colocava-a perto do rosto quando me deitava para dormir para poder sentir o cheiro da mão dela, mas isso trouxe pouco consolo. Eu não podia voltar no tempo. Nem conseguia, por mais que tentasse compreender o caráter definitivo. Não parecia possível. Não era. Como ela podia ter partido? A imagem dela sozinha, cheia de terror, uma corda ao redor do tornozelo, deixando este mundo consumida pela vergonha e arrependimento, era difícil de engolir. Eu tinha me exaurido na busca. Gastado tudo o que tinha. Cheguei tão perto e ainda assim falhei completamente. Quando ela precisou de mim, eu não estava lá.

Talvez isso doesse mais do que tudo. Eu passei minha vida resgatando pessoas feridas e, ainda assim, não consegui resgatar aquela que eu mais amava.

A ilha de Fort George fica ao norte de Jacksonville, Flórida, protegida do Atlântico pela ilha de Little Talbot. Alguém com conhecimento das hidrovias consegue navegar pelo rio Fort George a partir do oceano Atlântico atravessando os bancos de areia e águas rasas ao redor de Little Talbot até as águas mais calmas ao redor de Fort George. E, embora protegida, a ilha de Fort George é tudo menos escondida. A razão para isso é uma confluência geográfica. A Hidrovia Intercostal — que no norte da Flórida é conhecida pelos moradores como Clapboard Creek — corre rumo ao norte do rio St. Johns e da bacia de Mayport até a ilha Amelia e a enseada de Nassau. Entre os dois, o rio Fort George conecta a Clapboard com o Atlântico.

Isso quer dizer que o rio Fort George é facilmente acessível tanto pela hidrovia quanto pelo Atlântico e, portanto, é o centro da comunidade de barcos do norte da Flórida — que inclui os ricos que passam o inverno ou os fins de semana em Amelia, St. Simons e Sea Island. Na maré alta, o rio Fort George parece com qualquer outro. Água por todo lado. Mas centímetros abaixo da superfície há uma realidade diferente. À medida que a maré recua, os bancos de areia ao redor de Fort George emergem como Atlântida e se tornam um parque do tamanho de vinte ou trinta campos de futebol. Em fins de semana de tráfego intenso se vê uma centena de barcos ancorados ou amarrados, enfileirados — embarcações que variam de Gheenoes de doze pés a Montauks de dezesseis pés, barcos de console central de 24 pés, motores triplos de 32 pés, barcos rápidos de quarenta pés e todas as variações entre eles. Até mesmo alguns iates de sessenta ou 75 pés atracam em águas mais profundas e então enviam seus botes até o parque.

Os fins de semana são um caleidoscópio de cores e uma explosão de som. Os capitães de barco atraem a atenção de três maneiras: com a cor e o desenho de seus barcos, com os corpos que preenchem os biquínis a bordo e pelo barulho emitido por seus alto-falantes. Pontilhando a periferia há garrafas de vidro em caixas térmicas, cadeiras de praia repousando na água, crianças em boias, cães perseguindo iscas de peixe, meninos lançando tarrafas, crianças em *jet skis*, castelos de areia em ruínas, chapéus de palha de todos os tamanhos e formatos, homens idosos empinando pipas, churrasqueiras e geradores. Do nascer ao pôr do sol, o sistema de bancos de areia de Fort George é uma cidade que surge e desaparece com a maré.

Minha ilha é uma das muitas pequenas ilhas que cercam Fort George. Com o acesso a águas profundas da hidrovia a oeste e as águas mais rasas do rio ao sul e ao leste, eu também estou cercado pela água. Mas, diferentemente da ilha Fort George, minha ilha é menor e acessível somente por barco. E, enquanto Fort George é repleta de casas, igrejas, clubes, turistas e uma antiga fazenda de monocultura, eu moro sozinho.

É assim que eu gosto.

Sentei à mesa da cozinha, tomei meu café e tentei não olhar para as urnas. Para dar às minhas mãos algo para fazer, limpei a arma de Fingers. Depois, limpei-a de novo. E de novo. Eu gostava da sensação desgastada dela na minha mão. Lembrava-me dele e das inúmeras vezes que o vi guardá-la ou sacá-la do coldre. Tentei lembrar do som da voz dele e de Marie ou ver seus rostos, mas ambos estavam abafados e confusos; não consegui distingui-los. A cada dia, os arrependimentos aumentavam, e eu continuava a me ouvir falando as muitas palavras que deixei de dizer.

A partida de Fingers havia sido repentina, e embora eu sempre soubesse que poderia acontecer dessa forma, dado o ramo de atuação escolhido por ele e por mim, eu não estava preparado para isso. Ele estava aqui, grande como a própria vida, preenchendo meu coração e minha mente — e, de repente, ele se foi. Pensei nos detalhes daquele último dia mil vezes. "Cobriremos mais terreno se você for pela costa e eu for pelo horizonte", dissera ele. Eu sabia que nunca deveríamos ter nos separado. Eu sabia que, se e quando encontrasse o iate de Victor, ele não esperaria. Mais velho e talvez um passo mais lento, ele atacaria. Sutil como um elefante. A arma disparando. Ele era teimoso desse jeito. Ele sabia, no momento em que agarrou a escada do barco, que entrar no *Gone to Market* era uma viagem só de ida.

É por isso que aqueles que ele resgatou confiavam nele. E é por isso que muitos outros o amavam.

Histórias eram o mecanismo de Fingers para lidar com as memórias. Elas saíam de sua língua uma após a outra — o cheiro de uma indicando a próxima. Claro, fazê-lo ficar sentado quieto por tempo suficiente era o ponto principal, mas era só instigá-lo um pouco, e ele logo começaria a falar. Quando isso acontecia, eu me sentava, ouvia, ria e chorava. Todos nós fazíamos isso.

Parei diante da caixa laranja e lamentei o silêncio. Eu sabia que precisava ir, mas estava protelando. A perda de um era devastadora. A perda de ambos era... Não importava o quanto eu tentasse ou quanto tempo eu ficasse ali olhando para a mesa, eu não conseguia entender o fato de que tudo o que eu sabia sobre eles e tinha vivenciado com eles agora estava guardado em dois recipientes a um metro de mim. Eu saía da cozinha apenas para voltar e ficar surpreso por eles não terem se movido. Roxo e laranja ainda me encarando.

Era um sonho do qual eu não gostava e do qual não conseguia acordar.

A tarde de domingo significava que boa parte da multidão havia diminuído nos bancos de areia, mas um barco emergiu da hidrovia deixando um rastro contra a maré vazante. Um bote de 28 pés, bimotor, que pertencia a um iate maior atracado no canal. Dois rapazes e dez moças. Música estridentemente alta. Eles avançaram a proa em direção à praia, e as moças e um rapaz saíram enquanto o capitão fixava uma ancoragem de popa para que o vento não o girasse e o encalhasse nas águas rasas, o que o forçaria a esperar cerca de oito horas para soltar seu barco. Claramente, ele sabia o que estava fazendo.

Seus convidados vagaram pelo banco de areia e montaram uma rede de vôlei. Os dois homens não eram nada extraordinários. Tatuados. Musculosos. Correntes e brincos. Como qualquer outro rapaz pretensioso. Mas as garotas eram. Assim como os tamanhos de seus biquínis. Com a cerveja e os drinques servidos com guarda-sóis e o pôr do sol se aproximando, o banco de areia logo se tornou uma competição de dança em *topless*.

Eu já tinha visto tudo isso antes.

Com o barulho da festa deles por cima do ombro, eu vadeei com água pela cintura por várias centenas de metros de distância, puxei a armadilha para caranguejos, levantei o caranguejo-azul irritado, coloquei-o em um anzol circular médio e lancei um equipamento de pesca do tipo Carolina rig no canal mais profundo. Vinte minutos depois, meu freio da carretilha começou a cantar. Um cantarilho-do-norte, ou corvina-do--atlântico, como são tecnicamente conhecidos, tingido pelos taninos dos rios St. Johns e St. Mary. Mordeu bem a isca.

Cantarilho é uma boa refeição. Jantar servido.

A caixa Pelican à prova d'água, laranja brilhante e surrada de Fingers provavelmente tinha dado a volta ao mundo meia dúzia de vezes. Mais uma viagem não faria mal. Imaginei que ele aprovaria isso. Além disso, se entrasse água no barco, a caixa poderia servir como um dispositivo de flutuação e salvar minha vida — algo em que Fingers era bom. A viagem para o sul me levaria várias centenas de quilômetros por águas temperamentais e às vezes implacáveis, portanto eu estava planejando como as companhias aéreas fazem — "No caso de despressurização da cabine". Improvável, porém possível. Prendi a caixa de Fingers na proa porque sabia que ele gostaria do vento no rosto.

Eu tinha a intenção de passar a tarde preparando a lancha para minha viagem pela costa, mas com frequência eu me pegava olhando para aquela caixa. Pensando no número de vezes que eu tinha visto Fingers fazer o que o Fingers fazia — tornar tudo melhor. Anos antes, eu tinha batizado a lancha de *Gone Fiction* por razões que importavam apenas para mim. Fingers me falou que era um nome idiota. Eu lhe respondi que comprasse o próprio barco, porque eu não ia mudar o nome. Ele sabia o porquê, então não brigou comigo por isso.

Troquei o óleo. Troquei a hélice por algo com um pouco mais de passo, o que reduziria as rotações por minuto em velocidades mais altas em longas distâncias. Conservando combustível, enquanto levava minha velocidade máxima para mais de 55 se eu a ajustasse.

Tirei os boletos da mesa e fiz a única coisa de que tinha receio. Escrevi o *e-mail* que não queria escrever. Depois outro. Como se conta a uma pessoa que alguém que ela ama morreu? Não tenho certeza se consigo responder. Quando terminei, fiquei olhando para a tela. Por uma hora. Um telefonema teria sido melhor — eles mereciam isso —, mas eu não tinha forças. Eu não seria capaz de controlar minhas emoções. Então, cliquei em enviar, desliguei meu computador e meu telefone e estava no processo de apagar todas as luzes quando ouvi uma batida. Ela ecoou nas portas enormes, cruzou o gramado pela chuva e ricocheteou na janela aberta do segundo andar do meu estúdio dentro do celeiro. Considerando que estou cercado por água, visitantes são raros. Esperei, e lá estava de novo, dessa vez acompanhada por uma voz feminina abafada.

A voz de uma garota.

Vesti uma camisa, desci, atravessei o quintal na chuva e me esgueirei descalço pela escuridão, olhando para suas costas. Mesmo vista de trás, ela era bonita.

— Olá — chamei.

Ela deu um pulo no ar, agachou-se e gritou.

Em seguida, riu aliviada, mas incerta, enquanto eu a contornava e entrava sob a luz.

Ela se levantou e apontou para mim, mas sua mira estava um pouco errada e a maioria de suas palavras saíram juntas.

— Não devia assustar as pessoas. Agora eu realmente preciso fazer xixi. Está aberto?

Destranquei a trava e abri as enormes portas de carvalho. Nosso movimento acendeu as luzes automáticas, o que me deu uma visão melhor dela. Era uma linda jovem. Rosto de revista de moda. Pernas de passarela. Figura esbelta. Pés descalços, enlameados nas bordas. Ela segurava uma capa de chuva acima da cabeça para se proteger da garoa e riu desconfortavelmente.

— Você me assustou pra c... — De repente ciente do que estava ao seu redor, ela cobriu a boca e falou: — Quer dizer... eu não estava esperando você. Só isso. Desculpe.

Eu a reconheci do banco de areia.

CAPÍTULO 2

Ela sacudiu a chuva, deixando rastros de lama. Estava vestida provocativamente. Shorts jeans curto. Parte de cima do biquíni. Vários *piercings* — nariz, orelhas e umbigo. Delineador preto. Talvez os cílios não fossem dela. Ela cheirava a fumaça, mas não a cigarro. Talvez um charuto, mas eu duvidava. Seus dedos giraram a alça do biquíni atrás do pescoço nervosamente. Ela entrou e girou como uma dançarina. Algo que ela fez tanto para absorver o ambiente quanto porque era natural. Como se ela tivesse dançado quando criança. Seu cabelo preto como carvão não era sua cor verdadeira. Uma mudança recente. Assim como a tatuagem na parte inferior das costas. As bordas vermelhas pareciam ligeiramente irritadas.

Sua capa de chuva pertencia a um homem e era vários tamanhos maior. Eu apontei.

— Posso?

Ela a dobrou sobre os braços.

— Não precisa.

Perguntei-me se sua atual desconfiança em mim era alimentada por quem quer que tenha lhe dado aquela capa de chuva.

Ela tinha 15 anos. Talvez 16, mas eu duvidava. O mundo diante dela. Algo feio atrás dela. Seus olhos vidrados traíam uma mistura tempestuosa e medicamentosa de excitação e medo. Subindo ou descendo, havia mais em seu sangue do que apenas sangue.

O silêncio se seguiu. Cruzei as mãos atrás das costas.

— Posso ajudar?

Suas palavras ficaram mais arrastadas.

— Você tem um banheeee-iro?

Apontei para a porta, e ela entrou. Caminhando provocativamente. Depois de alguns minutos, seu telefone tocou e eu pude ouvi-la lá dentro falando mais *para* alguém do que *com* alguém. Sua voz elevada sugeria que a conversa não tinha ido bem. Quando ela voltou, tinha colocado o casaco frouxamente em volta dos ombros.

— Obrigadaaaa.

Curiosa, ela observou a pequena capela. Minha voz rompeu o silêncio.

— Quantos anos você tem?

Ela riu, mas não olhou para mim.

— Vinte e um.

Eu a encarei tempo o suficiente para forçá-la a olhar para mim.

— Você está bem?

Mais desconforto. Menos contato visual.

— Por que a pergunta?

Acenei com a mão para a água onde ela passou a tarde.

— Às vezes, sair de um barco pode ser mais difícil do que entrar.

— Você entende de barcos?

— De alguns.

Ela estudou o trabalho intrincado em madeira. Esculpida à mão. O topo dos bancos tinha sido escurecido ao longo dos anos pela oleosidade de mãos e suor. Seus olhos pousaram no altar e nos degraus ornamentados.

— É linda.

— Foi construída por escravizados. Cerca de duzentos anos atrás.

A lua filtrava-se através do vidro e projetava sua sombra nas pedras gastas abaixo dela. Ela correu as mãos ao longo de um banco. Deixando as pontas dos dedos lerem as histórias que ele contava.

Ela olhou pela janela, que pouco fez para abafar o som do Atlântico quebrando na praia a algumas centenas de metros de distância.

— É incrível que os furacões não a tenham destruído.

— Eles tentaram algumas vezes. Nós a reconstruímos.
Ela continuou:
— Escravizados, é?
Apontei para a parede. Para todos os nomes esculpidos na pedra à mão.
— Cada um foi uma mãe... um pai... um filho.
Ela andou até a parede e correu os dedos pelas ranhuras dos nomes, depois pelas ranhuras das datas. Algumas mais fundas que outras. Uma ruga se formou entre suas sobrancelhas. Ela perguntou:
— Escravizados?
— Escravizados livres.
Centenas de nomes estavam gravados na parede de pedra. Ela foi na ponta dos pés para a direita. Um meio sorriso se espalhou por seu rosto. Ela esticou o pescoço, questionadora.
Continuei:
— A maioria data de antes da Guerra Civil, quando este lugar era uma das muitas paradas da Ferrovia Subterrânea.
Ela os estudou e perguntou:
— Mas algumas dessas datas são da última década? Do ano passado?
Acenei afirmativamente.
— Mas a escravidão acabou.
Dei de ombros.
— Pessoas ainda são donas de outras pessoas.
Ela leu os nomes.
— Todas essas pessoas encontraram liberdade aqui?
— Eu não diria que elas a encontraram aqui, mas sim que pararam no caminho rumo até ela.
As pontas dos dedos dela leram a parede de novo. Sua voz era alta e não combinava com a quietude de nossa conversa.
— Um registro de liberdade.
— Algo do tipo.
— Por que esses têm apenas uma data?
— Uma vez livre, sempre livre.
Ela andou até a parede, chegando a outra lista.
— Por que esses têm duas datas?

— Morreram antes de experimentá-la.

Lá fora, uma sirene de neblina soou. Um longo toque seguido por um segundo e um terceiro mais curtos. Isso tirou os olhos dela da parede. Ela andou até a porta apenas para se virar e encarar a parede de nomes. Ela se virou para mim.

— Eu sou a única aqui?

— Só nós.

— Você quer dizer você-e-eu nós, ou... — Ela lançou um olhar para cima. — Você-eu-e-Ele nós?

— Só nós.

Ela considerou isso e sorriu, girando outra vez. Mais dança, mas seu parceiro era visível apenas para ela.

— Eu gosto de você, padre. — Ela apontou para o chão abaixo dela. — Você mora nesta ilha?

— Eu não sou o padre. E, sim, eu moro aqui.

— O que você faz?

— Zelador. Garanto que as pessoas que aparecem furtivamente à noite não estejam aqui para pichar.

Ela agarrou minha mão direita e a virou. Correndo as pontas dos dedos pelos calos e pela sujeira nas rachaduras. Ela sorriu.

— Onde está o padre?

Pergunta curta, resposta longa. E eu me perguntei se essa era a verdadeira razão pela qual ela veio à minha porta.

— Estamos sem um padre no momento.

Ela pareceu incomodada com isso.

— Que mer... quer dizer... Que tipo de igreja é essa?

— Do tipo inativa.

Ela balançou a cabeça.

— Que bobagem. Quem já ouviu falar de uma igreja inativa? Quer dizer, isso não vai meio que contra todo o objetivo de uma igreja?

— Eu apenas trabalho aqui.

— Sozinho?

Assenti mais uma vez.

— Não se sente solitário?

— Na verdade, não.

Ela balançou a cabeça.

— Eu perderia totalmente a cabeça. Ficaria doida pra car...

Ela cobriu a boca novamente com a mão.

— Desculpe... Quer dizer, eu ficaria doida.

Eu ri.

— Você está supondo que eu não sou.

Ela se aproximou, seu rosto a centímetros do meu. Suas pálpebras estavam pesadas. Seu hálito fedia a álcool.

— Eu já vi gente doida e você não parece ser. — Seus olhos andaram por mim de cima a baixo. — Não sei. Você me parece muuuuito bem. — Ela estendeu o dedo e tocou a cicatriz acima do meu olho.

— Isso dói?

— Não mais.

— Como conseguiu isso?

— Briga de bar.

— O que aconteceu com o outro cara?

— Caras. Plural.

Ela colocou uma mão no meu ombro e me deu um tapinha, provando que qualquer ideia de limite de espaço pessoal que ela já tivera havia sido apagada pelo coquetel em seu sangue.

— Eu sabia que gostava de você, padre.

Ela me observou novamente. Passou os dedos pelo meu braço, traçando a veia do meu bíceps. Então, apertou meu músculo como alguém testaria o ar em uma câmara de ar de bicicleta.

— Você malha?

— Eu me mantenho ocupado.

Ela apertou os dois braços e, em seguida — invadindo todas as barreiras de espaço pessoal que eu já havia erguido —, apertou meus peitorais e deu um tapinha no meu abdômen e na minha bunda.

— Certo. — Ela apontou para trás. Em direção à água e ao que eu só podia supor que fosse seu barco. Levantando sua capa de chuva, ela contou: — Ele está sempre malhando. Não tem nada além de músculos.

Eu não falei nada.

Ela continuou:

— Com o que você trabalha aqui, exatamente?

— Eu corto a grama e mantenho as ervas daninhas sob controle, e eles me dão um lugar gratuito para ficar.

Ela ponderou isso.

— Eu nunca estive em uma igreja como esta.

Ela estava olhando para uma parede distante, coberta com armamentos de arco e flecha do mundo todo. Arcos artesanais de mais países do que eu era capaz de contar. Flechas correspondentes. Ela andou em um S instável para estudar as recordações.

— São suas?

— Eu costumava viajar muito — respondi.

— Você já esteve em muitos lugares. Eu nunca... é... eu nunca estive em lugar nenhum... — Ela fingiu um sorriso. — Mas eu estou prestes a fazer isso.

Ela correu os dedos pelos arcos e flechas.

— Você é o Robin Hood?

— Não. — Eu sempre tive interesse por arco e flecha, ver como variadas nações criavam energia por meio de um pedaço de pau e uma corda me impressionava, por isso eu os colecionava em minhas viagens. Sempre que esbarrava em um, eu o levava para casa.

Ela imitou o movimento com os braços.

— Você atira com isso?

— Não.

— Por que os guarda?

— São lembretes.

— De quê?

— De quem eu sou.

— O que você é?

Não respondi de imediato. Quando o fiz, minha voz estava mais baixa.

— Um pecador.

Ela pareceu confusa.

— Bem, eu também, mas o que isso tem a ver com... — Ela gesticulou com a mão para a parede. — Tudo isso?

— A palavra *sinner*, pecador em inglês, surgiu de um termo usado por arqueiros, do inglês antigo do século XIII.

— O que isso que dizer?

— Errar o alvo.

Ela riu.

— Ora, que diabos, todos nós... — Ela cobriu a boca com a mão, então limpou-a na parte de trás do braço. — Quer dizer... Com certeza acertaram. — Ela girou de novo e depois andou entre os bancos, encarando meu mundo. — Então, você é um pecador, é? Não consigo imaginar o que isso faz de mim.

Ela andou em um círculo ao meu redor, avaliando-me.

— Você não pode ser tão ruim. — Ela continuou, gesticulando em direção às paredes. — Deus o mantém aqui.

Ela olhou para o confessionário velho e gasto.

— Quando vão ter um novo padre?

— Não sei.

— Então... o que está dizendo é que não vai ter padre aqui em nenhum momento esta noite? Digamos... nos próximos vinte minutos?

Um aceno de cabeça.

— Sim.

— Então ele não vem?

— Sim, é isso que estou dizendo. Nada de padre hoje à noite.

Ela soltou um suspiro profundo.

— Então estou limitada a... — Ela acenou com a mão desaprovadora por todo o meu corpo. — Você.

O que quer que estivesse em seu sangue tinha chegado à sua cabeça. Ela estava flutuando. Fantasmagoricamente pálida. Gotas de suor brotavam em seu rosto. Ela fechou os olhos, oscilou, começou a cantarolar baixinho e ergueu os braços. Um ato do qual eu não tinha certeza se ela estava consciente. Por quase um minuto, ela ficou na capela, braços levantados, balançando, cantarolando uma música enterrada em algum lugar profundo em sua memória. Algo acontece na minha caixa torácica quando estou perto de crianças que estão muito longe de casa — e se afastando cada vez mais. Sinto isso há anos. Enquanto ela estava ali, senti a faca entrar entre minhas costelas.

Quando ela abriu os olhos de novo, o suor havia escorrido por sua têmpora. Ela abaixou os braços. — Uau... Este lugar é real. — Ela se segurou em um banco, olhando para mim por um longo tempo. Depois de um minuto, sua cabeça se inclinou para o lado como a de um cachorrinho, e então um olhar azedo sombreou seu rosto. Sua mão tocou sua barriga e seus olhos começaram a piscar excessivamente.

— Oh-oh. — Suas bochechas se encheram de ar e ela convulsionou levemente. O início de um vômito seco. Procurando freneticamente por um chão que não fosse sagrado, ela se afastou dos bancos e correu para o corredor central, oscilando, para então parar no meio do caminho. — Acho que vou vo...

Ela tentou dar um passo em direção à porta, mas o chão era irregular e seus passos incertos. Com muitos obstáculos, ela caiu de joelhos, recompôs-se e esvaziou o estômago. Então, de novo. Os sons de respingos e do arfar ecoaram nas paredes de pedra.

Limpando a boca com o casaco, ela se recostou em um banco e fechou os olhos. Pingando suor. Ela falou sem abrir os olhos.

— Não acredito que eu simplesmente... — Ela se interrompeu e rastejou pelo corredor central. Parou a dois bancos de distância. Ela se encostou em um banco e voltou a fechar os olhos. — Se você tiver uma toalha ou um esfregão, eu limpo isso...

— Eu cuido disso.

Ela abriu um olho.

— Vai mesmo limpar meu vômito?

— Já vi coisa pior.

Ela inclinou a cabeça para trás, fechou os dois olhos e colocou as mãos espalmadas no chão. Como se estivesse tentando impedir o mundo de girar.

— Se você não fosse um padre, eu o beijaria na boca.

Eu não falei nada, mas apontei para o rastro de saliva pendurado em seu queixo e se acumulando no topo de seu seio. Ela limpou no outro braço e admitiu:

— Certo, talvez eu também não me beijasse, mas... — Ela fechou os olhos outra vez. — Eu beijo muuuuuito bem.

Abrindo os olhos, ela me estudou por um minuto.

— Já beijou uma garota, padre?

— Sim.

Ela olhou ao redor como se estivesse com medo de que alguém estivesse ouvindo nossa conversa. — Eles permitem isso aqui?

Eu ri.

— Sim.

— O que você é?

— Apenas um homem.

— Então você é casado?

— Eu era.

— Era? — Mais uma constatação do que uma pergunta.

— Por pouco tempo.

— Quer dizer... — Ela sorriu. — Faz um tempo que você não é beijado?

— Sim.

— Então, provavelmente, você precisa de um bom beijo.

Eu não discordei dela.

Ela fez um biquinho com os lábios e fechou os olhos. Manteve essa pose por vários segundos.

— Tem certeza de que não quer me beijar? Eu sou muito boa nisso.

— Eu acredito em você — respondi desinteressadamente.

Ela desfez o biquinho, depois refez. Isso a fez parecer um peixe. Se ela não estivesse tão drogada, teria sido cômico.

— Você está perdendo.

— Posso ver.

Ela abriu os dois olhos, mas o espaço entre eles se estreitou.

— Quantos anos você tem?

— Quarenta e nove. Quantos anos você tem?

Dessa vez, ela respondeu sem pensar.

— Dezesseis.

Ela encostou a cabeça no banco e fechou os olhos novamente.

— Se você não estivesse, sabe, preso aqui com Deus vigiando você, eu o apresentaria à minha mãe... embora não estejamos nos melhores termos agora; então você pode precisaaar — ela levantou um dedo no ar para dar ênfase — deixar isso para depois.

Ela abriu os olhos.

— Você gosta de dançar, padre?

Não valia a pena o esforço de corrigi-la. Neguei com a cabeça.

— Não muito.

Ela tentou apontar para mim, mas seu dedo errou novamente. Dessa vez por alguns metros.

— Você ia gostar da minha mãe. Ela é do car... — Ela cobriu a boca de novo e começou a engatinhar em direção à porta. — Preciso sair daqui. — Ela pôs a mão perto do rosto e começou a contar em voz alta, tocando os dedos a cada contagem. — Trinta e dois, trinta e três... — Ela parou e me encarou. — Você tem idade suficiente para ser meu pai. Você devia conhecer minha mãe.

— Tecnicamente, tenho idade suficiente para ser seu avô.

Ela franziu os lábios.

— Você é bem bonito para um avô.

Ela se levantou, apoiando no banco com uma mão de cada vez. Agora de pé, com os olhos fechados e pernas bambas, ela puxou a parte de cima do biquíni, que saiu com bastante facilidade. Uma cruz de Jerusalém de prata pendia no espaço entre seus seios. Sempre que ela se movia, o pingente chocava-se contra sua pele e girava um pouco, expondo a gravação em forma de favo de mel. Ela percebeu que eu olhava para o pingente.

— Gostou da minha cruz?

— Gostei.

Puxei uma túnica do gancho na parede dos fundos e coloquei-a sobre os ombros dela. Coberta de branco, ela pareceu decepcionada.

— Não sou bonita o bastante para você?

O que eu via era uma garota se esforçando muito para se tornar uma mulher quando ser uma garota era o que ela precisava.

— Você é muito bonita.

Ela pareceu refletir por um minuto. Então, fez um beicinho.

— Suja demais?

— Não.

De repente, suas sobrancelhas se ergueram e seus olhos se arregalaram, seguidos por um sorriso malicioso.

— Ah... — Apontou mais uma vez. Mais uma vez, errou por vários metros. — Esta é uma *daquelas* igrejas. Você é gay? Sinto muito... — Ela se atrapalhou com a parte de cima do biquíni, mas não conseguiu fazer nada. — E eu aqui dando em cima de um...

— Não sou gay.

— Tem certeza?

— Absoluta.

O espaço entre seus olhos se estreitou e ela segurou o queixo com a mão.

— Jovem demais?

Eu cedi.

— Algo do tipo.

Seu nariz sentiu o cheiro da poça no chão que nos separava. Seu lábio se curvou.

— Tem certeza de que não quer ajuda com isso?

— Tem certeza de que quer voltar para aquele barco?

Ela fechou os olhos e franziu os lábios, mantendo a posição por vários segundos.

— Eu beijo bem, padre. Devia aproveitar enquanto tem a chance. Tem medo que eu conte para alguém?

— Não.

— Não vou contar para ninguém. Será nosso segredo.

— Você é boa em guardar segredos?

Ela sorriu intencionalmente.

— Sou o pr-pro-próprio Fort Knox. — Ela olhou para o confessionário novamente. — Pode chamar um padre substituto? — Ela apontou para o genuflexório. — Qualquer um serve. Eu queria, bem...
— Não.
— Sério?
— Sério.
— Esta é uma igreja estranha pra ca-caramba.
Eu soltei uma risada.
As palavras que ela falou circularam por sua mente confusa e incoerente e pararam em algum lugar perto da compreensão. Quando a realidade a atingiu, ela cobriu a boca novamente.
— Ah, desculpe. Eu preciso calar minha...
— Deixa eu lhe dar meu número de telefone?
— O quê? Vai pedir para o padre me ligar?
— Não, estou dando meu número para você. Não o contrário.
Ela recusou com um aceno.
— Padre, eu não sou esse tipo de garota. Eu nunca dou meu número no primeiro encontro.
— É isso que está acontecendo?
Ela pareceu desapontada.
— Na verdade, não. Você não quer me beijar.
Estendi a mão.
Ela tirou o telefone do bolso de trás de seu shorts e o segurou à sua frente.
— Eu dou meu telefone para você se me beijar.
— Feche os olhos.
Ela obedeceu, então franziu as sobrancelhas e esperou, oscilando um pouco. Peguei o telefone dela com cuidado, mas estava bloqueado, então pressionei o polegar dela no botão home e o desbloqueei. Ela sorriu, os olhos ainda fechados.
— Padre, meus lábios estão doendo. — Digitei meu número e salvei sob o nome "ECE - Padre", depois devolvi o telefone a ela. Ela abriu os olhos, leu o novo contato e pareceu confusa.

— ECE?

— Em caso de emergência.

Ela sorriu e, forçando os olhos a focar, leu meu número em voz alta. Na metade, comentou:

— Não parece com nenhum número de telefone que eu já tenha visto.

— É um telefone via satélite.

— Isso me torna especial?

— Isso faz de você uma das poucas pessoas neste planeta que já teve esse número.

Ela piscou para mim.

— Ah… essa é boa. Você é bom, padre. Aposto que você conquista todas as garotas com essa.

Ela segurou o telefone sobre o coração e assentiu. Eu não sabia se ela se lembraria dessa conversa ou mesmo quem era "Padre", mas talvez ela tivesse ondas cerebrais sóbrias o bastante para se lembrar, caso tivesse uma emergência. Então, sem aviso, ela ergueu as mãos, girou, depois girou outra vez.

Ela caminhou pelo corredor central, tirando a túnica de padre enquanto andava. A túnica ficou caída no chão. Parando na porta, ela se agarrou à enorme trava de ferro. Minha voz a fez parar.

— Posso lhe perguntar uma coisa?

Ela girou em minha direção.

— Vai me beijar?

— Qual o seu nome?

Ela levantou um dedo no ar e o moveu como se fosse um limpador de para-brisa.

— Você tem que fazer melhor do que isso, padre.

Dei um passo para mais perto.

— Digamos que tenhamos um novo padre, e ele pergunte sobre você…

— Por que ele faria isso?

— Para que ele possa pedir a Deus que cuide de você.

Ela colocou o dedo nos lábios.

— Aah, essa também é boa. — Pela primeira vez, ela cobriu os seios com os braços, mas cobria como uma brincadeira. Não com vergonha.

— Você tem charme, padre. Diz isso para todas as garotas?

— Só para você.

Ela amarrou a parte de cima do biquíni e olhou para as paredes que nos cercavam. Parecia uma garotinha novamente. Depois, sem falar, ela andou até a parede de nomes, tirou um tubo de batom do bolso de trás do shorts e escreveu "Angel" no final da lista.

— Esse é seu nome verdadeiro? — perguntei.

Ela falou sem olhar.

— É como minha mãe me chama. — Uma pausa. — Ou costumava chamar.

A luz suave brilhava em seu rosto afogado em dor. Eu ergui meu telefone e tirei uma foto. Ela gostou do fato de que eu finalmente a tinha notado e sorriu.

— Algo para se lembrar de mim?

— Tipo isso.

Ela girou o dedo pela alça do biquíni.

— Você deveria ter feito isso há alguns minutos. Era muito divertido de olhar.

— Consegui o que precisava.

— Precisava ou desejava?

Essa garota era esperta.

— Aposto que alguém está procurando por você agora.

Algo estava em sua língua, mas ela apenas sorriu.

— Você escreve cartas, padre?

— Escrevo algumas.

Seus olhos vagaram pelos bancos e tudo nela escureceu. Até a brincadeira em sua voz.

— Eu escrevi uma carta.

— Posso ler?

Ela olhou diretamente para mim.

— Não está endereçada a você. — Ela engoliu em seco novamente. — Escrevi para minha mãe, mas tenho quase certeza de que ela não gostou.

— Por quê?

Ela não respondeu.

A sirene de neblina soou de novo. Da última vez ela a ouviu; dessa vez ela a levou em consideração. Tendo feito isso, virou-se e me estudou como se fosse ela que estivesse tirando uma foto agora. Em seguida, olhou para o confessionário e hesitou. Por fim, falou, sem olhar para mim.

— Acha que Deus nos dá crédito por aparecer mesmo quando o padre não veio?

— Se esta vida é baseada em créditos e débitos... — Acenei com a cabeça. — Então estamos todos perdidos de qualquer jeito.

Em um raro momento de lucidez, ela disse:

— Em que você acha que se baseia a vida, então?

— Na caminhada... Em nossa jornada de quebrados até não estarmos mais.

Ela assentiu, envolveu-se na capa de chuva e saiu silenciosamente enquanto ainda chovia.

Fiquei à beira da água, meu rosto envolto em sombras, e a observei sair do meu cais e entrar a bordo do navio que esperava. Um iate. Oitenta pés ou mais. O capitão musculoso tirou o chapéu para mim, ligou os motores e usou seus propulsores para se mover noventa graus para longe do cais. Ele fez isso contra a corrente e com vento contrário — mais uma vez sugerindo experiência. Movendo-se da frente para a popa, a garota balançou, quicando entre a grade e a parede da cabine enquanto caminhava em direção ao convés traseiro até os outros participantes da festa. Luzes azuis iluminavam o convés traseiro, revelando uma *jacuzzi*. Um barman. DJ. Nenhuma despesa poupada.

A garota foi recebida por um homem, mais velho que ela. Mesmo na escuridão, seus olhos eram escuros. Ele estava em forma. Musculoso. Camisa justa. Veias no pescoço. Ouro pendurado nele. Ela lhe entregou a capa de chuva, e ele passou um braço em volta da cintura dela. Entregou a ela um copo de alguma coisa, que ela virou, e em seguida ele segurou algo brilhante contra seus lábios.

Ela tragou, fazendo a ponta arder. Tendo se reanimado, ela tirou as roupas e caiu na água quente junto com o que eu só podia imaginar serem uma dúzia ou mais de pessoas igualmente intoxicadas. Então as luzes do iate desapareceram em direção ao sul, descendo a Intercostal. Outra festa prometida ao nascer do sol.

Iates daquele tamanho eram uma declaração. Na minha experiência, os ricos investiam em casas, mas compravam iates para chamar a atenção. Para mostrar seu poder. Algo parecido com uma obra de arte pendurada na água. E, enquanto a maioria dos donos de barcos queria que todos soubessem quem eles eram e quão habilmente haviam imaginado o nome de sua embarcação, o nome deste barco estava coberto, envolto em escuridão.

Isso significava que as pessoas entravam, mas nem todas saíam.

E isso era ruim.

CAPÍTULO 3

Os escravizados que antes habitavam esta ilha trabalhavam do outro lado do rio em frente à *plantation* que englobava Fort George. Na maré baixa, os escravizados conseguiam andar de casa até o campo sem a água passar de seus joelhos; a maior parte dessa caminhada era feita em um banco de areia seco. Para criar uma comunidade, e possivelmente por proteção, os escrizados organizaram suas casas de taipa em um círculo, no centro do qual ficava a capela.

As paredes da capela foram feitas do lastro de paralelepípedos resgatados de navios mercantes ingleses. Os navios navegavam pelo Atlântico, chegando a um dos vários portos próximos, e despejavam seu lastro de paralelepípedos para abrir espaço para a carga. Ao longo das décadas de comércio, ilhas de pedra se ergueram do fundo do mar. Os escravizados reuniram as pedras cortadas e construíram a capela, que parecia algo saído diretamente das ruas de Londres. Como as paredes tinham quatro pedras de espessura, quase sessenta centímetros, era fresco lá dentro durante o verão e, em setembro, tornava-se um forte abrigo contra as tempestades do Atlântico. Em contrapartida, as casas dos escravizados eram feitas de taipa — uma forma de concreto durável e fluido feito dos elementos disponíveis, incluindo pequenas conchas.

Fiquei deitado na cama ouvindo a chuva no telhado de zinco acima de mim. Suave no começo. Depois, torrencial.

O sonho é sempre o mesmo, e diferente da maioria dos sonhos, neste eu sei que estou sonhando. Eu apenas não consigo acordar. Ou talvez não queira. É o dia do meu casamento. Sol. Brisa. Ela está deslumbrante. Radiante. Ela caminha pelo corredor. Segura minha mão. "Prometo." "Aceito." Inclino-me e tento beijá-la. A milímetros de seu toque, consigo sentir sua respiração em meu rosto. Mas é um sonho no qual um milímetro é igual a um milhão de quilômetros. Não há beijo.

Somos levados rapidamente para a limusine, onde meu padrinho veste um chapéu de chofer e faz piadas. "Sim, senhorita Daisy." Ela e eu sentamos no banco de trás. Alegres.

Nas nuvens. É um sonho, então posso dizer coisas desse tipo. Ela olha com ansiedade pela janela, coloca uma mão na minha coxa.

— Não podemos simplesmente pular a festa? Não quero esperar.

Chegamos à festa. Há champanhe. Ela me puxa para o lado, seu lábio inferior tremendo. Uma lágrima no canto do olho.

— Tem certeza de que me quer?

Inclino-me, tento beijá-la. Um milímetro fica entre nós.

Entramos em procissão. Ou melhor, desfilamos. Primeiro o cortejo nupcial. Depois, nós. Aplausos. Gritos. Assobios. Uma banda toca. Luzes piscam. Uma bola de discoteca gira. Nós navegamos até a mesa principal em meio a votos de felicidades, apertos de mão e abraços. A sala é um mar de flores, *smokings*, diamantes, saltos altos e risadas. Outro brinde, outra tentativa de beijo, mas a distância agora é de dois milhões de quilômetros. Nós nos levantamos, e ela pega minha mão para me levar até a pista de dança. Nossa primeira dança. Senhor e Senhora.

O mundo inteiro está certo.

Meu padrinho se levanta. Cambaleia. Ele começou cedo. Ele nos brinda. *Estou tão feliz por vocês*. Ele tem um presente. Dele para nós. Trabalhou duro nele e queria esperar até agora para nos entregar.

O salão fica em silêncio enquanto o abro. Ela observa. Ela deslizou a mão ao redor do meu braço.

Mesmo no meu sonho, sei que estou prestes a acordar. Eu tento parar. Continuar dormindo. Mas não adianta. Eu nunca chego à dança. Não no sonho. Não na vida real. Nem uma vez.

Eu acordo suando. Com o coração acelerado. Incapaz de recuperar o fôlego. É sempre a mesma coisa. Odeio esse sonho.

Naquela manhã, lavei o rosto e estava colocando água para ferver e passar o café quando o telefone tocou. Não precisei olhar o identificador de chamadas. Obviamente, ela tinha lido meu *e-mail*. Ela estava chorando quando atendi. Recompôs-se o suficiente para dizer:

— Oi... Você está bem?

— Estou olhando para a grama do vizinho. — Ela riu, uma liberação de emoção.

Continuei:

— Como tem passado? Como está Nova York?

Outra fungada. Ouvi papel sendo manipulado.

— Não sabia que podia sofrer tanto assim. Mesmo para alguém tão calejada quanto eu. — Ela assoou o nariz. — Você vai mesmo fazer?

— Eu falei para ele que faria.

— E Marie?

Eu me inclinei contra a parede e meu olhar caiu sobre a urna roxa. Descansando na mesa da cozinha.

— Ainda não. Uma coisa de cada vez.

— Quer companhia? Eu vou de avião. O que você precisar... sabe disso.

— Uma garota da cidade feito você? Sem ar-condicionado. Sem *wi-fi*. Sem Starbucks. Você enlouqueceria. — Ela riu. Soltou a respiração que estava prendendo. Continuei: — Acho que é melhor eu fazer isso sozinho.

— Quanto tempo vai ficar fora?

Eu não tinha uma resposta.

— Uma semana. Um mês. — Esfreguei os olhos. — Realmente não sei.

— A última vez que esteve lá embaixo foi há um ano. — Ela fingiu uma risada. — Não me faça ir lá e encontrar você.

— Você é boa nisso. — A lembrança do bar retornou. — Pode ser difícil me encontrar dessa vez.

— Eu consegui antes.

Eu ri.

— Verdade. Mas acho que você deu sorte.

Ouvi-a sorrir e acender um cigarro, o que significava que ela estava se lembrando de algo que não havia me contado.

— Acho que o amor teve mais a ver com isso do que a sorte.

Eu sorri.

— Palavras fortes para uma mulher que jurou renunciar a qualquer afeição pela raça masculina.

Ela riu.

— Murph?

— Sim.

— O obituário... — Uma pausa. — Lindo. Eu nunca... Ela iria...

A voz dela se esvaiu.

Eu esperei.

— Quero... — Ela engasgou. Silenciou um soluço e falou: — Obrigada por... Sem você, eu nunca teria conhecido nenhum dos dois. Fingers foi o pai que eu nunca tive. Ele me ensinou o que um homem deveria ser. Como era ser amada por um homem. — Uma pausa enquanto a linha ficava em silêncio. — Talvez seja por isso que tem sido tão difícil encontrar alguém que esteja à altura. Ele elevou bastante o nível de exigência.

— Deus quebrou o molde quando o fez. Ele era único.

Ela conteve um soluço.

— Marie... se eu pudesse ser alguém, eu seria ela.

Não consegui responder. A urna me encarava. Silenciosa.

— Você vai voltar, certo?

Minha chaleira assobiou quando a água ferveu.

— É melhor eu ir.

— Murphy...?

Eu sabia o que estava por vir. Uma última tentativa. Ela tinha que tentar.

— Tem certeza? Quero dizer, sério. Você não precisa...

Olhei para o barco e depois para o sul, para todo o trajeto que me encarava de volta. Lá e de volta outra vez.

— Eu prometi a ele. — Uma longa pausa. — Eu devo a ele.

Enxuguei os olhos.

— Ainda mantendo sua palavra.

— Estou tentando.

— Ele ensinou isso a todos nós.

— Você é a melhor. Até a próxima. Cuide-se.

O puxão emocional que ela deu em meu coração me convenceu do que eu já sabia: eu precisava cortar todas as amarras. Se não o fizesse, jamais chegaria a Daytona. Muito menos ao extremo sul da Flórida. Eu não conseguiria fazer o que tinha que fazer olhando para o retrovisor. E, chegando lá, ainda precisava retornar. Marie estava aqui esperando. A visão do para-brisa seria dolorosa tanto na ida quanto na volta. Dor à minha espera lá. Dor à minha espera aqui. Li "chamada encerrada" no painel frontal do meu telefone, caminhei até a beira da água e quiquei como uma pedra pelas ondas rasas.

A luz do dia me encontrou caminhando pelo perímetro da ilha. Eu cuido de mais de duzentas roseiras e árvores de frutas cítricas, então fertilizei cada uma delas e verifiquei os irrigadores automáticos, certificando-me de que estavam funcionando. Ao longo dos anos, usei quilômetros de tubos de borracha e canos de pvc para levar água até as raízes. Outra coisa que Fingers me ensinou. Eu não sabia quanto tempo ficaria fora, portanto, tranquei meu apartamento no celeiro, mas não a capela. Eu nunca a trancava.

Fingers e eu tínhamos reconstruído a maior parte dela, e eu investi centenas de horas de suor, mas não a considerava minha. Quem de fato é dono de uma igreja? Se alguém precisasse de abrigo, era bem-vindo. Eu com certeza não o impediria. Deixei um bilhete pregado na porta:

> Se está procurando o padre, ele morreu. Se estivesse aqui, ele lhe diria que voltou para casa e você pode ler os detalhes no obituário. Se você precisa de Deus, é melhor falar com Ele você mesmo. Ele gostaria disso. E desejaria isso para você. É por isso que ele viveu a vida que viveu. A porta está destrancada.
>
> Murph

Desci a trilha até a água, pisei no meu pequeno cais e depois no meu barco.

Fiquei um longo tempo encarando a água. Marie e eu nos apaixonamos aqui. Nessas águas. Na altura dos joelhos. Nós nos conhecemos quando crianças. Compartilhamos nossos segredos. Observamos um ao outro passarmos de crianças a homem e mulher. Então, houve aquela noite. A festa. A correnteza. Como todos estavam procurando no lugar errado e como eu a encontrei sendo levada para o mar aberto. De volta à costa, terna, trêmula e cheia de esperança, ela colocou a mão na minha e nós entramos na água. O amor me inundou. Uma correnteza. Eu gostaria de pensar que a lavou também. Mergulhamos até o fundo — onde a água é limpa —, depois subimos à margem e deixamos a lua e o fogo secarem nossa pele. Nas semanas seguintes, vasculhamos a praia em busca de conchas e um ao outro. Apenas dois corações buscando um ao outro, unidos contra o mundo, desejando que a maré ficasse baixa para sempre.

Mas esse é o problema das marés. Elas sempre retornam. Nada as impede. E, quando o fazem, elas apagam a memória do que se passou.

Uma semana antes do nosso casamento, ela puxou meu braço.

— Preciso lhe contar uma coisa. — Seus olhos estavam vidrados.

— Claro.

— Aqui não.

Subimos na minha Gheenoe, uma canoa de dezesseis pés, e ela me trouxe até aqui. Encalhamos a canoa bem ali e caminhamos por essas florestas. Entramos na capela. Eu a tinha pedido em casamento lá. O lugar guardava mil memórias ternas. Ela abriu as portas enormes e me conduziu pelo corredor central em direção ao altar. Abandonada anos antes, a capela estava em ruínas. Passamos por cima e ao redor de pedaços do telhado que havia desabado décadas atrás. Ela segurou minhas duas mãos e, entre lágrimas, falou:

— Eu só queria que você soubesse...

Eu esperei. Ela estava sofrendo e eu precisava deixá-la falar.

— Só queria que você soubesse por mim que... Eu sempre vou sentir e sinto. — Ela deu um tapinha no peito. — Com todos os pedaços quebrados de mim.

Eu tirei o cabelo do rosto dela.

— O que há de errado?

— Não posso lhe dar o que prometi.

— O que quer dizer?

— Quero dizer... — Ela desviou o olhar. — Algo foi tomado de mim... quando eu era mais jovem. Uma vez que se vai... — Ela balançou a cabeça. — Nunca mais volta.

— O que você está...

— Meu pai. — As lágrimas se derramaram, e ela estendeu a mão para mim. Agarrando-me. — Por favor, não pense que eu sou suja. Foi há muito tempo.

Não foi difícil juntar as peças.

Ela falou ao meu ouvido.

— Mamãe descobriu. Divorciou-se dele. Não o vejo desde que ele saiu da prisão.

Eu a segurei, e o que começou baixo e discreto tornou-se alto, raivoso e doloroso. Algo que ela vinha prendendo há muito tempo. Talvez desde que aconteceu. Segurei seu rosto entre as mãos e a beijei. Seus lábios tinham um gosto salgado.

— Eu amei você desde antes de conhecê-la. Sempre amei. Nada muda isso. Nunca.

— Você ainda me quer?

Passei os braços em volta da cintura dela e sorri.

— Sim.

— Tem certeza?

— Absoluta.

— Eu não culparia você se...

Pressionei meu dedo contra seus lábios.

— Pare. Eu amo você. Inteira. Do jeito que você é. Não estou fazendo pouco caso disso, mas o amor...

O desespero destruiu seus olhos.

— Faz o quê?

Procurei as palavras.

— Escreve por cima das memórias velhas. Cria beleza a partir da dor. O amor escreve o que é possível.

— Promete?

— Prometo.

Ela pressionou seu corpo contra o meu.

— Então me escreva.

Como se enterra as duas pessoas que mais se ama neste mundo? A viagem rumo ao sul para espalhar as cinzas de Fingers levaria vários dias, algumas semanas até. Depois, eu teria que voltar. A viagem de ida e volta me daria tempo para me acostumar com a ideia de espalhar as cinzas de Marie quando eu voltasse. Quem eu estava enganando? Acostumar-me? Acho que não. A única coisa que o tempo me dera foi mais tempo para lutar contra a ideia.

O que era bom e terrível ao mesmo tempo.

Mais cedo no meu apartamento, parado encarando a urna roxa e a caixa laranja, eu sabia que não seria capaz de lidar com as duas ao mesmo tempo. Eu precisava cuidar de uma de cada vez. E, embora não soubesse quem enterrar primeiro, eu sabia que não conseguiria simplesmente entrar naquela água e espalhar as cinzas de Marie. Meu coração não estava pronto para isso. Repentino demais. Definitivo demais. Portanto, movi a urna de Marie para o centro da mesa, beijei a tampa e coloquei a caixa laranja de Fingers debaixo do braço.

Agora a corrente batia contra o casco, arrastando o barco, arrastando-me. Rumo ao sul. Meu Whaler é um barco de console central. O volante é conectado a um console que se eleva do centro da embarcação. O que significa que é possível andar ao redor dele enquanto ainda se está dentro do barco. O console contém os aparelhos eletrônicos e os controles do acelerador e da direção, além de espaço para armazenamento e um pequeno banheiro. Era para crianças ou mulheres que não se sentiam confortáveis em se aliviar da lateral do barco ou que simplesmente precisavam de um pouco de privacidade. Eu nunca o usei.

Quando Fingers me conheceu, eu era apenas um adolescente com não mais que treze anos. Ele descobriu que eu tinha jeito com peixes. Quer dizer, eu conseguia pegá-los quando outros não conseguiam. Ele me contratou para levá-lo para pescar. E, ali naquele barco, eu conheci esse padre que usava batina, e ele me conheceu, um garoto com muita coisa na cabeça e pouca habilidade de colocar aquelas palavras para fora. Com o tempo, ele cavou e ajudou a me encontrar dentro de mim mesmo. Ele me deu as palavras.

Anos se passaram. Algum tempo depois, ele descobriu que eu tinha jeito com as plantas e um ódio inerente por ervas daninhas, então me ofereceu um lugar permanente em sua paróquia. "Eu sei o que você está fazendo", brinquei. "Dois coelhos com uma cajadada só: alguém para cortar a grama… e para guiar você pelos bancos de grama marinha."

Ele sorriu. Ele adorava pescar com isca na maré cheia, quando podia avistar os peixes.

Eu não entendi isso na época, mas ele estava me preparando. Cada interação era proposital. Calculada. Intencional. Ele não estava apenas me ensinando a ver — ele estava me ensinando o que procurar. Foi naqueles momentos ao amanhecer, observando o sol raiar enquanto ele lançava minha vara, que ele me ensinou sobre a ovelha escolhida, e como as necessidades dela superam as de noventa e nove. Levaria anos até que eu entendesse o que ele queria dizer.

Comecei a guardar a lancheira de Fingers no banheiro, onde ficaria segura e protegida do mal tempo, mas pensei melhor. Ele não ia gostar. Ele gostaria de estar onde pudesse ver. Onde pudesse sentir o vento no rosto. Sendo assim, amarrei-o a uma parte plana na proa e o prendi com várias cordas. Um furacão não conseguiria arrancá-lo dali. Depois que ele estava seguro, chequei as horas. O Submariner de Fingers estava gasto, arranhado e perdia alguns segundos todos os dias, mas isso não me incomodava. Ele o havia comprado trinta anos antes, enquanto servia em um porta-aviões no Mediterrâneo. Falou-me que foram os seiscentos dólares mais bem gastos da sua vida.

Perguntei-lhe uma vez:

— O que você está fazendo com um Rolex?

Ele sorriu e coçou o queixo.

— Olhando as horas.

Subi o suporte do motor de popa, levantando assim meu motor o máximo que pude enquanto a hélice ainda girava na água, dei partida no motor, coloquei o acelerador em marcha lenta e saí do remanso.

Meu barco é um Boston Whaler de 24 pés. Modelo 240 *Dauntless*. É um barco de baía e remanso, embora mais adequado para baías. Flutua em quarenta centímetros de água, mas na verdade preciso de sessenta a oitenta centímetros para planar. Ele se sai bem em ondas até um metro, nas quais posso abaixar os lemes, empurrar a proa para baixo e derrapar no topo das ondas brancas. Mas ele faz por merecer sua reputação de andar como um Cadillac quando o vento diminui. Empurro o acelerador para 6 mil rpm, compenso o motor para aumentar o rpm para 6200 ou 6250, e ele desliza pela água como se estivesse andando em patins. Em raros momentos, atinge 55 mph. Fiel ao nome Whaler, é impossível de afundar, o que é um alívio quando as tempestades chegam. E seu alcance é bastante decente. Se houver necessidade e as condições permitirem, consigo navegar um dia inteiro com seu tanque de noventa galões, fazendo mais de 400 quilômetros. O T-top é de aço inoxidável com pintura eletrostática e construído como um tanque. Oferece um bom apoio para se segurar em águas turbulentas, dá para ficar em pé em cima dele caso precise de uma visão melhor, e ele protege até mesmo da chuva mais forte ou do sol intenso — ambas as coisas são bem-vindas após longos dias na água.

Gosto do meu barco. Não é sexy, mas é uma comodidade quando outras coisas não o são.

Quando eu era criança, li *A ilha do tesouro*, de Robert Louis Stevenson, uma dúzia de vezes. Talvez mais. Eu amava tudo sobre ele. E, embora preenchesse muitas noites longas, nunca aprendi a falar sobre barcos ou navios ou qualquer coisa relacionada a embarcações marítimas do jeito que Robert fazia. Ele dominava a linguagem de navios e barcos como se a tivesse vivido. Eu, por outro lado, não cresci como marinheiro. Apenas cresci com minha mão no leme. Barcos eram barcos. O lado esquerdo era o lado esquerdo, não bombordo. O lado direito era o lado direito; estibordo sempre me confundiu. Proa, popa, convés do castelo — tudo isso era grego para mim. Mais tarde em minha vida, eu me sentiria confortável com alguns desses termos, mas nunca como Stevenson. Para mim, ele era o capitão e eu era apenas um impostor navegando em seu rastro.

CAPÍTULO 4

Naveguei devagar pelo riacho em direção à Intercostal — ou IC. A maioria o chama apenas de "o fosso". Acima de mim, galhos de carvalho vivo, retorcidos e artríticos, formavam um dossel sombreando minha saída da terra e minha entrada na água. O musgo-espanhol balançava no alto, balançando levemente. Acenando. Acendi o fogareiro e sentei-me, tomando café instantâneo com os pés apoiados no volante enquanto contava os golfinhos deslizando à frente da minha proa. Durante a hora seguinte, percorri apenas sete ou oito quilômetros. Não tinha interesse em acelerar. Nenhuma verdadeira vontade de avançar.

Concordar era uma coisa; executar era outra completamente diferente. Além disso, aquela urna roxa aguardava meu retorno.

Viajei para o sul, para as águas mais vastas da bacia de Mayport e a intersecção do rio St. Johns com a hidrovia. O oceano Atlântico estava a pouco mais de três quilômetros à minha esquerda. Em um dia calmo, eu poderia sair dos molhes, virar para o sul e chegar em Miami no dia seguinte. Até mesmo na mesma noite. O fim do mundo no dia seguinte. Dois dias e eu teria terminado isso tudo. Mas não era isso que Fingers queria. Ele gostava do interior e sempre pegava o caminho mais lento para casa.

O radar do canal meteorológico nos meus aparelhos, junto com a voz digital da rádio meteorológica, informavam-me que uma confluência de tempestades no Atlântico estava empurrando uma barragem constante de vento e água contra a Costa Leste e que assim continuaria por grande parte das duas ou três semanas seguintes, talvez mais. Hoje o vento médio era de sete quilômetros por hora vindo do nordeste. Amanhã passaria de vinte e ficaria assim por uma semana, chegando no máximo a trinta, quando pararia brevemente, apenas para retomar e castigar o litoral mais uma vez.

Essas condições empurrariam todo o tráfego de barcos pequenos para dentro do fosso. Buscando proteção. Muitas das embarcações maiores logo seguiriam o exemplo, à medida que o enjoo se espalhasse. Isso significava que todos que fossem para o norte ou para o sul estariam se esbarrando na hidrovia pelas próximas semanas.

À minha direita brilhava o horizonte da cidade de Jacksonville. Era um desvio bem grande do caminho, e me custaria um dia, mas Fingers gostaria de vê-la. Provar a água uma última vez. Black Creek tem uma das águas mais bonitas e puras do nordeste da Flórida. Ele costumava fazer com que eu o trouxesse aqui, e, quando passávamos sob a Ponte de Black Creek, ele caminhava até a proa, amarrava as duas cordas da proa atrás das costas e então me dava sua melhor imitação de *Titanic*. Toda vez. Sem falta. Em seguida, subíamos o rio devagar, atracávamos embaixo de algum cipreste gigante, e ele abria um vinho novo. A terra em uma garrafa.

Virei à direita. Ou, como diria um capitão de barco, "tudo a estibordo". Como cidade, Jacksonville, ou Cowford, como era conhecida antigamente, cresceu em margens opostas do mesmo rio, onde os homens levavam suas vacas para vadear em um estreitamento do rio. À medida que cresceu em população, ela se espalhou partindo de seu epicentro e se tornou uma cidade de pontes. Enquanto a maioria dos rios corre para o sul, o rio St. Johns é uma anomalia geográfica e corre para o norte — assim como o rio Vermelho, o Nilo e alguns grandes rios na Rússia. Segui rio acima, passando por baixo de sete pontes gigantescas de várias cores e materiais, incluindo uma irritante estrutura ferroviária, e eventualmente cruzei as grandes águas do St. Johns, onde, às vezes, a largura do rio se estende por quase quatro quilômetros.

Ao longo de sua história, o estado da Flórida foi o lar de alguns grandes escritores, incluindo alguns ganhadores dos prêmios Pulitzer e Nobel. Judy Blume, Brad Meltzer, Stuart Woods, Elmore Leonard, James Patterson, Mary Kay Andrews, Carl Hiaasen, Jack Kerouac e Stephen King. Depois, vinham os gigantes: Madeleine L'Engle, Ernest Hemingway, Patrick Smith, Marjorie Kinnan Rawlings. Precedendo todos eles veio a abolicionista Harriet Beecher Stowe, que deu um rosto humano à escravidão com o livro *A cabana do Pai Tomás*.

Talvez seja algo na água.

Ao sul da Ponte Buckman, a água é ampla. Quatro quilômetros ou mais em alguns lugares. À minha esquerda, em um pequeno vilarejo chamado Mandarin, Harriet Beecher Stowe viveu dezessete anos em um laranjal de trinta acres onde os moradores a tratavam como realeza. Antes da Guerra Civil, turistas andavam de pedalinhos por esse trecho de água até o rio Ocklawaha e, finalmente, até o rio Silver, que os levava ao parque estadual de Silver Springs — que mais tarde ficaria famoso graças ao fotógrafo Bruce Mozert. A água era tão clara que eles desenvolveram barcos com fundo de vidro através dos quais podiam ver as "sereias". O parque ficou conhecido como o Grand Canyon da Flórida e era inigualável em popularidade até que um homem chamado Walt apresentou um rato chamado Mickey nos arredores de Orlando.

Fingers adorava a história. Absorvia-a. Ele leu e releu os livros deles, levou-me neste mesmo barco até Silver Springs e apontou para a costa. — A sra. Stowe morava bem ali. — Mas um dos lugares favoritos dele era um pequeno riacho conhecido por poucos.

Ao sul de Jacksonville, reduzi a velocidade na foz, passei por baixo da minha oitava ponte e entrei em Black Creek. Como os rios Suwannee, St. Mary's ou Satilla, Black Creek tem água escura, mas isso não significa que seja uma água ruim. Na verdade, é uma água muito boa. Ela deriva sua cor do ácido tânico gerado pela decomposição de matéria orgânica, tal como folhas. Em suma, a água parece um chá gelado forte. Na foz, Black Creek vai de uma média de dois metros de profundidade para mais de doze. Na época em que os suprimentos de água doce eram transportados em barris, os capitães de embarcações marítimas prefeririam Black Creek por sua pureza e porque o ácido tânico mantinha a água fresca por mais tempo. Eles navegavam pelo St. Johns e entravam em Black Creek, atingiam profundidades de mais de doze metros e então usavam pedras de lastro para afundar seus barris até o fundo, onde a água era particularmente boa.

Alguns até afirmavam que o sabor era doce.

Segui rio acima até onde ele nos permitiu, deixando Fingers provar o ar e a água de dentro de sua caixa laranja. Quando o riacho se estreitou, duas águias-americanas desceram das árvores acima de nós e em seguida levantaram voo na corrente ascendente. Talvez tivessem vindo para se despedir. Almocei embaixo de um balanço de corda onde Fingers gostava de nadar, abri uma garrafa de seu vinho, servi duas taças e bebi as duas — sem querer desperdiçar a dele. Nadei, cochilei preguiçosamente e depois voltei devagar para a foz.

Quando o medidor de profundidade indicou mais ou menos treze metros, ancorei, peguei um jarro de leite vazio com a tampa bem apertada e mergulhei de cabeça no mar. Segui a linha da proa para baixo, pressurizando meus ouvidos duas vezes e trazendo o jarro comigo. Quando cheguei a uma profundidade entre dez e doze metros, abri a tampa e deixei o jarro encher por completo, então rosqueei a tampa de volta e nadei até a superfície, onde tomei um gole e depois guardei o jarro dentro do banheiro. Eu tinha visto Fingers fazer a mesma coisa uma dúzia de vezes. Sempre que ele fazia isso, jurava que a água tinha um gosto doce.

Voltei passando por Jacksonville ao anoitecer, o sol se pondo sobre meu ombro. Comecei a pensar em uma costa protegida onde eu poderia ancorar durante a noite. Quando cheguei ao desembarque de Jacksonville, notei algo nadando na água. Algo que não era um peixe. Aproximei-me pelo lado e vi um labrador seguindo rio abaixo. E, quando digo rio abaixo, não quero dizer que ele estava se direcionando a uma margem ou outra. Ele não estava tentando chegar à margem. Ele estava tentando alcançar um barco que já havia partido há muito tempo. Desliguei o motor e parei ao lado, mas ele não fez nenhuma tentativa de subir. Ele apenas continuou nadando.

— Você está bem, garoto?

O cachorro mal me notou. Tirei-o da água e o coloquei dentro do barco, onde ele nem parou para se sacudir. Percebendo que não estava mais nadando, imediatamente correu para a proa e ficou feito uma sentinela, olhando e ouvindo rio abaixo. Ele não tinha coleira nem marcações. Apenas um lindo labrador, quase branco. Pela aparência, ele estava em boa forma. Com dentes e a força de um cão jovem. Imaginei que tivesse entre dois e três anos. Procurei por qualquer sinal de um barco ou alguém gritando o nome de algum cachorro, mas estávamos sozinhos.

Eu não poderia atirá-lo de volta na água, e imaginei que, se alguém estivesse procurando por ele, teria uma chance muito maior de avistá-lo lá em cima do que submerso na água. Além disso, estávamos indo na direção em que ele estava nadando. Se não estivéssemos, ele jamais teria entrado no barco. Sua bela cor e linhas régias, unidas ao compromisso inabalável com sua vigilância — sem mencionar a caixa laranja brilhante amarrada sob suas pernas —, significavam que, se alguém estivesse procurando por um cachorro, seria difícil não nos ver.

Quando o levei para a praia e o coloquei no passeio da orla, ele simplesmente correu ao longo da margem rio abaixo até que algo o impediu de correr mais longe — e então ele se lançou no rio e recomeçou a nadar. Depois de fazer isso três vezes, eu o puxei para o barco e mandei que ele se sentasse. Surpreendentemente, ele sentou.

— Olha, eu não posso deixá-lo na água. Você vai se afogar.

Nenhuma resposta.

Apontei para a praia.

— Você não vai ficar na praia, e eu não posso segui-lo enquanto você nada até o oceano e morre.

Ainda sem resposta.

— Tem alguma sugestão?

Ele olhou para a proa, depois de volta para mim, mas não se moveu. Em seguida, levantou as orelhas e inclinou a cabeça para o lado.

Apontei para a proa.

— Está bem, mas há algumas regras. — Ele voltou para a proa, apontando sua bunda na minha direção. — Não morda nada — apontei de novo —, principalmente aquela caixa embaixo de você, e está proibido de fazer xixi neste barco. Se tiver que fazer o número um ou dois, você vai fazer da lateral.

Ele não me deu nenhum sinal de que estava me ouvindo.

— Você ouviu alguma coisa do que eu acabei de dizer?

Ele olhou rio abaixo e abanou o rabo.

Durante a hora seguinte, sempre que passávamos por um veleiro ou lancha, eu chamava o capitão e apontava para o cachorro. "Esse cachorro é seu?", perguntei uma dúzia ou mais vezes. Ninguém o reconheceu.

A ficha sobre a realidade da mudança na minha situação estava começando a cair para mim.

— Não posso continuar chamando você de Cachorro, então, tem que me ajudar com um nome. Como quer que eu o chame até encontrarmos quem você está procurando? Ou que eles o encontrem?

Novamente, nenhuma resposta.

— Você não ajuda muito.

Ele estava sentado na proa, com o olhar fixo à frente, os olhos voltados para o rio.

— O que acha de Nadador? — Apontei para a água. — Você parece muito bom nisso. — Repeti o nome algumas vezes para mim mesmo e achei que soava meio bobo. — Certo, então, talvez Nadador não. E que tal Alvo? — Esse também não soava muito bem. Seus pés eram bem grandes, por isso sugeri: — Que tal Patas?

Ele olhou por cima do ombro e depois de volta para a água.

— Não gostou muito, hein? — Cocei a cabeça. — Que tal Fosso? Foi onde eu o encontrei.

Suas orelhas se moveram, informando-me que ele me ouviu, mas ele não se virou.

A lembrança da minha ilha e das ruínas das casas de taipa dos escravizados me ocorreu. Estranhamente, o ácido tânico na água fez seu pelo branco parecer quase listrado quando o tirei. — E Rajado? Você é um pouco. Mais ou menos.

Ele olhou por cima do ombro e abanou o rabo.

— Então, vai ser Rajado.

Segui devagar pelo centro de Jacksonville enquanto o sol desaparecia atrás da popa e a lua nascia à proa. Quando o rio me jogou na hidrovia, virei para o sul e estava prestes a colocar o barco para planar quando dei a ele um aviso final.

— Última chance. Você quer desembarcar?

Ele se sentou e olhou por cima do ombro, reconhecendo que tinha me ouvido. A caixa laranja de Fingers estava enfiada sob suas patas. Fingers gostaria disso.

— Ok. Como queira. Mas este é um barco de trabalho, e você terá que fazer sua parte.

Ele se deitou. Olhando para frente. Rabo abanando.

Estabelecemos um bom ritmo, um quilômetro após outro, enquanto meu amigo silencioso ficava sentado na caixa laranja e deixava suas orelhas balançarem ao vento. Em intervalos de poucos minutos ele deixava seu posto, vinha até mim, cheirava minha perna, olhava para cima, cheirava o banheiro e a porta que levava até ele, depois retornava para a proa. Depois da terceira vez, tive a sensação de que ele estava tentando me falar alguma coisa, então, parei em uma praia no lado oeste da hidrovia. Ele desceu, fez suas necessidades, cheirou oito ou dez tocas de caranguejo, cavou uma delas e depois saltou de volta para o barco.

Era um cão inteligente.

Mas tínhamos um problema. As patas dele.

— Olha, cara. Não pode ir cavar na lama e depois simplesmente pular aqui como um moleque. — Apontei para a água. — Lave os pés primeiro.

Ele empurrou as orelhas para frente e inclinou a cabeça. A expressão em seu rosto dizia: "Você está louco".

Apontei mais uma vez.

— Não estou brincando.

Ele pulou da proa, nadou cachorrinho em um círculo ao redor do barco, depois subiu na plataforma de natação na parte traseira. Ele se sacudiu e esperou meu chamado.

— Bem melhor.

Navegamos pelo fosso rumo ao sul atravessando Jacksonville Beach. Ponte Vedra. Marsh Landing. E a orla leste do Dee Dot Ranch — de propriedade das mesmas pessoas que começaram o Winn-Dixie. O Dee Dot é um enorme rancho particular onde os búfalos costumavam vagar até que os mosquitos e cobras os enlouquecessem. Passei por baixo da ponte de Palm Valley e pelo parque estadual do rio Guana.

À meia-noite me encontrava na enseada de St. Augustine. Não era o melhor lugar para se estar à noite, principalmente com um vento de 35 quilômetros por hora. Como todos os piratas antes de mim, virei para o oeste — afastando-me do Atlântico espumoso — e apontei a proa para o antigo forte de St. Augustine. O Castillo de San Marcos, que era a reivindicação espanhola do novo mundo, construído por volta de 1565. Jamestown afirma ser a primeira colônia na América, mas, quando os ingleses pisaram em Jamestown, os espanhóis — auxiliados por europeus e africanos — já tinham dado à luz netos em St. Augustine. Se a América tem um local de nascimento, é aqui nestas águas improváveis e praias cheias de mosquitos.

Passamos por baixo da Ponte dos Leões e atracamos na ponta norte da marina municipal. Eu estava cansado demais para sair em busca de um hotel, sendo assim, estiquei-me no banco na popa e dormi cinco ou seis horas até que uma língua enorme e cheia de baba começou a lamber meu rosto logo após o nascer do sol.

CAPÍTULO 5

Afastei-o de mim.
— Cara... Sei que você está se sentindo como se seu mundo tivesse virado de cabeça para baixo, mas temos que estabelecer alguns limites. — Levantei um dedo. — Primeiro, você não pode lamber meu rosto enquanto eu estiver dormindo. É nojento. Minha boca estava aberta e eu vi o que você lambe e... e não quero nem pensar no que está rastejando dentro da minha boca agora.

Eu levantei um segundo dedo.

— E dois, precisamos de uma pasta de dente para você. — Limpei meu rosto na manga da camisa. — Parece que você comeu um verme.

Ele sentou abanando o rabo. O olhar em seu rosto dizia uma coisa: "Café da manhã?"

Montei uma coleira improvisada com uma corda de proa não utilizada, e Rajado e eu nos dirigimos para a cidade. Eu precisava de um café. Saindo da marina, reconheci um grande iate amarrado do outro lado, um pouco escondido. Desta vez seu nome não estava coberto. O *Sea Tenderly* repousava tranquilamente, puxando suas cordas sem uma alma no convés. Ou estavam dormindo ou tinham saído em busca de outra festa.

Encontrei café e comprei um sanduíche de *bacon*, ovo e queijo para Rajado, que ele devorou em duas mordidas antes de olhar para mim, querendo mais, enquanto a gema de ovo escorria do canto da boca.

Ele comeu mais quatro antes que eu pusesse um fim àquilo e encontrasse um mercado, onde comprei para ele um grande saco de ração, um balde de dezoito litros com tampa, uma tigela e uma coleira.

Ele não gostou da coleira, mas sentei na frente dele e tentei explicar.

— Eu não gosto disso tanto quanto você, mas você precisa usar.

Ele choramingou.

— Eu sei, mas… você simplesmente tem que fazer isso. É a lei. — Ele se sentou, majestoso, e virou a cabeça de um lado para o outro, recusando-se a me deixar colocar aquilo nele.

— Eu sou o capitão do barco, certo? — Ele abanou o rabo. — Regras do barco. Todos os cães devem ter uma coleira, e isso inclui você. — Ele choramingou de novo.

— Vamos. Vou deixá-la frouxa. — Ele andou em volta de mim em um círculo, lambeu meu rosto e finalmente abaixou a cabeça. Alguém tinha dedicado tempo treinando e amando esse cachorro. Senti pena de quem estava procurando por ele.

Tentei pensar como alguém que perdeu um cachorro. Verifiquei jornais e mídias sociais de Jacksonville até o sul de Daytona e o norte de St. Simons, mas não encontrei nada. Depois fui até o centro de controle de animais. Eles acharam que ele era lindo, mas me informaram que, caso eu o deixasse lá, sua estadia seria de três dias e depois ele ia tirar uma soneca bem longa.

Eu lhes respondi que ele não estava com sono.

Sem conhecer o histórico dele, eu não tinha ideia do que fazer quanto às suas vacinas, portanto, pedi que as colocassem em dia sem prejudicar seu fígado e rins. Eles fizeram isso, o que não o deixou muito feliz. Em particular a amostra de fezes. Ele estava parecendo um pouco amuado quando o trouxeram de volta para mim.

Para compensá-lo, levei-o para pegar uma das minhas coisas favoritas. Não posso ir embora de St. Augustine sem ela. *Gelato* no Café del Hidalgo na rua St. George. Pedi um extragrande, e ele e eu sentamos na calçada em meio à miríade de artistas de rua e dividimos um cone. Quando terminei, escovei os dentes dele, o que ele tolerou.

Essa experiência de vinte minutos misturada com seu pelo quase branco e disposição para lamber o rosto de todos os humanos do planeta — principalmente aqueles cobertos de sorvete ou *gelato* — ensinou-me algo. Rajado atraía atenção como um cachorrinho em um parque. Todo mundo queria acariciá-lo, e ele ficava muito feliz em atender. Paramos no ponto de encontro de dois calçadões movimentados — o cruzamento de pedestres da rua St. George com a Hypolita, na diagonal entre o Café del Hidalgo e o Restaurante Columbia. Se eu fosse divulgar algo em St. Augustine, aquela esquina era melhor do que a FOX ou a CNN. Nas várias horas seguintes, aparentemente todas as crianças em St. Augustine tinham tirado fotos com Rajado, e eu recusei diversas ofertas para vendê-lo. A cada foto tirada, eu pedia para que as pessoas postassem em suas redes sociais com a hashtag #EncontreMeuDono e #LabradorBranco.

Tudo em vão.

A multidão diminuiu depois do jantar, então Rajado e eu nos preparamos para nossa caminhada de volta à marina, ambos cansados e famintos. Eu estava no processo de me levantar quando ouvi uma voz atrás de mim. Embora eu tivesse ouvido vozes atrás de mim em grande parte das últimas oito horas, esta soou diferente. Estava angustiada. E dolorida. Fechei os olhos e me concentrei no som, tentando ouvir o que o tom revelava. Ele me dizia muito, mas não com palavras.

Ao me virar, percebi que a aparência da dona da voz combinava com o som frenético e derrotado de seu tom. Quarenta e poucos anos talvez, cabeça abaixada, cabelos castanhos, grisalhos na raiz, passos rápidos, mancando de leve, uma missão a cumprir. Ela usava um chinelo — que estava arrebentado — e o outro pé estava descalço. Ambos estavam enlameados. Suas pernas, embora bonitas, estavam arranhadas nas panturrilhas, como se ela tivesse corrido entre arbustos espinhosos ou grama alta. Ela estava usando o que restava de um uniforme. Algo que uma garçonete usaria em um restaurante que ficasse aberto a noite toda. Saia preta, provocante de uma forma institucional. Camisa de botões branca, já não tão branca. E um avental do qual ela não parecia ciente.

Como se ela o tivesse usado por tempo suficiente para esquecer que estava lá ou apenas não se importasse com o que indicava sobre ela. Um bloco de comandas estava enfiado no bolso direito na frente. Lápis e canudos erguiam-se do outro.

Ambas as mãos e a voz dela tremiam enquanto ela segurava o telefone.

— Mas, querida... você não pode. — Ela estava inconscientemente andando em círculos em volta de Rajado e de mim agora. — Eles só querem uma coisa e prometem qualquer coisa para conseguir.

Outro círculo. Uma inspiração profunda enquanto ela tentava dizer uma palavra.

— Eu sei que eu queria, mas...

Ela passou por mim uma terceira vez, endireitou-se e começou a andar em direção à marina. Sua voz ficou mais alta. Mais exasperada.

— Espera. Não... Querida?

Neste momento, eu a ouvi falar uma palavra. Uma palavra que eu não podia negar ou ignorar. Uma palavra simples de cinco letras. Ela estava chorando enquanto falava.

— Angel?

Balancei a cabeça e xinguei a mim mesmo.

Rajado a observou se afastar. Em seguida, olhou para mim. Cocei a cabeça dele.

— Vamos, garoto.

Chegamos à marina, há um quarteirão da mulher. Ela corria ao longo das docas, batendo nas portas de cada barco que parecia habitado. Sua voz ecoava na água.

— Eu só preciso... Próxima marina... Daytona... Não, eu não tenho nenhuma...

Frustrada com outra porta batida em sua cara, ela avistou os barcos da marina. Com catorze a dezesseis pés, atendiam por ordem de chegada, transportando pessoas e mercadorias para barcos maiores. Ela saltou em um amarrado nas sombras, estudou o motor de popa, apertou um interruptor, puxou o cabo e o motor de popa Yamaha de quarenta cavalos de potência ligou na primeira tentativa. Algo pelo qual são conhecidos. Ela girou o acelerador no leme manual, acelerou o motor, xingou, encontrou o câmbio e engrenou a ré, fazendo as engrenagens rangerem. O barco sacudiu na água, puxando sua corda de amarração, lançando ondas e espuma contra o cais.

Percebendo seu erro, a mulher relaxou o aperto no leme, diminuiu a marcha do motor, desamarrou a corda e, sem se preocupar em verificar o nível de combustível, deu marcha ré, chocando-se contra dois iates, uma estaca e o muro de contenção. Finalmente, ela conseguiu fazer um círculo como se fosse um pato de uma perna só e deu de cara com o casco de um pesqueiro esportivo de sessenta pés, o que a fez cair dando uma cambalhota até a proa. Recuperando-se, ela retornou à popa, estabilizou o leme e começou uma trilha errática e sinuosa saindo da marina. Fora da zona de velocidade controlada, ela acelerou e fez o pequeno barco planar, imediatamente atolando-o na lama fofa. Xingando de novo, ela saiu do barco, empurrou-o para fora do banco de lama — finalmente perdendo o outro chinelo —, dando a ré e recuando para o canal mais profundo.

Uma vez livre, ela acelerou com tudo mais uma vez e seguiu rumo ao sul, descendo o fosso.

Sua trajetória de bola de fliperama provou que ela nunca havia pilotado um motor de popa, mas ela estava treinando sua mente: empurre na direção oposta à que você quer ir. Admirei sua determinação, mas me perguntei quanto tempo levaria até que a marina mandasse as autoridades para arrastá-la de volta. Ou ela afundasse aquele barco.

Rajado e eu embarcamos no *Gone Fiction* e saímos da marina. A essa altura, a mulher já tinha sumido. Assim como seu rastro. A essa hora da noite, os iates maiores tinham entrado para escapar dos ventos da costa e estavam viajando para o norte e para o sul no fosso — alguns a uma velocidade entre 45 e 55 quilômetros por hora, acreditando estarem seguros de embarcações menores. Poucas pessoas viajam pelo fosso à noite. Esses iates estariam partindo o canal ao meio com as esteiras de água que deixavam — algumas com mais de um metro de altura, rolando e quebrando em direção à costa.

Pensei na mulher. Ela e aquele barco não tinham chance.

Rajado e eu saímos de St. Augustine pensando em chegar a Daytona à meia-noite. O problema era que estava escuro e, embora meus aparelhos sejam precisos, furacões e tempestades têm suas formas de ultrapassar limites e causar mudanças nas profundidades. A navegação noturna pode ser complicada e, embora eu conhecesse essas águas, não confiava em meus aparelhos. Nunca confiei. Só os uso para confirmar o que os marcadores estão me dizendo. Isso não quer dizer que eles não sejam precisos. Eles são. Em geral. Apenas aprendi a confiar mais em meus olhos do que na tela.

CAPÍTULO 6

A lua estava mais uma vez alta e clara, projetando nossa sombra na água. Este trecho da hidrovia era principalmente residencial, o que o tornava mal iluminado em comparação a uma cidade como St. Augustine, Daytona ou Jacksonville. Além disso, enquanto Florida Keys recebe muita atenção quando se trata das águas da Flórida — e merecidamente, porque são lindas —, algumas das águas mais bonitas do norte da Flórida podem ser encontradas no rio Matanzas, entre St. Augustine e a reserva aquática de Tomoka Marsh. Ou as águas que levam às praias de Ormond e Daytona. Bem no meio fica Marineland — o primeiro oceanário do mundo. Tornado famoso pelos cineastas de Hollywood por oitenta anos com clássicos dos anos 1950 como *O monstro da lagoa negra* e *A revanche do monstro*.

Meia hora após deixar St. Augustine, acelerei por Crescent Beach, passei a oeste de Fort Matanzas e em seguida naveguei ao longo do trecho onde a rodovia A1A literalmente forma a fronteira da Intercostal. Naveguei com as luzes de navegação de proa e popa acesas, junto com as luzes no topo do T-top, mas desliguei a luz dos aparelhos, pois interferia na minha capacidade de encontrar o centro do canal e a próxima boia. Com Marineland no meu lado de bombordo me separando do oceano Atlântico, fiz a curva em direção ao sul-sudoeste quando avistei restos de uma pequena embarcação. Não foi difícil de avistar. Pó branco espumoso em um mar de vidro preto.

A mulher. Tinha que ser.

E ela não estava sozinha na água. Algo mais à frente, viajando do sul para o norte. Algo grande.

O problema com a Intercostal aqui é que ela se estreita para menos de noventa metros. O problema adicional é que há bancos de areia em ambas as margens, o que significa que o canal tem cerca de quarenta metros de largura e dois metros de profundidade. Estreito e raso, sim, mas isso normalmente não é um problema em tardes ensolaradas. Torna-se um problema agora — quando está escuro e duas embarcações viajando em direções opostas estão se aproximando depressa uma da outra no ponto mais estreito.

Vi a água branca do talha-mar do navio que seguia rumo ao norte e rapidamente calculei seu comprimento em mais de trinta metros. A mulher no barquinho teve o bom senso de desviar para a direita, mas apenas um pouco, provando que ignorava a devastação prestes a ser desencadeada em sua pequena embarcação. Ela poderia evitar a proa do barco maior, mas não o rastro.

Avancei um pouco o acelerador e mantive os olhos na embarcação que se aproximava.

O que aconteceu em seguida teria sido impressionante se não tivesse sido horrível. Com o acelerador alto e navegando a cerca de quarenta quilômetros por hora, a ingênua mulher passou pela linha perpendicular da proa para então encontrar a esteira da embarcação que se aproximava, se deslocando numa velocidade média de 55 quilômetros por hora. E, diferentemente do talha-mar, o rastro era escuro — da mesma cor da água. Que era da mesma cor da noite.

A velocidade de seu barco encontrando a velocidade do rastro a ejetou a mais de noventa quilômetros por hora. Como se disparada de um canhão, ela girou cerca de quinze metros no ar. Seu barquinho subiu a primeira onda do rastro, deixando a água por completo na sequência. A hélice girou no seco por um breve instante, atingindo o máximo de rotações por minuto. Em seguida, o nariz do barquinho bateu na segunda onda. A colisão quebrou a embarcação ao meio, ambos os pedaços desaparecendo em um mar de espuma enquanto o corpo da mulher, debatendo-se e gritando, voava pelo ar escuro da noite.

Cruzando a proa do iate que se aproximava, puxei o acelerador para trás, virei ligeiramente para oeste em direção à margem e rolei sobre as ondas de quase um metro de rastro. Primeiro uma, depois a segunda, em seguida uma terceira. Quando estava livre, empurrei o acelerador com tudo para a frente e disparei por três segundos na direção onde pensei que ela tinha pousado. Meu medidor de profundidade marcava quatro metros, depois três. Então dois metros. Dada a altura que ela foi atirada, o impacto provavelmente a deixaria inconsciente. No mínimo, ia lhe tirar o fôlego e talvez quebrasse algumas costelas. O truque para mim era navegar próximo o bastante para ouvi-la ou vê-la, com sorte na superfície da água ou próxima a ela, mas não tão perto a ponto de mastigá-la sob minha hélice em funcionamento. Avancei o máximo que pude, observando as orelhas de Rajado em busca de qualquer sinal de vida, e puxei o acelerador para trás quando ele se sentou e olhou para a nossa direita. Desliguei o motor quando ele se levantou e começou a latir, e em seguida iluminei a superfície da água com um holofote.

Não vendo nada, girei o volante para a direita e desliguei o motor, permitindo que o impulso me virasse noventa graus, enquanto eu examinava a superfície da água. Quando Rajado correu para a parte de trás do barco e começou a latir loucamente, concentrei-me na água na popa. Vendo braços flutuando sem vida e o que parecia cabelo, tirei a camisa e mergulhei, nadando com força, enquanto a corrente de saída me puxava, afastando-me dela e ela de mim.

Cavando mais fundo contra a água, cruzei a distância e fui recebido por pés chutando, mãos espanando e uma mulher sufocando. Ela estava afundando abaixo da superfície quando me abaixei, passei uma das mãos sob sua axila e a ergui para fora. Quando sua boca rompeu a superfície, ela sugou uma lufada gigante de ar, para em seguida engasgar, tossir e lutar por mais — puxando-me para baixo junto com ela. Lutando contra mim, ela estava tornando impossível levá-la para o barco, por isso empurrei-a na minha frente, enrolei um braço em volta de sua cintura, descansei sua cabeça contra meu ombro e peito e comecei a chutar de lado em direção ao barco e de Rajado. Ela estava fora de si e, se eu não a levasse para o barco logo, ela nos afogaria.

Quando Rajado nos viu, ele mergulhou, nadou a nossa volta e nos conduziu de volta ao barco. Quando chegamos lá, segurei-a contra a escada do barco, na qual ela se agarrou. Tossindo, engasgando e tremendo, ela estava prestes a desmaiar. Ajudei-a a subir e sentei-a no banco, onde ela chorou, balançou para frente e para trás e abraçou a si mesma. Rajado subiu na plataforma de natação, mas não conseguiu se apoiar nas patas traseiras, então o levantei pelo pescoço e pelas costas e o coloquei no barco. Ele prontamente se sacudiu e depois cheirou a mulher.

Ela estava curvada, soluçando de tanto chorar, com os joelhos junto ao peito e sangrando muito. Rajado estava ao lado dela, lambendo seu rosto e orelhas. Peguei uma toalha de um dos compartimentos de armazenamento dianteiros e passei ao redor de seus ombros. Por fim, liguei o console e as luzes do T-top. Mesmo sob os LEDs azuis, coberta de lama e sangue, ela era linda. Seu cabelo estava emaranhado em seu rosto e seus dedos estavam cortados. Vários estavam sangrando, o que indicava que o impacto a havia lançado para o banco de areia. Seu rosto também estava cortado acima de um olho, com o ferimento descendo por sua bochecha. Arranhões nos ombros também. Evidentemente suas costas haviam sofrido o impacto, já que era onde estavam os cortes mais profundos. Rapidamente o sangue atravessou a toalha, manchando-a de vermelho.

Deduzi que ela falaria quando fosse capaz e que a melhor coisa que eu poderia fazer seria conseguir ajuda para ela, portanto, liguei o motor e virei para o norte, subindo o fosso, e somente quando fiz o barco planar é que me virei para olhar para a mulher. Ela estava me observando enquanto Rajado lambia o sangue de seu rosto.

Entrei na marina municipal, atirei uma corda de proa em volta de um cunho, cortei o leme e deixei a corrente virar o Whaler e trazê-lo para a lateral do cais, enquanto eu prendia a popa. Pulando no cais, fui recebido por um jovem atendente. Quando as luzes da pequena marina iluminaram o banco, ele notou a mulher.

— Caramba. Ela precisa de ajuda?

Ajudei-a a se levantar, só então percebendo que sua saia tinha sumido. A mulher estava usando uma calcinha, mas não restava muito dela. Peguei uma segunda toalha e enrolei em volta da cintura dela, e ele a ajudou a sair do barco. Ela estava em choque; a fala não saía. Olhei para o atendente.

— Vocês têm um pronto-socorro? Alguma coisa próxima ou aberta a essa hora da noite?

Ele balançou a cabeça.

— O posto médico mais próximo é o Baptist South. Quarenta e cinco minutos naquela direção.

— Você tem um carro?

Ele franziu a testa.

— Eu pareço ter um carro?

Minhas opções eram limitadas. Um motorista de Uber nunca me deixaria entrar no carro, e, embora os paramédicos com certeza pudessem ajudar com a condição física da mulher, não podiam ajudá-la com o que ela precisava. Eu, por outro lado, talvez pudesse.

Primeiro eu precisava limpá-la antes que esses cortes infeccionassem.

— Onde fica o hotel mais próximo?

Ele apontou para as luzes acima do cais e do outro lado da rua. As portas do hotel eram todas viradas para fora, com vista para a marina. Entreguei-lhe uma nota de cem dólares.

— Arrume um quarto para mim, traz uma chave, e pode ficar com o restante.

Ele arregalou os olhos e desapareceu no cais. Voltei-me para ela. Seu cabelo ainda estava grudado no rosto. Ela tinha começado aquele choro convulsivo em que perdia o controle da respiração, nem para dentro nem para fora. A toalha sobre seu ombro era uma grande mancha vermelha.

— Consegue andar?

Ela colocou a perna esquerda à frente da direita, apenas para fraquejar. Eu a peguei, a coloquei de pé, e ela caiu contra mim. Eu a levantei, passei suas pernas sobre meus braços e a carreguei subindo o passadiço e atravessando a rua. O atendente saiu do escritório, apontou para a esquerda. Eu o segui. No último quarto antes da escada, ele destrancou a porta, saiu do caminho e colocou a chave na minha mão direita.

— Mais uma coisa? — pedi.

Ele esperou.

— Verifique meu barco. Certifique-se de que ele esteja seguro e que estará lá amanhã quando eu voltar.

Ele saiu sem dizer uma palavra.

Eu a carreguei para dentro do quarto e a porta se fechou atrás de mim. Rajado ficou parado, atento. O olhar em seu rosto dizia: "E agora?"

Coloquei-a na cama, onde ela se enrolou em posição fetal. Tremendo. Tirei uma ponta da toalha do ombro dela, mas havia começado a coagular e ficar grudada, então, quanto mais eu tirava, mais reabria tudo. Se eu continuasse assim, ela ia se machucar. Entrei no banheiro, liguei o chuveiro quente e me ajoelhei ao lado da cama.

— Escute, eu posso chamar uma ambulância...

Olhando através da parede em direção à hidrovia, ela balançou a cabeça.

— Preciso dar uma olhada na gravidade dos cortes, mas, se eu continuar cutucando essas toalhas, só vai piorar as coisas. Preciso colocar você na água morna.

Ela deslizou os pés para o chão e eu a ajudei a se levantar. Eu não sabia se ela confiava em mim porque não tinha mais ninguém ou porque estava tão delirante que não sabia o que fazer. De qualquer forma, ela se apoiou em mim enquanto eu a arrastei até o banheiro. Enquanto o vapor pairava acima de nós, ela entrou no chuveiro quente e apenas ficou parada enquanto a banheira se enchia de vermelho, lama e pedaços de concha de ostra.

Quando ela estava pronta, eu puxei a toalha de seus ombros devagar, expondo cinquenta cortes e uma miríade de pequenos pedaços de ostra presos em sua pele. Evidentemente, sua aterrissagem fez com que ela deslizasse por um banco de ostras. Ela se virou para expor a camisa rasgada e as costas cortadas. Eu a ajudei a tirar a camisa e me afastei enquanto ela se encostava na parede e deixava a água morna lavar suas costas. Rajado ficou ao lado da banheira, abanando o rabo. Peguei as toalhas ensanguentadas e as coloquei de lado, permitindo que a banheira drenasse. Por três ou quatro minutos, ela apenas ficou de pé. Finalmente, ela foi se abaixando e sentou no chão da banheira, a cabeça nos joelhos, enquanto a água e o vapor a traziam de volta à vida.

Eu precisava tirar os pedaços de ostra das costas dela, então apertei o botão de controle e mudei a água do chuveiro para a bica da banheira. Sentei na beirada da banheira.

— Você é forte?

Ela assentiu sem olhar para mim. Coloquei a tampa no ralo e comecei a tirar a lama e as conchas de ostras enquanto ela se apoiava nos joelhos. Conforme a água da banheira ficava mais vermelha, eu limpava as costas dela. Na metade do processo, ela se apoiou na borda da banheira, e Rajado aproveitou a oportunidade para lamber sua mão para limpá-la. Ela pendurou a mão em volta do pescoço dele e me deixou terminar o processo — o que levou quase uma hora.

Quando terminei suas costas, perguntei:

— Consegue ficar de pé?

Ela ficou, e prossegui limpando as laterais e a parte de trás das pernas dela. Quando a deixei o mais limpa possível, falei:

— Vou pegar algumas roupas no barco. Tudo bem se eu for?

Ela assentiu sem olhar para mim.

Peguei uma sacola de roupas no depósito do lado esquerdo, onde encontrei o atendente vigiando meu barco feito uma águia.

— Tem algum lugar por aqui aberto a essa hora da noite? Comida ou algo do tipo?

Ele pensou. Então balançou a cabeça.

— Muitos bares.

— Alguma outra coisa?

— Mercado. Cerca de um quilômetro para lá.

— Obrigado.

Fui até a loja, onde a placa na porta dizia: "Sem camisa, sem sapatos, sem problemas". Entrei e os encontrei quase fechando para a noite, então fui até a delicatéssen. Comprei um frango frito. Um pouco de salada fria de frango. Algumas maças. Uma caneca de sopa. Um pouco de macarrão com queijo. Alguns biscoitos salgados e um pouco de molho de maçã. Completei com uma garrafa de vinho e algumas garrafas de Gatorade e chá de ervas. Saí pela farmácia, pegando pomada antibiótica, bandeides, gaze, analgésicos para ajudar com o inchaço e água oxigenada. Se ela já não me odiasse, odiaria quando eu terminasse de passar tudo isso nas costas dela.

Bati, entrei e encontrei-a na cama, deitada de lado. Suas costas estavam nuas. Os braços cruzados na frente do peito. Cabeça em cima de um travesseiro. O lençol cobria suas pernas e a maior parte do peito. Ela ainda estava olhando para o sul através da parede — a direção em que estava indo quando tudo isso aconteceu. Puxei uma cadeira para perto da cama e mostrei a ela a pomada e a água oxigenada. Ela assentiu. Molhei um rolo de gaze e comecei a limpar seus cortes. Isso levou algum tempo. Continuei até que não saíssem mais bolhas. Depois, passei pomada antibiótica em todos os cortes, que pela minha contagem chegavam próximo de cem. Eles envolviam seu ombro e o topo de sua clavícula e peito. Era impossível colocar curativos em todos sem transformá-la em uma múmia, sendo assim, não o fiz. Quando terminei, ela deslizou o lençol e eu tratei os cortes em suas pernas.

Ela ia sobreviver, mas os próximos dias não seriam divertidos. Enquanto eu trabalhava, ela não estremeceu em nenhum momento, sugerindo que ou tinha sentido muita dor na vida ou algo nela doía mais do que meus cuidados.

Peguei a comida e coloquei em uma cadeira diante dela. Ela não pegou nada. Abri a sopa e ofereci uma colherada. Ela se sentou, pegou a caneca com delicadeza e tomou um gole. Sem tirar os olhos de mim. Abri as bolachas e as coloquei ao lado dela na cama.

Tentei puxar assunto.

— Você está fazendo teste para o circo?

Ela assentiu e conseguiu sussurrar:

— É óbvio.

— O que estava fazendo lá fora em alto-mar, em um barco do tamanho de uma banheira?

Ela balançou a cabeça.

— Os caras da marina vão ficar furiosos quando descobrirem que seu barco está no fundo do fosso.

Ela não falou nada.

Quando terminou a sopa, ofereci-lhe uma caneca de chá de ervas aquecida no micro-ondas. Ela aceitou, segurou-o próximo ao rosto. Bebendo delicadamente. A lua brilhava através de nossa janela. Seu choro convulsivo havia sido substituído por respirações superficiais e controladas.

— Você escolheu uma noite agradável para um mergulho. — Tentei fazê-la sorrir.

Ela inclinou a cabeça para trás e riu. De si mesma.

— Eu não sei nadar.

Isso explicava uma boa parte.

— Sério?

Ela estava olhando para sua caneca quando falou:

— Nunca aprendi.

— Quer me dizer que roubou um barco, navegou trinta minutos para o sul daqui sem nunca ter posto a mão em um timão e não sabe nadar?

Ela colocou a mão nas costelas, estremeceu e assentiu.

— Sério mesmo?

Um dar de ombros.

— O que estava planejando fazer se caísse na água?

Novamente, apenas seus olhos se moveram.

— Não havia planos para isso.

— O que ia fazer se eu não tivesse aparecido?

Outro dar de ombros.

— Nenhum plano para isso também.

Reunindo forças, ela se sentou e afastou o lençol. Nua. Ela falou com resignação destroçada.

— Não consigo lutar para sair deste quarto. Se vai fazer alguma coisa comigo... — Ela se deitou. — Apenas acabe logo com isso.

Às vezes, a dor das pessoas é mais profunda do que podemos ver à primeira vista. Lamento não ter visto antes.

Coloquei minha mochila na cama, abrindo o zíper.

— Tem algumas roupas aqui. Não é muito, mas é o que eu tenho. Talvez amanhã possamos conseguir algo mais feminino para você. Hoje à noite pode dormir sem camisa. Dar tempo para sua pele formar casca. Caso contrário, vai tudo grudar em você e terá que passar pelo banho morno e desgrudar de manhã.

Coloquei os analgésicos na cama ao lado dela.

— Amanhã você vai se sentir como se tivesse sido atropelada por um caminhão. Dois desses vão ajudar com a dor e o inchaço.

Coloquei a chave do quarto na mesa de cabeceira ao lado dela e caminhei até a porta.

Parado na porta, falei:

— Durma um pouco. Eu acordo você de manhã.

Rajado ficou me olhando, antecipação e saliva escorrendo da boca. Fiz um sinal de pare com a mão e ele se sentou. Em seguida, apontei para a cama, então ele saltou e deitou com a cabeça ao lado da perna dela. Outro sinal de pare. — Fique. — Ele abanou o rabo.

Enquanto eu fechava a porta, ouvi-a dizer:

— Como sei que você vai voltar?

— Bem, se eu não voltar, pode ficar com meu cachorro.

Ela passou um braço em volta do peito dele e quase sorriu pela primeira vez.

Fechei a porta e olhei para a marina e para a ridícula lancheira laranja de Fingers me encarando de volta. Ele teria gostado dela.

— Eu sei. Eu sei — falei para a caixa. — Não diga nada.

CAPÍTULO 7

A luz do sol penetrou a fresta das minhas pálpebras. Sentei-me e vi que meu amigo tinha ido embora. Banco vazio. O Rolex de Fingers me informou que eu tinha dormido algumas horas, então saí do barco, caminhei até o cais e encontrei o atendente me trazendo uma caneca de café. Ele me entregou.

— Não sabia como você tomava.

Assenti e entreguei-lhe vinte dólares.

Ele sorriu.

— Senhor, se precisar de um zelador, estou disponível.

Tomei um gole e olhei para o motel.

— E você seria um bom.

Bati à porta dela e ouvi um farfalhar. Quando ela atendeu, estava usando meu shorts e minha camisa de pesca de manga comprida. Ambos enormes nela. Rajado apareceu, lambeu a parte externa dos meus dedos e ficou me batendo com o rabo. Por baixo da camisa de manga comprida havia uma de manga curta, que imaginei que ela estava usando para absorver o sangue e proteger a camada externa. Ela havia puxado o cabelo para trás, revelando cortes e arranhões e um rosto bonito com raízes ainda grisalhas. Eu não diria que ela estava descansada, mas parecia que tinha dormido. Descalça, ela abriu a porta e deu um passo para o lado. O quarto tinha sido limpo, a cama feita, as compras ensacadas. Tanto a garrafa de vinho quanto os analgésicos estavam sobre a mesa. Nem a rolha nem o lacre haviam sido rompidos. Uma caneca fumegante repousava com o saquinho de chá balançando.

Seu rosto parecia ligeiramente inchado acima do olho. Ela sentou em uma cadeira, com as mãos entre os joelhos.

— Eu não tenho dinheiro. Para... — Ela acenou com a mão sobre o pequeno mundo à sua frente.

Parei de frente para ela.

— Está com fome?

Ela não falou nada e assentiu.

Coloquei um par de chinelos aos pés dela.

— Eu não tinha certeza do seu tamanho, mas...

Ela falou sem acusação. Apenas com honestidade.

— Você tem um jeito de evitar algumas das coisas que eu falo para você.

Fiz um gesto em direção aos chinelos.

— Está fazendo isso agora mesmo.

— Eu sei, mas estou preocupado com seus pés.

Ela enfiou os pés nos chinelos e encolheu e esticou os dedos. Os pés eram musculosos, arcos altos, dedos calejados e panturrilhas definidas em músculos tensos. Ela se levantou e enfiou as mãos nos bolsos do meu shorts largo.

— Falo melhor com comida no estômago — falei para ela.

Ela sorriu.

Andamos dois quarteirões até um restaurante e sentamos em uma mesa contra a janela.

— Você toma café?

Ela esfregou os olhos e tentou sorrir.

— Pessoas que não tomam... não são pessoas.

A garçonete trouxe café, e pedimos comida. Enquanto o silêncio se instalava ao nosso redor, quebrei o gelo. Estendi minha mão sobre a mesa.

— Murphy. Mas a maioria das pessoas me chama de Murph.

Ela encontrou minha mão com a dela.

— Elizabeth. Mas todo mundo me chama de... Summer.

— Como você foi de Elizabeth para Summer?

— Fiz minha estreia na Broadway como Anna em *O rei e eu*. A manchete do *Times* no dia seguinte dizia: "Conheça a estrela do sucesso deste verão: Summer". O erro de impressão foi um sucesso cômico entre os membros do elenco. Sou Summer desde então.

— Você dançou na Broadway?

Ela assentiu, mas não havia arrogância no gesto. Apenas uma admissão silenciosa de algo perdido.

— Cantei também.

— Há quanto tempo?

Ela balançou a cabeça e estudou o teto.

— Vinte e tantos anos.

— Só um espetáculo?

— Não. — Seus olhos estudaram o teto. Era a primeira vez que eu os via à luz do dia. Verde-esmeralda.

Ela não viu necessidade de se promover, então perguntei:

— Quantos?

— Uma dúzia ou mais.

— Você se apresentou na Broadway mais de uma dúzia de vezes?

— Bem, não. Eu interpretei um papel em mais de uma dúzia de espetáculos, que foram apresentados algumas centenas de vezes.

— O que aconteceu?

Ela olhou pela janela, depois de volta para mim. Cruzou os braços, preparando-se para uma brisa fria que eu não sentia.

— Decisões ruins.

— Como é que nunca aprendeu a nadar?

Ela deu de ombros e balançou a cabeça.

— Garota da cidade tentando dançar. Nunca encontrava tempo.

— O que estava fazendo lá fora?

— Procurando por alguém.

— Procurando ou perseguindo?

Sobrancelhas erguidas me contaram que eu tinha tocado em alguma ponta da verdade.

— Ambos.

— Alguém que não quer ser encontrada?

Os olhos dela encontraram os meus.

Cocei o queixo.

— Ela tem 16 anos, parece ter 21, tem pernas iguais às suas, uma tatuagem nova na base das costas, gosta de dar uma pirueta quando entra em um ambiente e agora está andando com umas pessoas ruins que ela acha que são legais? — Levantei a foto que tirei com meu celular. — Atende pelo nome de Angel?

Ela estendeu a mão e tocou a tela com a ponta do dedo. Ela o manteve ali por um longo tempo. A garçonete entregou nossa comida, e eu lhe contei a história enquanto ela remexia os ovos no prato. A verdade não a confortou, como evidenciado pelas lágrimas. Finalmente, ela enxugou o rosto e assentiu.

Fiz um gesto para trás com um polegar.

— Eu estava no cais quando você acertou aquela manobra tentando sair da marina.

Ela assentiu outra vez. Um pouco menos desconfortável.

— Eu pressenti que, se você ficasse naquele bote por tempo suficiente, acabaria molhada. Por isso fui atrás.

Ela olhou para mim.

— Sempre vai atrás de gente idiota que não conhece?

Engraçado como uma pergunta simples pode resumir tanto. Empurrei meus ovos pelo prato e sorri.

— Às vezes.

Ficamos em silêncio enquanto a garçonete enchia nossas canecas. A garçonete perguntou a Summer:

— Benzinho, posso pegar alguma coisa para você? Nós fazemos uma torta de maçã muito boa. *Milk-shake* de Oreo?

Ela balançou a cabeça.

— Não. Obrigada.

A garçonete olhou para mim com desconfiança e então se virou de lado e sussurrou novamente para Summer enquanto coçava o olho direito.

— Benzinho, quer que eu chame a polícia para você?

Ela estendeu a mão e tocou a mão da garçonete.

— Não, mas obrigada.

Summer falou enquanto a garçonete retornava para trás do balcão.

— Eu não acho que ela goste de você.

— Não, mas eu adoro o jeito como ela diz "benzinho".

Ela riu.

Eu tomei um gole.

— Conte-me sobre Angel.

Summer me contou sobre sua filha e seu relacionamento conturbado. Conforme Angel crescia e florescia em uma beleza estonteante com uma habilidade dramática inata e exercida sem esforço — o que lhe rendeu o papel principal em todos os musicais desde os sete anos —, Summer, com base nos próprios erros, tornou-se mais protetora. No último ano, Summer não conseguiu prender Angel em casa. No final das contas, Angel fez as próprias escolhas ruins. Culminando na decisão de entrar em um iate com um misterioso homem musculoso e um bando de garotas igualmente desorientadas e passar um mês, conforme prometido, nas ilhas saindo da realidade com bebidas e drogas alucinógenas.

— Você tem família? Alguém que você possa chamar para ajudar?

— Não. Somos só nós.

— Marido?

Os olhos dela encontraram os meus, em seguida, desviou o olhar. Outro balançar único.

— Alguma ideia de para onde estão indo?

Ela deu de ombros.

— Para o Sul. Miami. O Keys. Bahamas. Onde quer que o vento sopre, a água seja limpa e o rum flua.

— Você tem um plano?

Ela riu.

— Claro. — Limpou o rosto com a mão direita. — Mas está no fundo da Intercostal agora. — Mais silêncio. Quando paguei a conta, ela desviou o olhar.

Ela não gostava de depender de mim.

— Na doca, você estava usando um uniforme. Como o de uma garçonete...?

— Angel tem... teve... uma bolsa parcial para uma escola muito boa. Mas com 75% ainda restam 25% a pagar. Eu estava trabalhando em três empregos. Um deles era em um restaurante 24 horas, onde eu trabalhava seis noites por semana.

— E os outros dois?

Ela não olhou para mim.

— Eu abasteço as prateleiras de uma loja de autopeças aos domingos, quando está fechada.

— E?

— Eu tenho um estúdio de dança que só atende com hora marcada.

— Por que somente com hora marcada?

Ela baixou a voz. Como se a admissão fosse dolorosa.

— Não tenho clientes suficientes para manter horários normais.

— O que você ensina?

— Normalmente, ensino duas pessoas a ficarem no mesmo espaço e não se matarem.

Eu ri.

Ela continuou:

— Fora isso, ensino mulheres a seguir homens que não sabem conduzir.

— Parece difícil.

— Seguir não é tão fácil quanto parece.

— Como assim?

— Ginger Rogers fez tudo o que Fred Astaire fez, de costas e de salto alto.

— Bom ponto.

— A maioria dos caras pensa que é Patrick Swayze em *Dirty Dancing* até você mostrar a eles o que fazer. Então, eles desmancham feito gema de ovo.

— Parece confuso.

— A maioria dos meus agendamentos são para casamentos. Noiva e noivo.

Tive a sensação de que ela estava ficando um pouco mais confortável comigo, por isso deixei que falasse.

— Posso dizer a partir dos primeiros cinco minutos da primeira aula se eles vão conseguir ou não.

— Como você sabe?

— Não tenho certeza, na verdade. É uma coisa intuitiva. Como ele a trata. Como ela responde a ele. Como os dois se comunicam. A maneira como ele a toca diz muito sobre como o coração dele bate por ela.

— Você tem um tipo favorito de aluno?

— Pessoas mais velhas. Casadas há muito tempo. A dança delas é uma expressão de como viveram.

— Não sei muito sobre isso.

— O quê, dançar ou ser velho?

Eu ri.

— Ambos, mas...

Ela estava começando a gostar de mim.

— Sem querer ofender, mas eu já tinha percebido.

Se você fica perto das pessoas por tempo bastante, aprende seus sinais. A dor geralmente deixa o corpo, e a maioria delas vai lhe contar quando está partindo. Raramente as pessoas sabem o que seu "sinal" está lhe contando. Na maioria das vezes é silencioso. Às vezes, pode ser alto. Não importa como saia, ela deixa um rastro. Dedos nervosos. Pele que coça. Dores de cabeça. Cansaço constante. Fome constante. Há centenas, creio eu.

— Há quanto tempo você está limpa?

Ela mordeu o lábio, inclinou a cabeça para um lado e olhou para o chão.

— Qual vez?

— Desta vez.

— Desde que as coisas começaram a dar errado com Angel. Dois meses. Mais ou menos.

— Qual é o seu veneno?

— Desta vez ou de outras vezes?

— Desta.

— Opioides.

— Isso explica por que não tocou no vinho ou nos analgésicos.

— Eu já tive minha cota dos dois. — Ela afastou a memória. — Começo a tomar coisas para anestesiar minha dor e, quando dou por mim, estou bebendo como se fosse chá gelado ou tomando comprimidos que nem M&Ms. — Ela tinha um jeito lindo de tirar sarro de si mesma. Uma honestidade encantadora. — Eu tinha me sobrecarregado...

Ela estava retornando à sua história. Como se fosse obrigada a contá-la. Eu a interrompi.

— Você não precisa...

— É bom me ouvir falar sobre isso.

Eu esperei.

— Entre o aluguel da casa, a mensalidade do colégio de Angel e algumas dívidas, eu estava perdida. Como se não bastasse, machuquei alguns ligamentos do tornozelo quando me enrosquei em um carrinho de compras no estacionamento do mercado. E, porque eu precisava do dinheiro, piorei a situação tentando ensinar um idiota a dançar ainda com o tornozelo machucado. Então um dos meus clientes...

Eu sabia onde isso ia dar.

— ...me ajudou. Trouxe tudo o que eu precisava. Disse que eu poderia pagar depois.

— Mas pílulas contrabandeadas não são baratas.

Ela anuiu e seus olhos voltaram-se para o chão novamente. Continuei:

— E ele ficou muito feliz em continuar fornecendo para você.

— Minha farmácia particular.

Eu já tinha ouvido essa história antes.

— Mas — continuou ela, com um dar de ombros —, alguns meses se passaram. Meu tornozelo melhorou, e aos poucos, e não sem dificuldade, eu me livrei dos M&Ms.

Eu nunca tinha ouvido isso antes.

— Como?

Ela riu, talvez sentindo meu ceticismo.

— Você não ia acreditar se eu contasse.
— Tenta.
— Eu li.
— Acertou, essa é nova.
— Eu te disse!
— O que você leu?
— No começo, *thrillers*. Histórias de amor. Qualquer coisa do balcão de saldos que me tirasse daqui. — Ela acenou com a mão para o mundo diante de nós.
— Você se livrou do vício de ópio por causa de um livro?
Ela sorriu.
— Não um livro qualquer. Uma série de treze livros de um mesmo autor. Eu li cada um deles umas vinte ou trinta vezes.
— Você leu um livro vinte ou trinta vezes?
— Na verdade, li treze livros seguidos vinte ou trinta vezes.
Meu rosto traiu minhas perguntas.
— Explique para mim.
— Os medicamentos cuidaram da minha dor. Os livros cuidaram da minha realidade. E o que eles faziam eu sentir durava mais, com menos desvantagens. E ajudaram a diminuir o desejo pelos medicamentos. Então, substituí um remédio por outro.
— Deve ser uma série de livros e tanto — comentei.
Isso despertou a curiosidade dela.
— Você gosta de ler?
Eu ri.
— Não. Sendo honesto, não.

CAPÍTULO 8

Eu havia aberto a caixa de Pandora. Summer respirou fundo e falou sem parar enquanto nossa comida esfriava.

— Bem, David Bishop é o melhor. Ele escreveu uma história de amor impossível na qual seu personagem, Bishop, um padre que fez um voto de celibato e pobreza, usa o confessionário e os segredos que as pessoas revelam para iniciar a história e apresentar o problema, ou para explicar quem são os vilões e quem ele precisa resgatar. O problema é que ele é um padre tão bom e é tão bom em seu trabalho que o governo o procura e pede que trabalhe para eles, o que ele faz com relutância. Assim, ele vive várias aventuras fantásticas ao redor do mundo trabalhando para a igreja e para essa agência governamental secreta.

"E, além disso, e essa é a cereja do bolo, para completar seu disfarce, o governo o faz viajar com uma mulher linda, mas tem um detalhe, ela é freira e já foi linda, mas agora tem uma cicatriz enorme no rosto e um segredo que não quer contar para ele, porque tem medo de que, caso conte, ele não queira mais ter nenhum contato com ela. Ela o ama em segredo, entende, e ele a ama em segredo, mas nenhum dos dois vai contar ao outro. É impossível em todos os sentidos."

O rosto dela corou.

— Em cada história, eles chegam tão perto. Eu termino cada livro e fico, tipo: *Bishop, você está me matando. Apenas beije a garota. Deus não vai se importar!*

"E essa é a parte maluca: o personagem escreve os romances. Isso mesmo. Bishop escreve as próprias histórias. Tudo é em primeira pessoa. Como uma autobiografia de verdade. Mas não é. David Bishop é o nome do autor na capa e é o nome do personagem no livro, mas ninguém sabe a identidade do verdadeiro escritor. Até mesmo a descrição na sobrecapa é ficção. Isto é, o cara misterioso, ou mulher, ou o quem quer que seja, vendeu dezenas de milhões de livros em todo o mundo e ninguém, exceto seu editor, jamais falou com ele. A imprensa ofereceu pagar muito dinheiro para ele, mas ele não aceita. Canais de notícias ofereceram ao escritor muito dinheiro para aparecer na TV, mas ele ou ela não quer."

Ela levantou um dedo.

— É por isso que concordo com a teoria da prisão.

— Teoria da prisão?

— Ou o escritor está preso de verdade e não pode sair ou ele está em uma prisão física (eu acho que o autor é um cara), como uma doença ou algo parecido. Ou ele sofreu um acidente horrível, incêndio ou algo que mudou sua aparência, por isso está muito deformado, feito o corcunda. Ele sabe que, se mostrar o rosto, vai acabar com o mistério. E acabar com as vendas. Para sempre.

Toda essa cadeia de pensamento foi incrível. Assim como o fascínio dela pelo assunto. Pensar que ela passou tanto tempo pensando em algo e alguém que só existe na imaginação.

— Como sabe disso tudo?

Ela continuou:

— Existem fóruns na internet dedicados a pesquisas, teorias, conversas, possíveis avistamentos e... Escuta essa: o escritor, que, veja bem, ninguém nunca viu ou faz ideia se é homem, mulher, criança, neandertal, senhora de oitenta anos, pervertido de 270 quilos ou assassino em série cumprindo quarenta sentenças de prisão perpétua, tem as próprias páginas e sites de rede social que leitores e fãs criaram. Dezenas alegando ser o verdadeiro autor. Algumas têm centenas de milhares de seguidores. O que significa que o escritor fictício que escreve ficção deu origem a ainda mais ficção! É maior do que a procura pelo pé-grande ou pelo Elvis. — Ela foi acalmando o tom de voz.

— De qualquer forma, quem quer que seja, sabe escrever, porque as histórias são emocionantes, rápidas, suspenses de tirar o fôlego, histórias de amor, e todo mundo, inclusive eu, está lendo só para saber quando ele vai acabar logo com isso e beijar a garota. Quer dizer, já chega! — Ela deu um tapa na própria coxa e ergueu um dedo. — O corpo de uma mulher faz bebês apenas por algum tempo.

Ela apontou o garfo para mim.

— Há um grande rumor circulando pela internet agora de que algo grande vai acontecer no próximo livro dele.

Ela estava com a corda toda. Podia muito bem continuar. Eu estava gostando de vê-la tão animada.

— Tipo o quê?

— A maioria concorda que é uma de duas opções: ou ela larga o hábito e os dois se casam, apenas para revelar seu segredo, que todos pensam que, dado seu passado promíscuo, é que ela não pode engravidar, deixando-os sem filhos, ou… ele a pede em casamento, mas alguém de seu passado o encontra e sequestra, e, enquanto torturam ele para obter informações, ela fica presa no altar pensando que ele não a ama, por isso ela volta para o convento e faz um voto de silêncio. Quando ele escapa, não consegue encontrá-la porque ela não está falando. De qualquer forma, isso pode acabar com a série — o que é genial e louco ao mesmo tempo.

— Você pensou mesmo nisso.

— Essas pessoas são como minha família.

— Claro… — Eu estava brincando com ela agora. — Há uma terceira possibilidade.

Sua expressão mudou.

— Qual?

— Ele poderia simplesmente matá-los.

Ela balançou a cabeça.

— Isso nunca acontecerá.

Eu ri.

— Como pode ter tanta certeza?

Ela ainda estava balançando a cabeça. Sem querer considerar a possibilidade.

— Casamento com certeza, seguido por uma lua de mel intensa na qual eles não veem a luz do dia por três semanas. Nove meses depois, ela dá à luz o novo Jason Bourne. Avance no tempo e a série secundária continua por tempo indeterminado. Embora... — Ela levantou o garfo. — O filho deles tem que servir no exército por algum tempo para aprender a matar pessoas com um patinho de borracha, e aí a igreja procura o pai e diz que precisa do filho; então ele, o filho, cujo nome é algo legal como Dagger ou Spear ou Bolt, se torna sacerdote rapidamente e acaba sendo levado para Roma, onde se torna assistente especial do... — ela estalou os dedos — É isso! Do papa. Mas na realidade ele é guarda-costas do papa. E dá para publicar essa história para sempre. Tem sempre alguém tentando matar o papa, e sempre tem todo o dinheiro...

Eu estava rindo.

— Você gosta mesmo disso.

Ela assentiu, mas continuou:

— A editora está ganhando dinheiro a rodo. É uma mina de ouro. Os livros são publicados em mais de oitenta países e no mesmo número de idiomas. Acha que vão matar esse cara? — Ela ergueu um dedo. — Escuta isso: os livros dele...

Eu a interrompi.

— Ainda supõe que é ele?

— Sim, mas é bem-aceito que nenhuma mulher escreveria sobre o desejo dele por ela do jeito que ele escreve. Sem mencionar que departamentos de linguística de cinco universidades diferentes fizeram algum tipo de análise das palavras de todos os livros; a forma como as frases são combinadas, a escolha e as combinações de palavras, quando passam tudo isso pelo computador, o resultado sempre indica uma chance sólida de 85% ou mais de ser um homem. Por isso, para efeito de argumentação...

Fiquei espantado.

— Como sabe disso tudo?

— O cara me tirou das drogas! Nem preciso dizer que sou fã.

Eu estava rindo.

— Claro.

Ela continuou:

— A série dele é a primeira na história editorial em que anunciantes estão oferecendo dinheiro, tipo milhões, para mencionar seus produtos nos livros. Automóveis, relógios, computadores, telefones, óculos de sol, motocicletas... — Ela fez outra pausa. — Uma vinícola em Napa chegou a pagar uma fortuna para se tornar o único tipo de vinho que ele usa na comunhão. E pagaram um bônus se ele o servir para ela...

— Isso é ridículo. Talvez seja até blasfêmia.

Ela assentiu.

— Há alguns leitores raivosos que concordam com você. De qualquer forma, quem quer que seja esse escritor, ele não é nenhum idiota. Não é como você se estivesse vendo um grande comercial. Ele faz de uma maneira inteligente. Assim, ele faz, você continua lendo, até que se dá conta: "ele acabou de mencionar outro produto".

— Aposto que Hollywood adora esse cara.

— Aí é que está. Ele recusou Hollywood, o que fez todo mundo querê-lo ainda mais. Dois estúdios processaram a editora pelos direitos, mas perderam no tribunal. David Bishop é um gênio, ele ganhou um monte de dinheiro e vai ganhar muito mais no próximo livro, porque está dando às pessoas um pouco do que elas querem, mas não tudo. — Ela balançou a cabeça. — Matar a série? Nem pensar.

— É claro, está supondo que, seja quem for essa pessoa, é motivada por dinheiro.

— E tem mais essa. Várias redes de notícias investigaram para onde vão os pagamentos de *royalties*. Quer adivinhar?

— Um cara gordo e careca, coberto de correntes de ouro cafonas e com óculos escuros feios, morando na praia em Mônaco, tomando alguns drinques com guarda-chuva, recebendo os juros e rindo de pessoas como você?

Ela sorriu.

— Chegou perto, mas não. Rastrearam os *royalties* até uma conta no exterior, mas — ela levantou um dedo — um dos repórteres tinha um primo ou algo assim que trabalhava na Google, e ele descobriu que as coisas *offshore* eram apenas uma fachada, e que a maioria das transferências, depois de passarem por mais algumas fachadas, acabavam... Está preparado? Em uma organização sem fins lucrativos.

Ela balançou a cabeça como quem tem conhecimento de causa. — Isso mesmo. — Ela sussurrou para dar ênfase. — Ele está doando tudo.

Ela ergueu uma sobrancelha.

— O que apenas ajuda a vender mais livros. — Ela terminou sua comida e falou com a boca meio cheia. — Não sei bem o que o motiva, mas toda essa ideia de escritor que é escritor e personagem, a freira com uma cicatriz e um segredo, seu amor impossível, a maneira como suas aventuras os aproximam, mas eles não ficam "juntos", apenas próximos, e como os *royalties* vão para uma organização sem fins lucrativos que ninguém consegue encontrar, a história toda é o sonho que pessoas como eu temos.

— Qual?

Ela deu de ombros, falando sem rodeios.

— O conto de fadas. Há muitas mulheres por aí que acham que estamos presas para sempre na gôndola dos brinquedos defeituosos, no entanto, aqui está um escritor que nos faz pensar que talvez alguém possa nos amar, apesar das cicatrizes e da bagagem. Alguém que sabe o que estou pensando o suficiente para completar minhas frases. E, além disso, saberia como preparar meu café se estivéssemos presos em uma ilha. Alguém que — ela acenou com a mão no ar à sua frente — me protegeria do mundo que quer me machucar.

Eu ri.

— Parece uma novela. Ou pior, literatura barata.

Ela fez uma pausa. Sua voz mudou.

— Acho que ele, quem quer que seja, está ferido. Profundamente. Alguns dias acho que ele escreve para lembrar. E outros dias acho que ele escreve para esquecer. Seja qual for o caso, eu leio para acreditar.

— Em?

— Um amor com o qual posso apenas sonhar.
— Parece que você o conhece.
— Conheço. Todos nós conhecemos. Esse é o mistério e a grandiosidade. Ele é tão bom.

Eu ri.

— Alguém deveria encontrar esse cara.
— No último livro dele, os dois estão em Budapeste. Em uma missão secreta. E estão em um hotel em — ela fez aspas no ar com os dedos — "quartos separados, mas conectados", veja bem, e ele está no chuveiro tentando limpar o sangue de um ferimento de bala, e ela está encostada com o ouvido pressionado na parede ouvindo-o tomar banho, e se sente culpada, mas não consegue se afastar. Eles estão separados por uma parede só, vinte centímetros no máximo, mas pode muito bem ser um milhão de quilômetros.

Minha voz ficou sarcástica.

— É, consigo ver na minha mente. Totalmente irresistível.

Ela fez um gesto dispensando meu comentário.

— De qualquer forma, ele está lá dentro feito um Adônis esculpido em uma fonte e lê o rótulo do xampu no chuveiro porque tem um cheiro bom e disfarça o cheiro do próprio sangue. E sabe o que acontece?

— Não, mas tenho a impressão de que você vai me contar.

— O sabonete líquido no livro existia na vida real. Na semana após o lançamento do livro, esse sabonete líquido era o mais vendido na Amazon. — Ela ergueu as duas sobrancelhas. — Comprei uma caixa.

— Inacreditável.

Ela fez círculos no ar com o garfo.

— Eu sei o que parece. O que me deixa perplexa é o fato de que, seja quem for esse escritor, ele ou ela escreveu algo tão bom que tirou minha mente das drogas. Pense nisso. Melhor do que drogas? E eu não sou a única. Terapeutas de reabilitação dão esses livros para seus pacientes. "Leia isso. Depois conversamos." No momento, há clubes do livro de grupos de apoio por todo o país cheios de viciados e drogados que estão ficando limpos, tudo porque alguém escreveu algumas palavras. Se eu pudesse, abraçaria quem quer que seja. Beijaria na boca. Não me importo. Homem, mulher, criança, zumbi... Essa pessoa fez algo que nada mais foi capaz de fazer.

— Estamos falando de um livro, certo?

— Se eu não tivesse lido, também não acreditaria, mas essas histórias, os personagens, a maneira como falam uns com os outros, a maneira como ele pensa sobre ela, a descreve, as coisas que ele nota sobre ela que ela nem sabe... como uma cicatriz em seu tornozelo onde ela se cortou enquanto se depilava, ou o suor nos pelinhos do lábio superior, ou como ela se move quando está andando. Tudo isso só mostra o quanto ele a valoriza. Submete-se a ela. No último livro, eu quase morri. Terminou em aberto. Ela está encostada na parede do chuveiro, ouvindo-o, então, sem razão, ela deixa um bilhete na mesa e desaparece. Na manhã seguinte, ela se foi. Ele começa a procurar. Encontra a carta: "Meu amor, tem uma coisa que preciso lhe contar..."

— Essa coisa que ela não pode contar a ele está matando-a, então, basicamente ela deixa um bilhete de suicídio. Ele se desdobra tentando encontrá-la antes que ela vá até o fim. O livro termina bem aí. Então, todos achamos que o próximo livro vai ser sobre como ele e seu mentor a encontram. Porque todo mundo sabe que ele não vai matá-la.

— Por que acha isso?

— Qual parte?

— A parte em que ele mata a garota.

— Nem fale nisso. — Ela empurrou a comida pelo prato com o garfo e olhou pela janela. Enquanto fazia isso, vi onde tinha encharcado o curativo na parte superior e lateral do ombro. Durante o café da manhã, ela ainda não tinha estremecido ou mesmo chamado a atenção para algo que deveria ser doloroso, sugerindo que tinha uma alta tolerância a dor. Mais importante, ela não estava me manipulando. Não estava usando os ferimentos para conseguir algo de mim.

Pelo contrário, era a última coisa que passava pela cabeça dela. Preferia falar sobre um livro bobo do que sobre si mesma, o que me contava muito sobre seu coração.

— Eles dois me deram esperança quando eu não tinha nenhuma.
— Esperança em quê?
Ela olhou para o prato e balançou a cabeça.
Eu parei. Os olhos dela encontraram os meus, e eu falei suavemente.
— Esperança em quê?
Ela desviou o olhar.
— Esperança que eu não estou condenada a viver e morrer sozinha e sem amor nesta ilha. Que não importa o que eu faça, o quão ferrada eu me torne, talvez um dia, alguém vai... — Sua voz se esvaiu.
— Vai o quê?
Ela baixou o olhar e falou tão baixo que quase não pude escutar:
— Vai me chamar para dançar.
Ao sairmos, pensei comigo mesmo que às vezes as pessoas precisam de mais do que água para aprender a nadar.

CAPÍTULO 9

Andando de volta até a marina, passamos por uma loja de celulares na beira da estrada.

— Eu poderia comprar um telefone novo para você?

— Só se você permitir que eu pague de volta.

— Tanto faz. É que se ela tentar ligar e...

— Seria ótimo.

Comprei o telefone para ela. Uma vez conectado, ela restaurou da nuvem e verificou seu correio de voz e mensagens, mas nenhuma apareceu. Depois, ligou para Angel. Nenhuma resposta.

Caminhamos de volta para a marina, onde meu amigo ansioso tinha acabado de limpar meu Whaler. Ele estava com uma escova na mão, espuma até os cotovelos. *Gone Fiction* estava impecável. Entreguei a ele outra nota de cem dólares. Isso não escapou à atenção de Summer.

Ele sorriu.

— Senhor, me avise se algum dia estiver contratando!

Apertei a mão dele, entrei no barco, dei a partida e aqueci o motor. Olhei para ela. Ela ficou olhando para o sul, para o fosso, depois acenou com a mão para mim.

— Se me der seu endereço, posso lhe enviar algum dinheiro quando eu...

— Esqueça.

Ocupei-me com os equipamentos, mas na verdade estava enrolando. Tentando parecer ocupado, quando na verdade estava apenas dando espaço a ela. Ela girou o celular nas mãos, finalmente me fazendo a pergunta que estava na ponta de sua língua desde que bati em sua porta naquela manhã.

— Para onde está indo?

A verdade doía demais. Desviei dela e dei um tapinha no volante.

— Onde quer que o *Gone Fiction* me leve.

Ela juntou dois e dois.

— Para onde o *Gone Fiction* vai?

— Mais de 300 quilômetros para lá. Onde o mundo cai no oceano.

— Parece perfeito. — Ela enfiou as mãos mais fundo nos bolsos. — Quer companhia?

— A água pode ser perigosa quando não se sabe nadar.

— E a vida pode ser uma droga quando não se sabe dançar.

Eu gostava dela. Ela era durona de um jeito suave. E eu tinha a sensação de que ela era uma boa mãe que havia tido uma vida difícil. A brisa fria que eu não conseguia sentir soprou sobre ela outra vez, fazendo-a cruzar os braços em volta de si mesma. Seu rosto estava pálido e ela precisava de cerca de três semanas de sono. Ela apontou para Angel em algum lugar ao sul de nós. Lágrimas apareceram rapidamente. — Ela é tudo o que tenho.

Eu falei o óbvio.

— Você entende que encontrá-la é como procurar uma agulha num palheiro?

Ela assentiu e enxugou uma lágrima.

— Está bem, mas eu tenho duas regras.

Ela esperou.

— Dois meses limpa, mais ou menos, significa que você é mais forte do que a maioria. Significa que você fez a parte difícil sozinha. Você simplesmente aguentou na raça. Livros ou não, essa coisa puxa você. De dentro para fora. Como se estivesse enrolada no seu DNA. Pode durar meses. Então, antes de pisar neste barco e irmos procurar sua filha que não quer ser encontrada, você tem que me prometer uma coisa.

Ela esperou enquanto as lágrimas escorriam pelo seu rosto.

Continuei:

— Por favor, não minta para mim. Apenas me diga onde você está. Não esconda você de mim. Não posso ajudá-la se não souber a verdade.

Ela assentiu.

Dei um passo à frente e olhei para ela.

— Palavras importam.

Desta vez ela falou:

— Eu prometo.

— Segundo... — Acenei para o outro lado da proa, onde Rajado havia retomado sua vigília acima da lancheira de Fingers. — Aquele é o lugar dele. Tire-o de lá por sua conta e risco.

Ela estava prestes a embarcar quando pensou melhor e deu um passo para trás. Ela deu um tapinha no peito e engoliu em seco.

— Tem mais coisas que eu não lhe contei.

Eu sabia disso, mas primeiro ande, depois corra. O rosto de Fingers apareceu de forma nítida na minha mente. Como eu amava aquele homem. Falei com ela e com a caixa laranja:

— Eu já estive mal. À beira de... algumas coisas ruins. Um amigo me encontrou e me falou que nenhum de nós é quem queremos que os outros pensem que somos. Que, apesar da máscara que todos nós usamos tão bem, de alguma forma conseguimos acordar todos os dias esperando que ainda haja uma chance. Que talvez, de alguma forma, possamos equilibrar o livro-caixa da dívida que carregamos em nossos corações. Que talvez Deus esteja fazendo uma promoção naquela semana e um ato bom equivale a dois ruins. Mas aí há as mentiras que as memórias sussurram.

As lágrimas dela fluíam livremente agora. Ela perguntou:

— O que elas dizem?

— Dizem que estamos sozinhos. Que más escolhas e erros drenaram nosso valor. E que não valemos o custo de chegar até nós.

— Valemos?

— Ainda não encontrei ninguém que não valha.

— Mesmo quando a gente...

— Mesmo assim.

— Onde está seu amigo agora?

Olhei para a caixa laranja.

— Foi embora.
— Sinto muito.
Eu assenti.
— Eu também.
Indecisa, ela ficou parada. Dessa vez falei sem olhar para ela.
— Eu vou ajudar você a encontrá-la, mas precisa estar preparada para o que e quem você vai encontrar.
Ela assentiu.
Apontei para o barco.
Ela deu um passo, e então — de forma consciente ou não — deu uma rodopiada. Tal mãe, tal filha. Foi uma das coisas mais lindas que já vi, e me levou 25 anos de volta no tempo, para uma praia, uma brisa e o cheiro de uma garota.
Quando ela pisou a bordo, foi imediatamente atacada pela língua de Rajado, que girou em círculos de felicidade. Acelerei em marcha a ré, recuando para a corrente onde meu amigo, o atendente, me jogou a linha de proa e fez uma saudação.
Rumando devagar para o sul, virei-me e vi Summer parada ao meu lado. Uma pergunta em seus lábios.
— Sim, senhora? — perguntei.
Ela estendeu seu novo telefone e apontou para o meu.
— Pode me passar a foto?
Summer sentou-se no banco de trás, puxou os joelhos para o peito e apertou o telefone contra o peito com as duas mãos. Quando fiz o *Gone Fiction* planar, ela apoiou a cabeça para trás com a brisa puxando seus cabelos castanhos e Rajado lambendo seu rosto.
Dez minutos depois, ela estava dormindo no banco, com o braço ao redor de Rajado, que estava deitado ao seu lado.
O telefone estava apoiado sob sua bochecha. O painel frontal estava molhado.
Disquei um número que eu sabia de cor. Ele atendeu depois do quarto toque. Eu podia ouvir vozes femininas ao fundo. Vozes femininas felizes. Ele deve ter saído do cômodo ou entrado em um canto, porque elas sumiram e a voz dele ficou alta.

— Murph?

— Acabei de lhe enviar uma foto com nome, detalhes e marcas de identificação. Preciso saber tudo. Além do que você tem sobre tráfico e rotas. Jogadores, nomes, embarcações, destinos.

Eu podia ouvi-lo sorrir.

— Eu pensei que você tinha dito...

— Eu sei.

Ele costuma fazer algo com os dedos quando está pensando. Ele afasta a barba dos cantos da boca, separando o dedo médio do polegar.

— Tem espaço nesses ombros para carregar o peso de mais um nome?

Olhei para a água, ajustei o motor e diminuí um pouco o acelerador. Na verdade, não sabia a resposta. Por isso, respondi com outra pergunta:

— Você tem?

Uma longa pausa se seguiu.

— Você está bem? — por fim, perguntou ele.

— Sim, apenas esbarrei em alguém na minha ida para o sul. E o tempo pode ser curto.

— Mais curto que o normal?

Outra pergunta para a qual eu não tinha resposta.

— Não tenho certeza.

— Eu ligo quando souber de alguma coisa.

Desliguei, sentei-me e olhei para fora através do para-brisa enquanto dirigia com os pés no volante. A lancheira de Fingers estava amarrada estranhamente na proa. Quando minha visão ficou embaçada, tirei meus óculos do console e os coloquei no rosto.

Enquanto Summer dormia, passamos por Flagler Beach e entramos na bacia de Tomoka. Rajado estava deitado de bruços, abanando o rabo, as orelhas batendo, os olhos para a frente, a língua fora da boca. A visão de Ormond Beach me informou que Daytona não estava muito distante. O que era bom. Eu estava com fome e tinha a sensação de que Rajado também estava.

Assim como Jacksonville, Daytona é uma cidade de pontes. Quando entrei nos canais da cidade, cinco se erguiam no alto. Reduzi a velocidade e seguimos para o estreito corte que levava à marina. Eu não precisava de gasolina, mas precisava de informações. O atendente, Bruce, informou onde eu poderia encontrar um lugar para comer que aceitasse cães. Pensei em acordar Summer, mas depois pensei melhor e pedi a Bruce para avisá-la que voltaríamos em breve.

Rajado e eu compramos o almoço. Eu o levei até um trecho de grama, e depois voltamos para o *Gone Fiction*, onde Summer ainda não tinha se mexido. Bruce falou como se seu trabalho fosse solitário.

— É, todos os barcos grandes passam por aqui. Aves migratórias indo para o sul de novo. — Ele esfregou as mãos e apontou para a hidrovia.

— Tudo e todos passam por aqui. — Ele sorriu. — O mundo na minha própria esteira transportadora de água particular.

— Viu algum barco de festa? Cheio de jovens?

Ele pensou um pouco.

— De tempos em tempos. Nada ultimamente. — Ele fez uma pausa.

— Embora... — Ele apontou para um iate do outro lado do porto. Eu não tinha notado quando chegamos porque estava escondido atrás de uma centena de outros barcos. — Aquele chegou na noite anterior. Eu estava fora. Não sei quem estava nele, mas simplesmente apareceu. Um belo barco também.

Eu vi o suficiente para saber o que precisava saber.

— Algum outro barco sumiu desde que aquele apareceu?

Ele coçou o queixo.

— Sim, tínhamos um preto, elegante e moderno estacionado ali por três semanas. Talvez mais. Cento e vinte pés. Um belo barco, muito bonito também.

— Sabe o nome dele?

Desta vez ele coçou a barba.

— Algo chamativo. Como *Catch the Wind* ou *Catching Fire* ou... — Ele parou de falar.

Ele jogou a linha de proa para mim. Afastei-me de ré dos tanques e falei:

— Obrigado.

Summer despertou conforme eu dava a volta na marina e parou ao meu lado quando viu o *Sea Tenderly*.

CAPÍTULO 10

Amarrei ao lado dele e subi a bordo. Estava vazio, mas eu já sabia disso. O interior estava uma bagunça. Destruído. Cheirava a maconha queimada, incenso, álcool, vômito e urina. A banheira de hidromassagem tinha uma estranha cor verde de Dia de São Patrício. O sistema de som ainda estava piscando e a mesa do DJ ainda estava girando.

Summer estudou a área comum da popa e a cozinha. O balcão estava cheio de bitucas de cigarros de maconha. Deviam ser trinta ou quarenta. Papéis de embrulho. Garrafas de cerveja e bebidas alcoólicas. Tequila e vodca caras restavam meio cheias e meio vazias no que havia sobrado do bar. Alguém estava cortejando e provendo para essas jovens sem poupar despesas.

Todo tipo de roupa no chão, onde havia sido tirado.

Summer balançou a cabeça, descrença estampada em seu rosto. Nós andamos pelos quatro camarotes, que não estavam em condições melhores. Levaria uma semana para uma equipe de limpeza deixar esse lugar apresentável, e não tenho certeza se conseguiriam tirar o cheiro.

Summer cruzou os braços.

— Eles saíram às pressas.

— Eles fazem isso.

— Fazer o quê?

— Mudar de barco. Muitas vezes à noite.

— Por quê?

— Isso mantém as garotas interessadas. E afasta qualquer um que esteja procurando por elas.

— Você já viu esse tipo de coisa antes?

Eu assenti.

— Como alguém pode pagar por isso?

Tentei responder sem responder.

— Eles são... financiados.

— O que quer dizer?

Virei-me para Summer.

— Normalmente russos. Mas também chineses e coreanos. Oriente Médio.

Os olhos dela se estreitaram.

— Quem é você?

— Somente um cara que passou um tempinho na água.

Ela balançou a cabeça.

— Não como nenhum cara que eu já conheci. — Ela acenou com as mãos indicando todo o barco. — O que eles estão comprando?

— Carne.

Essa verdade se abateu sobre Summer.

Continuei:

— Eles têm equipes de homens que viajam pela costa, encontram garotas atraentes e oferecem a elas diversão. Depois, eles oferecem drogas. Viciam-nas. Levam a festa para o sul. Então, um dia, as garotas acordam em Cuba, no Brasil ou... na Sibéria.

— Por que as meninas caem nessa?

— Os caras são bem treinados. Eles são cavalheiros. E... — Encarei Summer. —Frequentemente miram nas mães para pegar as filhas.

Summer sentou no sofá e apoiou a cabeça nas mãos.

Eu vasculhei as gavetas e armários.

— Não se culpe. Esses caras são profissionais. Eles viram você chegando a um quilômetro de distância.

— Mas...

— Vamos.

— Não deveríamos chamar alguém? Isso é maior do que...

— Não se quiser encontrá-la.

— O que você quer dizer?

— Alerte qualquer autoridade e aquele barco vai partir para Bimini nos próximos trinta minutos a caminho da América do Sul. Você nunca mais verá Angel.

— Mas como...

— Eles são espertos e não brincam, mas também são homens de negócios, e mais garotas significam mais dinheiro. Então, vão trabalhar pelo litoral até sentirem pressão de verdade.

— O que vão fazer quando...? — Summer parou de falar.

— Eles postam fotos na *dark web* e as vendem a quem oferecer mais; o que imagino que já tenham feito. Para as garotas realmente especiais, eles organizam um leilão.

Summer não falou nada.

— Não sei no que você pensou que estava se metendo ou o que pensou que encontraria, mas Angel está em maus lençóis. E esses homens, não importa o quão cavalheiros pareçam, são tudo, menos cavalheiros. Ela está viciada em coisa pesada, e, se e quando você a encontrar, ela vai precisar de vários meses para ficar limpa.

Summer sentou balançando a cabeça.

— Eu deveria ligar para alguém. Alguém que possa fazer alguma coisa.

Repousei mão em seu ombro. Foi a primeira vez que a toquei com ternura e não em um esforço para tirar conchas de ostras de seu corpo.

— Faça o que achar melhor. — A umidade me disse que ela tinha encharcado a blusa. — Mas é melhor me deixar cuidar disso.

Ela se virou de lado.

— Você já fez isso antes?

— Isso?

Ela acenou com a mão sobre o barco, a água e o que estava diante de nós.

— Isso.

— Sim.

— Quantas vezes?

Eu balancei a cabeça.

— Não sei.
— Mas você procurou por... pessoas?
— Sim.
— E você as encontrou?
— Sim.
— Quantas?
— Oficialmente?
— Sim.
— Várias.
— Quantas exatamente?
— Cento e treze.
— E quantas não encontrou?
— Noventa e nove.

A confusão se espalhou pelo rosto dela.

— Você trabalha para o governo ou algo do tipo?
— Ou algo do tipo.
— E as que você encontrou, estavam em tão mau estado quanto Angel?
— Algumas.

Summer começou a soluçar e a falar como isso era culpa dela. Passei um braço em volta dela. Ela se inclinou para mim. Branca feito um lençol, encharcando-me de lágrimas.

Eu já tinha ficado encharcado antes.

Tentei consolá-la, mas tinha pouco a oferecer.

— Barcos como esses têm um incentivo para ir o mais longe possível na costa. Eles querem mais garotas, mas querem um tipo específico de garota. Mais tempo no fosso lhes dá mais tempo para fazer o dever de casa e pegar pessoas sem histórico. Solitárias que escapam para as Keys...

Ela me interrompeu.

— Garotas impressionáveis brigando com suas mães superprotetoras e hipervigilantes.

Esperei até que ela se virasse para mim.

— Nunca se culpe por amar sua filha.

A enormidade do que a esperava começou a se acomodar em seu peito. Continuei:

— Eles estão procurando pessoas que não farão falta. A melhor coisa que você pode fazer é continuar ligando para Angel e deixando mensagens de voz amorosas e arrependidas. As chances são de cerca de 110% de que estejam monitorando o telefone dela enquanto ela está desmaiada. Ouvindo você falar com ela. Então, precisa dizer a ela que sente sua falta, mas precisa soar como se estivesse dando a ela liberdade para escolher. Eles precisam pensar que você está muito longe dessas águas. Que não está correndo atrás dela. Caso contrário...

— Caso contrário, o quê?

— Vão injetar anticongelante nas veias dela e jogar o corpo dela no oceano. Para eles, ela é apenas uma propriedade.

Ela cruzou os braços e se conteve.

— Essas pessoas são profissionais em guerra psicológica. Vão falar para ela repetidas vezes que ela é livre para ir embora a qualquer momento, mas vão dar a ela todos os motivos e incentivos possíveis para não fazer isso. Para ficar naquele barco. E isso inclui dinheiro e presentes. Vão fazê-la se sentir segura e protegida, desejada e apreciada. Vão mandá-la em passeios durante o dia, talvez um passeio de *jet ski* para dar a aparência de liberdade. Possivelmente uma noite. Só uma vez. E vão comprar coisas legais para ela. Coisas que brilham. Na verdade, os presentes não são novos. São apenas reciclados da última garota. A maioria dessas garotas tem ou teve pais ausentes ou foram abusadas por um homem em quem confiavam, por isso têm esse buraco do tamanho de um homem que esses bastardos doentes gostam de preencher com falsificações. Eles vão fazer com que ela confie neles como nunca confiou em outro ser humano. — Eu parei. — Eles são mestres em enganar, em avaliar e lucrar. Agora eles a possuem. Ela não é livre para ir embora. Ela não pode. Eles nunca permitirão isso. Eles têm muito investido. Muito em risco.

Summer balançou a cabeça.

— Não posso ligar para ela.

— Por quê?

— Alguns dias atrás, ela cancelou o número dela. Quando eu ligo agora, ele só diz: "Este número não está mais em uso".

— Como você estava falando com ela no cais em St. Augustine?

— Ela me ligou do telefone de outra pessoa.

— E esse registro de chamada recebida agora está no fundo da hidrovia.

Ela assentiu, mas não falou nada. Isso me fez pensar se eu tinha colocado o número do meu telefone via satélite no telefone antigo de Angel ou em um novo que a mãe dela não conhecia. Deixei para lá. Contar isso para Summer poderia apenas produzir falsas esperanças.

Ela falou enquanto tremia:

— Como consigo tê-la de volta?

Tentei desviar.

— Temos que encontrá-la primeiro.

Ela deu um passo à minha frente. Bloqueando minha saída.

— E depois que fizermos isso?

Pensei no que responder. E no que calar.

— Apenas me ajude a encontrá-la.

CAPÍTULO 11

Rajado abanou o rabo alegremente quando retornamos ao *Gone Fiction*. Eu estava prestes a sair da marina quando a visão de Summer chamou minha atenção. Ela parecia demais comigo. Precisávamos encontrar roupas adequadas para ela.

Sob qualquer critério, a Halifax Harbor Marina é enorme. Acostumada a atender a diversas pessoas com gostos variados de todos os lugares. Assim como as lojas que a cercavam. Uma loja de roupas não deveria ser muito difícil de encontrar. Sentindo que uma caminhada nos faria bem para esticar as pernas, amarrei em uma rampa diurna e nós três começamos a caminhar pelo calçadão ao norte, pela rua South Beach. Uma sorveteria, uma lanchonete, uma loja de eletrônicos, uma butique de produtos para cabelo e unhas e, finalmente, uma loja de roupas femininas.

Summer selecionou roupas às pressas com um único critério: preço. Depois ela as colocou no balcão sem experimentá-las. A vendedora era uma garota do ensino médio. Quando ela viu o que Summer tinha pegado, ergueu uma sobrancelha. Eu dei a volta e segurei o que ela havia escolhido.

— Você pode ajudá-la a encontrar algo... que não seja isso?

A garota riu.

— Com prazer.

Summer não estava no clima para compras, o que eu entendi. Mas não podia sair com aquela aparência. A garota a levou para um provador e lhe entregou várias peças de roupa, que eu presumo que ela tenha experimentado.

Quinze minutos depois, ela retornou ao caixa. Agora as roupas eram lindas, mas a vergonha sombreava o rosto dela.

— Qual é o problema?

Ela levantou as etiquetas de preço.

Paguei à garota e dei uma gorjeta pela ajuda, e saímos. Foi aí que percebi o quão linda Summer de fato era. Ela era deslumbrante.

Eu nunca tinha visto olhos verde-esmeralda como os dela. Nem mesmo em filmes. E ela tinha presença. Algo que eu só podia imaginar que ela aprendeu na Broadway.

Ela segurou as duas sacolas de roupas e encarou a calçada. Imóvel.

Finalmente, olhou para mim.

— Eu não posso...

Eu sabia o que se passava ali, mas não havia muito que eu pudesse fazer.

— Você está com fome? — Saí para a rua e caminhei em direção a um parque para cães.

Fechando o portão atrás de nós, soltei Rajado da coleira e ele começou a cheirar e a fazer xixi em vários arbustos e postes. E em um hidrante.

Summer e eu nos sentamos em um banco na sombra, mas, apesar das minhas tentativas de conversa fiada, ela não olhou para mim. Finalmente, ela falou.

— Você está fazendo aquela coisa de novo, de não falar sobre o que eu estou tentando falar.

— Sobre o que você está tentando falar?

— Não posso...

Virei-me, encarei-a e empurrei meus óculos para cima da cabeça.

— Estou tentando lhe agradecer.

— De nada.

— Não, isso não é... — Ela balançou a cabeça. — Eu não estou...

À nossa direita, o Corpo de Bombeiros de Daytona Beach abriu uma de suas enormes portas de aço, e um grande caminhão vermelho saiu do estacionamento, com as luzes piscando e a buzina berrando. Ela olhou para mim e estudou meu rosto por um longo minuto. Havia mais, mas ela engoliu de volta, deixando seus olhos retornarem para a calçada pontilhada de chicletes. Pombos circulavam ao nosso redor a uma distância segura de Rajado.

— Estou tentando lhe dizer algo que vai mudar sua opinião sobre mim — falou ela.

— Por que você sente essa necessidade?

Ela levantou as sacolas.

— Porque eu não mereço...

— Às vezes precisamos deixar que os outros façam por nós o que não podemos fazer por nós mesmos.

— Como você ganha dinheiro?

Eu ri.

— Eu tenho um emprego.

— Sim, mas eu também já tive um emprego e nunca andei por aí com um maço de notas de cem como aquele.

— Sou solteiro. Moro sozinho. Não pago aluguel contanto que eu mantenha o lugar. Como pouco. Não gasto muito. Não tenho vício em jogo. E não gosto de cartões de crédito, então as notas de cem são meio que uma necessidade.

Isso a fez parar, mas não a convenceu de verdade. Ela balançou a cabeça.

— Olha, eu realmente não sou boa avaliando homens. Eu cometi... erros.

— Bem-vinda à Terra.

— Preciso saber se estou cometendo um erro com você.

— Não que eu saiba.

— Estou falando sério.

— Summer...

Como Angel na igreja, Summer era adepta a invadir meu espaço pessoal. Ela ficou tensa.

— Você está me contando a verdade?

— Tudo o que eu contei para você é verdade.

Outro passo mais perto.

— E quanto às coisas que não está me contando?

— São verdade também.

— Mas...

— Summer, não quero nada de você. Pode deixar meu barco a qualquer momento. Vou levá-la a qualquer autoridade que queira. Conto a eles tudo o que sei, dou a eles a foto no meu celular, coopero do jeito que você quiser. Mas precisa saber que as chances deles são mínimas de encontrar... um corpo. Estou tentando encontrar uma pessoa viva. Uma grande diferença.

Ela fechou os olhos, recuou e tentou outra vez.

— Saiu tudo errado. Não era isso que eu queria dizer. Desculpe. Eu só queria que você soubesse... — Ela bateu no peito. — Eu só queria que você soubesse.

— Summer, aguente firme. Você tem muitos quilômetros pela frente. E alguns deles podem ser difíceis. Está bem?

Ela assentiu e pendurou uma sacola no ombro, que ainda devia estar machucado, porque ela estremeceu. Peguei as sacolas em uma das mãos, Rajado na outra, e andamos pela calçada em busca de comida. Entre nós e uma pizzaria de esquina, havia uma livraria. Ela puxou minha manga da camisa.

— Importa-se em parar mais uma vez?

Ela entrou na livraria e caminhou até o balcão.

— Você tem o livro treze da série David Bishop?

A atendente foi até uma prateleira, puxou a edição de capa dura e entregou para Summer — que a agarrou contra o peito e então fez aquele pequeno rodopio inconsciente que fazia quando estava feliz. Seus pés estavam se movendo como se estivesse dançando uma espécie de *swing*.

— Estava procurando por esse, e minha biblioteca não tem há meses.

A atendente falou animada:

— Estamos para receber uma prova preliminar do livro catorze em cerca de três meses. As pré-vendas online o colocaram em terceiro lugar na lista do *Times*, e está em primeiro lugar na nossa lista de mais vendidos há sete semanas. Duas mulheres foram presas em Nova York na semana passada vasculhando a mesa do editor tentando encontrar uma cópia. — Ela balançou a cabeça. — Mal posso esperar!

Paguei à moça enquanto as duas amantes de livros conversavam sobre o próximo romance.

Quando saímos, parecia que eu tinha dado a Summer um bilhete dourado em volta de uma barra de chocolate Wonka.

Paramos ao lado, em uma pizzaria de beira de estrada que cheirava a Itália.

Nossa mesa nos dava uma vista da água e do Jackie Robinson Ballpark, casa do time de beisebol Daytona Tortugas. Uma brisa vinda do leste soprava em nossos rostos enquanto pedíamos uma pizza, saladas caesar e uma tigela de espaguete com almôndegas extras.

Enquanto esperávamos, Summer falou sobre o livro que ainda não tinha largado.

— Realmente não leu?

— Eu não leio muito.

— Onde você tem vivido? Embaixo de uma pedra?

— Na verdade, eu moro em uma ilha.

— Certo. Dá no mesmo. — Ela levantou o livro. — O melhor até agora. Mal posso esperar pelo quatorze.

Deixei-a falar. Quanto mais ela falava, mais a derrota desaparecia.

Ela o apertou contra o peito de novo.

— Nesta história, Bishop está abrindo caminho através dos capangas da máfia e tentando chegar ao Chefão porque ele sequestrou uma garota, e Bishop está perto de encontrá-la. No entanto, apesar do fato de que são totalmente doentes, todos os bandidos são devotos frequentadores da igreja. E, veja só, o Chefão faz todos se confessarem! É nessa ocasião que, sem o conhecimento do Chefão, todos revelam seus segredos. Então o que Bishop faz? Ele usa o confessionário, de novo. O problema é que o Chefão não é nenhum idiota e suspeita dele.

— Onde está a mulher com a cicatriz?

— Ela está morando no convento ao lado da igreja. Eles ficam passando um pelo outro como se não se conhecessem. E ela acha que ele está apenas a ignorando, então está ficando irritada. Mas ele sabe que está sendo vigiado 24 horas por dia, sete dias por semana, e que, se ele simplesmente falar com ela, os caras da máfia vão sequestrá-la. Portanto, para mantê-la fora de perigo e fazer com que seja transferida ou expulsa ou algo assim, Bishop inventa uma história maluca sobre como ela está roubando da igreja. — Ela balançou na frente do meu rosto. — Não acredito que você não leu esse livro. Este se passa principalmente na Costa Leste. Embora algumas das histórias tenham ocorrido na Europa, uma no México, uma na América do Sul e uma na África. — Ela balançou a cabeça. — Não sabe o que está perdendo. Você deveria sair mais.

— Eu tenho problemas o suficiente com a realidade para confundi-la com o faz de conta.

Outro aperto no livro.

— Você deveria relaxar e viver um pouco.

Eu ri.

— Concordo. — Apontei para o livro. — Ok, digamos que você esbarrou nesse cara e tem dez segundos, o que você diria?

Ela abriu o livro e passou a palma da mão sobre as páginas.

— Há um bando de mulheres como eu. Sonhadoras de meia-idade. Com bagagem e estrias e filhos crescidos e contas e joanetes e... sem chance de serem resgatadas por um príncipe que invade o castelo. E, ainda assim, aqui está esse homem que ninguém conhece, que nos faz pensar que não importa o quão feias possamos ser para o mundo, ele ainda pode aparecer. Isso é um presente e é... — Ela balançou a cabeça. — Inestimável.

Nossa comida chegou, e comemos com Rajado deitado aos meus pés, preso ao banco pela guia, o que ele não gostou. Além disso, sua atenção parecia estar em outro lugar. Sua tigela de espaguete estava quase intocada, o que era estranho.

Eu me ajoelhei.

— Você está bem, garoto?

Orelhas para a frente, ele estava farejando o ar. Quando levantei a tigela até sua boca, ele ficou de pé, esticou a guia e começou a puxar o banco pela varanda do restaurante, batendo nas cadeiras dos outros clientes. Levantei o banco e tentei agarrar a guia ao mesmo tempo, mas ele tem olhos na parte de trás da cabeça e eu fui lento demais. Livre de sua âncora, Rajado disparou pela rua a mais de quarenta quilômetros por hora, arrastando a guia atrás dele. Ele cruzou a avenida Orange, virou para o leste e começou a cruzar em disparada a ponte East Orange Avenue, que atravessa o rio Halifax. Evitando os carros que desviavam buzinando, Rajado estava correndo pela faixa dupla central. Um cachorro com uma missão.

A última vez que o vi, ele estava correndo a toda velocidade, as orelhas batendo atrás dele, virando para o norte entre o estádio de beisebol e o tribunal. Deixei o dinheiro na mesa e começamos a correr atrás dele.

CAPÍTULO 12

Desviei do trânsito, percorri a distância, virei à esquerda e entrei em um centro de tênis onde casais mistos jogavam em seis quadras.

— Alguém viu um cachorro?

O cara mais próximo apontou para uma abertura do tamanho de um cachorro no portão que levava às arquibancadas. Escalei a cerca e corri ao redor das arquibancadas. Os assentos estavam vazios, exceto por nós, então não foi difícil localizá-lo. O rabo de Rajado estava sacudindo rapidamente na primeira fileira atrás da base principal. Lá embaixo, onde todos os caras com pistolas medidoras de velocidade se sentariam.

Quanto mais perto eu chegava, mais claro ficava que ele não estava sozinho. Rajado estava sobre um homem de pele escura. Mais brasileiro ou cubano do que africano. Seu cabelo era totalmente branco e penteado para trás da cabeça. Suas sobrancelhas, bigode e barba eram igualmente brancos. Ele estava deitado de costas no concreto entre a primeira fileira de assentos e o cenário atrás da base. Sua cabeça estava apoiada em um saco de dormir de algum tipo, e suas pernas estavam cruzadas enquanto Rajado estava em cima dele, lambendo seu rosto.

Andei abaixo dele, em seu campo de visão, e sentei-me três assentos afastado de seus pés.

Os olhos do homem estavam fechados, as mãos cruzadas sobre o peito.

— Olá, senhor? — Nenhuma resposta. — Senhor?

Eu sacudi seu pé. Nada ainda. Senti seu pulso. Estava fraco, então eu o sacudi com mais força. Ele se mexeu, mas não acordou. No mínimo, eu diria que ele estava desorientado. Rajado sentou ao lado dele, olhando para mim. Eu sabia que esse cara precisava de ajuda médica, mas, dada a maneira como estava deitado ali, eu não tinha certeza se ele a desejava.

A bandeira do quartel de bombeiros tremulava atrás das arquibancadas. Mandei Rajado ficar, o que ele planejava fazer de qualquer forma, e corri de volta pelo caminho que vim.

Atravessando a rua, passei por Summer e pedi que ela ficasse sentada com Rajado. Encontrei um bombeiro encerando o Nº 29 ao lado da rua. Depois de uma rápida explicação, ele e dois outros homens me seguiram carregando grandes sacolas sobre os ombros e falando no rádio que tinham nos ombros.

Encontramos o velho como eu o deixei. A essa altura, Rajado estava deitado com a cabeça no peito do homem. Os bombeiros imediatamente administraram soro intravenoso enquanto um deles voltava para o quartel e retornava com uma maca. Colocamos o homem grande na maca com rodas, e eles começaram a empurrá-lo em direção ao quartel dos bombeiros, com Rajado correndo ao lado.

Uma vez lá, os bombeiros estavam planejando movê-lo de ambulância para o hospital de Halifax quando Rajado pulou na maca, deitou em cima dele mais uma vez e continuou lambendo seu rosto. Em poucos segundos, o velho voltou a si, o que acho que teve mais a ver com Rajado do que com o soro, mas ambos ajudaram. Surpreendentemente, o velho começou a coçar as orelhas de Rajado e a falar com ele. Rajado rolou para o lado, expondo sua barriga, e o velho a esfregou até que a perna esquerda traseira de Rajado começou a se sacudir em um movimento espasmódico.

— Senhor, está com dor? — Os bombeiros tinham muitas perguntas. — Sabe seu nome?

— Diga-me o que está acontecendo.

O velho se sentou. Devagar. Notei que ele usava uma pulseira de identificação hospitalar no pulso esquerdo e um curativo na dobra do braço esquerdo — do tipo que se usa depois de doar sangue ou receber soro intravenoso.

O velho respondeu às perguntas e sentou-se dando tapinhas em Rajado. Os bombeiros coçaram a cabeça por alguns momentos, e depois um deles voltou até mim.

— Amigo, ele não está com dor. Segundo ele, interrompemos seu cochilo. Então, vamos deixar ele terminar de receber o soro com a permissão dele, porque ele está um pouco desidratado, e depois vamos liberá-lo sob sua custódia.

— Minha custódia?

— Sim, ele é seu amigo.

— Eu não o conheço. Acabei de encontrá-lo.

— Você não o conhece?

— Minha experiência com esse homem é apenas cerca de quinze segundos mais longa que a sua.

— Ah. Certo, tudo bem então.

Quando o bombeiro se afastou, o velho assentiu para mim e falou.

— Boa tarde, senhor.

Estendi a mão, que ele apertou. Suas mãos eram patas de urso. Enormes. O toque delas me contou que já foram musculosas e calejadas. Embora ainda musculosas, eram mais macias, vigorosas, e a pele era fina. Rajado estava sentado com o traseiro empoleirado nas pernas do velho. Quase sentado no colo dele.

— Senhor, pode parecer uma pergunta idiota, mas conhece esse cachorro?

O velho olhou para Rajado, que começou a lamber seu rosto.

— Conheço. — Ele riu.

A impossibilidade disso me arrebatou.

— Sério?

— Criei ele desde filhote.

Cocei a cabeça.

— Você o perdeu em algum lugar ao norte daqui?

O velho assentiu.

— Eu estava trabalhando em um barco, servindo bebidas, lá em Jacksonville. Comecei a me sentir mal e me internei no hospital de lá.

Quando saí, uma semana depois, o barco já tinha me deixado, mas o Artilheiro aqui ainda estava me esperando. Eu sabia que ele não tinha que ficar preso a um velho moribundo, por isso, deixei um bilhete em sua tigela para quem o encontrasse, saí escondido pelo outro lado e consegui uma carona em um rebocador.

— Você disse que o nome dele era Artilheiro?

Rajado olhou diretamente para mim.

— Bem, é assim que sempre o chamei.

— Artilheiro?

Rajado se levantou, andou até mim e descansou o focinho na minha perna. Olhei para ele enquanto as letras se acomodavam.

— Artilheiro. — Rajado abanou o rabo.

Segurei seu rosto em minhas mãos.

— Então, seu nome é Artilheiro. — Artilheiro abanou o rabo e lambeu meu rosto.

O velho se sentou, evidentemente fortalecido pelos fluidos, e cruzou as pernas.

— Como vocês dois se conheceram?

— Ele estava nadando no meio do rio St. Johns. Perseguindo alguém. Você, eu acho.

Ele balançou a cabeça.

— Havia algumas pessoas boas naquele hospital. Eu tinha certeza de que alguém o levaria para casa. Escrevi tudo no bilhete.

— Acho que Artilheiro não gostou do seu bilhete.

— Pelo jeito. — O velho tossiu, expondo os pulmões cheios de fluido e o motivo da pulseira de identificação. Ele tossiu por um minuto, recuperou o fôlego e ficou sentado em silêncio. Ou não sentindo necessidade de falar ou não querendo gastar energia para fazê-lo.

Eu não tinha muita certeza do que fazer, então eu falei:

— Bem... você o deixou uma vez e ele acabou de navegar quase 150 quilômetros de água para encontrá-lo. Você o quer de volta?

— Nunca quis me livrar dele de verdade. O animal mais inteligente que já conheci, mas... — Ele balançou a cabeça uma vez. — Não é justo com ele.

O velho olhou para mim.

— Precisa de um cachorro?

Eu balancei a cabeça.

— Não, mas não vou deixá-lo aqui.

Summer parou ao meu lado, seu ombro tocando o meu. O velho voltou sua atenção para mim.

— Diga... — Tossiu de novo, tendo outro espasmo. Desta vez, levou mais tempo para recuperar o fôlego. — Você falou que chegou aqui em um barco?

Eu assenti.

— Para onde está indo?

Apontei para o sul.

— Mais de 300 quilômetros para lá

O velho se levantou.

— Alguma chance de ter espaço para mais um?

Olhei para sua pulseira e seu curativo, junto com a bolsa de fluidos agora vazia pendurada logo acima de seu rosto esculpido. Quando falei, fiz isso lentamente.

— Não liberaram você daquele hospital em Jacksonville de verdade, liberaram?

Ele balançou a cabeça devagar de um lado para o outro, guardando as palavras para quando precisasse delas.

— Está tentando acelerar as coisas?

Ele riu. Tinha a aparência de um homem acostumado a ficar sentado por longos períodos.

— Algumas coisas não precisam da minha ajuda. Só estou tentando chegar em casa. Talvez ver alguém antes de partir.

Apontei para o campo do outro lado da rua.

— O que estava fazendo ali?

Sua risada era contagiante.

— Cochilando até vocês dois me acordarem.

— Você vai ter que explicar melhor.

Ele olhou para o outro lado da rua, para o estádio de beisebol, e de volta para alguma memória que eu não conseguia ver.

— Joguei na liga inferior pelos Yankees há cerca de sessenta anos.

— Qual posição?

— Segunda base. E... — Ele fez um leve movimento de balanço com as mãos e abriu um sorriso cúmplice. — Eu conseguia bater de qualquer lado.

— O que fez entre aquela época e agora?

— Vesti listras de cores diferentes.

Eu tinha imaginado. Percebendo Summer, ele tirou um chapéu que não estava usando e estendeu a mão.

— Senhora.

Summer apertou sua mão.

— Barclay T. Pettybone.

Ele se virou para mim.

— Mas a maioria das pessoas me chama de Clay.

— Murphy Shepherd. A maioria das pessoas me chama de Murph. — Apontei para ele. — É esse mesmo seu nome?

— Nos últimos sessenta anos foi I11034969, mas agora voltou a ser letras. E, quando você as coloca na ordem correta, é assim que se pronuncia.

Sentei-me.

— Você realmente esteve na prisão por sessenta anos?

— Cinquenta e nove anos, onze meses, vinte e nove dias e catorze horas. Mas quem está contando? — Ele sorriu.

— Como saiu?

Ele fechou os dois punhos, expondo suas patas de urso.

— Fugi. — Ele riu de novo, e eu já podia dizer que ele fazia muito isso. Ele gesticulou com as duas mãos. — Por motivos de saúde.

Ele balançou a cabeça de um lado para o outro.

— Sou um condenado à prisão perpétua, mas eles acharam que eu não era mais um perigo e precisavam do meu beliche, então escancararam as portas e me jogaram na rua.

Ele apontou para Artilheiro.

— Pegamos o ônibus para a costa em Brunswick porque eu precisava ver o oceano. Pensei que talvez pudesse conseguir uma carona até o sul.

Encontrar o caminho de casa. Consegui um emprego servindo bebidas em um barco de festa particular que seguia para o sul. O emprego era pago em dinheiro, vinha com uma cama grátis, não se importavam com cachorros e não pediam referências. Então, eu servia bebidas, lavava pratos, tentava não respirar o ar e alimentava Artilheiro com restos da mesa. Ficamos com eles até Jacksonville.

— Você disse que tem uma casa em algum lugar?

Ele assentiu.

— Key West.

— Quando foi a última vez que a viu?

Ele assentiu e olhou para além de mim novamente. Quando falou, sua voz estava mais baixa.

— Há algum tempo.

— Sabe que houve alguns furacões nesse período, certo?

Ele riu.

— Nem me conte.

— Acha que ainda está lá depois de sessenta anos?

— Não, mas sonhar não custa nada.

Artilheiro estava sentado calmamente ao seu lado. Summer pôs a mão no meu ombro e sussurrou:

— Não podemos deixá-lo.

Virei-me para ela.

— Você tem gatos?

Ela assentiu, sorrindo.

— Quantos?

Ela levantou as duas mãos, estendendo seis dedos.

— Vagabundos da vizinhança?

Ela sorriu.

— Senhor Pettybone — perguntei —, o que há de errado com o senhor?

— Clay, por favor.

— Clay...

— Qual parte?

— A parte que está doente.

— Câncer e pneumonia.
— Quanto tempo você tem?
Ele olhou para um relógio que não estava em seu pulso.
— Cinco minutos. Cinco dias. Cinco semanas. Ninguém sabe, mas, de acordo com os caras de jaleco branco, não é muito tempo. Tenho 78 anos e muitos quilômetros rodados. Prisão não é fácil.
— O que você fez?
— Quer saber qual é o meu crime?
— Sim, senhor.
— Eu era um jogador de beisebol convencido. Grande. Forte. E...
— Ele fez uma pausa, balançando a cabeça. — Jovem e burro também. Encontrei outro homem trancado com minha esposa em um armário. Ela estava gritando. Ele estava tentando fazer algo que ela não queria que ele fizesse. Eu o impedi. — Ele falou devagar, enunciando o melhor que podia. — Nova York não era um bom lugar para um homem negro há sessenta anos. Principalmente porque o cara que matei era branco. — Ele cuspiu. — Falaram para mim que tenho sorte de estar vivo. — Ele fez uma pausa e olhou para o céu. E então do outro lado da rua, para o campo. — Talvez.

Summer sussurrou:
— Murph, não podemos deixá-lo.
Foi a primeira vez que a ouvi dizer meu nome em uma conversa casual.
Ele olhou para Artilheiro.
— Senhor Murphy, pode me deixar. Não tenho muito tempo agora. Mas ficaria agradecido se levasse meu cachorro. Ele precisa de boas pessoas, e acho que se ele ficou com vocês tanto tempo, então vocês são boas pessoas. Ele saberia a diferença.
— É só Murph. Quando foi a última vez que você comeu alguma coisa?
— Não estou com fome.
— Quando?
— Comi uma pilha de panquecas talvez duas horas atrás. É por isso que eu estava dormindo tão pesado. Todos aqueles carboidratos. Eles

me nocautearam. — Ele sorriu, expondo lindos dentes brancos. — Mas eu não como muito.

— Tem família?

— Nenhuma que eu saiba. Se eu soubesse, duvido que eles me reivindicariam.

— Aguenta andar de barco?

— Quantos pés tem o seu barco?

— Vinte e quatro.

Ele assentiu e sorriu.

— Senhor Murphy, eu consigo.

— É só Murph.

Ele sugou entre os dentes.

— Pode ser para você, mas, quando a gente é trancado e espancado por seis décadas, todo mundo se torna "senhor", gostem ou não. Minha boca não sabe falar nada diferente. A palavra está na ponta da língua. E se seu nome sai da minha boca, então "senhor" sai antes dele.

Eu gostava desse homem. Sua honestidade era cativante.

— Senhor Pettybone, pode me chamar do que quiser.

CAPÍTULO 13

Sem nenhuma causa real para mandá-lo para o hospital, além do fim inevitável que nenhum hospital conseguiria impedir, os bombeiros nos liberaram. Voltamos para a marina com roupas, um livro, um cachorro abanando o rabo e um velho moribundo. A caixa de Fingers olhou para mim feito uma luz estroboscópica. Ele teria adorado isso. E estaria rindo. Embora Clay fosse um homem robusto, ele também era magro. Suas roupas estavam largas, e perguntei-me se ele não estava mais frágil do que deixava transparecer. Virei-me para Summer e Clay.

— Fiquem à vontade. Eu já volto.

Eles ficaram conversando, enquanto eu voltava à loja da marina e comprava um pufe à prova d'água feito para barcos e um grande chapéu de palha com cordão. Voltei para o barco e prendi o pufe entre o assento do console e a plataforma de pesca frontal.

— Clay, você ficará mais confortável aqui.

Ele desceu para o barco, sentou-se no meio do pufe e aceitou o chapéu das minhas mãos.

— Achei que isso poderia ajudar com o sol.

— Eu vou ficar bem.

Summer estava sorrindo para mim enquanto eu dava partida no motor. Deixando-o em marcha lenta, tive uma ideia. Pegando meu telefone, sentei-me na frente de Clay e segurei a foto de Angel.

— Já viu essa garota?

Summer começou a andar em nossa direção. Ouvindo atentamente. Clay segurou o telefone, estudou o rosto dela e assentiu com conhecimento de causa. Ele apontou para a Intercostal.

— Ela está no barco. O nome é Angel.

Summer sentou, e Clay notou a semelhança. Ele a estudou por um minuto. Quando falou, havia dor em sua voz.

— Ela é sua?

Summer assentiu.

Ele sugou entre os dentes de novo, com medo de dizer mais.

— Entendo.

Ela pousou uma mão no braço dele gentilmente.

— O que não está me contando?

— Eles gostam dela... muito.

— O que isso quer dizer?

— Quer dizer... — Ele escolheu as palavras com cuidado. — Que fazem muito por ela e ela gosta de estar naquele barco. — Ele balançou a cabeça. — Eles não estão dando a ela nenhuma razão para ir embora.

Pedi que ele me contasse tudo o que pudesse sobre os capitães, seus padrões, os telefonemas que faziam, quem mais estava no barco, se tinham feito planos de parar em outros portos e se ele sabia em que barco estavam agora.

Barclay falou demoradamente e explicou, em detalhes, tudo o que sabia. Pessoas. Barcos. Nomes. Lugares. Até mesmo as bebidas que as pessoas preferiam. Drogas também. Os dois capitães eram de grande importância para mim, mas ele não sabia muito sobre eles. Eram europeus, ou talvez russos, e ele descreveu as tatuagens que os identificavam. Eles o mantiveram ocupado ou dentro no navio e não interagiam muito. Ele contou que não eram rudes, mas também não eram sociáveis. Havia um total de sete garotas no navio quando ele desembarcou em Jacksonville, mas Clay imaginou que tinham conseguido mais agora. Mais garotas eram tudo sobre o que os dois homens falavam.

— O que pode me dizer sobre Angel?

Ele olhou para Summer, depois de volta para mim, e balançou a cabeça.

— Ela está em uma situação ruim.

— Você falou muito com ela?

— Era mais ela que falava comigo. Sempre me pedindo para dançar com ela. Aquela garota gosta de dançar.

Summer sorriu e chorou.

— Se eu tivesse sessenta anos a menos, lutaria por aquela garota... mas foi isso que me colocou em todos esses problemas, então...

— Alguma ideia do tipo de barco em que estão agora?

Ele apontou para o *Sea Tenderly* do outro lado da marina.

— Da última vez que os vi, eles estavam naquele. Não sei em que tipo estão agora.

— Se estivesse a bordo, há algo que pudesse olhar que nos diria em que estão agora? Ou talvez para onde estão indo?

Ele pensou por um momento.

— Não, mas posso lhes dizer o nome.

— Pode?

— *Fire and Rain*.

— Tem certeza?

— Igual à canção de James Taylor.

Eu saí do barco e retornei à capitania do porto. Entrei e perguntei ao rapaz atrás do balcão:

— Havia um barco aqui, *Fire and Rain*. Alguma ideia de quando ele partiu ou para onde?

O garoto sentou ereto e exerceu sua única migalha de autoridade.

— Você tem negócios com o navio ou com seu capitão?

O rapaz devia ter uns 22 anos, e eu duvidava que fizesse a barba duas vezes por semana. Inclinei-me sobre o balcão.

— Olha, rapazinho, tenho certeza de que você é bom no que faz, mas estou sem paciência. Preciso saber o que você sabe e preciso saber agora.

Ele estava no processo de explicar como não podia dar essa informação quando o verdadeiro capitão do porto saiu de seu escritório.

— Posso ajudar?

Quando repeti, ele balançou a cabeça.

— Senhor, não posso lhe dar essa informação, assim como não poderia repassar essa informação a qualquer pessoa sobre você.

— Você tem os vídeos de vigilância da marina?

Ele assentiu.

— Claro. Mas...

— Posso ver?

O capitão do porto estava na casa dos sessenta. Não era um marujo de primeira viagem. As tatuagens nos seus antebraços me contavam que ele havia servido na Marinha. Encorajado pela presença de seu chefe, o garoto enrijeceu e levantou a voz.

— Capitão, você não está me ouvindo...

Cheguei mais perto e o forcei a focar nos meus olhos.

— Eles sequestraram uma garota de 16 anos e estão planejando vendê-la para o maior lance quando chegarem ao sul da Flórida ou talvez a Cuba. Depois, vão usar o corpo dela para o que quiserem e jogá-la no oceano ou em um banco de neve na Sibéria. O tempo está passando. — Os olhos do rapazinho se arregalaram feito biscoitos Oreo. Apontei para o computador dele. — O vídeo seria de grande ajuda.

O rapazinho gaguejou e finalmente falou:

— Quer dizer que é um...

Terminei a frase enquanto olhava para o capitão do porto.

— Um navio de carne.

O capitão do porto apontou para o computador e disse:

— Tim, volte a gravação para ontem à noite, por volta da meia-noite, quando o *Fire and Rain* saiu daqui sob uma espessa cobertura de nuvens.

O rapazinho, também conhecido como Tim, clicou em alguns botões e abriu um vídeo incrivelmente detalhado de um grande e elegante iate preto, escurecido com janelas espelhadas que se estendiam por cerca de trinta metros enquanto ele deslizava para fora da marina, mal causando ondulações na água. Não vi ninguém a bordo. Nenhum rosto. Nenhuma luz. Nada. A única informação útil ocorreu quando ele virou para o sul e eu dei uma boa olhada em seu tênder — um Contender preto, de 36 pés, com quatro motores, luzes LED azuis e leme. O nome do tênder era *Gone Girl*.

Apertei a mão do capitão do porto.

— Obrigado.

Ele assentiu.

— Se pudermos ser de alguma ajuda...

Voltei lentamente para o *Gone Fiction*. Precisava de alguns minutos sozinho.

A situação com Angel estava piorando, e agora eu estava transportando um velho moribundo para seu túmulo.

Quando disquei o número, ele atendeu após um toque.

— Você já está em Keys?

Olhei para Daytona Beach.

— Nem perto disso.

Ele me contou o que sabia sobre navios de escravizados subindo e descendo o fosso. Não era muito, o que me dizia que esses caras eram profissionais. Não eram marujos de primeira viagem também. Contei a ele o que Clay havia dito sobre os dois capitães, as tatuagens que os identificariam e sobre *Fire and Rain* e *Gone Girl*. Ele murmurou enquanto falava porque estava segurando a tampa da caneta na boca. Quando terminou de escrever, perguntou:

— Como você está?

— Você não ia acreditar se eu lhe contasse.

— Tente.

— É demais. Além disso, preciso que procure informações sobre Barclay T. Pettybone. Setenta e oito anos. Cumpriu sessenta por assassinato em algum lugar no Sul. Foi solto no último mês ou algo assim. Internou-se no Baptist Hospital em Jacksonville há cerca de uma semana. Depois saiu por conta própria. Prognóstico ruim.

— Onde o conheceu?

— Ele está no barco.

— Pensei que você trabalhasse sozinho.

Ele sabia a resposta. O comentário foi retórico.

— O tempo está passando. Acorde alguém se for preciso. Falo com você em um ou dois dias. Preciso chegar a West Palm amanhã, no máximo. Acho que o tempo está passando mais rápido do que consigo perceber.

— Não faça nada que possa se arrepender.

— Não farei.

De volta ao *Gone Fiction*, liguei o motor e saímos da marina devagar. Clay sentou-se em seu pufe, esticou as pernas e abaixou o chapéu de palha sobre os olhos. Nos quilômetros à frente, eu descobriria que ele cantarolava ou assobiava constantemente, tinha uma bela voz para cantar e deve ter sido um homem enorme em alguma época.

Summer estava ao meu lado. Estava segurando seu livro e olhando para Clay por cima do console. Artilheiro havia cavado um buraco na bolsa ao lado do velho. Ela colocou a mão no meu braço.

— Obrigada.

Eu estava concentrado no mapa à minha frente, tentando calcular o tempo na água, o quanto eu poderia ir além e onde poderíamos conseguir comida e combustível.

Ela puxou meu braço.

— Está na água há muito tempo?

O centro de Daytona é uma longa zona de velocidade controlada, o que significava que tínhamos um tempo antes que eu pudesse fazer o barco planar.

— Minha vida toda.

— Você adora, não é?

Olhei para a água. Através dela. De volta a como comecei.

— Adoro.

— Por quê?

Acenei com a mão para o mar de vidro ondulado à nossa frente.

— Milhares de quilhas afiadas e lâminas giratórias já cortaram a mesma água aqui. Cortaram-na em dez bilhões de gotas que de alguma forma se unem de novo. Nenhuma cicatriz. Nada pode separá-la. Poderiam jogar uma bomba bem aqui e, em poucos minutos, pareceria que nada aconteceu. A água cura a si mesma. Todas as vezes. Eu gosto disso. E, para ser honesto, talvez eu precise.

Ela deslizou a mão mais para dentro do meu braço. Agora não estava puxando minha manga, mas sim enrolando o braço ao redor do meu feito uma videira. Ela não falou nada enquanto a hélice cortava a água pela milionésima vez. Mas, apesar do dano e do terror que infligíamos naquele trecho de terra líquida, quando olhei para trás, a água havia se recomposto. Ela havia se curado. Mais adiante, não havia sinal de que já havíamos estado lá.

Ela me viu olhando para trás.

— Posso lhe perguntar uma coisa?

Ela estava se pressionando mais contra as paredes que eu havia erguido ao meu redor. As paredes atrás das quais eu vivia. As que me protegiam das pessoas que tentavam encontrar meu coração. Virei-me e puxei meus óculos para baixo sobre meus olhos.

— Sim.

Ela os levantou de novo, colocando-os em um ângulo estranho no topo da minha cabeça.

— Murphy Shepherd é seu nome de verdade?

A zona de velocidade controlada terminou. A oeste, havia uma casa de *plantation* deserta afastada da água. Quatro chaminés, partes faltando do telhado, janelas fechadas com tábuas, pichações pintadas com *spray*, pombos voando para dentro e para fora — uma sombra de sua antiga beleza. Os restos de um cais, delineados apenas pelos postes cheios de cracas que perfuravam a água, levando do pântano até a casa de barcos, uma única folha de lata enferrujada esfregando contra seu único poste restante. O casco de um barco de pesca oscilava na água a poucos metros de distância. Na água mais ao sul, havia duas dúzias de veleiros parcialmente submersos em ângulos retorcidos. Encalhados. Abandonados. Nenhuma diferença entre o mar lá fora e o mar lá dentro. Mastros solitários erguiam-se como sentinelas em ângulos de 45 graus, cravados como estacas nas conchas de ostras. Um barco enferrujado de pesca de camarão, com redes podres penduradas feito musgo espanhol, estava no alto do pântano, onde a última tempestade o havia enterrado e onde permaneceria. Para sempre.

Nós navegamos em silêncio pelo cemitério. Tantas memórias emudecidas, risadas que nunca mais seriam ouvidas. O que acontece com barcos velhos e aqueles que os navegavam?

Empurrei o acelerador para a frente, fazendo o *Gone Fiction* planar e diminuindo a velocidade quando atingiu quatro mil rpm — ou cinquenta quilômetros por hora. Enquanto Clay cochilava na frente, acariciado pelo vento, Summer e eu ficamos na bolha atrás do para-brisa. O olho do furacão. Aquele lugar seguro onde você pode se esconder do barulho, do vento e das coisas que lhe rasgam. Quando me virei, uma lágrima rolou pelo meu rosto. Balancei a cabeça uma só vez.

— Não.

CAPÍTULO 14

Deixamos Daytona para trás e serpenteamos para dentro e através da curva em S em New Smyrna Beach, por fim virando para oeste, ao redor de Chicken Island, e em seguida para o sul, através da ponta norte de Turner Flats e Mosquito Lagoon. É aqui, nessas águas espumosas, que os manguezais crescem em massa. Os manguezais crescem mais ao norte, subindo por Palm Coast e entrando em St. Augustine, mas é aqui embaixo, onde a água se mantém um pouco mais quente, que de fato vicejam e se espalham em ilhas. É essa tendência de expansão em ilhas que dá às Ten Thousand Islands seu nome na costa sudoeste da Flórida.

Embora a Mosquito Lagoon possa ser ótima para pescaria, o conhecimento local das hidrovias é essencial. Repleta de detritos que destroem cascos a poucos centímetros da superfície, é uma terra de ninguém fora do canal. As águas a leste e a oeste do canal estão cheias de barcos que se afastaram demais da segurança do fosso. Com a noite chegando em uma hora e um vento nordeste de 55 quilômetros por hora batendo na costa a leste de nós, logo além dos manguezais, eu precisava tomar uma decisão. Não chegaríamos a West Palm esta noite, não importava o quanto eu acelerasse, e a água relativamente aberta da lagoa significava que estaríamos navegando em ondas de mais de um metro. Possível, mas não agradável. Especialmente para um idoso.

E assim que passássemos pelo canal de Haulover e chegássemos às águas abertas e amplas do extremo norte do rio Indian, que faz fronteira com o lado leste da área de segurança do cabo Canaveral, ficaríamos expostos por quase uma hora — talvez três, dependendo das condições —, o que seria lamentável, mas necessário se esperássemos chegar a West Palm amanhã. E precisávamos. O relógio na minha mente estava correndo.

Com o sol da tarde começando a cair e restando apenas algumas horas de luz do dia, eu sabia que Clay precisava parar. Apesar do pufe, ele precisava de uma pausa. Paramos na lateral da hidrovia na loja Sand Hill Grocery and Bait, e Summer e eu nos abastecemos com comida suficiente para um lanche da tarde e um jantar caso as coisas piorassem. Vinte minutos mais ao sul, virei bruscamente para estibordo e entrei na zona de velocidade controlada do canal de Haulover.

O canal é um corte feito pelo homem, reto como uma flecha, de cerca de dois quilômetros e meio, atravessando o dedo de terra que conecta a massa de terra de Canaveral ao território continental da Flórida. Dentro da proteção do canal, altos zimbros formam um quebra-vento, acalmando a água em uma lâmina de vidro. A pausa da batida constante foi um alívio bem-vindo.

Encalhei o barco em um trecho de areia no lado noroeste do canal.

Ajudamos Clay a sair do barco enquanto Artilheiro examinava a paisagem, marcava seu território e perseguia um coelho. Juntei madeira e fiz uma fogueira. Então, perguntei a Clay:

— Trinta minutos está bom para você?

Ele sabia o que eu estava perguntando. Assentiu e me fez um sinal de positivo.

Estendi uma lona para protegê-lo do sol e pendurei uma rede embaixo dela. Clay testou a força das cordas e deitou-se de lado usando a rede como poltrona. O sorriso se espalhou por seu rosto da mesma forma que a rede entre as duas árvores. Summer trouxe para ele um sanduíche de presunto feito às pressas, junto com um saco de Doritos — ele saboreou os dois.

Eu gostava de observar Clay. Seus movimentos eram intencionais. Singulares. E ele vivia o momento. Nunca fora dele. Ele comia cada Dorito como se fosse o último Dorito na face da Terra. Felizmente, sua tosse havia diminuído. Por enquanto.

Eu não gostava de parar, mas nós três precisávamos de uma pausa para ir ao banheiro, e aquele barco não era o lugar mais cômodo para uma mulher. Pode ser feito, mas não é bonito de se ver. Clay se balançava para a frente e para trás, cantando em sua rede, enquanto Summer alimentava Artilheiro com metade de seu sanduíche. Liguei o fogareiro e comecei a preparar água para o café, dando aos meus dedos algo para fazer enquanto minha mente trabalhava.

Praia diante de nós, uma brisa suave nos tocando, e o som de Clay cantarolando. Perguntei-me se essa era a calmaria antes da tempestade. Questionei-me se Summer seria capaz de suportar o que estava por vir.

Enquanto a água fervia, percebi que tinha a atenção total de Clay. Ele estava observando cada um dos meus movimentos. Coloquei um pouco de café instantâneo em uma caneca térmica de aço inoxidável e levei até ele. Ele tentou se levantar para aceitar, mas eu não deixei. Ele tomou um gole e falou:

— Senhor Murphy?

Eu sorri.

— Sim.

— Meus ossos lhe agradecem.

Indo do norte da Flórida para o sul, a água lentamente muda de escura para clara. De chá tânico para gim. Ainda não estávamos na metade do canal de Haulover, ainda na área escura, mas eu podia ver sinais de clareamento.

Com uma praia ao nosso lado, eu chamei:

— Summer?

Ela olhou para mim.

— Que tal você me deixar ensiná-la a nadar?

Ela se levantou e olhou para a água com ceticismo. Depois, balançou a cabeça.

— Você sabe que é uma boa ideia aprender a nadar, certo?

Ela assentiu, mas não se aproximou.

Eu entrei na água, até a altura das coxas. A água estava morna e era gostosa. Ela se aproximou, mas manteve distância.

Acenei a mão acima da água.

— Você teve uma experiência ruim em algum lugar?

— Quer dizer além de duas noites atrás?

— Sim.

— Não que eu saiba.

— Então apenas está velha e presa aos seus hábitos.

Ela enfiou as mãos nos bolsos de trás e balançou a cabeça de um lado para o outro.

— Mais ou menos.

— Certo, e se sua filha estivesse desmaiada e a jogassem de um barco e ela estivesse flutuando na água e você tivesse cerca de dez segundos? Não desejaria saber nadar então?

Ela entrou na água até a cintura e ficou de braços cruzados, olhando para a água ao redor.

— Sim.

Avancei mais fundo. Quando a água chegou ao meu pescoço, com meus pés ainda no fundo arenoso, estendi a mão e não falei nada. Ela se aproximou mais. A água agora estava na metade de sua barriga. Eu nadei atravessando o canal. Era uma distância curta. Talvez doze metros. Eu sabia pelo meu localizador de profundidade que variava de três a três metros e meio até o fundo, então, para chegar até mim ela teria que tirar os pés do fundo e puxar com as mãos. Que era o que eu queria. Um simples nado cachorrinho.

Estendi a mão. Ela balançou a cabeça.

— Summer.

Ela deu mais um passo para dentro. Água até a clavícula.

— Faça uma concha com sua mão e empurre contra a água. Você não precisa ir a lugar nenhum. Apenas fique aí. Quero que você sinta que consegue empurrar contra a água.

Ela fez isso, mas não falou nada.

— Agora quero que você empurre para baixo, com força suficiente para tirar os pés da areia.

Ela faz uma tentativa bastante lamentável, mal conseguindo subir dois centímetros.

— Você consegue fazer melhor.

Ela tentou de novo. Desta vez, balançou para cima e para baixo, sempre retornando rapidamente para a segurança do fundo. O problema de Summer era que, apesar de sua coragem inabalável em procurar a filha, ela tinha medo da água. Algo tinha acontecido. Eu só não sabia o que era. Talvez ela também não soubesse. De qualquer forma, estava assustada, e eu não tinha tempo para ela ficar assustada.

Nadei de volta atravessando o canal, virei-a para que ficasse de costas para mim, coloquei as mãos em seus quadris e perguntei:

— Confia em mim?

Ela colocou as mãos sobre as minhas e balançou a cabeça.

— Claro que não.

— Está disposta a estar disposta?

Ela fez uma pausa e por fim respondeu:

— Sim.

— Vou levantar você um pouco, movê-la para mais fundo na água e segurá-la enquanto você chuta e puxa. Combinado?

Ela hesitou e depois assentiu rapidamente.

Com as mãos nos quadris dela, levantei-a e a movi apenas alguns metros para a água mais profunda. Com um aperto mortal em minhas mãos, ela ficou reta feito uma flecha na água.

Pensei em começarmos com algo fácil, por isso orientei:

— Chute com os pés como você fez com as mãos.

Ela tentou com pouco sucesso.

— Está querendo me dizer que, com tantos músculos nesse corpo e com essas suas pernas de dançarina, não consegue chutar mais forte do que isso?

Summer estava tremendo, mas entendeu o recado. Ainda segurando minhas mãos, chutou com mais força e levantou-se de verdade na água. Se eu não a estivesse segurando, ela poderia ter flutuado sozinha. A essa altura, também tínhamos a atenção de Clay. Ele se ajeitou na rede e conseguia ver de onde estava sentado.

Artilheiro, que nunca deixava passar uma oportunidade de se molhar, lançou-se na água e nadou em círculos ao nosso redor. O tempo todo, ele lambia o rosto de Summer, depois o meu e depois o dela de novo. Fora as lambidas, ele na verdade ajudava.

Acenei para Artilheiro.

— Está vendo o que ele está fazendo?

Ela parou de chutar e voltou a ser uma flecha com um aperto mortal nas minhas mãos.

— Mais ou menos.

— Quero que você faça o mesmo. Então, comece a chutar. — Ela começou. — Agora solte minhas mãos e comece a puxar. Igual a Artilheiro.

Uma das mãos se soltou devagar, depois rapidamente agarrou de volta. Ela balançou a cabeça.

Puxei-a para o meu peito, onde ela parou de chutar e passou as pernas em volta da minha cintura feito um torno.

— Confie em mim.

Ela me encarou por um longo momento.

Sei que o medo de afogamento é algo primitivo. Todos nascemos com ele, e é difícil, se não impossível, nos livrarmos dele pela lógica. É preciso muita força de vontade para fazer isso. Repeti:

— Confie em mim.

Ela afrouxou o aperto, e virei-a de costas para mim. Ela recomeçou a chutar enquanto ainda segurava minhas mãos. Depois, devagar, uma por uma, soltou e começou a nadar. Como forma de tranquilizá-la, pressionei as mãos contra seus quadris, para que ela soubesse que eu ainda estava lá. Mas ela era tão forte que tive dificuldade em segurá-la. Então, quando ela encontrou um ritmo e começou a se manter na superfície da água, aos poucos afrouxei. Depois de um minuto, eu estava apenas fazendo contato com sua pele de forma que a mente dela percebesse meus dedos, mas eu não estava oferecendo nenhuma ajuda a ela.

Depois de permanecer flutuando quase um minuto inteiro, ela deixou seu medo voltar dominá-la e suas mãos retornaram às minhas. Mas suas pernas continuaram chutando. Eu podia lidar com isso. O problema de Summer não era que ela não conseguia nadar. Ela conseguia. O problema dela era o medo, mas eu sabia que ela descobriria isso em breve.

Eu a puxei para a praia, onde seus pés encontraram apoio na areia, e ela caminhou pela praia ao som das palmas de Clay. Ela parecia um gatinho encharcado, sorrindo e orgulhosa de si mesma. A próxima lição não seria tão divertida, mas ela não precisava saber disso.

Ainda.

Voltamos ao barco, deixamos a praia e começamos a viagem até Stuart. A zona de velocidade controlada durou cerca de mais oitocentos metros, então, Summer sentou ao meu lado enquanto Clay retomou seu assento no pufe. Summer me pegou olhando para minhas mãos. Ela estava sorrindo, tendo aparentemente gostado da aula. Sentindo que havia conquistado algo. Fez um gesto com o polegar por cima do ombro.

— Aquilo me lembrou da dança. Na época em que eu realmente sabia dançar. No... no palco... meu parceiro, dependendo do show, segurava meus quadris do jeito que você fez e então me jogava para cima. — Ela fez uma pausa. — Às vezes, quando todo o mundo estava nos eixos — sorriu —, o que não era frequente, eu tinha um vislumbre em câmera lenta da plateia em algum ponto do meu giro. Ainda consigo ver essas imagens. Difusas agora, mas ainda consigo vê-las.

Eu estava abrindo os dedos e depois fechando-os em punho, alongando a mão.

Ela perguntou:

— Você está bem?

Eu usei minhas mãos para diversas coisas, mas um toque suave nos quadris de uma mulher não era uma delas.

— Sim, estou bem.

A verdade é que era a primeira vez que eu tocava uma mulher com ternura em muito tempo. Ela colocou uma mão no meu ombro.

— Você é um bom professor.

CAPÍTULO 15

Eu precisava chegar a Stuart, e, tendo dado a volta através do canal, agora tínhamos um pouco de vento de popa. Posicionei os lemes para baixo, forcei o barco a subir no topo da onda e avancei pela água a quase sessenta quilômetros por hora. Uma das belas características do meu barco é que ele é um pouco pesado para seu tamanho, o que faz com que navegue com a suavidade de um Cadillac em águas agitadas. Isso tem seu lado negativo em águas rasas, mas eu lidaria com isso quando chegasse a hora. *Gone Fiction* foi construído para águas como essas, por isso nós disparamos por cima delas, percorrendo os quilômetros.

Entramos nas águas do rio Indian e na terra de ninguém de bancos de lama ao norte do cabo Canaveral. Marte na Terra. Por vários quilômetros, o canal é marcado por postes retorcidos enfiados em ângulos estranhos na terra macia. Os restos de uma árvore enorme e seu enorme torrão de raízes jaziam descansando na água cerca de noventa metros ao sul de nós, onde a profundidade da água diminuía para sessenta centímetros em um banco de lama de uns três quilômetros de largura. O vento aumentou e Summer sentiu. Assim como as ondas laterais, espirrando a água do oceano por cima da lateral do barco. É difícil falar estando perto de quarenta mph, então fiz sinal para Summer ficar do meu outro lado — de volta à segurança do olho do furacão. Movendo-se da minha esquerda para a minha direita, ela rodopiou. Inconscientemente.

Clay, enquanto isso, estava sentado sem qualquer preocupação no mundo. Uma das mãos em Artilheiro, a outra espalmada sobre o peito.

Às vezes, tossia, mas de alguma forma mantinha os espasmos sob controle. Enquanto o sol se punha à nossa direita, minha atenção se voltou para Angel e o telefone via satélite. Normalmente eu o mantinha guardado até precisar dele. Eu o usava mais para fazer ligações do que para recebê-las. Mas a cobertura em Keys, que é para onde imaginei que o barco dela estava indo, era irregular, e, se ela estivesse na área de cobertura e tentasse ligar, eu queria que ela conseguisse se conectar. Fiz uma anotação mental para pegá-lo quando parássemos.

Cruzamos Marte, viramos para o sul e passamos pelo vão basculante da ponte da ferrovia Florida East Coast. A ponte fica baixa em relação à água e permanece na posição aberta, piscando luzes verdes que notificam os barcos de que a entrada é permitida. Quando um trem se aproxima, o verde muda para vermelho piscante, uma sirene toca quatro vezes, pausa, toca mais quatro vezes e, após um atraso de oito minutos, a ponte abaixa e trava.

Vi a ponte a cerca de três quilômetros de distância e observei a luz verde piscar para vermelha. Também vi o trem à minha direita. Era longo, e eu não conseguia ver seu fim. Aquele trem poderia nos atrasar trinta minutos ou mais, enquanto flutuávamos feito uma boia em um vento cruzado de 55 quilômetros por hora e o maquinista palitava os dentes. Não parecia divertido para mim.

Sabendo que tinha cerca de oito minutos, empurrei o acelerador para a frente, levando o motor a seis mil rpm, e avancei pela superfície da água a mais de oitenta quilômetros por hora. Aproximando-se da ponte, Clay levantou as duas mãos e cantou alto. Eu não fazia ideia do que ele estava cantando, mas conhecia o tom e soava como liberdade.

Conforme nos aproximamos da ponte, a sirene soou outra vez. O encarregado da ponte devia ter percebido minha intenção de escapulir, porque sentou a mão naquela sirene. Se não conseguíssemos, o T-top do *Gone Fiction* entraria em contato com o vão da ponte e seria arrancado na altura do ombro. Pensei que íamos conseguir. O encarregado da ponte pensou diferente. Summer apertou meu braço. Com força. Conforme eu diminuía a distância, acelerei ao máximo e mirei no centro do vão. Eu havia ajustado o motor para que apenas a hélice e a unidade inferior estivessem dentro da água.

Passamos pelo vão quando a ponte começou a descer, com uma folga de mais de seis metros. Do outro lado, com o encarregado da ponte ainda comunicando seu desagrado com meu espetáculo pelo rádio, Summer soltou seu aperto nervoso em meu braço. Seu rosto estava vermelho de excitação e ela respirava pesadamente. Na frente, Clay estava sentado relaxando com as pernas cruzadas e os dois braços erguidos. A lancheira de Fingers estava imóvel.

Sabendo que poderia reabastecer em Stuart, deixei a economia de combustível de lado e mantive a velocidade em mais de sessenta quilômetros por hora. À nossa esquerda, o Kennedy Space Center se tornou Merritt Island. Com a cidade de Cocoa aparecendo ao nosso lado a estibordo, apontei para nosso lado a bombordo e chamei a atenção de Summer para um pequeno e quase imperceptível canal de barcaças. Ela se inclinou para mais perto, e eu expliquei:

— Ele atravessa a ilha e chega a Porto Canaveral, onde os submarinos Trident atracam.

De Cocoa, Merritt Island invade o que antes era a água larga do rio Indian e estreita o canal, oferecendo proteção contra o vento. Com a água se acalmando, aliviei o acelerador para frente mais uma vez e nivelei a setenta quilômetros por hora. Estávamos deslizando sobre a água.

Passamos por Cocoa Beach, a base da Força Aérea Patrick, Satellite Beach e entramos nas águas ao redor de Melbourne e Palm Bay, quando finalmente reduzi para trinta. Clay começou a tossir, e eu me perguntei se a velocidade tinha sido a causa ou se fora seu canto.

De toda forma, desacelerar pareceu aliviar isso.

Avançando depressa, deixamos Palm Bay, Malabar, Sebastian e Winter Beach em nosso rastro. Em Vero Beach, a hidrovia se estreitou e o congestionamento aumentou. Encontramos vários barcos indo para o norte e pescadores retornando de um dia nos manguezais.

Correndo contra a luz do dia, naveguei na esteira de navios que se aproximavam o melhor que pude, mas isso forçou Clay mais do que eu gostaria. Não fosse pelo pufe, ele não teria aguentado. Vero Shores deu lugar às zonas de velocidade controlada de St. Lucie e Fort Pierce. Passando por baixo da ponte fixa da rodovia A1A e livre do limite de velocidade na extremidade sul de St. Lucie, olhei por cima do ombro e percebi que estava perdendo a minha corrida contra o que restava do sol. Empurrei o acelerador bem para a frente e não diminuí a velocidade novamente até passarmos de novo por baixo da A1A em Sewall's Point, que na minha mente marcava o início de Stuart.

Com a escuridão caindo e os barcos pontilhando a linha d'água com suas luzes vermelhas e verdes visíveis, desliguei o motor e deslizei pela superfície da água. Summer parecia animada. Tanto pelo dia que ficou para trás quanto pela possibilidade que tínhamos pela frente. Fizemos um bom tempo e cobrimos muito terreno. *Gone Fiction* se movia com a corrente nas águas agora claras e abertas de Stuart. Hutchinson Island estava à nossa esquerda. Assim como a enseada que levava ao Atlântico. Entre nós havia um banco de areia subaquático que se estendia por quase um quilômetro e surgia na maré baixa — um dos locais de festa favoritos de velejadores e pessoas com *jet skis*. Bancos de areia como aquele eram a principal razão pela qual as pessoas por aqui tinham barcos.

Com o barco flutuando junto com a corrente, levei Summer para a parte de trás do barco, onde ela ficou sem suspeitar de nada, esperando. Sem falar nada, empurrei-a para dentro da água. Isso surpreendeu até Clay, que se levantou, agarrando-se ao T-top para se apoiar. Artilheiro correu para a parte de trás do barco e latia, enquanto Summer se debatia na água. Quando sua cabeça rompeu a superfície da água, suas mãos girando no ar feito hélices de ventilador, falei:

— Nade, Summer.

Ela estava gritando, debatendo-se e engasgando. Fora de si. A corrente estava me puxando para mais longe dela, então, virei o leme e encalhei a proa no banco de areia que ela não conseguia ver e mergulhei. Summer estava afundando.

Levantei seus quadris, forcei sua cabeça para fora da água e chamei:

— Summer...

Por um claro instante, seus olhos frenéticos e temerosos encontraram os meus.

— Apenas nade.

Então, eu a soltei.

Não sei se foi a Broadway e a dança, ou o fato de eu tê-la soltado e ela estar tão brava que só queria me dar um soco na cara, ou se era o medo desenfreado. Seja qual for a causa, Summer começou a chutar e puxar — a nadar. E, quando fez isso, seu rosto e cabeça romperam a superfície como uma boia. Que é onde ela ficou. Primeiro uma respiração, depois duas, depois várias. Percebendo que não estava afundando e que não ia se afogar, ela começou a girar involuntariamente em um círculo anti-horário. Quando chegou às seis horas, ela me viu, e a excitação de estar de fato nadando desapareceu de seu rosto. Abrindo caminho para a raiva.

Ela falou depressa:

— Não gosto de você.

— Eu sei.

Ela continuou a se manter à tona.

Afastei-me dois passos dela.

— Nade para mais perto.

Ela balançou a cabeça.

— Eu não gosto de você.

Dei mais dois passos para longe, aumentando a distância e sua sensação de insegurança.

— Mais perto.

Relutantemente, ela nadou cachorrinho para se aproximar. Não perto o suficiente para me tocar, mas quase. Quando finalmente falou, sua voz estava séria.

— Você é um homem mau.

— Coloque os pés no chão.

Ela pareceu confusa.

— O quê?

— Coloque os pés no chão — repeti.

Ela parou de chutar com um pé e esticou a perna. Quando o fez, rapidamente tocou o fundo. Colocando os dois pés na areia, ela parou de remar com os braços e ficou parada, com água na altura da clavícula. Ficou de pé, o cabelo emaranhado no rosto, encarando-me. Uma veia tinha saltado abaixo de um olho. Estendi a mão e tentei colocar o cabelo dela para trás, mas ela deu um tapa na minha mão e fez isso sozinha.

— Você está bem?

Ela balançou a cabeça.

— Não.

Eu esperei.

— Você me fez fazer xixi nas calças.

Eu ri.

— Bem, ninguém além de você e os tubarões jamais vão saber.

— Tubarões!? — Ela se lançou da areia e no mesmo instante recomeçou a nadar, mas dessa vez seus movimentos eram duas vezes mais rápidos.

— Onde?

— Por todo lado.

— Está falando sério?

Eu estava rindo.

— Sim.

Ela começou a se aproximar do barco.

— Tire-me desta água.

— Summer.

Ela se virou e olhou para mim. E, quando o fez, estava quase sorrindo. Cheguei mais perto.

— Você estava nadando. — Ela colocou um pé no chão, depois o outro. Dessa vez, deixou que eu colocasse o cabelo dela atrás da orelha.

— Sozinha.

Ela sorriu, mas estendeu o pé e aqueles dedos musculosos e puxou um pouco dos pelos da minha perna. Ela levantou as duas sobrancelhas.

— Se fizer isso de novo, eu vou...

Eu sorri.

— O quê?

— Você me assustou.

— Eu sei. Sinto muito.

— Sente nada. Se sentisse, não teria feito isso.

A água estava morna e era uma sensação boa. Olhei para a água abaixo de mim. Summer pensou que eu tinha visto alguma coisa.

— Que foi? Um tubarão?

— Não, eu só senti uma quentura...

— Não tem graça. — Sem dizer uma palavra, Summer deixou a segurança da areia e nadou cachorrinho mais para o fundo a alguns metros de distância. Mantendo a cabeça acima da água, ela olhou para Clay, que estava parado observando nós dois. Ele comentou:

— Senhorita Summer, você está nadando.

Ela parecia orgulhosa de si mesma.

— Sim, senhor Pettybone, estou.

Escalei o banco de areia conforme a escuridão caía de verdade. Summer remou até lá, e, quando seus pés afundaram até os joelhos na areia macia, ofereci a mão a ela. Ela aceitou com relutância. Saindo e ficando de pé no chão firme, olhou para a água enquanto o vento secava seu rosto. À distância, podíamos ouvir o bater das ondas do Atlântico ao longo da costa. Ela sussurrou:

— É só água.

Assenti e, quando ela se virou para mim, sussurrei:

— Você me perdoa?

Ela estudou meu rosto.

— Eu tenho escolha?

— Claro.

— Posso responder depois?

Eu admirava a força dela. Se havia uma mãe que tinha uma chance de encontrar a filha, era ela. Era preciso ser forte para enfrentar algo desse tipo. E, na minha experiência, ela teria muita dificuldade pela frente.

Clay recebeu Summer no barco com uma toalha conforme deslizávamos por Willoughby Creek em direção ao hotel à beira-mar conectado ao Pirate's Cove Resort & Marina. Atracamos ao longo do muro de contenção, e eu os deixei cuidando do barco enquanto ia até o escritório e alugava três quartos. Ao retornar, dei a cada um deles uma chave e apontei.

— Que tal nos encontrarmos aqui em dez minutos? Camarão frito por minha conta.

CAPÍTULO 16

Mais acima no rio, as luzes de dois bares brilhavam festivamente sobre a água.

Summer desapareceu enquanto Clay caminhou para seu quarto a poucos metros de distância. Ele estava se movendo mais devagar, andando de uma cadeira para uma coluna e até o batente de uma porta — qualquer coisa em que pudesse segurar para se firmar. Quando chegou à porta, destrancou-a e entrou. Antes de fechá-la, olhou para o barco, mas não para mim.

Quinze minutos depois, atracamos perto de dois restaurantes à beira-mar.

Deixei que escolhessem entre música ao vivo no Twisted Tuna ou um ambiente tranquilo no Shrimper's Grill e Raw Bar. Summer e Clay escolheram a música ao vivo.

Sentamos do lado de fora, ao lado da água. A lua estava brilhando alto. Eu mandei Artilheiro ficar no barco, o que ele fez, mas seu choro me informou que ele não gostou. Seu protesto vocal atraiu algumas crianças que estavam alimentando os peixes ao longo do cais. Um minuto depois, três crianças estavam coçando sua barriga.

Cachorro esperto.

Comemos camarão e conversamos pouco. Imaginei que Summer estava tentando decidir se estava brava comigo e Clay estava conservando sua energia, tentando manter os espasmos sob controle. Enquanto seus olhos focavam a comida, que ele mastigava lentamente, a cada poucos minutos ele olhava para o barco.

Quando terminou de comer, Summer limpou a boca, afastou-se da mesa e ofereceu a mão a Clay.

— Senhor Pettybone, faria a gentileza de dançar comigo?

Clay pousou o chá gelado, limpou a boca e empurrou a cadeira para trás.

— Ora, é claro, senhora.

Clay provavelmente tinha 1,90 m e Summer tinha cerca de 1,75 m, por isso ele se abaixou e ela se ergueu. Eles caminharam até a pista de dança improvisada. Ele abriu os braços, ela posicionou os dela ao longo dos dele, e dançaram. Ele era um bom dançarino. Summer riu enquanto os dois lentamente deslizaram sob o som do cantarolar dele. De poucos em poucos passos, ele levantava um braço e a fazia girar. Era uma das coisas mais bonitas que eu tinha visto em muito tempo. Um velho, moribundo, cheio de arrependimento e tristeza, e uma mulher de meia-idade, de coração partido, cheia de tristeza e arrependimento. Os dois juntos produziram um som feliz pelo deque. As risadas eram a prova.

Quando ele se cansou, Clay parou e fez uma reverência. Todas as mesas ao redor de nós aplaudiram Summer, que era uma dançarina talentosa. Qualquer idiota podia perceber. Ela o devolveu ao assento, onde ele se sentou sorrindo como se tivesse acabado de ganhar na loteria. Em seguida, ela voltou sua atenção para mim.

Era o que eu temia. Ela deu a volta na mesa e se inclinou para perto do meu rosto. Estava feliz, suas bochechas coradas.

— E você, gentil senhor?

— Eu não danço.

Ela estendeu a mão.

— E eu não nado. Levante a bunda dessa cadeira.

Ela tinha razão. Levantei, e ela me levou para a pista de dança.

— Eu só dancei uma vez na minha vida, e foi…

— Bem, antes de uma hora atrás, eu nunca tinha nadado. Portanto, você está em boa companhia.

Com quase todas as mesas observando-a me instruir, ela levantou meus braços na posição que queria. Senti-me como o espantalho de *O Mágico de Oz*.

— Você já viu *Dirty Dancing*?

— Não.

Ela moveu os lábios formando as palavras sem vocalizá-las. "Você nunca viu *Dirty Dancing*?" Suor escorria por sua têmpora.

— Não.

Ela continuou a fazer ajustes precisos em meus braços, ombros e postura, e falou sem me olhar nos olhos.

— O que há de errado com as instituições educacionais da América?

— Já terminamos?

Ela me avaliou.

— Você não é nenhum Patrick Swayze, mas vai servir. — Ela apoiou a mão direita na minha esquerda e colocou minha mão direita em volta de sua cintura, com a própria mão esquerda no meu ombro direito. Então, começou a me dizer onde colocar meus pés. — Pise aqui.

"Pise ali. "Ótimo, agora erga sua mão esquerda.

"Um passo para trás.

"Agora traga sua mão esquerda para a frente do seu rosto, como se estivesse olhando para o relógio."

Enquanto eu seguia as instruções e ela me ensinava a arte de liderá-la, ela comentou:

— Belo relógio.

— Um amigo me deu.

— Deve ser um bom amigo.

Concentrei-me em tudo o que ela estava me falando, enquanto ela se movia com tanta facilidade quanto alguém respirando durante o sono. Conforme se movia ao meu redor, fazendo com que eu parecesse saber o que estava fazendo, ela falou:

— Você acabou de dizer que só dançou *uma vez* na vida?

— Com essa, duas vezes.

— Qual é o seu problema?

— Vamos precisar de uma pista de dança maior para responder a essa pergunta.

— Qual é a versão resumida?

— Só fui casado uma vez.

— Com certeza você dançou com sua esposa em algum lugar.

— Não.

— Por que não?

— Ela foi embora.

— Quanto tempo? Um, dois anos depois?

— Não. Mais perto de uma hora.

Ela parou de girar e voltou a me encarar. Dessa vez, aproximou-se.

— Vocês foram casados por uma hora?

— Quase.

Ela parecia envergonhada.

— Algo terrível aconteceu, não foi?

— Sim.

— Sinto muito.

— Foi há muito tempo. E, para ser honesto, acho que esta dança foi muito melhor. Pelo menos um de nós sabia o que estava fazendo.

A música parou e as pessoas de fato ficaram de pé batendo palmas para Summer, que apontou para mim, bateu palmas e então se curvou. Ela estava suando, com a respiração um pouco pesada. Perguntei-me como alguém tão linda, tão talentosa, tão… não era casada.

Clay parecia distraído enquanto navegamos devagar de volta até o hotel. Depois que amarrei no píer, eu o ajudei a se levantar e perguntei:

— Senhor Pettybone, você está bem?

Ele tossiu e limpou a boca com um lenço de pano.

— Sim, senhor. Você se importaria…? — Ele olhou para a porta, então, passei o braço no dele e o levei até seu quarto. Enquanto ele inseria a chave, falou:

— Senhor Murphy, não quero me intrometer nos seus negócios, mas tem outra pessoa naquele barco.

Olhei de relance para o *Gone Fiction*. Summer estava no cais, amarrando a linha de popa.

— O que quer dizer?

Ele jogou a cabeça para o lado e para trás, sugerindo algo do seu passado.

— Na minha vida, aprendi a ouvir. Ainda sou muito bom nisso. Tem mais alguém naquele barco.

Olhei para a caixa laranja de Fingers amarrada no arco. Sem saber o que revelar, balancei a cabeça.

— Ainda não estou entendendo.

Ele apontou para a pequena porta que dava para um banheiro ainda menor, localizado no console central.

CAPÍTULO 17

Percebi que não tinha aberto a porta com trava do banheiro desde que terminei de arrumar o barco na minha ilha na noite anterior à minha partida. Pensei nisso quando quase guardei a caixa de Fingers lá, mas acabei não fazendo. Isso queria dizer que estava intocada desde que deixei a ilha.

Summer notou a ruga entre meus olhos.

— Você está bem?

Eu não queria deixar a caixa laranja do lado de fora durante a noite, e, além disso, isso me dava a desculpa da qual eu precisava. Sendo assim, desamarrei-a e respondi:

— Estou... — Apontei para o banheiro e coloquei um único dedo nos meus lábios. Falei com ela enquanto olhava para a porta.

— Só preciso trancar isso para a noite. — Não sabia o que ou quem poderia estar no banheiro, então, se necessário, planejava usar a lancheira de Fingers como arma.

Puxei a trava que levava ao banheiro e abri a porta delicadamente, até que se encaixasse em sua trava magnética. Quando o fiz, encontrei dois olhos arregalados me encarando da escuridão. Eles dispararam de mim para Summer e de volta para mim. Devagar, uma forma surgiu. Ela era pequena. Sentada dentro do console, cercada por toalhas e uma almofada. Cocei a cabeça e comecei a lembrar de todas as águas turbulentas que cruzamos. A ideia de que alguém tivesse estado ali dentro por um período qualquer era espantosa. Uma bolinha de fliperama teria tido uma viagem mais tranquila.

Vendo outro rosto para lamber, Artilheiro se aproximou para uma inspeção mais detalhada. Encontrando mãos dispostas, ele começou a lamber o rosto dela, o que a fez rir.

Uma risada linda. O que explicava todo o tempo que Artilheiro passou cheirando a fresta ao redor da porta. Com o rabo de Artilheiro abanando a toda velocidade, puxei-o para fora e enfiei a cabeça dentro do console. Depois, mão. Uma mão muito menor pegou a minha, e ela saiu do banheiro.

Uma garota. Talvez não chegasse a ser uma adolescente. Jeans. Mochila. Tênis de corrida. Baixa, cabelo como o de Audrey Hepburn. Ficou parada me observando e não falou nada.

Summer olhou para mim, para a garota, e depois para mim novamente. Ela se aproximou.

— Querida, você está bem?

A menina deu de ombros.

— Está perdida?

A garota balançou a cabeça, mas não tirou os olhos de mim. Era como se ela estivesse olhando para algo que tinha ouvido falar, mas nunca tinha visto. Como algo pendurado na parede de um museu.

Summer continuou tentando.

— Você não está perdida?

Outro balanço. Sem rodeios. Ela olhou ao redor.

— Não.

— Bem, amorzinho… — Summer tentou uma risada para quebrar o gelo. — O que você está fazendo?

A garota olhou para mim.

— Estou me perguntando se você pode me contar quem eu sou.

Apontei para mim mesmo.

— Por que eu?

Ela levantou um pedaço de papel amarelado.

— Posso?

Ela o estendeu no ar que pairava entre nós. Era uma carta de navegação antiga e detalhada mostrando a ilha que chamo de lar. O terreno ao redor da capela havia sido circulado com lápis vermelho. Não havia nome. Nada escrito.

— O que é isso?

A voz dela tinha um tom cortante.

— As meninas na escola estavam falando sobre suas casas, pais, o que fariam nas férias de outono, para onde iriam, e tudo mais. Eu não sabia de nada. Nunca soube nada sobre mim. Tudo o que eu sabia era que eu ia passar mais um feriado horrível sozinha. Com as mesmas perguntas horríveis de sempre. Cansei delas sempre falando de mim pelas costas. Então, invadi a sala onde guardam os arquivos e vasculhei. A maioria dos arquivos tinham mais de dois centímetros de espessura. Cada um continha uma linhagem de realeza. Fulana de tal é parente de fulano de tal, que fez tal e tal coisa. Dinheiro que não acabava mais. Meu arquivo tinha dois pedaços de papel.

— Qual era o segundo?

Ela me entregou uma folha menor, do tamanho de uma ficha de anotações. Era uma fotografia.

Minha.

Ela apontou.

— É você, certo?

Eu parecia ter uns quinze anos a menos. Não sabia quando foi tirada ou quem a havia tirado. Ela me mostrava em pé na água no lado sul da minha ilha, sem camisa, uma tarrafa nos braços. Fazendo o que amo. O olhar no meu rosto era de paz. Contentamento. Quem quer que a tivesse tirado sabia o suficiente sobre mim para saber quando apertar o obturador. Devia ter ficado nas árvores ao longo da margem e a tirou quando me virei para atirar a rede. Colada na parte de baixo da foto havia uma manchete de jornal do *New York Times* datada de dezesseis anos antes. A manchete dizia: "Filha sequestrada de senador resgatada e devolvida ilesa por homem misterioso. Baleado três vezes, remou onze quilômetros orientando-se pelas estrelas".

O artigo não estava anexado ao título. O que não era um problema para mim. Eu sabia o que ele dizia. Segurei os pedaços nas mãos.

— Mais alguma coisa?

Ela puxou um cordão de couro do tamanho de um cadarço de sapato do pescoço. Continha uma chave grande que parecia de latão.

Ela me entregou a chave.

— Já viu isso?

Examinei-a, virando-a para lá e para cá na mão.

— Não que eu saiba. — Um lado da chave tinha o número 27; o outro, o endereço de um banco em Miami.

Eu havia ficado um pouco irritado.

— Isso é tudo que você tem?

Ela não desviou o olhar quando respondeu.

— É o que tenho.

Summer continuou:

— Amorzinho, onde é sua escola?

Ela se virou para Summer.

— Eu não sou seu amorzinho.

Summer pôs as mãos nos quadris.

— Pode me dizer seu nome?

— Ellie, mas esse não é meu nome de verdade.

— Por que diz isso?

— Sete lares temporários. Quatro internatos.

Summer se aproximou.

— Qual é seu nome de verdade?

Ellie respondeu sem emoção.

— Quer dizer o da minha certidão de nascimento?

Summer assentiu.

— Jane Doe.[1]

A voz de Summer suavizou.

---

[1] Jane Doe é um pseudônimo coletivo usado quando o nome verdadeiro de uma mulher é desconhecido ou está sendo intencionalmente oculto. No caso de homens, o nome usado é Jhon Doe. [N. T.]

— Alguém está procurando por você?
Sem expressão, Ellie deu de ombros.
— Não faço ideia.
Summer se inclinou para mais perto.
— Onde sua mãe está agora?
Ellie falou com sarcasmo controlado.
— Se eu soubesse disso, acha que eu teria me enfiado naquela caixa?
Summer perguntou novamente:
— Onde fica sua escola?
— Em Nova York.
Ellie me encarou.
— Olha, não gosto de estar aqui mais do que você gosta de me ter aqui, mas podemos pular tudo isso? Teve alguma filha que não queria? Talvez a tenha deixado na calçada em algum lugar? Se sim, é só me contar. Não é nada demais...
Eu a interrompi.
— Minha esposa morreu antes que pudéssemos ter filhos.
Summer perguntou:
— Como você veio de Nova York até a Flórida?
— De trem.
— E à ilha?
— Uber.
— Como pagou por isso?
Ellie franziu a testa.
— As meninas da minha escola são ricas. Dinheiro do papai e tudo mais. Elas nunca sentem falta.
Summer se aproximou.
— Doçura, quantos anos você tem?
— Eu também não sou sua doçura.
— Está bem.
— Por que quer saber?
— Você parece tão jovem.
— Quantos anos eu deveria ter? Eu já consigo segurar meu próprio copo e me limpar sozinha.

Summer passou-a para mim com um olhar. As luzes brilharam nas feições da garota. Olhos. Queixo. Bochechas. Ela era linda, durona, e sua linguagem corporal sugeria que não tinha medo de uma briga.

Eu tentei.

— Há quanto tempo está me procurando?

— Há umas semanas.

Summer falou:

— Você está sozinha há três semanas?

Ela deu de ombros.

— Estou sozinha desde que nasci.

Summer continuou:

— Preciso ligar para alguém e avisar que você está bem?

Ela levantou uma sobrancelha.

— Para quem você ligaria?

Essa garota realmente estava sozinha. Eu podia ouvir seu estômago roncando.

— Está com fome?

Outro dar de ombros.

— Na verdade, não.

Summer fez mais uma tentativa:

— Gostaria de tomar banho?

— Não, eu não quero um banho e não quero comida. Não quero nada de vocês dois. — Ela olhou para mim. — Só quero saber se você tem alguma ideia de quem eu sou ou de onde eu possa ter vindo. Se não... — Ela bateu na chave em seu peito. — Vou para Miami.

Eu não tinha tempo para essa garota. Mas aquela foto continuava me encarando.

Tentei falar com calma.

— O banco não vai deixar você acessar isso.

— Vou mesmo assim.

Cheguei mais perto. Foi a primeira vez que invadi intencionalmente seu espaço pessoal.

— Você tem uma identidade dizendo que tem dezoito anos?

Ela assentiu.

Estendi a mão.

— Por quê?

— Eu quero ver.

Ela mostrou, mas não me deixou segurar.

— Veja.

Ela estava certa. Ela tinha aprendido a contornar o sistema.

Lancei um olhar para Clay, que deu de ombros e tossiu uma vez.

A identidade não era dela. Era bastante parecida, sim, mas jamais passaria no banco.

Eu estava cansado. Pensamentos disparavam e eu não tinha respostas. Também sentia que Angel estava escapando cada vez mais do meu alcance quanto mais eu ficava ali parado e conversava.

Mas havia aquela foto.

— Escute, eu não sei quem você é. Sinto muito. Não sei. Mas estaremos em Miami amanhã, e, se você ficar conosco mais uma noite, vamos ao banco.

Ela ficou tensa. Levantou um dedo.

— Com uma condição.

Não achei que ela estivesse em posição de fazer exigências, mas concordei.

— Está bem.

— Eu fico com o que estiver naquela caixa.

Eu assenti.

— Fechado.

— Mesmo que seja um milhão de dólares.

— Mesmo assim.

Ela inclinou a cabeça para o lado.

— Sério? Não vai brigar comigo por isso?

Eu acenei negando.

— Não.

— Por que não?

— Honestamente?

— Sim.

— Porque não quero o que é seu e agora estou cansado demais para brigar com você ou qualquer outra pessoa por qualquer coisa.

Ela cruzou os braços.

— Posso perguntar uma coisa para você?

Passei a palma da mão no rosto.

— Claro.

Ela levantou a foto.

— É você?

— Sim, embora eu não tenha ideia de quem tirou nem quando.

Em seguida, ela acenou com a manchete da notícia.

— E isto?

Eu assenti.

Ela não pareceu convencida.

— Prove.

— Não.

Ela gesticulou com ambas as mãos.

— Por que não?

Já era tarde, e eu ainda tinha que pensar em algumas coisas. Falei a todos.

— Vamos partir cedo. — Virando-me para Summer, perguntei: — Ela pode ficar com você?

Summer pôs a mão no ombro de Ellie.

— Claro.

— Vou encontrar comida para a viagem e trazer. — Falei com Ellie: — Comida chinesa ou outra coisa?

— Você não me respondeu. — Uma pausa. — Por que não?

— Parei de me provar para as pessoas há muito tempo. Pode ficar ou ir. A escolha é sua. Mas... — Eu podia ouvir o estômago dela roncando. — Estou oferecendo o jantar.

Ela considerou minha oferta, hesitou e falou em voz baixa:

— Tudo bem.

Clay andou até seu quarto. Devagar. Sua tosse havia piorado e estava mais congestionada. Artilheiro foi ao lado dele. Os dois desapareceram no quarto de Clay.

O mundo tinha ficado muito mais complicado.

Summer vestiu a camisa de mãe e pegou a mão de Ellie.

— Que tal você tomar um banho e depois comer algo quente?

As duas entraram no quarto de Summer. Coloquei a caixa de Fingers dentro do banheiro e vi como Ellie estivera vivendo os últimos dias enclausurada naquele espaço pequeno. Ela tinha improvisado uma cama de toalhas para amortecer sua viagem. Antes de trancar o barco, peguei meu telefone via satélite. Quando o liguei, a tela imediatamente mostrou: "Você tem 0 novas mensagens de voz".

Enquanto eu girava o telefone na mão, meu celular tocou. O identificador de chamadas informou o código de área de Colorado. Atendi após o segundo toque.

Ele perguntou:

— Tarde para você, não é?

— Um pouco.

— O que está acontecendo?

Olhei para as luzes do quarto de Summer.

— Bem… — Meus olhos vagaram para o hotel, depois para a água que fluía devagar para o sul. — Estou viajando com uma mulher que está procurando pela filha que não quer ser encontrada. A mãe está à beira de um colapso. Frágil. Fios desfiados mantendo-a unida. Imagens de luta tanto no para-brisa quanto no retrovisor. Ao lado dela está sentado um homem moribundo que está tentando ir para o sul pela primeira vez em mais de sessenta anos. Os olhos dele são cansados e falam de uma vida dura, e há tristeza por trás deles. Não tenho certeza para onde estamos indo, mas acho que ele amou alguém muitos anos atrás. Está voltando para essa memória. Ao lado dele está possivelmente o cachorro mais inteligente que já vi na vida. E ao lado dele está uma adolescente que estava escondida no banheiro desde que deixei a ilha. Ela não é amiga de ninguém, mas tenta desenterrar seu passado, o que a trouxe até mim, por razões que não consigo entender. A descobri há uma hora. E amarrada à proa está uma caixa contendo as cinzas do meu melhor amigo. À minha frente está muita água e possivelmente muita dor. Atrás de mim está um *e-mail*. E de volta à mesa da cozinha está uma urna roxa. Para começar, é basicamente isso.

— Quem é a garota?

— Obrigado pela empatia.

— Ah, desculpe. Você queria um pouco?

Contei para ele a história de Ellie.

Ele ficou em silêncio por vários momentos. Quando falou, eu sabia que estava falando sério. Ele disse:

— Eu poderia estar aí...

— Se encontrarmos Angel, você será necessário onde está. — Ele sabia que eu estava certo. Eu estava cansado. Minha paciência estava esgotada. — Tinha um motivo para me ligar?

— Dois. Primeiro, Barclay T. Pettybone de fato cumpriu pena por assassinato. No Alabama. O que provavelmente não foi fácil para um homem da cor dele. E está morrendo de câncer, mas... — Ele limpou a garganta. — Não precisa.

— O que quer dizer?

— Cirurgia e tratamento vão ajudá-lo. Estender sua vida. Mas é caro. Um tanto experimental. E ele precisaria viajar. Depressa.

— Quanto tempo ele tem?

— Isso depende da infecção nos pulmões dele e... se ele quer ou não continuar vivendo.

Olhei para a porta de Clay.

— Ele está bem fraco. Tenho a sensação de que não vai a lugar nenhum até encontrar o que procura em Keys.

— Ele pode não chegar tão longe. Pode contar com ele?

— Posso levar um cavalo até a água, mas não posso fazê-lo beber. Acho que foi você quem me ensinou isso.

Eu podia vê-lo concordando com a cabeça na minha mente.

— Posso ter dito algo assim ao longo dos anos... uma ou duas vezes.

— Você disse "dois".

Ele limpou a garganta. Seu tom mudou.

— Há um corpo no necrotério do Jupiter Medical. Se encaixa na descrição da sua garota. Aparência de modelo de passarela. Tatuagem recente que diz "Angel". Toxicologia sugere overdose de opioides. O corpo apareceu ontem à noite. Ninguém apareceu para vê-la e ninguém a reivindicou.

Esfreguei o rosto e xinguei baixinho.

Ele continuou:

— E, como você não é da família, não vão deixá-lo entrar para vê-la, a menos que use aquela identidade que mantém escondida atrás da sua carteira de motorista.

Segundos se passaram.

— Faz um favor para mim?

— Qualquer coisa.

— Prepare-os para dar uma olhada em Clay quando chegarmos lá.

— Feito. — A voz dele se suavizou. — Vai conseguir dormir um pouco?

Olhei para o meu barco, depois para as luzes da rua e para um restaurante 24 horas de comida chinesa para viagem.

— Duvido muito.

Eu estava prestes a desligar quando ele chamou:

— Murph?

O tom de sua voz mudou outra vez. A primeira vez que ouvi esse tom, eu estava de bruços na areia e bêbado há quase um ano.

— Sim?

— Você está bem?

— Por que a pergunta?

— Os pelos da minha nuca estão arrepiados.

Esfreguei meu rosto.

— Os da minha também.

CAPÍTULO 18

Os pés de Clay se arrastavam enquanto ele caminhava até o barco. Entre sua porta e o *Gone Fiction*, ele parou duas vezes para tossir. Ambas o fizeram se curvar.

O vento havia aumentado, por isso ofereci meu corta-vento e trouxe-lhe uma xícara de café e um cobertor. Ele aceitou tudo. Havia envelhecido durante a noite. Ele desabou em seu pufe, Summer se juntou a mim no olho do furacão, e Ellie foi para a popa. Sentada no banco de trás, puxando os joelhos em direção ao peito e sem tirar os olhos de mim. Artilheiro andou pelo barco, lambendo cada um de nós, dando bom-dia.

Saímos da marina, e o céu brilhava em vermelho-carmesim enquanto o sol rompia o horizonte. Sussurrei para mim mesmo:

— Céu vermelho à noite...

Summer se inclinou para dentro do olho do furacão.

— Como?

— Conhecimento de marinheiros: "céu vermelho ao anoitecer, marinheiro terá prazer; céu vermelho ao amanhecer, marinheiro terá o que temer."

— O que quer dizer?

— É um aviso sobre o clima do dia.

— De onde surgiu?

— Suas raízes remontam a cerca de dois mil anos atrás, quando era um aviso sobre os dias que viriam. Tem algo a ver com a vida de um pastor. Ao longo dos anos, foi encurtado, mas é algo como: "Céu vermelho à noite, deleite do pastor. Céu vermelho pela manhã, alerta do pastor".

— Quem disse isso?

— Jesus.

Ela deslizou a mão para dentro do meu braço.

— Quanto mais avançamos descendo esse rio, mais interessante você se torna.

E, quanto mais descíamos o rio, mais forte se tornava seu aperto em meu braço, o que dizia muito sobre a condição do seu coração e o medo que ela estava enfrentando.

Olhei para a mão dela, entrelaçada com a minha.

— Já lhe falaram que você é uma pessoa que gosta muito de toque?

— Quando se dança, suas mãos dizem aos seus pés para onde estão indo. Bons dançarinos aprendem a fechar os olhos e seguir a liderança. É como braile.

— Seguir se torna cansativo?

— Dois não podem liderar, e não importa o que os jovens pensem hoje, não se pode dançar sozinho. Por definição, o líder só está liderando quando alguém está seguindo. Se não há seguidor, então não há líder. E se está liderando, então você é julgado por quão bem o outro o segue. Ambos precisam um do outro.

— O mesmo se aplica ao coração?

Ela puxou de leve a mão, tentando retirá-la, mas depois pensou melhor, afundando-a mais.

— Às vezes minhas mãos falam para meu coração como sentir, e... — Ela se virou para o banco de trás, onde Ellie estava sentada olhando para a costa. — Na minha experiência, essa é outra dança na qual pouquíssimos homens sabem liderar.

Summer e Ellie ficaram sentadas no banco de trás enquanto saíamos de Stuart. Chegar a Jupiter levaria algum tempo, pois uma zona de velocidade controlada levava à outra. Na frente, Clay tossia. Um espasmo levando a outro. Dizer que ele estava piorando seria um eufemismo. Um episódio durou vinte minutos e o deixou suando, pálido e lutando para recuperar o fôlego.

O rio Indian nos levou para o sul de Stuart, até o início da área dos ultrarricos da Flórida que vivem em Jupiter Island. Pouco mais do que uma faixa de terra, Jupiter Island é um banco de areia elevado que separa e amortece o Atlântico da Hidrovia Intercostal. Aqueles que vivem lá olham pela porta da frente para o Atlântico e pela porta dos fundos para a hidrovia. É o lar de atores, magnatas da TV, artistas e atletas profissionais.

Navegamos devagar rumo ao sul sob a sombra das enormes figueiras-de-bengala que brotavam ao longo da linha d'água — cada uma carregando inúmeras câmeras de segurança de alta definição. A água nos levou até Jupiter propriamente dita, onde aluguei um ancoradouro no Jupiter Yacht Club. Com a ajuda de Ellie, pegamos um Uber até o Jupiter Medical Center.

Quando falei para ele para onde estávamos indo, Clay não discutiu muito. Sua respiração estava superficial e seu rosto pálido. Sem intervenção médica, ele não tinha muito tempo. O motorista do Uber não gostou muito de Artilheiro entrando em seu carro, mas Ellie salvou o dia.

— Ele é um cão de serviço.

O motorista cedeu.

Entramos pelas portas do Jupiter Medical enquanto Clay se curvava, tossindo. Falei com a recepcionista.

— Senhora, este é o sr. Barclay T. Pettybone. — Uma pergunta em meu tom.

Ela digitou um pouco no teclado e encarou um monitor. Alguns segundos depois, falou em um rádio e em seguida se levantou e pegou uma cadeira de rodas de um canto. Clay não precisou de convite. Ela apontou para Artilheiro.

— Cão de serviço?

Falei antes que alguém pudesse estragar tudo.

— Sim, senhora.

Ela franziu os lábios.

— Imaginei.

Recuperando o fôlego, Clay acenou com a mão para o hospital.

— Você fez isso?

— Não diretamente.

— Quem fez isso? — perguntou ele entre tosses.
Levantei meu telefone.
Ele assentiu.
— Eu gosto delas. — Ele colocou a mão sobre a minha. — Promete uma coisa?
— Sim.
— Você não vai me deixar. — Ele se certificou de que eu estava focado nele. — Vivo ou morto.
Quando hesitei, ele apertou minha mão. Não com força. Apenas com firmeza.
— Senhor Murphy? — Seu aperto suavizou. — Por favor, senhor.
— Uma condição.
Ele levantou as duas sobrancelhas enquanto tentava não tossir.
— Pare de me chamar de senhor.
A enfermeira começou a empurrar sua cadeira pelo corredor enquanto Artilheiro seguia ao seu lado. Clay colocou a mão na roda, parando-a, então puxou para trás, virando-se para mim.
— Tirar um homem da prisão é uma coisa. — Ele tossiu. — Tirar a prisão do homem... é outra coisa totalmente diferente.
Virei-me para Summer e peguei sua mão. Ellie ficou escutando.
— Preciso lhe contar uma coisa.
Summer esperou ansiosamente. Olhos arregalados. Esperançosa. Mão quente e trêmula.
Não havia uma maneira fácil de contar. Então, eu apenas falei.
— Tem um corpo aqui no necrotério.
As palavras correram por sua mente. Quando se acalmaram, seu lábio inferior começou a tremer e sua coluna se endireitou.
Falei devagar.
— Ela se encaixa na descrição de Angel. Eu preciso...
Ela agarrou meu braço.
— Não sem mim.
Sussurrei:
— Isso nunca é agradável.
— Se ela for minha... — Ela parou de falar.

Se o corpo fosse de Angel, então Summer precisaria da conclusão. Mas seria um inferno.

— Isso… pode mudar você para sempre.

Ela balançou a cabeça uma vez, mordeu o lábio e desabou em um banco às suas costas. Recompondo-se, ela respirou fundo várias vezes, enxugou o rosto e depois levantou e assentiu. Segurei sua mão enquanto atravessamos dois prédios e descemos de elevador até o porão. Ellie nos seguiu em silêncio. Sua postura desafiadora enfraqueceu um pouco, e sua expressão demonstrava que ela entendia o que de fato estava acontecendo e o que poderia estar prestes a acontecer.

A temperatura no porão era a de um frigorífico. Summer cruzou os braços em volta do próprio corpo. Falei com o homem sentado à mesa.

Ele interrompeu abruptamente.

— É da família?

Eu não queria revelar muito.

— Não saberei até vê-la.

— A polícia o chamou?

Eu balancei a cabeça.

— Então, não pode…

Não tinha tempo para discutir. Peguei minha carteira, abri e coloquei minha credencial no balcão.

Ele assentiu, ergueu as duas sobrancelhas e enrolou uma pulseira no meu pulso. Apontei para Summer.

— Ela está comigo.

Ele colocou uma pulseira no pulso de Summer. Virei-me para Ellie e apontei para a área de espera.

— Você se importa?

Ela se sentou sem protestar.

O atendente abriu a porta e nos conduziu por um corredor até uma sala onde a temperatura era ainda mais fria e o cheiro me lembrava do laboratório de dissecação do ensino médio. Ele abriu a porta e entramos, encontrando seis corpos cobertos por lençóis azuis sobre as mesas. Summer respirou fundo e cobriu o coração com uma das mãos. Os volumes sob os lençóis sugeriam três homens e três mulheres. Ele apontou para a extrema esquerda.

Summer caminhou até a mesa lentamente. Insegura. As mãos tremendo. O sofrimento atravessava seu rosto. Quando paramos perto do corpo, Summer começou a fazer um gemido baixo, quase inaudível. O homem colocou a mão no lençol e o puxou para trás devagar, revelando o rosto.

Summer se encolheu, tentou respirar fundo, mas sentou, incapaz de terminar. Por mais de um minuto, nenhum ar e nenhum som foram emitidos de seus pulmões. Enquanto as veias saltavam em ambas as têmporas e lágrimas e ranho saíam de seus olhos e nariz, Summer deixou escapar uma fração da dor enterrada em seu ventre. O choro durou muito tempo. Ecoou nas paredes, nas mesas de aço inoxidável, no piso de ladrilho e nas pias de cerâmica.

Olhei para o homem e gesticulei com a cabeça.

O corpo na mesa não era de Angel.

Ele recolocou o lençol sobre o rosto da mulher. Levantei Summer do chão e a carreguei até o elevador, onde subimos até a superfície.

O corpo humano não gosta de dor. Seja física ou emocional. Para nos proteger, nossos corpos fazem coisas que às vezes não conseguimos controlar. Sobretudo quando a dor é intensa. Em algum ponto a caminho do elevador, o corpo de Summer não conseguiu aguentar mais. Ela desmaiou, caindo mole em meus braços e se tornando um peso morto.

Ellie observava enquanto eu carregava Summer para um banco ao lado de uma fonte. Ellie pediu a uma das enfermeiras uma bolsa de gelo, que colocamos na nuca de Summer. Minutos depois, seus olhos se abriram.

Ela ficou sentada por um longo momento, balançando a cabeça. Por fim, ela se deitou e se encolheu em posição fetal. Falou para quem quisesse ouvir.

— Sinto muito. Sinto muito por tudo que já fiz de errado na minha vida. Sinto muito por tudo…

Palavras não ajudariam. Eu a envolvi com um braço e a segurei, enquanto ela tentava encontrar sentido no absurdo. Finalmente, a emoção sufocou as palavras e ela apenas chorou.

CAPÍTULO 19

Ellie ficou sentada e eu segurei Summer enquanto ela colocava tudo para fora. Não foi bonito. Uma hora se passou. Perto do almoço, meu telefone tocou. Colorado de novo. Assim que atendi, ele entrou em ação.

— O *Fire and Rain* está atracado em West Palm. Recebendo tripulação e abastecendo enquanto falamos.

— Onde?

— Acabei de lhe enviar a localização.

O mundo estava girando bem rápido. Eu precisava focar. Pensar além do hoje.

— Você tem espaço aí?

— O quê? — Ele riu. — Você quer dizer quartos disponíveis?

Ele sabia o que eu estava perguntando.

— Se eu encontrar Angel...

— E a mãe dela?

Estudei Summer.

— É, provavelmente ela também.

Ele continuou:

— Sabe que sim.

— Você pode enviar o...

Ele me interrompeu.

— Já está lá. West Palm Executive. Estacionado no hangar número dois.

Estudei o mundo ao meu redor.

— Obrigado. Não tenho certeza de quanto tempo isso vai levar.

— Nós nunca temos.
Desliguei e falei com Summer.
— Acho que encontramos o barco.
Ela se levantou, cambaleou e recuperou o equilíbrio.
— Eu vou com você.
— Eu acho...
Ela me cortou e algo moldou seu rosto. Como se fosse esculpido em pedra. Ela falou entre os dentes.
— Eu vou com você. — Tentei objetar, mas ela não queria saber. — Murph, ou seja lá qual for seu nome...
Ela agarrou meu bíceps feito um torno.
— Vou com você. — Enquanto eu ouvia sua voz, minha mente estava focada em sua mão apertando meu braço e na ausência de unhas.
Ela as mordera até o sabugo.
Virei-me para Ellie.
— E você?
Ela apontou por cima do ombro.
— Vou ficar aqui.
— Tem dinheiro para comida?
— Talvez.
Eu entreguei a ela várias notas de vinte dólares.
— Se você se lembrar, pode levar algo para Clay também. Parecia que ele precisava comer.
Ellie embolsou o dinheiro, sugerindo que tinha concordado em ficar com Clay e Artilheiro. Enquanto Summer e eu saíamos do hospital, passos soaram atrás de nós. Virei-me e vi Ellie me encarando. Uma pergunta em seus olhos. Foi o primeiro sinal de fraqueza que eu detectei.
No meu trabalho, já encontrei uma boa quantidade de pessoas abandonadas. Esquecidas. Eu tinha cumprido minha pena na gôndola de brinquedos defeituosos. E, no meu tempo naquela praia, eu havia aprendido uma coisa. A rejeição é a ferida mais profunda da alma humana. Sem exceção. E apenas uma coisa pode curá-la.
Quando Ellie abriu a boca, ela expôs aquela ferida. Sua voz estava fraca. Insegura.
— Você vai voltar?

Dei um passo em sua direção.
— Vou.
Ela se virou um pouco, mas depois se virou de novo.
— Você está mentindo?
— Não.
— Prove.
Tirei o Rolex de Fingers e o ergui.
— Você sabe o que é isso?
Ela olhou e assentiu.
Fechei-o em volta do pulso dela.
— Eu o quero de volta.

Virei-me para ir, mas depois pensei melhor. Levantei apenas um dedo e gesticulei para que ela fizesse o mesmo.

Ela protestou.
— O que é?
— Quero que você toque a ponta do meu dedo com a ponta do seu.
— Eu não sou o tipo de pessoa que costuma tocar.

Eu sabia disso. Esperei. Tanto meu silêncio quanto minha espera foram propositais.

Afinal, ela levantou o dedo e tocou a ponta do meu. Com meu dedo indicador estendido, desenrolei os outros quatro, deixando minha palma virada para fora em direção à dela e todos os cinco dedos estendidos. Ao meu estímulo, ela espelhou minha mão, permitindo que as pontas dos nossos cinco dedos se tocassem. Por último, pressionei minha palma e dedos contra os dela, depois, lentamente, entrelacei nossos dedos juntos. Dando as mãos.

Ela olhou para nossas duas mãos do mesmo jeito que as pessoas inspecionam seus carros depois de um acidente.

— Isso deveria significar alguma coisa para mim?
— Anos atrás, eu estava tentando encontrar uma garotinha. Quando a encontrei, ela estava assustada e estava escuro. Havia alguns homens maus tentando nos encontrar, então, tive que deixá-la e encontrá-los antes que eles nos encontrassem. Havia a chance de eu não conseguir voltar. — Gesticulei para nossas mãos. — Quando eu voltei no escuro, eu estendi

a mão. Falando sem abrir minha boca. Ao longo dos anos, isso se tornou um símbolo.

Ela soltou e limpou a mão no jeans.

— Agora que tivemos nosso pequeno momento, se você não voltar, eu vou ficar com o relógio. — Admirando meu relógio de mergulho de vários milhares de dólares, ela atravessou as portas automáticas e desapareceu dentro do hospital.

Pensei em pegar um carro para chegar mais rápido, mas para isso havia dois problemas. Primeiro, eu não tinha um. Segundo, se o *Fire and Rain* zarpasse, eu precisaria do *Gone Fiction* para segui-lo.

Voltamos para o cais onde *Gone Fiction* flutuava à espera. Sentindo-me um pouco culpado pela forma como o negligenciei, amarrei a lancheira laranja de Fingers na parte de baixo do T-top para que ele pudesse observar o mundo. Considerando que não dava para vê-lo de fato a menos que estivesse procurando por ele, pensei que talvez fosse melhor deixá-lo ali por enquanto. Bem acima da minha cabeça. Três minutos depois, saímos do iate clube e entramos na zona de velocidade controlada.

Summer estava perto, mordendo o que restava de suas unhas. Ela começava a dizer algo, depois engolia. Fez isso várias vezes antes de eu olhar para ela, dando abertura para a pergunta.

Ela sussurrou:

— Padre?

O rosto dela denunciava tanto decepção quanto curiosidade. Não tinha certeza de onde ela queria chegar com isso, então me esquivei.

— Não estou entendendo.

— No necrotério. Sua carteira. Aquele cara deu uma olhada e...

— Ah. — Não consegui dizer se ela estava irritada ou achando graça, então minimizei os fatos. — Pergunta curta. Resposta longa.

Ela esperou.

— Foi há muito tempo.

Ela apontou por cima do ombro em direção ao necrotério.

— Claramente não.

Ela passou um braço em volta da minha cintura. Eu respondi sem responder.

— Eu também sou padre. Ou... eu era.
— Eu pensava que uma vez padre, sempre padre.
Dei de ombros.
— Estou em uma zona um pouco nebulosa.
— Por quê?
— Padres não fazem o que eu fiz.
— Quer falar sobre isso?
— Na verdade não.
— Por quê?
Essa conversa estava avançando rápido.
— Você faz muitas perguntas.
— Então...?
— Não vai gostar da resposta nem de mim.
— Por quê?
— É doloroso.
Ela olhou para a água.
— Caso não tenha notado, estamos mergulhados em dor agora.
Ela estava certa, e talvez ninguém mais do que ela mesma.
— Talvez outra hora.
Ela sorriu.
— Aí está de novo.
— O quê?
— Seu hábito de evitar as perguntas difíceis que eu lhe faço.

Ela se inclinou para mim, pressionando seu coração no meu ombro. Sem falar enquanto a quilha cortava a água. Ainda não satisfeita, virou-se para mim e levantou a mão, um único dedo estendido — igual eu tinha feito com Ellie. Então, com a palma da mão voltada para fora, estendeu todos os cinco dedos, por fim pousando-os no meu peito. Tendo imitado o movimento da mão, ficou com o dedo indicador estendido como no filme *E.T. — O extraterrestre*. Esperando.

— Há algo mais nisso, não é?
— Sim.
— O que isso significa?
Falei enquanto as pontas dos nossos dedos se tocavam.

— As necessidades da escolhida... — Quando as pontas dos cinco dedos se tocaram, pressionei minha palma na dela e nossos dedos se entrelaçaram. Sua mão parecia forte. — Superam as necessidades de muitas outras.

Ela esperou. Provocando-me por mais. Ela se inclinou para mais perto, seu rosto a centímetros do meu. Hálito no meu rosto. Ainda não tinha soltado minha mão, e eu percebia que ela gostava de estar no meu espaço. Ela encontrava conforto nele.

— Você vai?

— Vou o quê?

— Vai encontrar a escolhida.

— Estou trabalhando nisso.

Ela balançou a cabeça, mas não recuou. Ainda me banhando com seu hálito. Suor. E o cheiro de mulher.

— Por quê? Por que você? Por que não... — Ela acenou com a mão para a terra. — Algum outro idiota por aí?

A zona de velocidade controlada terminou. Virei-me para ela e falei, enquanto os nomes apareciam por trás das minhas pálpebras e eu pressionava o acelerador para frente.

— Não sei se tenho uma resposta para isso. Talvez eu tenha me cansado de esperar.

Percebendo que agora estávamos nadando abaixo da superfície, ela não falou. Apenas esperou. Por fim, declarou:

— Na minha experiência, homens que falam esse tipo de coisa raramente ou nunca o sustentam. Eles se acovardam quando chega a hora de pagar a conta.

Uma dúzia de lugares no meu corpo ou mais começou a doer ao mesmo tempo. Virei o timão ligeiramente.

— Pode custar caro.

Ela estava brincando comigo agora. Ainda invadindo meu espaço pessoal.

— Quanto lhe custou?

Deslizei a manga da minha camisa até o cotovelo e expus uma longa cicatriz que ia quase até meu pulso.

— Faca. — Levantei a barra da minha calça e apontei para uma cicatriz no meio da canela. — Impacto repentino com o chão depois que pulei de uma janela do terceiro andar e minha tíbia atravessou a pele depois que fraturou.

Pressionei minha orelha esquerda para frente, permitindo que ela visse a longa cicatriz atrás dela.

— Cabos de bateria. — Esses provavelmente bastavam, por isso parei de falar.

A expressão dos olhos dela mudou quando olhou para mim. Ela olhou para minha orelha.

— Cabos de bateria?

Assenti.

— Está falando sério?

— Estou.

— O quê? Como?

Dei uma risada curta.

— Alguém estava tentando arrancar a verdade de mim.

— Está de brincadeira, não é?

— Não, estou tentando falar sobre algo que não quero falar.

Ela assentiu.

— Acho que eu mereci essa.

Escondida na segurança do olho do furacão, Summer segurou minha cintura com as duas mãos, pressionou seu peito no meu e beijou minha bochecha. Depois, o canto da minha boca. Seus lábios eram macios. Enquanto meu coração palpitava, o medo me inundava. Eu havia caminhado por essa estrada. Eu tinha visto o que estávamos prestes a ver. Angel poderia estar morta. Ou pior, prestes a morrer depois de ter sido violada por Deus sabe quantos homens. Para Summer, Angel era sua filha. O produto de seu ventre. Osso de seu osso. Para os homens que estavam com ela, era propriedade. Valia tanto quanto a embalagem de uma barra de chocolate. E, embora Summer estivesse esperançosa, o fim dessa estrada poderia ser muito ruim. Para onde estávamos indo e o que estávamos prestes a ver poderiam ser duas das mais terríveis coisas que qualquer ser humano jamais testemunharia.

CAPÍTULO 20

Com uma zona de velocidade controlada atrás da outra, a viagem para o sul levou uma hora. Passamos por Juno Beach e sob a US1 e estávamos prestes a virar para a ponta norte de Lake Worth quando vimos o *Fire and Rain* atracado na Marina Old Port Cove. Estava em um atracadouro no final do cais feito para iates de mais de cem pés. Demos a volta nele, e eu não gostei de fazer isso.

A marina era uma marina de porto seguro, o que significava que a água era calma e protegida. Também significava uma entrada e uma saída, então voltei para a hidrovia, virei para o norte e depois deslizei para o canal estreito que levava a uma espécie de beco sem saída que dava acesso à água para cerca de uma dúzia de casas. Atraquei no muro de contenção, mas sabia que não duraria muito. O primeiro proprietário que nos pegasse faria com que fôssemos rebocados. Minha esperança era que pudéssemos entrar e sair antes que alguém percebesse, mas estávamos em West Palm. Eu tinha minhas dúvidas.

Amarramos, demos a volta em uma piscina, pulamos uma cerca de arame, passamos por um estacionamento, atravessamos a Lakeshore Drive e entramos no estacionamento da marina. Felizmente, o cais estava vazio de pessoas, exceto alguns tripulantes que lavavam diversos barcos. Passamos pelo escritório do capitão do porto, ao lado da casa do cais, e atravessamos o cais por cerca de duzentos pés antes de parar em um canto de noventa graus. A doca era larga o suficiente para um carrinho de golfe, o que é o caso da maioria das marinas de alto padrão. Viramos à direita, caminhando entre barcos que variavam de cinquenta pés a bem mais de cem.

A proa apontava para o sul. Uma agulha de bússola sinistra. A Hidrovia Intercostal ao sul de Jupiter Island é para onde os ricos trazem seus brinquedos. Eles podem investir em casas, mas se exibem com seus barcos. E o *Fire and Rain* não era diferente. Estava exposto para todos verem, o que sugeria que estava vazio.

Summer e eu começamos a descer o píer. Para minimizar suspeitas, segurei a mão dela; apenas um casal caminhando. Ela aceitou o disfarce e se inclinou para mim — embora eu me perguntasse se o ato era pelo disfarce ou por necessidade. Paramos em uma cafeteria à beira-mar e compramos dois cafés, ganhando algum tempo para observar os deques. Tudo estava calmo no barco, mas suas janelas escuras tornavam impossível determinar quem se movia lá dentro, se é que havia alguém.

Entrar sozinho e sem informações em um barco tripulado por homens maus era uma coisa. Entrar no mesmo barco com uma mulher desavisada era algo completamente diferente. Dei a ela uma última chance.

— Você pode ficar aqui.

Ela cerrou os dentes.

— Nem pensar.

Subimos no convés de popa e pelas escadas e entramos no salão principal. Era bem equipado. Mogno. Mármore. Granito. Porcelana. Cristal. Nenhuma despesa poupada. Diferente do primeiro barco, este estava um pouco mais limpo. Não limpo, claro; apenas mais limpo. Houve uma festa aqui, mas com alguma moderação. O que talvez indicasse uma clientela mais rica.

Summer me seguiu quando começamos a procurar nos camarotes, cozinha, andar inferior, cabines da tripulação, cabines de hóspedes, andar superior e timão. Encontrando a embarcação vazia, comecei a revistar as gavetas. Descobri que o *Fire and Rain* era de propriedade de uma empresa australiana e alugado por US$ 42.500 por semana. Vasculhando os dormitórios de novo, liguei todas as telas de aparelhos eletrônicos que encontrei. Meu palpite era que esses caras estavam pagando a conta trazendo clientes pagantes a bordo em um porto e deixando-os no próximo — dando-lhes tempo e liberdade para comprar o que quisessem enquanto estivessem a bordo. Um bufê de carne. Uma passada de um Amex Black. Na minha experiência, homens que faziam o que esses estavam fazendo gostavam de ter um registro. O que significava vídeo. A maioria dos homens tinha o cuidado de levar as evidências consigo como uma lembrança quando desembarcavam, mas cópias eram feitas com frequência, e cópias costumavam se multiplicar. Também reparei nas várias câmeras de vigilância apontadas para nós. Cada cômodo, cada corredor continha uma câmera. Todos esses dados tinham que estar indo para algum lugar. Eu tinha a sensação de que estava sendo transmitido ao vivo do navio naquele exato momento, mas que toda câmera tinha um *backup*. É simplesmente como a eletrônica funciona.

Voltei para o camarote principal. Era a definição do luxo. Liguei a TV e depois olhei as entradas externas — uma das quais era nomeada "Biblioteca". Não demorou muito para encontrar a lista de vídeos da semana anterior.

Virei-me para Summer.

— Tenho quase certeza de que você não quer assistir a isso. — Eu tinha certeza de que eu também não queria.

Ela cruzou os braços.

Havia uns sessenta vídeos só nessa biblioteca. Eu não gostava desse aspecto da minha vida. Não importava quantas vezes tivesse me deparado com um arquivo desses, eu ainda tinha dificuldade em remover essas imagens da minha mente. Elas não me atiçavam. Não me entretinham. Não me excitavam. Elas me faziam querer vomitar. Não queria vê-las. Nunca. E esses homens eram os mais doentes entre nós. Animais. Embora o tráfico de escravizados tivesse sido abolido na Inglaterra no século XIX, continuava firme e forte no século XXI.

A única ajuda que tive foi o recurso de avançar quatro vezes mais rápido na varredura. Comecei a examinar os vídeos, que forneceram uma riqueza de informações. Os traficantes — os caras que comandavam esse navio de carne — alternavam os homens entre as garotas em intervalos de uma, duas ou três horas. Dependendo de quanto tempo eles compravam. Por uma garota, cobravam de 1.500 a três mil por uma hora. Às vezes mais. E as garotas trabalhavam sem parar. Frequentemente, doze a quinze horas por dia. Ou mais. Multiplique isso por uma dúzia ou mais de garotas e é uma matemática fácil. E isso não incluía a taxa apenas para entrar no barco. A taxa com frequência ficava na faixa dos vários milhares. Navios como esse eram minas de ouro. Como resultado, a qualidade da gravação era alta e a duração variava.

A cada vídeo, a expressão de Summer ficava mais enojada. Por sorte, o rosto de Angel não apareceu nos vídeos dos quartos. Nós a encontramos na banheira de hidromassagem, no deque da piscina, nos *jet skis* e nas áreas comuns. Ao primeiro vislumbre, Summer respirou fundo e cobriu a boca. A transformação da filha era impressionante. Angel estava visivelmente mais magra, as olheiras mais escuras. Ela estava vivendo uma vida boa, mas por algum motivo não aparecia em nenhum dos vídeos gravados a cada hora, o que significava que ainda não tinha sido vendida. Ou eles a estavam preservando, porque ela havia sido comprada na *dark web*, e estavam esperando para transferi-la em um local mais seguro. Como um cais em Cuba. Ou nas Bahamas. Ou alguma outra embarcação em águas internacionais.

Vasculhei cada cômodo, cada tela, mas não encontrei nenhum *pendrive*, disco rígido ou *laptop* deixado para trás. Em termos de evidências eletrônicas, o barco havia sido totalmente limpo. Desci para a sala de máquinas e não encontrei nada de interessante lá, exceto muitos cabos e fios, incluindo de rede local, roteados dos diferentes andares acima de nós para outra pequena sala perto da sala de máquinas. A porta estava trancada.

Levantei um machado da sala de máquinas, mas hesitei. Eu sabia que quebrar essa porta significava que um alarme soaria, e quem quer que tenha colocado essas câmeras provavelmente começaria a nos observar em uma transmissão ao vivo em algum lugar do mundo. Eu também pensei no processo de cobrir nossos rostos com fronhas como o Gasparzinho, mas eles tinham imagens nossas desde o momento em que pisamos no convés de popa. Era tarde demais para isso. Summer, e, talvez mais importante, Summer e eu estávamos agora no radar de alguém. Arrombar essa porta tinha pouco efeito sobre isso. A única vantagem que eu tinha era que eles não sabiam quem eu era e não seriam capazes de descobrir, a não ser que tivessem uma credencial de segurança de alto nível. O que saberiam era que eu já tinha feito isso antes e que não trabalhava para ninguém. Estariam menos inclinados a deixar o barco sem vigilância no futuro, o que significava que a vida estava prestes a se tornar mais difícil.

Golpeei a porta, estilhaçando a área ao redor da maçaneta. Mais dois golpes e soltei-a das dobradiças. Mais alguns e ela se abriu. A sala de eletrônicos era ventilada e resfriada e zumbia com equipamentos caros e sofisticados. Não era algo que se aluga por semana. Dois processadores de computador e quatro discos rígidos estavam conectados e montados em uma estrutura que ia do chão ao teto. Não eram grandes, mas estavam aparafusados, o que significava que sobreviveriam a mares agitados ou a alguém querendo roubá-los. O que era minha inteção. Felizmente, eu tinha visto ferramentas na sala de máquinas que me permitiram desparafusar a estrutura de suporte e colocar os discos na bolsa de ferramentas.

Levou cinco minutos.

No momento em que terminei, passos soaram acima de nós. Seguidos por vozes.

Virei-me para Summer.

— Fique atrás de mim. Faça o que eu fizer. E não hesite.

Ela assentiu, mas o medo já havia se instalado.

Subi a escada e fui recebido por um homem menor, com uma boca grande e muitos gestos nas mãos. Ele estava gritando comigo. Atrás dele, mais dois homens apareceram. Eles não eram pequenos. Nem eram barulhentos. Ursos vestindo ternos. Se ele era o cérebro, eles eram a equipe de demolição.

Sorri e me fiz de idiota.

— Tudo pronto, mas deveriam pensar em substituí-lo no ano que vem. Água salgada e satélites não combinam muito. — Continuei andando em direção ao convés de popa enquanto Summer me seguia. O Homenzinho entrou na minha frente, e continuei o estratagema entregando a bolsa de ferramentas para Summer. — Coloque isso no caminhão, vou terminar a papelada.

Ela passou pela porta de correr de vidro, onde um quarto homem estava. Ela o contornou, mas ele colocou a mão no braço dela.

O tempo era curto agora. Medido em segundos. As chances de que um ou todos os quatro tivessem armas eram de quase cem por cento. As chances de que soubessem como usá-las eram maiores. Sem desejar ser um herói, levantei um dedo para o quarto cara, que estava me olhando através do vidro.

Carne é um negócio sério, e Summer estava prestes a aprender. Lutas nunca são divertidas e raramente alguém vence. Mesmo quando se vence. Eu teria o elemento-surpresa, mas só isso.

Dei a volta no Homenzinho, que não gostou que eu o ignorasse — mas o quarto homem tinha uma das mãos dentro do paletó. Saí pela porta com um sorriso de orelha a orelha no rosto e falei gaguejando:

— O-o-oi, você a-as-assina essa papelada para mim?

Uma Glock 17 não é uma arma extravagante ou chamativa, mas é eficaz. Talvez uma das mais eficazes de todos os tempos. Algo em torno de sessenta por cento de todas as agências de segurança pública do planeta a usam. E, embora seu projétil de 9 mm seja intimidador por si só, encarar o cano também o é. De qualquer arma. Especialmente se você foi alvejado por uma.

Ele mirou em mim, mas ainda tinha uma das mãos em Summer, por isso seu aperto era fraco. Quebrei o cotovelo e depois o pulso dele. A dor da fratura provocou um disparo acidental, fazendo a bala engatilhada atravessar o chão até a sala de máquinas. Se continuou atravessando o casco e chegou à água era uma incógnita, mas eu duvidava. Com um braço quebrado, o capanga não era uma grande ameaça, então, peguei a Glock e a usei para bater no rosto dele.

Tanto o som do disparo quanto a velocidade com que me movi atordoaram o pequeno Napoleão, que parou. Questionando-se quem eu pensava que era. Sua hesitação me deu o segundo que eu precisava para deslizar me abaixando e, com um golpe, jogá-lo para fora do barco. Esse movimento dramático fez os dois ursos de circo avançarem, e eles não foram tão estúpidos.

Quando o primeiro me atacou, deslizei a porta de vidro, fechando-a mais um pouco. Sendo tão pesado quanto ele era, era difícil desacelerar, portanto sua cabeça atravessou o vidro — o que foi bom para mim e não tão bom para ele. Enquanto ele sangrava pelo convés de popa e xingava toda a minha família, começando pela minha mãe, o brutamontes restante, que parecia mais um bloco de granito do que um ser humano, viu que a comoção havia chamado a atenção de alguns marujos que vinham em nossa direção. Imaginando que atirar não seria sensato, ele puxou uma faca.

Eu odeio facas.

Quase tanto quanto armas de fogo.

Sessenta segundos depois, ainda estávamos de pé. Eu estava sangrando, mas ele estava sangrando e quebrado. Finalmente quebrei seu joelho esquerdo, ele largou a faca e eu saltei do convés de popa para o píer onde Summer esperava. Tremendo. Sirenes soavam à distância. Aliás, o homem que atirei ao mar não havia pousado na água. Havia pousado em um barco menor. Em algum lugar entre o T-top e a plataforma de popa. Ele ainda não havia se movido, mas, a julgar pela forma como suas pernas estavam retorcidas, acompanhada da visão anormal do osso saindo pela perna da calça, se mover não seria agradável.

Toda a confusão seria reportada. Se não estávamos no radar deles antes, com certeza estávamos agora.

Agarrei a mão de Summer e comecei a voltar para o cais quando vimos que nossos quatro amigos tinham vindo em um carrinho de golfe. Nós o roubamos. A última coisa que eu queria era que qualquer um deles nos visse entrando no *Gone Fiction*, portanto, passei além da casa do cais, sob o nariz do capitão do porto, e saí para o estacionamento, enquanto Summer agarrava a bolsa de ferramentas e eu. Atravessamos Lakeshore Drive, disparamos por outro estacionamento e abandonamos o carrinho perto da cerca, que Summer pulou e por cima da qual eu caí. Atravessei a grama e entrei no *Gone Fiction* no instante em que minha descarga de adrenalina acabou.

Nos últimos minutos, eu havia prestado pouca atenção ao meu corpo, mas aparentemente o cara com a faca tinha sido um cirurgião em uma outra vida. Eu parecia um queijo suíço, sangrava por todo lado. Liguei o motor, girei o timão e saímos do beco sem saída e voltamos para a US1. Uma olhada para trás não revelou ninguém, mas eu tinha que presumir que alguém estava nos observando ir embora.

Felizmente, a marina estava posicionada no final de uma zona de velocidade controlada, então fiz o *Gone Fiction* planar — e somente então dei uma olhada em mim mesmo. Ele tinha me cortado seis vezes pelo que eu conseguia contar, e eu não tinha certeza sobre minhas costas. O convés de *Gone Fiction* estava ficando vermelho. Summer estava prestes a hiperventilar quando pedi a ela que mantivesse a pressão em dois cortes que jorravam enquanto seguíamos para o norte.

No delírio dos momentos de estresse intenso, muitas vezes me concentro no cômico. Não sei explicar, mas é como meu corpo lida com o estresse. Enquanto Summer pressionava meus ferimentos, tive uma sensação estranha de que ela estava brincando de "acerte a toupeira". Toda vez que ela estancava o sangramento em um ponto, ele aparecia em outro.

Passamos por baixo do PGA Boulevard e ao redor da Marina Seminole e depois seguimos por alguns quilômetros ao norte, até o Jupiter Yacht Club e o Best Western Intracoastal Inn. Vesti minha capa de chuva para não assustar as pessoas e fomos andando até o escritório. Summer pagou, pegou duas chaves de quarto e, carregando meu *kit* de primeiros socorros, conduziu-me a um quarto de frente para a Intercostal. Se eu não estivesse vazando feito uma peneira, seria um quarto agradável. Poderíamos sair pela porta e entrar direto na IC.

CAPÍTULO 21

De pé no chuveiro, tirei minha jaqueta e camisa e deixei a água morna lavar o vermelho de mim, enquanto Summer encontrava a fonte de cada ferimento. Depois ela começou a derramar água oxigenada nas minhas mãos, antebraços, bíceps e peito. Obviamente, eu tinha mais que seis cortes. Quando virei de costas para ela, ela arquejou, cobriu a boca e recuou em horror e surpresa.

Nos vários dias desde que nos conhecemos, ela nunca tinha me visto sem camisa. Eu tinha algumas explicações a dar.

Ela estava chorando, por isso virei-me e segurei suas mãos enquanto meu sangue corria ralo abaixo.

Os olhos dela se moviam sem parar, lágrimas caindo, e ela estava balançando a cabeça devagar de um lado para o outro. À beira de um colapso. Envolvi as mãos dela com as minhas, peguei o pano ensanguentado e falei:

— Ei.

Ela olhou para mim, mas não estava realmente olhando.

— Seria muito bom, antes que eu sangre até a morte neste quarto de hotel, se você pudesse me ajudar.

Ela estava com os olhos arregalados e não respondeu.

— Se eu me virar, acha que pode tentar estancar o sangramento?

Ela mordeu o lábio e assentiu. Quando me virei, ela respirou fundo outra vez e tentou se recompor. Depois de um momento, senti-a tocando minhas costas. Movendo-se de um ponto de dor para outro.

— Eu fiz isso?

Balancei a cabeça e sorri.

— Não, o cara com a faca fez isso. — Enxaguei o pano e entreguei a ela.

Ela sussurrou:

— E as cicatrizes?

Uma risada forçada.

— Elas estavam aí antes. É a natureza de uma cicatriz.

Ela as lavou com o pano.

— O que as causou?

Balancei a cabeça de um lado para o outro, tentando decidir como responder.

— Lembra daquele preço de que falamos?

Ela assentiu, tocando lentamente cada uma das cicatrizes.

— Mas...?

Falei devagar.

— Balas... saindo do meu corpo.

Eu podia sentir os dedos dela traçando as linhas nas minhas costas.

— E... as tatuagens?

Nos últimos vinte anos, minhas costas foram tatuadas com uma longa lista de nomes em parágrafos que se estendiam da ponta da minha escápula esquerda até a ponta da minha escápula direita. Agora, o parágrafo tinha trinta linhas e cerca de vinte centímetros de comprimento. Uma coluna de tinta descendo pela minha espinha.

Seus lábios se moviam enquanto ela lia cada nome em voz alta. Um após o outro.

— Deve haver uma centena...

Falei sem olhar para ela. Eu sabia de cor e em ordem.

— Duzentos e doze.

— Quem são?

Quando respondi, as pedras que restavam de um muro que ela havia erguido para se proteger de mim desmoronaram em uma pilha de escombros aos nossos pés. Se antes estávamos olhando pela janela para a mesa posta diante de nós, agora estávamos sentados. Toalha de mesa branca. Bufê diante de nós. Os rostos ligados a cada um dos nomes passaram pela minha mente. Cada um distinto. Cada um ancorado no tempo e no espaço. A dor retornou sob as cicatrizes. Bem como o riso, os gritos e o silêncio. Eu me remexi sob o peso deles.

— Filhas. Amigas. Mães. Crianças feridas como...

Ela se levantou, segurando uma mão sobre a boca, lágrimas escorrendo pelo rosto.

— Angel?

Eu balancei a cabeça.

— Como você e eu.

Ela abaixou as mãos e passou os braços em volta da minha cintura, pressionando o peito contra minhas costas. Segurando-me e querendo ser segurada. Ela falou com o rosto contra as minhas costas enquanto eu sangrava.

— Conte-me sobre eles.

— O que você quer saber?

Ela leu o sexto nome na terceira linha.

— Fran McPherson.

— Número trinta e seis. Catorze na época do desaparecimento. Raptada em um ponto de ônibus escolar em Boston. Vendida no sudoeste do Texas. Nós a roubamos de volta no México. Ela agora é casada e tem dois filhos. O marido é arquiteto.

— Blythe Simpson.

— Quinquagésima oitava. Dezessete na época. Não muito obediente até que a coisa ficou realmente feia porque ela se divertia demais. Vista pela última vez em Chicago. Nós a encontramos em Nova Orleans. Passou alguns anos na reabilitação. Artista talentosa. Sofreu uma overdose há onze anos. Opioides.

Ela passou o dedo suavemente pelas minhas costas e sussurrou:

— Melody Baker.

— Número sete. Doze anos de idade. Cidade de Nova York. Raptada pela janela do banheiro de um cinema enquanto seus pais dividiam um balde de pipoca. Perdemos o rastro em Manágua, Nicarágua. Seu corpo foi encontrado na costa por pescadores a centenas de quilômetros de distância.

Summer engoliu em seco e disse:

— Kim Blackman.

— Cento e oitenta e três. Oito anos de idade. Raptada em Dallas, na creche. Levada por avião para Seattle. Mais tarde para o Brasil. Um ano depois, eu a encontrei em um hospital na África do Sul. Ela morreu seis horas depois.

Senti o dedo dela se mover pela minha pele.

— Amanda Childs.

— Duzentos e cinco. Tinha treze na época, que foi há três anos. Ainda desaparecida.

Summer continuou chorando. Por fim, moveu o dedo para um único nome, tatuado na base do meu pescoço, acima do parágrafo. Enquanto os nomes haviam sido tatuados em letra cursiva, esta palavra tinha sido gravada em letras de imprensa pequenas e em negrito. Sua pergunta saiu em um sussurro entrecortado.

— Apollumi?

— É uma palavra grega. Significa "aquilo que foi perdido". Ou "perecer... morrer".

— Por quê?

— É um lembrete.

— De?

— Das consequências.

— Do quê?

— Não ir.

Summer me abraçou por trás novamente.

— E Angel? Onde vai colocar o nome dela?

Eu me virei.

— Nós a encontraremos...

Os olhos dela se estreitaram e ela pressionou o dedo em meus lábios.

— Como sabe?

Segurei os braços dela.

Ela estava balançando a cabeça quando falou.

— Ela já se foi, não é? Estou vivendo em um conto de fadas.

— Não. Ela não foi.

— Ela morreu, não morreu?

Segurei-a pelos braços.

— Summer.

Ela não olhou para mim.

— Summer!

Os olhos dela encontraram os meus. Ela estava surtando.

— Tem que me deixar fazer o que eu faço. Ela não está morta. Ainda não. Se estivesse, eu contaria. Doeria demais não contar. — Olhei em volta. — Temos alguns problemas e preciso começar a trabalhar neles. E preciso da sua ajuda. Começando por não sangrar até a morte. Você ficar chorando e eu sangrando não adianta nada. Só faz com que você fique cansada e eu fraco.

Ela olhou para as minhas costas.

— Como você vive desse jeito? Por que não segue em frente? Esquece. Vive sua vida.

Balancei a cabeça uma vez.

— Depois que se pisa neste mundo, não há como seguir em frente. Não há como esquecer. — Toquei minhas costas. — Não importa o que aconteceu para colocá-las na lista, não importa o que possam ter feito ou não, são pessoas. Riem. Sofrem. Choram. Têm esperança. Sonham. Amam. Eu as escrevi com tinta para nunca esquecer. Elas vão aonde eu vou. Sempre.

Sangue pingava no chão. Vermelho-escuro, quente e pegajoso. Uma lágrima solitária escorreu do meu olho e se misturou à sujeira no chão.

— Esses são os nomes que carrego.

CAPÍTULO 22

Summer tinha costurado sua cota de fantasias tanto na Broadway quanto fora dela, o que se mostrou útil. Depois que fechou todos os vazamentos no meu casco — uma frase que a fez rir a risada mais deliciosa — ela me trouxe algumas roupas limpas do *Gone Fiction* e voltamos para a doca. Um dos nossos maiores problemas tinha que ser resolvido rapidamente.

Não podia garantir que ninguém havia visto o *Gone Fiction* quando saímos daquele porto. Se o capitão do porto tivesse nos visto, saberia em que tipo de barco estávamos. Um Whaler como o meu é fácil de identificar. As linhas do Dauntless são distintas. Quem conhece barcos tem uma boa chance de conseguir identificar o meu em uma multidão. Se fosse esperto, eu o abandonaria, iria embora e encontraria outro. Mas eu tinha pouco tempo e nós tínhamos muita história juntos. Eu não conseguiria abandonar *Gone Fiction* do mesmo jeito que não conseguiria arrancar meu próprio coração. Muitos quilômetros percorridos.

Voltei para a marina, onde apontei para a placa que dizia "envelopamento náutico" e perguntei ao homem que estava trabalhando:

— Você faz isso?

Envelopamento náutico é algo parecido com envolver um barco a vácuo com um filme plástico bem resistente. A maioria faz isso para divulgar uma marca, mas também protege o casco de praticamente qualquer coisa. Também pode melhorar a velocidade, pelo menos até que algo rasgue o revestimento.

Ele falou sem tirar os olhos do Yamaha em que estava trabalhando.

— Faço.

Apontei para o *Gone Fiction*.

— Quanto tempo levaria?

— Quer fazer o quê?

— Cor sólida. Envelopamento completo. Só para protegê-lo.

— T-top, motor, casco, tudo?

— Você tem tempo?

— Sim, mas só na semana que vem.

Puxei um maço de notas de cem e ele parou de trabalhar no Yamaha. Lambi meu polegar e comecei a puxá-las uma por uma.

— Esta noite seria cedo demais?

Ele limpou as mãos engorduradas em um pano e olhou para o dinheiro.

Eu perguntei:

— Quanto você faz em uma semana?

— Uns 250 dólares. — Provavelmente era verdade.

Dei mil dólares.

— Mais mil se conseguir acabar hoje à noite e eu puder ir embora daqui amanhã de manhã.

Ele pegou o dinheiro e começou a estudar meu barco.

— Combinado.

Tirei mais trezentos dólares.

— Você tem um carro que eu possa pegar emprestado?

Ele apontou para um Tacoma.

— As chaves estão nele.

Dei-lhe o dinheiro.

— Talvez eu fique fora por algumas horas.

— Sem pressa. — Ele tirou o boné, olhou para a cafeteira e sorriu. — Vou ficar acordado até tarde.

Enquanto Summer foi procurar algo para comer, abri meu computador e comecei a vasculhar os discos rígidos que roubamos do *Fire and Rain*. Havia centenas de vídeos, o que exigia um sistema de monitoramento e gravação de vídeo bastante sofisticado. No total, contei quinze garotas, vários clientes e muito movimento. Em termos comerciais, era uma máquina bem lubrificada, e senti minha raiva aumentar a cada novo rosto. Também fui cuidadoso com os discos, fazendo *backups* — tanto físicos quanto na nuvem. Cada vídeo serviria como pregos no caixão de uma condenação no tribunal, não importava quanto poder ou dinheiro esses animais um dia tiveram.

Cada um dos homens doentes e distorcidos que vi no vídeo acreditava que seu passado estava para trás. Enterrado. Escondido. Cada um estava atualmente andando pela terra com um sorriso no rosto. Tendo escapado impune. Seguindo sua vida cotidiana como se tivesse ido ao supermercado para comprar manteiga. Mas, nas próximas horas, eu passaria esses vídeos para um grupo de pessoas que tinham feito carreira colocando caras como aqueles em celas escuras pelo resto de suas vidas. E a prisão não é gentil com homens que se aproveitam de meninas.

Existe a justiça no tribunal e existe a justiça na prisão.

Angel aparecia com frequência nas áreas comuns do barco, mas nunca com um cliente. Os dois homens que eu tinha visto no *Sea Tenderly* quando atracou na minha ilha eram frequentadores regulares dos vídeos, mas nunca com as meninas. Profissionais, não usavam seu produto. Por fim, as câmeras tinham gravado Summer e eu quando entramos no barco, nos seguindo durante toda a nossa jornada. Imaginei que um dos quatro homens que encontramos estivesse assistindo a uma transmissão ao vivo. Duvidei que os discos rígidos que eu tinha agora fossem o único *backup*, mas, com tantas gravações, levaria muito tempo para fazer o *upload* para a nuvem. Isso significava que havia uma chance, embora pequena, de que os traficantes de carne não tivessem um registro de Summer e eu. Apenas o que os quatro homens conseguiam se lembrar de ter visto.

Como eu esperava, cada vídeo tinha uma assinatura de GPS. Abri o Google Maps e comecei a inserir as coordenadas para as assinaturas dos vídeos. Os resultados me contaram o que eu já sabia: que o *Fire and Rain* havia navegado para o sul pela hidrovia sem parar, o que significava que usavam barcos para transportar clientes de e para a embarcação em movimento — o que mais uma vez sugeria uma máquina bem lubrificada e uma propaganda boca a boca bastante eficaz. Também significava que já tinham feito isso antes. Que os clientes sabiam sobre o barco e esperavam ser contatados. O que eu queria era aquela lista de clientes — os nomes.

Enquanto a maioria das longitudes e latitudes formavam uma série de migalhas de pão de satélite movendo-se para baixo na hidrovia, uma coordenada se destacou. Parecia ser uma casa à beira da água onde o navio havia atracado por algumas horas.

Salvei as coordenadas no meu telefone.

Summer voltou com o almoço enquanto eu fazia capturas de tela e cortava os vídeos em trechos mais curtos de três e cinco segundos que mostravam rostos e traços com clareza. Apenas o suficiente para fazer a identificação. Mandei tudo para uma conta do Dropbox, enviei o *link* para meu contato e disquei o número dele. Ele atendeu rapidamente. Coloquei-o no viva-voz dessa vez, para que Summer pudesse ouvir. Havia um jogo de pingue-pongue em andamento ao fundo, incluindo o som de mulheres rindo.

Ele falou sem esperar por mim.

— Meu medidor de diversão me diz que você se meteu em problemas.

— Mesma coisa. Dia diferente.

— Você está ferido?

— Summer fechou os vazamentos no meu casco.

Summer riu de novo. E o som era ainda mais delicioso. Quase medicinal.

Ele fez uma pausa.

— Summer?

— Longa história.

— Você é bom nisso.

— Você está no viva-voz. Diga oi.

Summer acenou para o telefone e falou:

— Olá.

Eu podia ouvi-lo sorrir. Ele gostava quando eu saía da minha concha e interagia com outros seres humanos. Isso queria dizer que algo em mim estava vivo.

— Summer, todo mundo aqui me chama de Bones. É bom conhecê-la. Uma amiga de Murph é amiga minha também. Se precisar de mim, ligue. Tenho dois avisos, e você deve ouvir porque eu sei do que estou falando. — Summer sentou-se ereta. Ele continuou: — Não deixe ele colocar você na garupa de uma motocicleta. Ele é um idiota e não sabe pilotar uma nem que fosse para salvar a própria vida. E, o que quer que faça, não importa o quanto ele faça soar tentador ou se for o fim do mundo e a última refeição no planeta Terra, não deixe, em circunstância alguma, ele cozinhar nada. Nunca.

Ela riu.

Eu falei:

— Estamos na calmaria desconfortável em que muita coisa pode dar errado e um pouco pode dar certo.

Ele sabia o que eu queria dizer, mas estava sendo fofo para Summer.

— Que significa?

— Que significa que acabei de enviar um *link* para você. Há quinze rostos novos e acho que o número está aumentando. Alguém, em algum lugar, está procurando por eles.

— Estamos cuidando disso.

— Eles não vão apenas aceitar que eu invada seu barco e pegue seus discos rígidos. Esses caras são espertos, financiados e não vão ficar parados. Podem muito bem se mover. Possivelmente até se separar. Podemos ter nos prejudicado mais do que ajudado.

— O dilema dos traficantes.

Summer pareceu confusa.

— O que ele quer dizer?

Falei alto o bastante para Bones ouvir.

— Significa que os caras que fazem isso vivem nessa tensão: ao primeiro sinal de problema, eles vendem tudo no atacado e desaparecem, garantindo que não sejam pegos e possam viver para traficar outro dia? Ou continuam o que estão fazendo, sacodem a árvore do dinheiro até tirar tudo dela, ganham o máximo de dinheiro possível e tentam ficar um passo à nossa frente?

Bones continuou de onde parei.

— Escolher a segunda opção significa dobrar, triplicar ou até quadruplicar seus ganhos. E não estamos falando de ninharia.

Continuei:

— Apenas faça o que sabe fazer e me retorne. Acabei de fazer o *upload* dos vídeos e vou enviar os discos físicos para você por FedEx assim que eu comer alguma coisa. Não encontrei nada no barco que me indicasse para onde estão indo, e, fora uma assinatura de GPS em alguns vídeos que sugerem onde o barco passou algumas horas, minha trilha está fria. Peça aos caras para ouvirem atentamente o áudio. E tragam Nadia. Ela fala russo.

— Já encaminhei o *link*. Mande os discos para mim.

Antes de desligar, ele fez uma pausa.

— Summer?

Ela se inclinou para mais perto.

— Sim?

Ele falou com a gentileza pela qual era tão conhecido e amado.

— Qual é o nome da sua filha?

Os olhos de Summer lacrimejaram. Ela se inclinou para perto do telefone e sussurrou:

— Angel.

— Ah... — Eu podia ouvi-lo coçando o queixo. — É um belo nome. Ela estava naquele barco?

— Sim.

Ele devia ter entrado, porque o ruído de fundo ficou distante e abafado.

— Quão bem conhece Murphy?

Ela olhou para mim.

— Eu o conheço há cerca de quatro dias.

— Ele deixou você ler o livro dele?

Eu fiquei tenso.

— Está gravado nas costas dele.

Eu soltei o ar.

Ela olhou para mim.

— Ler? Não, mas eu dei uma olhada.

— Sei que não há muito que eu possa dizer para fazer você se sentir melhor neste momento, mas pode pedir para ele lhe contar as histórias de 87 e 204.

Os olhos dela encontraram os meus.

— Está bem.

— E não permita que ele deixe de fora a parte boa.

Ela continuou me encarando, mas falou para o telefone.

— Qual é a parte boa?

Ele riu.

— Você vai saber quando ouvir. — Ele fez uma pausa. Dessa vez falando comigo. — Vai verificar a localização de GPS?

Eu assenti, mas não em benefício dele.

— Em breve.

— Quer que eu envie alguma ajuda?

— Talvez quando eu tiver ido embora. Deixe-me bisbilhotar primeiro. Sempre há uma chance de termos sorte.

— Cuidado com a cabeça.

— Cuidado com a sua.

Ele desligou. Desembrulhei meu sanduíche. Um dos meus simples prazeres da vida. Eu estava morrendo de fome. Summer parecia confusa.

— Cabeça?

Falei com a boca cheia.

— Filme de Robert Redford, *Mais forte que a vingança*. Algo a que ele e eu assistimos algumas dezenas de vezes.

— O que isso quer dizer?

— Quer dizer não deixar alguém com uma faca arrancar o topo da sua cabeça enquanto você fica deitado e grita impotente.

— Pensamento agradável. — Ela apontou para o telefone. — Quem é ele?

Movi a cabeça de um lado para o outro.

— Bones é o cara que me ensinou a fazer o que eu faço.

— Onde ele está?
— Colorado.
— O que ele faz exatamente?
— Ele faz muita coisa, mas neste exato momento ele está tomando conta de crianças.
— Você não vai me contar, vai?
— Agora não. Algum dia. Precisamos voltar ao hospital.
Ela sentou de pernas cruzadas, desembrulhando seu sanduíche.
— Oitenta e sete?
— Uma difícil. Talvez a mais difícil. Filha adolescente de um senador. Importante. Nós a perseguimos por mais estados do que consigo lembrar. Depois países. O homem que a comprou era podre de rico e, de alguma forma, obtinha informações melhores, então estava sempre um passo à nossa frente. Mas ele também era arrogante. O que é uma péssima combinação. O rastro esfriou por semanas, até que um dos nossos caras encontrou uma transação de cartão de crédito em um *spa* isolado na Suíça. O recibo incluía limonada. Sabíamos que não era dele. O cara era um fanático de vida saudável e não consumia açúcar. Alugamos a suíte ao lado da dele e retiramos a garota quando ele pediu uma massagista.
— Como?
— Eu era a massagista.
— E?
— A garotinha e eu saímos pela porta da frente. Ela está na faculdade agora. Harvard. É da equipe de remo. Entre as duas ou três melhores da turma. Vai fazer direito. Manda vídeos do Snapchat para mim.
— E o cara?
— Confinado a uma cadeira de rodas. Toma suas refeições de canudo. Não gosta da prisão, pelo que eu fiquei sabendo.
Ela mastigou silenciosamente.
— E 204?
— A 204 é a mãe de 203. Sally Mayfair. Ela se sentia um tanto culpada pelas circunstâncias que levaram ao desaparecimento da filha. Sentia que era sua culpa. Não era, mas, embora seja possível convencer a mente, convencer o coração é uma coisa completamente diferente.

— Por que ele sugeriu que eu perguntasse sobre isso?

— Para encorajá-la. Ele não pode lhe dizer que tudo vai ficar bem porque não sabemos. Pode não ficar. Pode ser muito ruim. Mas ele estava tentando, com seu jeito honesto, animar você falando que encontramos até os mais difíceis.

Ela levantou uma sobrancelha.

— E 204?

— A maioria dos pais se sente responsável. Culpam a si mesmos. Devia, podia, tinha que. Ele está tentando silenciar esses sussurros.

Ela inclinou a cabeça para o lado.

— Vai me dizer seu nome verdadeiro?

— É melhor para você que eu não faça isso.

— E quando isso acabar, eu vou ver você de novo?

— Isso provavelmente depende mais de você do que de mim.

CAPÍTULO 23

Despachamos os discos rígidos com urgência até o Colorado e dirigimos o Tacoma do mecânico de barcos até o hospital, onde ouvi risadas. Clay estava sentado ereto em seu quarto. Fluidos cristalinos pingando para seu braço esquerdo. Uma linda enfermeira media sua pressão arterial. Ele estava ligeiramente reclinado, pernas cruzadas, um prato de comida quente no colo. Vivendo a boa vida enquanto entretinha Ellie e sua nova namorada com histórias da prisão. Ele parecia melhor. E sua risada não era acompanhada de tosse, o que significava que os esteroides haviam reduzido o inchaço. Com sorte, os antibióticos fariam efeito em seguida.

Artilheiro me viu e saltou do chão onde estava a postos ao lado de Clay. O velho olhou para os hematomas no meu rosto e os pontos no meu pescoço e braços. Sentou-se mais ereto e chegou a pôr um pé no chão como se estivesse indo para uma luta.

— Parece que andou se metendo com alguns dos meus amigos.

— Eles definitivamente cumpriram pena. — Dei um tapinha em seu ombro e ele relaxou.

Perguntei-lhe:

— Você está bem?

Neste momento, a enfermeira de vinte e poucos anos voltou carregando outra bolsa de soro.

— Sim, estou prestes a levar minha enfermeira para dançar.

Não tenho certeza do motivo, mas pessoas que passam um longo período na prisão, e ainda mais se foi um período duro, têm um senso de humor estranho que faz pouco caso até das coisas pesadas. É um dom lindo. E Clay o tinha mais do que qualquer homem que eu já tinha conhecido. O que revelava muito sobre a dureza de seu tempo.

Falei para Clay.

— Quando terminar com sua bisneta aqui, durma um pouco. Você vai precisar. Preciso verificar um endereço, mas, quando eu voltar, vou para o sul. Está pronto?

Ele assentiu, deitou a cabeça e deu um tapinha na cama ao lado dele, onde Artilheiro imediatamente apareceu e se enrodilhou em uma bola.

— Estarei esperando por você.

Olhei para Summer e Ellie.

—Tem algum jeito de convencer vocês duas a ficarem aqui? É melhor eu fazer isso sozinho.

Summer se levantou.

— Pouco provável.

— Como isso vai funcionar se você nunca faz o que eu peço?

Ela pôs uma das mãos no quadril.

— Você para de pedir e eu paro de dizer não.

Ellie ficou ao lado de Summer.

— Concordo com ela.

Voltamos para o Best Western, onde minha falta de sono me alcançou. Eu não tinha descansado por alguns dias e havia estado em uma luta bem intensa, e meu corpo estava sentindo os efeitos. Eu sabia que precisava verificar aquele endereço, mas também sabia que não seria bom se não dormisse um pouco. Falei com as duas.

— Não consigo manter meus olhos abertos. Talvez possamos dormir uma ou duas horas.

Elas assentiram, mas algo me disse que o aceno das duas tinha menos a ver com elas e muito mais a ver comigo. Aluguei um segundo quarto ao lado do primeiro, desejei-lhes boa noite e fechei a porta atrás de mim. Coloquei o termostato no mais frio e deitei na cama. Meu corpo doía, os pontos doíam, e eu tinha levado mais pancadas naquela luta do que eu queria admitir.

Não sei quanto tempo dormi, mas em algum lugar no escuro alguém deslizou para baixo do meu lençol e passou um braço em volta do meu peito, aninhou o pé em volta da minha perna e descansou a cabeça ao lado da minha. Acordei, mas não me mexi. Lembrei-me da cena em *O único e eterno rei* na qual o rei Arthur se deita na cama com a esposa para consumar o casamento, apenas para descobrir na manhã seguinte que havia sido enganado por uma mulher diferente. Meus temores foram acalmados quando ela falou suavemente.

— Lembra que eu falei que havia mais sobre minha história e de Angel?

Eu tinha um pressentimento de que isso estava chegando. Só que não naquele momento.

— Sim.

— Lembra do meu farmacêutico?

— Sim.

— Ao longo dos meses, ele me deixou comprar fiado. A cada três semanas, eu passava pelo *drive-thru*, acenava, e ele apenas acrescentava à minha conta. Falei para mim mesma que faria isso apenas até me recuperar. Mas eu tinha rompido alguns ligamentos, minha dor era intensa e eu precisava de mais do que meu médico prescrevia. Então, um dia, eu falei alguma coisa para ele, e ele me respondeu que poderia me dar o quanto eu quisesse, mas o preço era muito mais alto. E, como ele era o intermediário, não podia fazer nada quanto a isso. Então, o preço foi de seis dólares por pílula para sessenta dólares por pílula, e a esta altura eu as estava comendo como se fossem M&Ms e tentando pagar o aluguel.

"Antes que eu percebesse, eu devia vinte mil. Só os juros eram mais do que eu podia pagar, e o fornecedor dele estava pressionando-o. Mas por meses continuei comprando. Continuei me medicando. Continuei mentindo. — Ela fez aspas imaginárias com os dedos. — Só até eu me recuperar. Ou meu pé. — Balançou a cabeça. — Eu nunca ia me recuperar. Já tinha me afundado demais.

"Para piorar a situação, ele foi transferido e meu belo acordo com a farmácia foi notado, sem mencionar minha conta. Agora eu devia muito dinheiro a duas pessoas. A farmácia e o traficante. Nenhum dos quais eu podia pagar. A farmácia me passou para uma agência de cobrança que começou a ligar sem parar e falar sobre descontar do meu salário, e pensei que ia perder meu estúdio. E todo esse tempo ele continuou me fornecendo e nunca me pediu nada. Quero dizer, físico. Ele era um verdadeiro cavalheiro quando outros caras não seriam. Ele aparecia para suas aulas e deixava o frasco e o pagamento de sua aula no balcão quando saía. Sempre em dinheiro. Ele era bem mais novo que eu, mas então ele me convidou para um encontro com alguns amigos, e, quando ele viu a foto de Angel na minha mesa, perguntou se ela gostaria de ir. Eu pensei: *por que não?* Ele era bem-sucedido, gentil, um dançarino muito bom. Não tinha encostado a mão em mim. Talvez tivesse bons amigos. Que mal poderia fazer?"

Ela fez uma pausa conforme recordava.

— Logo estávamos saindo para jantar, jogar boliche, o que fosse. Angel ia junto. Ele era dez ou doze anos mais velho que ela, e os dois ficaram amigos, mas não era como um namoro. Era mais como se ele tivesse se tornado um tio. Pelo menos foi o que eu falei para mim mesma. Angel sempre teve uma queda por homens mais velhos, mas eu não me preocupava muito com ele. Ele era um cara honesto. Nunca encostou a mão em mim ou nela. Parecia natural quando começou a convidá-la para festas. Ele estava apenas a incluindo em um momento agradável. Eu percebia que ela estava começando a gostar dele, mas ele cuidava dela. Ela conheceu muitos amigos dele. Sempre havia uma festa. E como eu poderia dizer a ela para largar as drogas quando...

"De qualquer forma, ele contou a ela sobre essa viagem de barco que ele estava planejando há anos. Tinha um amigo rico que tinha um barco, e estavam convidando quem quisesse ir com eles. Parecido com *Alegria de verão*. Passar três meses nas ilhas. Mergulhando. Tomando sol. Velejando. Bahamas. Cuba. Onde quer que o vento soprasse. Pensei que parecia uma grande aventura, e é claro que eu não podia pagar para ela fazer algo assim.

"Eles continuaram saindo, mas então algumas coisas estranhas começaram a acontecer. Como se ela tivesse feito um transplante de personalidade ou algo do tipo. Eu não conseguia encontrar minha filha. Quer dizer, havia uma garota parecida com ela morando na minha casa, mas seu coração estava em outro lugar. Metade do tempo Angel gritava comigo e era quase como se algo a tivesse virado contra mim. Eu não conseguia entender o que era. Falava para ela ter cuidado e ela me acusava de ser uma mãe superprotetora. Então, brigamos porque eu estava ficando apreensiva sobre a viagem de barco dela e ela tinha feito planos para ir e esses novos amigos estavam esperando por ela; então, na semana seguinte, sem explicação, esse cara simplesmente cancelou minha conta. Tudo. Zerada. O problema desapareceu. Com o fornecedor dele e a farmácia. Ele me falou que tinha vários amigos que estavam na mesma situação, e esse amigo rico dele não queria que nenhum dos pais das crianças em seu barco se preocupasse com os filhos enquanto estivessem fora; que alguém tinha feito um favor a ele uma vez e apenas 'cuidou das coisas'. Chamaram isso de 'perdão de dívida'".

— Quanto?

— Quase quarenta.

A mão dela tremia. Deixei que falasse.

— E se eu for honesta... — Um momento se passou. — Eu sabia, quando ele veio até mim e contou que havia pagado minha dívida, que era um pagamento. Pagamento por Angel, pelo verão e pela viagem de barco.

Ela sussurrou:

— Eu a vendi. — Ela esperou um segundo e então repetiu. Punindo-se ainda mais. — Eu vendi minha própria filha.

Ela ficou quieta por vários minutos antes de continuar.

— Acredita que uma mãe faria isso? Que eu sou tão doente e desesperada que venderia minha própria filha para pagar minha dívida de drogas?

Deitei de costas e coloquei o braço ao redor dela, enquanto ela soluçava no meu peito. Depois de vários minutos, ela se sentou de pernas cruzadas. Enxugou o rosto e se virou para mim.

— Existe um lugar especial no inferno para pessoas como eu?

Acendi uma luz.

— Conte-me como machucou seu tornozelo.

Ela pareceu surpresa.

— Eu estava entrando no meu carro no mercado. Sentada no banco do motorista, uma perna meio pendurada para fora da porta, enquanto colocava as sacolas no banco do passageiro. O carrinho de uma senhora escapou dela, bateu na minha porta, e a porta fechou com força no meu tornozelo. Inchou feito um balão.

— E quando esse cara apareceu no seu estúdio para ter aulas?

— Naquela tarde.

— E quando foi que ele mencionou que trabalhava para uma empresa farmacêutica? Que sua área de especialidade era tratamento da dor?

Ela assentiu.

— Ele contou que tinha trabalhado com fisioterapia antes de voltar para a faculdade para cursar farmácia. Deu uma olhada no meu tornozelo. Gentil. Cuidadoso. E me deu algo para a dor. Não me cobrou nada.

— Algo nisto lhe parece coincidência?

Ela refletiu.

— Na verdade, não.

— É por isso que pessoas como eles atacam pessoas iguais a você. Porque você não pensa como eles. Você acredita que as pessoas são boas e suas intenções também. Deixe-me perguntar uma coisa: se você fosse uma pessoa má, querendo raptar garotinhas, e quisesse reduzir o número de pais que as procuravam, faria o que ele fez? Removeria a suspeita e faria com que se sentissem de alguma forma em dívida? Até mesmo culpados?

— Você acha...

— Armaram para você. Acontece o tempo todo. É tudo parte da guerra emocional que acontece antes do sequestro.

Pela primeira vez, a raiva varreu seu rosto.

— Você quer dizer...

— Nunca foi sobre você. Sempre foi sobre Angel. Você apenas se encaixava no perfil. Eles provavelmente estavam estudando você há semanas. E com certeza bateram a porta do carro no seu tornozelo quando a oportunidade se apresentou.

Ela se recostou enquanto as peças do quebra-cabeça se encaixavam. Ela balançou a cabeça.

— Que tipo de doente...

— O tipo que vende pessoas.

Momentos se passaram.

— Por quê?

— Não há uma boa resposta para isso. Esses sujeitos são simplesmente malignos.

Ela ficou quieta por um momento.

— Preciso saber se você pensa o pior de mim. Sou um produto com defeito?

A pergunta não me surpreendeu. Eu já a tinha ouvido antes. Mais de uma vez.

— Por quê?

— Porque eu sou uma boa mãe. Não sou perfeita, mas amo minha filha e...

— Minha resposta só vai convencer sua mente. Não seu coração. E essa é a resposta que importa. Então dê tempo ao tempo...

— O que vai acontecer quando a encontrarmos?

— As coisas vão correr de duas maneiras. Nós a pegamos de volta, o que será mais difícil agora que eles sabem que estamos procurando. Ou estamos dispostos a pagar mais do que outra pessoa.

— Quer dizer pagar dinheiro de verdade?

Eu assenti.

— Quanto isso vai custar?

Olhei para ela. Depois, para fora da janela.

— Tudo.

CAPÍTULO 24

Meu telefone tocou. A tela mostrava 1h47 da manhã. Tentei atender, mas, embora estivesse tocando, ninguém estava ligando. Foi quando ocorreu ao meu cérebro nebuloso que meu outro telefone estava tocando. Atendi o telefone via satélite.

— Alô?

A voz dela estava alta, desagradável e arrastada.

— Padre! E aí?!

Summer ouviu a voz inconfundível de Angel e sentou-se ereta. Olhos arregalados.

Tentei fazê-la falar.

— Eu estava esperando que você ligasse. Está se divertindo?

— Você devia ver esse lugar. É fod... fantástico.

Claramente o farmacêutico a estava mantendo muito medicada.

— Eu adoraria ver.

— Devia vir se juntar a nós. Eu beijo bem... — Ela parou de falar.

Com a outra mão, disquei no celular, e, quando atenderam no Colorado, Summer passou para ele o número que Angel estava usando para me ligar. Tentei mantê-la falando enquanto ele o localizava.

— Conte-me mais.

— É um chalé.

— Você não está em um barco?

— Não. Nós deixamos o barco.

— Quando?
— Não sei. O que é isso? Um jogo de perguntas?
— Não, eu só pensei que o barco era o lugar perfeito. Sabe, o máximo.
— Não, não, não. Este lugar é o máximo. Aqui em Neverglazed. Andamos num aerobarco com uma hélice grande pra cara... Opa. Desculpe. Esqueci que você usa o colarinho. Tenho que lavar minha boca. De qualquer forma, esse barco tinha uma hélice de avião enorme na parte de trás. Parecia uma coisa saída de *Indiana Jones*. Depois vimos uns jacarés com uns dentes fodi... quer dizer, dentes grandes, e então andamos em um caminhão, tipo monstro, pneus maiores que eu. Essa é a melhor festa de todas.
— Parece que sim.
Eu podia ouvi-la fazendo barulhos com a boca novamente.
— Você devia conhecer minha mãe. Ela é dança pra car... Ela engoliu em seco. — Ela é uma boa dançarina, mas talvez você tenha que esperar até que o tornozelo dela melhore porque está doendo há um tempo e ela tentou esconder de mim. Eu falei umas coisas para ela que não devia ter dito. — Ela fez uma pausa. — Padre? Já falou coisas que queria não ter falado?
As palavras retornaram.
— Sim.
Summer cobriu a boca para não chorar. Meu celular tocou com uma mensagem de texto mostrando coordenadas e um indicador de localização. O texto dizia: "Difícil de chegar, mas dá para fazer. A pouco mais de duas horas de onde você está agora".
Voltei para Angel.
— Parece que você teve uma grande aventura. Para onde vai agora?
— Não sei. Keys. Ilhas. Onde quer que seja. Por que se importa?
— Você me ligou, lembra?
Mais ruídos com a boca.
— Padre, eu sou uma boa...
A voz dela sumiu, mas a conexão continuou ativa por mais alguns minutos. Eu podia ouvi-la roncando. Outras pessoas falando ao fundo.

Música. Risada. Essa jovem estava em uma situação ruim, e, por mais que ela não quisesse admitir, acho que uma parte dela sabia que estava em apuros.

Meu amigo mecânico estava dormindo em uma cama de armar em seu escritório. Quando entrei, ele se sentou e esfregou os olhos. Suas mãos eram patas com camadas de músculos. Ele se levantou, e o segui até uma casa de barcos fechada. O *Gone Fiction* estava flutuando lindamente. Azul-petróleo. Ele ainda tinha que envelopar o T-top e o motor, mas estava quase. Terminaria pela manhã.

Apontei para o caminhão dele.

— Preciso de outra viagem.

Ele me jogou as chaves do seu Tacoma.

— É seu. Pegue.

— Não tenho certeza de quando vou voltar. E não quero prender você. Importa-se em dirigir? Eu pago.

Ele largou um estilete que estava usando para cortar o envoltório ao redor da carcaça do motor, esfregou os olhos e sorriu.

— Você já me pagou o suficiente. Eu dirijo.

Ele nos levou por oito quilômetros e nos deixou em um depósito seguro. O tipo em que se digita o código para entrar, outro para passar por uma segunda porta e um terceiro para usar o elevador. Summer me viu digitar os números em três pontos de entrada diferentes e, em seguida, um quarto enquanto eu digitava a combinação da minha unidade com temperatura controlada. Abri a porta, ela entrou e eu acendi a luz, trancando a porta atrás de mim.

Summer observou o conteúdo boquiaberta.

Equipamento de mergulho, roupas, fantasias, armas, munição, equipamento de pesca, suprimentos médicos e de trauma, algumas pranchas de surfe com remo, duas motocicletas, uma caminhonete Toyota, uma montanha de ferramentas e um pequeno barco chamado Hell's Bay. Eu também tinha um catre. Ter um lugar seguro para dormir pode ser uma comodidade às vezes.

Ela examinou lentamente o interior. Quando seus olhos pousaram nas armas penduradas na parede, ela perguntou:

— O que você está fazendo com tudo isso?

— Por uma infinidade de razões, o sul da Flórida é um ponto de partida para o tráfico humano e sexual. Portos aquáticos, aeroportos internacionais, densidade populacional e riqueza estratosférica são apenas algumas delas. Por causa disso, trabalhei muito aqui. Daí a unidade de armazenamento. — Fiz uma pausa. — Tenho outras cinco espalhadas pela Costa Leste. Mais algumas espalhadas pelo país.

Ela girou em círculos e não falou nada.

A BMW 1250 GS é uma motocicleta de aventura, que ficou famosa em vários documentários extremos por sua aptidão em qualquer condição. Motocicletas como essa cruzaram continentes, montanhas, desertos e rios — tudo nas piores condições possíveis. Um camaleão sobre duas rodas, é feita para uso em estradas e *off-road* — o que eu tinha a sensação de que seria útil. Verdade seja dita, não sou muito fã de motocicletas, mas servem a um propósito. Se encontrássemos Angel, precisaríamos da caminhonete, mas eu tinha a sensação de que, para chegar aonde precisávamos, precisaríamos da motocicleta.

Levei a motocicleta para fora e dei um capacete para Summer. Ela apontou para meu telefone.

— E quanto a...?

— Você provavelmente devia dar ouvidos a ele.

Ela colocou o capacete e passou uma perna por cima.

— Pouco provável.

Cinco minutos depois, estávamos rodando rumo ao oeste na 98 até a ponta sul do lago Okeechobee. Logo ao sul do lago, viramos para o sul na 27 até o Miccosukee Casino e depois para o oeste na 41. A estrada é cercada em ambos os lados por canais, que fazem parte da intrincada rede de mais de oitocentos quilômetros quadrados chamada Everglades.

Se não estivesse tão escuro, Summer teria visto alguns dos milhares de jacarés flutuando na superfície, ou talvez algumas das centenas de milhares de pítons e jiboias que agora enchem as Glades. Os jacarés são nativos; as cobras, nem tanto. Nas últimas décadas, alguns furacões arrasaram partes de Miami e áreas vizinhas. Incluindo *pet shops*. Quando as águas da tempestade encheram as lojas, as cobras deslizaram para fora e encontraram um lar natural no eterno mar de grama das Glades, onde repovoaram com força total. Algumas agora são grandes o bastante para devorar um veado. Inteiro.

Passamos pelo Everglades Safari Park e, em seguida, a lembrança sombria do Memorial do Voo 592. Passamos pela Miccosukee Indian Village e depois fomos para o norte na estrada de calcário paralela à L-28 Canal Eden Station. Viajamos pela estrada coberta de calcário por quase trinta minutos, quando a estrada e o canal terminaram abruptamente. Uma trilha estreita com marcas recentes de veículos com tração nas quatro rodas continuou para o nordeste. No inverno, as Glades são um lugar marcadamente diferente da primavera ou do verão. O solo normalmente úmido seca até se tornar uma superfície compacta. Grande parte da verdadeira superfície é calcário. É duro, implacável e corta um sapato ou um pneu de motocicleta. O inverno também significa que os mosquitos tiraram uma soneca. Embora breve. Eles de fato não vão a lugar nenhum; simplesmente não estão tão furiosos quanto nos meses de verão, quando é literalmente impossível ficar do lado de fora ao pôr do sol.

Seguimos a trilha conforme indicado pelo meu GPS e as coordenadas do telefone de Angel. Terminava em uma estrada de terra sem nome. Esta área do sul da Flórida forma o limite norte das Everglades, e o faz por meio de uma série de centenas de canais artificiais que literalmente drenam o estado. Em um mapa, parece uma folha de papel quadriculado, com as linhas sendo os canais. Isso permite drenar efetivamente, mas dificulta a navegação para quem não sabe quais estradas cruzam quais canais por meio de pontes e quais estradas terminam em becos sem saída. É como um labirinto de plantações de milho gigante.

E eu não sabia o segredo.

O que significava que perdi muito tempo tentando descobrir.

Desliguei o motor e as luzes e deixei meus olhos e ouvidos se ajustarem. A distância, talvez a pouco mais de um quilômetro e meio, vi luzes piscando. Fiz um gesto e Summer e eu avançamos em marcha lenta pelo caminho de calcário, o que me deixou grato pela motocicleta. Canais se alinhavam em ambos os lados, cheios de répteis de todos os formatos e tamanhos. Tomei cuidado para manter minha luz brilhando para baixo e não deixá-la se desviar em direção à beira da água. No momento em que iluminasse os olhos que nos encaravam — provavelmente havia uma centena de pares observando nossa aproximação — eu sabia que ia carregar Summer feito uma mochila. É melhor deixar algumas coisas na ignorância.

Aproximamo-nos a menos de um quilômetro e ouvi uma cantoria. Desliguei o motor e as luzes, e prosseguimos a pé. Com cuidado para andar na linha do meio entre os dois canais. Chegamos a menos de duzentos metros do chalé. Dada a quantidade de dinheiro que esses caras estavam gastando, a clientela que atendiam e a proficiência com que faziam isso, eu tinha certeza de que manteriam guardas armados, mesmo em um lugar como esse. Trinta segundos depois, meus ouvidos me informaram que eu estava certo.

CAPÍTULO 25

A lua não estava brilhante demais, mas também não estava totalmente escura. Eu conseguia ver bem o bastante. Summer agachou-se atrás de mim, com uma das mãos segurando minha camisa. Um jacaré berrou à nossa direita, sendo imediatamente respondido por um à nossa esquerda. A mão dela apertou mais e seu braço enrijeceu, mas ela ainda não tinha subido em meus ombros.

Passos avançaram, triturando calcário e grama. Ele era silencioso. Determinado. Já havia feito isso antes. As chances eram boas de que ele tivesse visto a motocicleta. Ou pelo menos o farol. Eu tinha que presumir que ele estava nos procurando do mesmo jeito que nós o procurávamos. Aproximou-se cerca de três metros de nós e ouvi alguém falar pelo fone de ouvido. Não consegui ouvir o que disseram. Ele respondeu em um sussurro profissional, sem falar nada além do necessário enquanto continuava sua ronda ao longo do perímetro. A única camuflagem que tínhamos era a grama, e havia bastante dela. Na altura do peito, formava um mar, e estávamos agachados abaixo do nível dele. O homem precisaria de óculos de visão noturna ou térmica para nos detectar. Eu esperava que não tivesse nenhum dos dois.

Quando parou a um metro e meio, senti a mão de Summer tremendo atrás de mim. Ele deu mais um passo, e lancei-me da minha posição. Quando retornei, uns dez segundos depois, o corpo inteiro de Summer estava tremendo. Iluminei a mim mesmo e estendi a mão, e ela pressionou as pontas dos dedos nas minhas. Depois, entrelaçou os dedos nos meus. À distância, ouvi um motor girando e em seguida o som característico das hélices de um helicóptero começando a golpear o ar.

Nós avançamos mais depressa. Contei dez pessoas dançando ao redor de uma fogueira a cerca de 140 metros de distância. Summer apontou para uma figura solitária dançando sozinha. Mãos no ar. Iluminada pela luz do fogo. Ela estava oscilando. Tropeçando. Julguei a distância. Entre nós e elas havia outro homem. Parecia outro bloco de granito. Ele estava falando em um microfone. Se estivesse armado, e eu tinha certeza que estava, eu jamais conseguiria. Ele falou mais uma vez no microfone. Desta vez mais alto. Como eu estava usando o fone de ouvido e carregando o rádio, o ouvi alto e claro. Não obtendo a resposta que queria, ele conduziu o grupo para o helicóptero.

Um minuto depois, às três da manhã, um helicóptero levantou voo, pairou e depois disparou para o leste em direção à costa. Seguido de perto por um segundo que eu não tinha visto nem ouvido, dado o ruído do primeiro. Assistimos calados, sabendo muito bem que Angel estava em um daqueles pássaros. E que tínhamos perdido nossa chance.

Chegamos tarde demais. De novo.

O som dos helicópteros desapareceu, o silêncio retornou, e ficamos sozinhos na escuridão. Peguei a motocicleta e retornei para o fim da estrada e para o chalé. A fogueira ainda queimava. A rede elétrica não chega até aqui, por isso circulamos o chalé com a moto para usar seus faróis. Nas Everglades, pequenas ilhas ou elevações no calcário emergem acima da superfície da grama. Às vezes trinta centímetros. Às vezes sessenta. Elevam-se o suficiente para formar terra seca, considerando os níveis habituais de água. Os índios costumavam chamar esse lugar de lar, o que explicava a presença de árvores de frutas cítricas.

Quem quer que tivesse construído este chalé, o fez como uma pequena ilha. Talvez uns noventa metros quadrados. Uma ilha em um mar de grama. O tipo de lugar que eu gosto.

Encontrei o gerador, ainda quente pelo uso. O que significava que haviam estado aqui tempo bastante para precisar dele. A quatro metros de distância, um poço de água brilhava ao luar. Summer começou a andar em direção à água, quando agarrei seu braço gentilmente, liguei a lanterna e expus um jacaré de mais de três metros flutuando a centímetros da beira da água. Summer cobriu a boca e recuou devagar.

O chalé não estava trancado, mas era bem equipado. Eu queria dar uma olhada lá dentro para ver se havia algum sinal, alguma pista. Como era de se esperar, este chalé havia abrigado uma festa bem parecida com as dos iates. Garrafas vazias. Mobília espalhada. Artigos de vestuário. Dardos atirados em um alvo. Em comparação com outras que eu havia testemunhado, esta cena era relativamente tranquila. E dado que vimos apenas dois helicópteros saindo, em vez de uma longa fila de carros, esta festa devia ter envolvido poucos em número. Mais exclusiva. Somente para convidados.

Xinguei baixinho. Nós a perdemos por dois, três minutos no máximo.

Não encontrando nada, passei uma perna por cima da moto, Summer fez o mesmo, e liguei o motor. Dando uma última olhada por cima do ombro, empurrei o câmbio para baixo e engatei a primeira marcha. Naquela pausa momentânea, eu vi. Uma pequena luz vermelha vindo de uma árvore frutífera próxima. Não falei nada, fingi não ver, e soltei a embreagem, circulando ao redor e por trás do chalé. Em seguida, deixando a moto ligada, fiz sinal para Summer me seguir e pressionei um dedo contra os lábios. Ela obedeceu, e, quando apontei para o item preso com fita adesiva no galho de um limoeiro, o espaço entre seus olhos se estreitou. Seguido por uma ruga. Novamente pressionei meu dedo nos lábios e balancei a cabeça. Recuamos em silêncio, subimos na moto e descemos a estrada que levava de volta à civilização. A pouco mais de um quilômetro de distância, parei e me virei, e, mesmo com o capacete e a viseira abaixados, pude ver o medo de Summer.

Ela levantou a viseira Sua voz falhou.

— Aquilo era um celular?

— Sim.

— Por que estava na árvore?

— Alguém estava nos observando. Uma transmissão de vídeo ao vivo.

— Acha que nos viram?

— Sim.

— Mas por quê?

— Queriam saber se ela estava sendo seguida. E por quem. Por isso deixaram que ela fizesse a ligação. Eles nos atraíram. Não previ isso, mas devia ter previsto.

Ela apertou mais os braços em volta da minha cintura. Sussurrou, creio que porque o som das palavras doía demais:

— Isso é ruim, certo?

Não dourei a pílula.

— Não é bom.

Ao irmos embora do jeito que fomos, convencemos quem estava assistindo de que não sabíamos sobre o telefone. Considerando isso, provavelmente eles desligaram e contaram o aparelho como perdido pela necessidade de informações. Mas eu sabia que precisávamos daquele celular.

— Espere aqui.

Summer agarrou minha mão.

— Você vai voltar?

Eu assenti.

— Promete?

Eu ri.

— A menos que... — Iluminei a água com o farol e quase cinquenta pares de olhos nos encarando. — Um deles fique com fome.

Ela subiu na motocicleta e sentou-se sobre os calcanhares.

Corri de volta para o telefone, circulando a árvore à distância. A luz estava apagada. Desconectado para chamadas. Mas o dono ainda tinha me enviado uma mensagem.

Quando cortei a fita adesiva, a vibração fez o telefone ligar, acendendo a tela inicial. Uma mensagem de texto aguardava. Abri, sabendo que tinha sido enviada para mim. Era direta e objetiva. Havia uma foto de Angel. Tirada por cima do ombro dela enquanto ela estava sentada relaxando em um sofá. Bebida na mão. Óculos escuros. Biquíni. Quem segurava a câmera também segurava uma ponta da alça do biquíni dela. Estava pendurada no dedo dele, que estava apoiado no pescoço de Angel. Ela estava rindo. Alheia. A sugestão era clara. O texto dizia: "Aceitando lances agora".

Desliguei-o. Retirei o cartão SIM e coloquei ambos no bolso. Não queria que eles me rastreassem. Eu já tinha sido fisgado uma vez. Não queria que acontecesse de novo.

Voltamos em silêncio para o hotel. Durante aquela hora, Summer não falou uma palavra. Uma de suas mãos envolvia minha cintura, enquanto a outra subiu mais alto, por dentro da minha camisa e repousando sobre meu coração. Desde que Angel deixou minha capela, o cronômetro estava correndo. Agora estava correndo muito mais depressa.

No hotel, examinei o conteúdo do celular. Sem surpresa, estava vazio. Nenhum vídeo. Nenhuma foto. Nenhum aplicativo. Nenhum histórico. Ele não tinha sido apagado; simplesmente não havia sido usado. Era um aparelho para ser sacrificado. Provavelmente um entre muitos. Os únicos dados mostravam que havia feito ou recebido ligações de apenas dois números. Várias vezes. Ao longo de uma semana. O que significava que o telefone tivera uma vida útil de uma semana. Summer olhou por cima do meu ombro.

— Alguma sorte?

Eu deliberei. O texto e a foto não a encorajariam. Iam preocupá-la. Muito. Mas era sua filha e ela tinha o direito de saber o que estava enfrentando. Cliquei na mensagem. A imagem abriu.

Summer leu as palavras, depois mordeu o lábio. Ela queria perguntar, mas não o fez, portanto expliquei.

— Em algum lugar na *dark web*, Angel tem sua própria página. Eles fizeram fotos, talvez filmes. E começaram um leilão.

Summer olhou para a foto.

— Meu palpite é que vão dar alguns dias, então finalizar o leilão e providenciar a transferência. Junto com várias outras garotas.

Summer estava sentada com os joelhos contra o peito, roendo a unha.

Liguei para Colorado e dei os números a ele. Ele retornou a ligação cinco minutos depois. Os dois números não estavam mais em serviço, o que me dizia que esses caras não eram amadores. Eu já sabia disso. Ele também me contou que o número vinculado ao cartão SIM era o mesmo número que Angel tinha usado para me ligar da última vez.

Era outra mensagem. E Angel não a havia enviado.

CAPÍTULO 26

Meu palpite era que quem estava movendo essas meninas havia encontrado um novo iate e as levaria para lá para a última investida na hidrovia em direção a Key West e partes ao sul. Ou decolariam para o leste, saindo de Miami, e cruzariam setenta quilômetros de mar aberto até Bimini — a porta de entrada para as Bahamas. Eu duvidava da última opção, pois os ventos estavam fortes demais. Por isso, estava apostando em Key West.

Contudo, eu também sabia que estava lidando com um capitão que pensaria nas coisas da mesma maneira que eu, e ele provavelmente era tão esperto quanto eu. Talvez mais. Talvez ele se aventurasse em mar aberto só por pensar que eu acharia que ele não faria isso. Havíamos entrado nos jogos mentais aqui, e eu sabia disso. Ele provavelmente sabia disso também.

Eu era um batedor tentando adivinhar o próximo arremesso. Nunca é fácil.

Segui meu instinto, que dizia Key West. Isso lhe dava mais opções.

E eu não contei nada disso para Summer. Estávamos em uma pequena calmaria antes da tempestade. Eu sabia que ele precisava passar seu grupo para outra embarcação. Provavelmente uma grande. Continuar a atender clientes para pagar por tudo e continuar a atrair mais e novos clientes por meio do boca a boca. Para os super-ricos, esse mundo inteiro era pouco mais que um jogo. Essas não eram garotas com rostos, corações, emoções e o desejo de usar um vestido branco e pressionar o rosto de seu primogênito contra o peito.

Eram carne. Ponto-final. Nada mais.

Este capitão manteria seu inventário disponível para venda por todo o interior da costa, usando as Keys para protegê-lo dos ventos do nordeste. Eu estava apostando que ele continuaria a postar vídeos provocativos e a explorar seu sistema atual ao máximo, ainda pegando garotas e monitorando seus leilões *online* na *dark web*. Assim que chegasse a Key West, ele despejaria o inventário usado, venderia as garotas não utilizadas para o maior lance ou lances e voaria em um jatinho bebendo champanhe antes de transferir sua operação para alguma outra costa em algum outro país desavisado.

O celular na árvore lhe dissera, eu esperava, que estava lidando com um ou dois indivíduos. Não uma agência. O que provavelmente o encorajaria. Eu já tinha visto isso antes. Ao primeiro sinal de armas, distintivos, rádios, coletes táticos, visão noturna, a festa acabava. O estoque era vendido em uma liquidação rápida para o maior lance ou despejado em águas internacionais para os tubarões. Mas Summer e eu não mostramos isso a ele. Mostramos-lhe duas pessoas curiosas sobre uma festa. Parecíamos pequenos. Insignificantes. Ingênuos até. Um par de pais ansiosos ou investigadores particulares enviados para tirar fotos. Meu palpite era que ele não estava muito preocupado conosco. O que era bom. Eu não queria que ele se preocupasse. Eu o queria confortável. Eu o queria conduzindo os negócios como sempre. Eu o queria arrogante. Eu o queria pensando em quadruplicar seu dinheiro.

Mas, para fazer qualquer coisa, precisávamos de uma pausa. Graças a Deus por homens idosos que fingem ter problemas de audição, mas não têm.

Ellie estava acordada quando entramos. Duvidei que ela tivesse dormido. Estava sentada à mesa girando a chave do cofre feito um pião. Pedimos ao meu amigo mecânico para cuidar da motocicleta e dez minutos depois estávamos indo para o sul pelo fosso. Ellie parou ao meu lado e mostrou o mapa em seu celular. Ela apontou.

— Vamos passar bem ao lado. Eles abrem às nove. Não vai demorar nem um segundo. Então vai poder se livrar de mim.

Ela estava certa. Nós íamos. Desde que voltamos ao hospital, não pedi meu Rolex de volta, deixando que ela continuasse a usá-lo. Imaginei que isso lhe daria uma sensação de paz, pois, enquanto o usasse, as chances eram boas de que eu não a abandonaria.

Olhei para meu relógio no pulso dela.

— Que horas são?

Ela olhou as horas, mas não fez nenhuma menção de me devolver o relógio.

— Faltam apenas quinze minutos.

Olhei para o sol se elevando. Que mal vinte minutos fariam? Ela esperou a vida inteira. Uma criatura torturada que — apesar de seu exterior ríspido, e como o restante da raça humana — havia feito e continuamente fazia duas perguntas: "Quem eu sou?" e, mais importante, "A quem pertenço?".

Na minha vida, no meu estranho ramo de trabalho, descobri que nós, como pessoas, não podemos responder à primeira pergunta até que outra pessoa responda à segunda. É o funcionamento do modelo. Pertencimento vem antes de identidade. Propriedade gera propósito. Alguém fala a quem pertencemos, e a partir disso nos tornamos quem somos. É apenas a forma como o coração funciona.

No Éden, andávamos no frescor da noite com um Pai que, pela própria natureza das conversas e do tempo que passamos juntos, respondia ao anseio de nosso coração. Era o resultado do relacionamento. Mas aqui fora, em algum lugar a leste ou oeste do Jardim, além da sombra das paredes de fogo, temos dificuldade de escutar o que Ele está falando. E, mesmo quando ouvimos, temos dificuldade em acreditar Nele. Por isso lutamos e buscamos. Mas não importa onde buscamos e como tentamos responder à pergunta ou o que ingerimos, injetamos ou engolimos para anestesiar o incômodo, somente o Pai pode nos dizer quem somos. Ponto-final. É por isso que meninos sem pai são atraídos em direção às gangues. Não, não é a única razão, mas tem um papel importante.

Na ausência de um pai, a mãe pode responder? Claro. Acontece o tempo todo. Conheci muitas mães que têm mais garra e coragem do que o homem covarde com quem se casaram. A verdade é que 99 por cento dos lares desfeitos são causados por pais que vão embora. Não mães. O problema raramente está com as mães. Elas estão presas limpando a bagunça. Embora haja exceções. E talvez essas exceções sejam as mais dolorosas de todas. No entanto, qualquer que seja a causa e como quer que se responda, e independentemente de quem a responda, nós — como crianças feridas — sempre perguntamos: "A quem pertenço?".

Este é o clamor do coração humano.

E, quando olhei para Ellie, seus olhos gritavam ambas as perguntas. E eu não era capaz de responder nenhuma das duas.

— Está bem.

Seus pés se moviam nervosamente. Como se ela estivesse diante do precipício de alguma grande descoberta. E embora fosse difícil dizer, porque ela mantinha uma expressão impassível treinada, quase pensei que estava sorrindo.

Retornamos pela hidrovia estreita, passando pela North Palm Beach Marina e além da Old Port Cove Marina, onde embarcamos no *Fire and Rain* no dia anterior. Como imaginei, tinha ido embora. Sua vaga estava vazia.

Alguns quilômetros mais ao sul, nós atracamos no píer, alinhando a lateral do *Gone Fiction* com para-choques. O agente de segurança do banco abriu a porta para nós e cumprimentou:

— Bem-vindos.

Ellie, Summer e eu nos aproximamos da atendente.

— Posso ajudar? — perguntou.

Estendi a chave.

— Gostaríamos de abrir esta caixa.

Ela olhou para a chave e assentiu.

— Sigam-me, por favor.

Fizemos isso, serpenteando por uma porta e descendo para um porão. As entranhas velhas e úmidas do banco. Outro segurança destrancou uma porta que dava para uma sala com o que parecia ser mil cofres.

A atendente serpenteou pelos corredores, lendo números, nos levando até o 27. Por fim, seus olhos pousaram em um. Ela inseriu sua chave em um dos dois buracos de fechadura e me pediu para inserir a minha — ou a de Ellie — no segundo. Eu o fiz. Ela girou as duas, destrancando-as com um tilintar, abriu a porta e me permitiu deslizar a caixa para fora. Ela então nos levou para uma sala, apontou para a mesa e fechou a porta atrás dela, dizendo:

— Não precisam ter pressa.

Ellie sentou-se à minha frente, olhando para a caixa manchada. Não era minha, por isso girei-a no sentido horário, de frente para ela. Depois Summer e eu sentamos, esperando.

Para Ellie, toda a sua vida e cada ponto da bússola levavam a este momento. Quando ela estendeu a mão para a maçaneta, estava tremendo. Uma lágrima havia se acumulado em um olho. Envergonhada, enxugou a lágrima e pôs a mão no colo. Desviando o olhar, ela se recompôs e estreitou os olhos. Por um minuto, ficou sentada esfregando um polegar sobre o outro. Por fim, olhou da caixa para mim e de volta para a caixa.

— Você poderia?

Dei a volta, ficando ao lado dela, ajoelhei e levantei a tampa da caixa, permitindo que ela visse o conteúdo. Dentro havia um envelope pardo lacrado.

Falei baixinho.

— Quer que eu abra?

Ela o tirou da caixa, olhou para ele e depois balançou a cabeça. A única coisa escrita do lado de fora do envelope era uma data treze anos no passado.

Ela apertou o envelope contra o peito e olhou nervosamente ao redor da sala. Foi a primeira vez que vi uma rachadura em sua fachada durona. Sentei de frente para ela.

— Temos tempo.

Ela o pôs no colo. Tocando-o gentilmente. Traçando os números. Finalmente, olhou para mim e balançou a cabeça.

— Vou esperar.

— Tem certeza?

Ela assentiu.

Saímos do banco e paramos no píer. Olhando ao redor. *Gone Fiction* flutuava ao meu lado. Chamando-me. O olhar no rosto de Ellie dizia que ela estava se perguntando o que fazer em seguida. Estoicamente, ela tirou meu Rolex e o estendeu para mim. Como se eu tivesse cumprido minha parte do acordo e nosso tempo tivesse chegado ao fim. Ela falou sem olhar para mim.

— Obrigada.

Eu não ia simplesmente deixá-la ir embora, mas não podia fazê-la ficar. Tinha que fazer parecer que a ideia era dela.

— Dê-me uma hora. Eu levo você até o aeroporto. Mando você de volta para a escola ou... — Apontei para o envelope. — Para onde quiser.

Summer assentiu concordando, depois abaixou o braço. Eu tinha a sensação de que Ellie estava com pouco dinheiro, o que explicava por que ela pensou na minha sugestão. Ela apertou o envelope contra o peito com os braços cruzados. Olhou para o oeste, depois para o barco. Então para mim. Por fim, assentiu e desceu, sentando-se no banco na popa.

Soltei as amarras e segui meu mapa, tentando não prestar atenção nos cabelos arrepiados na minha nuca.

Nós rumamos para o sul, o motor girando a menos de mil rpm por quase uma hora. Com sua riqueza e influência, o pessoal do sul da Flórida convenceu seus representantes a declarar a maior parte da hidrovia em sua área como uma zona de velocidade controlada. Isso impede o tráfego de barcos rápidos, o que significa que a maioria das pessoas que querem navegar depressa optam pelo Atlântico não regulamentado. Eu entendia o raciocínio. Sem as restrições, barcos rápidos acabariam correndo pelo fosso a mais de 150 quilômetros por hora e crianças em *jet skis* morreriam o tempo todo. Quem quisesse ir rápido, que fosse para o oceano. Mas, com o vento constante de trinta nós atualmente soprando do nordeste, estávamos presos em marcha lenta na hidrovia em um passo de lesma.

Viramos mais para o sul em direção a Lake Worth, com a ilha Peanut e a enseada de Lake Worth bem na nossa proa. Passamos sob a ponte

Blue Heron Boulevard, onde a água do nosso lado de bombordo era perigosamente baixa. Tipo na altura da canela. Durante o dia, essa área de cerca de oitocentos metros quadrados ficava lotada com duzentos barcos e mil pessoas. Os moradores locais a chamam de Bar da Maré Baixa, porque na maré baixa é onde os moradores vão para beber. É um dos lugares mais populares dessa parte do mundo, onde as crianças saem para brincar e exibir seus brinquedos — os vivos, os esculpidos, os siliconados e os motorizados.

Passamos pelo porto de Palm Beach e logo vimos os faróis dos carros se movendo lentamente para o norte e para o sul ao longo da North Flagler Drive e abaixo da ponte de Flagler Memorial e da A1A. Do nosso lado de bombordo ficavam os endereços mais ricos do planeta. Palm Beach propriamente dita. É o lar do hotel The Breakers e do *resort* Mar-a-Lago. O pessoal de lá não está para brincadeira. Eles têm a própria força policial e os próprios limites de velocidade, e você nunca viu um paisagismo imaculado até dirigir pela Estrada de North County. As empresas de paisagismo são entrevistadas e avaliadas para ter a oportunidade única de pegar folhas de grama manualmente.

Com a Ponte Royal Park acima e a Universidade Palm Beach Atlantic a estibordo, começamos a andar paralelamente a Everglades Island e à avenida Worth a bombordo. Everglades Island é uma ilha artificial menor, ligada por uma única estrada do lado intracosteiro de Palm Beach. A única estrada corre de norte a sul e divide a ilha ao meio. Residências enormes ficam de cada lado. A ilha inteira deve conter cerca de cinquenta casas. É uma localização exclusiva dentro de uma localização exclusiva. Mais ou menos como uma comunidade fechada dentro de uma comunidade fechada — situada em uma ilha que se projeta de uma ilha.

O Google Maps me conduziu até o enorme complexo de uma casa na ponta sul de Everglades Island. Virei 180 graus para o norte e atraquei em um cais deserto, sem iluminação e nada acolhedor, capaz de abrigar um iate de oitenta a cem pés, além de vários atracadouros para barcos que também estavam vazios.

Apesar da luz do dia, luzes ativadas por movimento se acenderam no momento em que pisei no cais. Luzes no nível do solo iluminaram o caminho de mármore até a casa, que tinha 4.500 metros quadrados e se estendia ainda mais com duas alas que pareciam ter seiscentos ou novecentos metros quadrados cada. Era toda cercada por um muro de três metros coberto por algum tipo de trepadeira florida. E talvez umas cinquenta câmeras.

CAPÍTULO 27

Havia garrafas de cerveja, vinho e bebidas alcoólicas espalhadas pelo gramado, brilhando como rubis, esmeraldas e diamantes descartados sob a luz forte do sol. O jardim outrora meticuloso havia sido pisoteado em lugares aleatórios, no que parecia ser o movimento de uma manada de animais usando saltos altos. Plantas e arbustos exóticos haviam sido quebrados perto das raízes, e quarenta ou cinquenta roseiras tinham sido arrancadas no nível do solo por um ou mais tacos de golfe. Sei disso porque alguém tinha esvaziado uma bolsa inteira de tacos, todos com o cabo quebrado ao meio, e deixou-os espalhados feito um jogo de pega-varetas entre as roseiras mortas e decapitadas.

Os restos de uma enorme fogueira ardiam no meio da grama. Pedaços estranhos de madeira e destroços jaziam queimados pela metade em um círculo ao redor do epicentro onde o fogo consumira seu conteúdo. Sem seus pedestais, várias estátuas de mármore nuas descansavam silenciosamente no chão da piscina, cada uma fazendo uma pose estranha e que um dia já foi erótica, tornadas ainda mais ridículas pela água esverdeada. Quatro barris de cerveja amassados e visivelmente vazios giravam na superfície da piscina feito carrinhos de bate-bate. Pelo menos, imaginei que estivessem vazios, dada a facilidade com que flutuavam. Deitada de lado na parte funda, que, de acordo com o ladrilho no nível da água, marcava três metros e meio, estava o que parecia ser uma motocicleta.

Do outro lado do deque da piscina, todo tipo de camisa, calça, vestido, sapato, meia, calcinha, sutiã e qualquer outro item de roupa já usado por alguém estava jogado amassado no local onde havia sido removido. A churrasqueira na cozinha ao ar livre ainda ardia com os restos carbonizados de alguma coisa. Bife, talvez. Difícil dizer. Estava pronto para comer alguns dias atrás. Os oito ventiladores de teto tinham pelo menos uma pá faltando. Alguns duas. A maioria ainda estava girando, balançando sem controle. Cinco telas de televisão mostravam algum tipo de problema de entrada de sinal. Duas das telas quebraram quando alguém atirou nelas uma garrafa, que agora jazia aos cacos no chão. Uma das churrasqueiras, talvez uma defumadora de algum tipo, havia sido movida para a piscina, virada de lado, e parecia ser a rampa que Evel Knievel[1] havia usado para submergir a moto.

Enquanto Summer, Ellie e eu subíamos com cuidado a passarela do cais, um movimento à minha esquerda chamou minha atenção. Camuflado no cenário do que antes era um jardim japonês agora em ruínas, avistei um enorme lagarto, com pelo menos 1,80 metro de comprimento, amarrado a uma palmeira. Sim, 1,80. E amarrado.

Mais perto da casa, outro movimento chamou minha atenção. Um macaco, também preso, havia subido no mirante, mas, lutando contra a corda, sem querer se enrolou firmemente em uma das tábuas. Com medo, continuou a puxar violentamente a corda e emitiu um grito estridente quando aparecemos no deque da piscina. Não querendo que ele se enforcasse, cortei a ponta da guia, soltando-o. Sentindo-se livre, ele emitiu um último guincho, deu a volta na piscina, correu até o lagarto, pulou em cima dele, bateu em seu rosto seis ou oito vezes e depois escalou o muro de contenção de três metros e desapareceu, arrastando sua guia, para nunca mais ser visto.

Eu teria aberto a porta de correr de vidro, mas estava faltando. Não quebrada. Não rachada. Não estranhamente inclinada em seu trilho. Mas faltando. Totalmente desaparecida. Entramos na casa, onde fomos recebidos por uma nevasca de ar frio soprando das saídas de ventilação — que imediatamente escapava pelas várias portas e janelas que

---

[1] Evel Knievel foi um motociclista e artista performático americano, bastante conhecido por seus saltos desafiadores e participações em filmes. [N. T.]

faltavam. Se o exterior da casa estava destruído, o interior desafiava as leis da arquitetura e da engenharia.

O interior havia sido sustentado por uma colunata de oito grandes colunas de madeira — três das quais estavam faltando, expondo buracos do tamanho de um Volkswagen no teto. Uma quarta estava em um ângulo estranho, com um machado cravado na lateral. Duas escadas no estilo *E o vento levou* levavam ao segundo e terceiro andares. Uma das escadas havia desaparecido por completo. O formato da escada intacta me ajudou a reconhecer os pedaços estranhos de madeira ao redor das cinzas da fogueira.

Ambas as torneiras da cozinha estavam totalmente abertas, o que em geral significaria apenas desperdício de água. Mas, como os ralos tinham sido entupidos, o chão da cozinha rebaixada estava inundado com quinze centímetros de água. Summer estava prestes a entrar e fechar as torneiras quando toquei em seu braço e mostrei a ela a miríade de eletrônicos e fios agora submersos na água. Entrei na sala de serviço, abri uma das várias caixas de disjuntores e desliguei tudo. Livre da possibilidade de ser eletrocutada, Summer fechou as torneiras. O silêncio sinistro nos permitiu ouvir água correndo em outro lugar da casa. Provavelmente no andar de cima.

Da sala de serviço atrás da cozinha, abri uma porta para a garagem de oito carros. Duas vagas estavam vazias, enquanto seis carros ocupavam as que restavam. Dois Porsches, um Range Rover, um McLaren, um Bentley e uma caminhonete Dodge 2500 a diesel. Estacionada na própria alcova, havia uma motocicleta BMW intocada que parecia ser gêmea daquela que Knievel levou para nadar. Todos os pneus de todos os veículos estavam furados, incluindo os das bicicletas penduradas na parede, exceto os da caminhonete e da motocicleta.

Retornando para dentro da casa, Summer e Ellie continuavam estupefatas com os destroços infligidos a uma casa antes linda. Com a quantidade de dinheiro desperdiçada e estupidez exibida. Parei na escada e observei o espaço, deduzindo que a casa havia sofrido várias centenas de milhares de dólares em danos.

No segundo andar, contei dez quartos. Claramente houve uma guerra de travesseiros porque um milhão de penas cobriam o chão, móveis e saídas de retorno de ar. Também houve uma guerra de *paintball* — todos os colchões e estrados de mola haviam sido retirados das camas e inclinados de lado ao longo dos corredores, criando um labirinto de paredes protetoras agora cobertas por milhares de manchas rosa-neon, vermelhas, verdes e amarelas. Muitas das portas tinham sido arrancadas de suas dobradiças ou tiveram os pinos removidos, aumentando o labirinto. Semelhante ao deque da piscina, roupas e garrafas estavam espalhadas pelo chão.

No terceiro andar, que antes abrigava a sala de exercícios e o cinema, alguém havia untado o corredor de mármore com algum tipo de óleo ou gordura vegetal. No outro extremo, empilharam garrafas vazias como pinos de boliche. Não tenho certeza do que usaram como bola, a menos que tivessem sido seus corpos, o que explicaria o óleo. Embora eu não tenha certeza de que algo seria capaz de explicar qualquer coisa sobre esse caos além do uso extremo e prolongado de drogas alucinógenas por muitas pessoas.

O quarto andar abrigava uma biblioteca e um escritório. Tinha tido o melhor destino, sofrendo menos violência, o que sugeria que as pessoas bêbadas e drogadas estavam cansadas de subir escadas. Eu estava prestes a voltar para baixo quando Summer apontou para uma escada que saía da biblioteca e entrava no que parecia um cesto da gávea. Subimos a escada e encontramos um quarto, banheiro e uma cozinha pequena. Talvez uma suíte para a sogra, embora eu não conseguisse imaginar alguém de qualquer idade subindo todas aquelas escadas frequentemente. Até Ellie abrir uma porta e revelar um poço de elevador. Digo "poço" porque o próprio elevador havia sido solto de seu cabo e agora jazia quatro andares abaixo em uma pilha destroçada.

Tentando entender tudo isso, e olhando pelo vidro em direção ao cais abaixo, notei um heliporto no topo da casa do cais. Sem helicóptero. Olhando para o caos ao meu redor e a ausência de um helicóptero, imaginei que essa festa tivesse acontecido antes da festa no chalé em Everglades. Imaginei que tivessem destruído esse lugar, entrado no helicóptero e voado para o oeste. Meu palpite agora era que tinham voado para o sul.

Nós três ainda estávamos parados boquiabertos quando ouvimos o som. Um baque.

Virando-me em direção ao barulho, vi vapor saindo e ouvi o som de água correndo no banheiro, então segui os dois. Eles me conduziram até uma banheira grande. As paredes do banheiro inteiro eram feitas de blocos de vidro, proporcionando vistas distorcidas, porém espetaculares e desobstruídas em 360 graus da Intercostal a oeste e do Atlântico a leste. Ao redor da banheira e espalhados pelo chão, havia trinta ou quarenta sacos plásticos que, de acordo com os rótulos, tinham contido dez quilos de gelo cada. Eu só conseguia imaginar que o gelo havia sido usado para encher a banheira, mas a banheira estava vazia. Dando a volta nela, entrei no chuveiro amplo, que jorrava vapor — também servia como sauna a vapor. Numerosas torneiras de aço inoxidável, as quais estavam todas jorrando no momento, enchiam o cômodo de vapor. O lava-jato pessoal de alguém. Eu não conseguia ver a mão na frente do meu rosto.

Olhando para a bizarrice diante de mim, ouvi o baque de novo. Uma segunda vez. Mas dessa vez soou mais fino. Mais metálico.

Entregando meu telefone para Summer, entrei no vapor e atravessei a cachoeira e o lava-jato de uma dúzia ou mais de chuveiros que atiravam água fria e pressurizada em direção ao chão. Vapor quente e água fria não faziam sentido. Ajoelhando, rastejei pelo chão do chuveiro, que escoava por quatro aberturas de drenagem. Alcançando o quarto dreno de quatro e incapaz de ver quinze centímetros à minha frente, procurei a parede. Mas minha mão não tocou na parede.

Movi a mão de leve, "lendo" a superfície. A textura era lisa, depois áspera, depois fibrosa, depois macia.

Então, se moveu.

Aproximei-me devagar e encontrei o pé descalço do que parecia ser uma mulher. Incapaz de entender qualquer coisa com a enxurrada de água e vapor, movi a mão para seu pulso, mas não consegui encontrá-lo, depois, subi por seu tronco até seu pescoço e artéria carótida. O pulso estava fraco. Passei os braços por baixo de suas pernas e de sua cabeça. De pé, levantei seu corpo flácido e voltei através da névoa. Quando apareci carregando um corpo feminino nu e flácido, Summer e Ellie arquejaram fundo e cobriram as bocas. Olhei rapidamente para a garota em meus braços. Final da adolescência, cabelo escuro, olheiras, manchada por tatuagens, furos de agulha na dobra do cotovelo, magra, mortalmente pálida, com um rastro de vômito endurecido em sua boca e pescoço.

Em seguida, olhei para o rosto dela.

Não era Angel. Mas era uma das garotas que tínhamos visto no vídeo.

Virei-me para Summer e falei enquanto descíamos as escadas.

— Disque 911 agora. Coloque-os no viva-voz.

Summer ligou.

Eles atenderam quando chegamos ao quarto andar.

— 911. Qual é sua emergência?

A única maneira de essa garota sobreviver seria se pousassem uma ambulância aérea no gramado lá fora e a transportassem de helicóptero para um hospital. Sem isso, ela morreria. A moça do outro lado da linha recebia dezenas, se não centenas de ligações por dia. Cada uma alegando que era situação de vida ou morte. Para tirar o fardo da decisão dos ombros dela, a autoridade para chamar um helicóptero havia sido deixada para os socorristas, depois que avaliassem a situação. Embora houvesse situações em que o operador, com base em seu conhecimento e experiência, pudesse passar por cima desse protocolo, dependendo do que estivesse ouvindo do interlocutor.

Sabendo de tudo isso, usei tudo o que consegui pensar que pudesse ser remotamente verdadeiro para registrar na escala de trauma, o que eu esperava que desencadeasse uma decolagem do LifeFlight.

— Eu sou Murphy Shepherd. Trabalho para o governo dos Estados Unidos. Estou com uma mulher branca, possivelmente no final da adolescência, pulso fraco, demonstra sinais de quase afogamento com possível hipóxia ou estado mental alterado. Também possível *overdose* com instabilidade hemodinâmica ou neurológica, atualmente exibindo convulsões descontroladas com possível insuficiência respiratória que requer ventilação. Preciso do LifeFlight no gramado desta casa para ontem ou esta garota não vai sobreviver.

Ela ficou calada por dois segundos enquanto eu ouvia a digitação.

— Senhor, pode me dar uma localização exata? — A operadora perguntou calmamente.

Respondi com as coordenadas de longitude e latitude do GPS que peguei nas assinaturas de vídeo que roubamos do barco.

Ela fez uma pausa. Eu sabia que os socorristas estavam a caminho, mas também sabia que ela estava deliberando enviar a ambulância aérea. Falei com delicadeza.

— Senhora, conheço seu protocolo. E sei que você não me conhece. Essa garota vai morrer se você não enviar o helicóptero. Se quer salvar a vida dela, envie-o.

Ouvi dedos em um teclado digitando na velocidade das asas de um beija-flor.

— É possível movê-la para uma área aberta, talvez o quintal, a entrada da garagem ou algum lugar longe da interferência de fios elétricos?

— Não é necessário. Há um heliporto no topo da casa da doca.

— A ambulância aérea está a caminho. Tempo estimado quatro minutos.

Essa garota não tinha quatro minutos. Virei-me para Ellie e acenei para o *Gone Fiction*.

— Dentro do banheiro, aquela bolsa vermelha que você estava usando como travesseiro. Pegue.

Ellie correu até o barco e voltou com minha bolsa médica. Vasculhei os remédios, encontrando os dois que eu precisava. Um *spray* nasal. Uma injeção. Ambos eram cloridrato de naloxona. Um inibidor opioide. Borrifei cada narina e depois injetei nela. A má notícia foi que não consegui encontrar o pulso, então abri o desfibrilador, liguei, prendi os eletrodos no peito dela, orientei Summer e Ellie que ficassem longe e dei um choque nela. Depois que seu corpo convulsionou, levantando-se quase trinta centímetros do chão, iniciei a manobra de reanimação cardiopulmonar. Compressões. Respirações. Compressões. Respirações.

Quando ela não reagiu, dei outro choque nela. Sem respostas, então voltei para a reanimação. Depois, de novo. Após o terceiro choque, seus olhos se moveram. Ela inspirou fundo e um pulso surgiu em sua carótida.

Deitei a garota na grama. Seu corpo estava vomitando de novo. Digo "seu corpo" porque ela não estava consciente o bastante para saber. Virei sua cabeça para o lado e tentei limpar suas vias aéreas para que não aspirasse o conteúdo de seu estômago. Ouvi sirenes ao longe. Depois ouvi o ruído característico de um helicóptero. Esta garota estava sofrendo de intoxicação por drogas e álcool em um nível que eu raramente ou jamais tinha visto. Era possível que já tivesse sofrido danos cerebrais, e eu não fazia ideia se ela ia voltar a abrir os olhos. Dado o espaço aberto limitado, virei-me para Summer e Ellie e falei:

— Vocês duas devem entrar.

Enquanto o helicóptero pairava e, em seguida, começava a descer para a plataforma, lançando resíduos no ar como um redemoinho, elas correram para dentro. O helicóptero pousou, e, antes que os paramédicos tivessem tempo de sair e avaliá-la, carreguei-a pelos degraus da doca e até a porta traseira da aeronave e a deslizei para a maca, que estavam retirando. Observando a condição da garota, um paramédico me escutou enquanto o segundo, uma mulher, subiu de volta para dentro e começou a trabalhar nela. Nos quinze segundos que levou para dar as informações para o paramédico, a mulher inseriu um soro intravenoso, injetou algo direto no coração da garota e a entubou, dando-lhe oxigênio.

Em trinta segundos, no momento em que os subdelegados apareceram na entrada da garagem, o helicóptero estava no ar novamente e desapareceu por cima dos telhados. Summer apareceu à minha esquerda, agarrada ao meu braço. Seu rosto fez uma pergunta que seus lábios não articularam.

Balancei a cabeça.

— Não sei. Talvez tenhamos chegado tarde demais.

Os subdelegados foram impedidos de entrar no terreno por um portão da frente trancado. Enquanto trabalhavam para abri-lo, comecei a me concentrar nos próximos minutos. Eles iriam querer uma declaração nossa, e eu sabia que não queria dar. Não havia tempo. Portanto, virei para Summer e Ellie e apontei.

— Barco. Agora.

Elas entenderam. Voltamos pela passarela até o cais, entramos no *Gone Fiction* e desamarramos suas cordas. Dando marcha a ré sem fazer barulho, saí do cais e deslizei o manche para a frente. Até que os subdelegados tivessem atravessado a casa e entrado no pátio dos fundos, havíamos nos afastado das estacas e estávamos voltando para a hidrovia. O sudelegado mais próximo, um sujeito musculoso usando óculos escuros e equipamento da SWAT, correu até a beira da água e me disse para não me mover mais. Deslizei o acelerador para o máximo e disparamos para a frente no fosso e para fora de sua linha de visão.

CAPÍTULO 28

Uma vez em mar aberto, liguei para Colorado. Ele atendeu após o segundo toque. Contei a ele o que tinha acabado de acontecer e pedi que ligasse para o gabinete do xerife local, explicasse quem eu era e dissesse que estaríamos no hospital caso quisessem meu depoimento. Também pedi que descobrisse o que pudesse sobre a garota no helicóptero e para onde a estavam levando. Se ela sobrevivesse, eu ia querer conversar com ela.

Ele desligou, e voltei para Summer e Ellie, que estavam encolhidas no banco de trás, sentadas em silêncio com expressões atordoadas.

Summer estava olhando para uma corrente de prata pendurada em sua mão direita, na ponta da qual pendia uma peça em padrão de favo de mel de formato estranho. Uma das mãos apoiada na outra. Ambas tremiam. Assim como ela. Ela estava à beira de um surto. Estava segurando a cruz de Jerusalém de Angel. A que eu a vira usando quando nos conhecemos na capela.

— Onde encontrou isso?

Ela falou entre lágrimas olhando na direção do helicóptero, que agora era pouco mais que um pontinho no céu.

— Na mão daquela garota.

Voltei para o norte. Ellie apareceu do meu lado direito. Segurando no T-top com uma das mãos, o envelope com a outra.

— Você salvou a vida daquela garota?

Balancei a cabeça.

— Não sei.

Ela tocou o nariz.

— O que você deu a ela?

— Chama-se Narcan. Quando alguém usa heroína ou hidrocodona, qualquer tipo de opioide, a droga se liga a receptores no cérebro. Bloqueia a dor, retarda a respiração, acalma. No caso de uma *overdose*, pode ser fatalmente calmante, porque a pessoa para de respirar. Fica inconsciente. Os medicamentos que dei a ela revertem isso e expulsam a droga dos receptores. Despertando-os.

Ela apontou para o desfibrilador.

— Isso permitiu que eu desse um choque no coração dela para que voltasse a bater. Tipo cabos de ligação para o corpo humano.

O rosto dela revelava intensidade.

— Sempre carrega essas coisas no seu barco?

Dei de ombros.

— Tenho carregado há vários anos, embora os medicamentos e a tecnologia estejam sempre mudando.

— Quantas vezes usou tudo isso?

Dei de ombros.

— Algumas.

— Sempre funciona?

Mantive o olhar fixo para a proa.

— Não.

Ela não tirou os olhos de mim.

— E agora?

Apontei para o helicóptero agora desaparecido.

— Você quer dizer para ela, ou... — Olhei diretamente para Ellie. — Você e eu?

— Os dois.

— Se ela acordar e puder falar, eu gostaria de alguns minutos com ela. Quanto a você e eu, é decisão sua.

Ela apertou o envelope contra o peito. Os eventos da última hora a abalaram. Quando falou, ela virou o rosto.

— Podemos parar por um momento?

Palm Beach ficava a leste. West Palm Beach propriamente dita a oeste. Nosso talha-mar tinha acabado de entrar na enseada de Lake Worth. Desacelerei, naveguei ao redor da ilha Peanut e encalhei o barco nas águas rasas do banco de areia da maré baixa, ao norte da ilha. Devido à maré vazante, a água estava na altura da canela. Quarenta ou cinquenta barcos haviam feito o mesmo. O fim de semana tinha começado cedo. O ar cheirava a óleo bronzeador e rum, e estava cheio de sons de Bob Marley e Kenny Chesney. À nossa esquerda, uma dúzia de universitários lançava um disco voador no ar enquanto um cachorro otimista corria para lá e para cá.

Desliguei o motor. Ela colocou o envelope esticado sobre o console. Na minha frente. Suas mãos estavam tremendo de novo, por isso cruzou os braços e escondeu as mãos nas axilas.

— Você pode? — Ela olhou para ele. Depois para mim. Seu lábio tremia. — Por favor.

Apesar de ter olhado para Ellie, eu não a havia observado de verdade. Embora ela tentasse muito não ser, era incrivelmente bonita. Do tipo de tirar o fôlego. Talvez aqui e agora, tendo sofrido a violência do que acabara de ver, suas paredes estivessem desmoronando. Ou, se não desmoronando, pelo menos os portões estavam se abrindo.

Summer apareceu ao meu lado esquerdo. Nós três formamos um semicírculo em volta de um envelope que, até onde eu sabia, não era aberto há treze anos. Abri o fecho, dobrei a parte superior e esvaziei o conteúdo no assento ao meu lado.

Um item apareceu. Uma carta.

Desdobrei-a. Estava impressa em papel timbrado oficial do convento das Irmãs da Misericórdia em Key West.

Assim como o envelope, a carta estava datada de treze anos antes. Dizia:

> Querida Florence,
>   Foi-lhe concedida admissão provisória entre as irmãs postulantes. Aguardamos ansiosas sua chegada.
>   Cordialmente,
>   Irmã Margaret

Algo chacoalhou no envelope, por isso eu o virei de cabeça para baixo, esvaziando-o por completo. Um anel caiu no assento. Girou feito um pião, oscilou e depois parou.

Quando isso aconteceu, fiquei sem respirar.

Só podia significar uma coisa.

CAPÍTULO 29

Peguei o anel, girando-o na mão. O aro era feito de três faixas finas de platina entrelaçadas. Engastado acima do aro, com aparência de videira, havia um diamante e duas esmeraldas menores, engastadas em prata de cada lado. Ellie olhou para mim com a cabeça inclinada. Ela encarou o anel enquanto eu o colocava na palma da mão dela. Quando o fiz, algo passou de mim para ela. Algo que não consigo nomear e nunca soube que estava lá. Mas algo real, algo palpável, deixou meu corpo e envolveu o dela.

Ela olhou para o anel com incredulidade. Balançando a cabeça. Raiva crescendo. Estava prestes a atirar o anel na água quando eu segurei sua mão.

— Espere.

Uma veia pulsou na lateral da cabeça dela quando ela amassou a carta. Voltada para a folha de papel, ela falou:

— Apenas diga. Você não me quer. Nunca quis. Apenas me jogue fora no lixo. Por que o enigma? Por que tudo isso? Apenas diga a palavra, droga!

— Talvez ela esteja.

Ellie balançou a cabeça.

— Que quer dizer?

Alisei a carta.

— Não sei nada disso com certeza, mas acho que sua mãe não planejava ter você, e, quando descobriu que estava grávida, abriu mão de você e foi para esse convento. Onde ela ainda pode estar. Então, talvez... você... nós... devêssemos ir até lá — eu bati na carta — e fazer umas perguntas. Não custa nada.

Os ombros dela se curvaram para baixo nas extremidades.

— Esperei a vida inteira por alguém, qualquer um, que me dissesse quem eu sou, de onde venho e por que ninguém me quis... e tudo o que tenho é esta carta idiota e este anel ridículo que não vale nada.

Eu olhei para ele.

— Valia para ela.

— Como pode saber? Ela o deixou nessa caixa há treze anos e não olhou para trás desde então.

Dei de ombros.

— Você não sabe disso.

Ela ergueu o braço de novo como se fosse atirá-lo.

— Espere.

Ela colocou a mão no colo.

— Pode jogar fora se quiser, mas não deixe sua dor falar mais alto que seu amor. Treze anos atrás, a dor tirou esse anel e o amor o colocou naquela caixa. O fato de você o estar segurando agora é uma mensagem, acredito, de sua mãe. Antes de enterrá-la no mar, você poderia tentar descobrir o que ela está falando.

Ellie olhou para a água e balançou a cabeça.

Apontei para o sul, descendo a hidrovia, em direção às Keys.

— Posso lhe contar uma história?

Ela não pareceu impressionada.

— Sei que me vê como um velho com artrite e problemas de visão, mas eu já me apaixonei de verdade.

A expressão dela se alterou de leve.

— De que me importa quem você amava?

Eu a ignorei. E enquanto estava me esforçando para manter sua atenção, tinha a de Summer por inteiro.

— No segundo ano do ensino médio, fomos todos a uma festa. Casa grande no rio. Barcos de esqui. *Jet skis*. Voos de *parasail*. Os pais tinham até um helicóptero e estavam levando a garotada para passear. Uma festança e tanto. A escola inteira estava lá. Talvez duzentos jovens. Eu estava a fim de uma garota chamada Marie. Ela gostava de mim, mas eu era quieto, meio *nerd* no segundo ano e não era muito popular. No meu tempo livre, eu pescava e procurava coisas. Como dentes de tubarão ou artefatos indígenas.

"Marie e eu éramos amigos há mais tempo do que a maioria. Desde a infância. Nós praticamente crescemos juntos. Ela era minha melhor amiga quando garotos não deveriam ter uma garota como melhor amiga. Compartilhávamos segredos, esperanças, sonhos. Ela sabia que eu sonhava em entrar para a Academia e foi praticamente a única pessoa que falou que eu tinha uma chance. Que eu era capaz. Marie acreditou em mim e, como consequência, eu também acreditei. Quando fiz 48 segundos nos quatrocentos metros, estabelecendo o recorde estadual, ela estava torcendo por mim. Sem ela, acho que eu não teria chegado a sessenta.

"Se Marie tinha um calcanhar de Aquiles, e ela tinha, era aceitação. Eu não dava a mínima, mas a identidade dela estava inextricavelmente entrelaçada no tecido da multidão com quem ela andava. Ela gostava dos caras populares com jaquetas esportivas e ofertas de faculdade. Aqueles sobre os quais todo mundo falava. Eu era do turno da noite. Faculdade comunitária. Ninguém estava falando sobre mim. Ela também tinha uma queda por carros rápidos e barcos velozes, e eu não tinha nenhum dos dois.

"Era um sábado. Eu trabalhava em uma loja de pneus e saí do trabalho por volta das nove da noite. Quando cheguei em casa, a notícia da festa tinha se espalhado. Eu tinha só um interesse naquela festa, e ela não estava de fato interessada em mim. Então, peguei uma luz, algumas varas, pulei no meu Gheenoe e pesquei com lua cheia e maré alta. As grandes corvinas-do-atlântico adoram a lua cheia, e elas estavam batendo na superfície da água, fazendo um barulho alto. Se você é pescador, sabe que é um bom som.

"À meia-noite eu me encontrava perto da foz do rio, onde a hidrovia encontra o rio St. Johns. São águas abertas e não é lugar para um barco de baixo calado, mas as corvinas estavam lá, então... Por volta de meia-noite e meia, ouvi um helicóptero ao longe. Em seguida, vi um barco navegando lentamente rio abaixo com dois grandes holofotes procurando na superfície da água. Nunca é um bom sinal. Um momento depois, o helicóptero passou acima com um holofote maior e, em seguida, o barco, que circulou pela enseada e enviou uma onda de esteira em minha direção que quase me submergiu. Ouvi vozes altas e frenéticas. Fiz sinal para que parassem e vi vários caras que eu reconheci da escola, os caras com jaquetas esportivas e ofertas da faculdade. Eles me contaram que tinham ido fazer esqui aquático noturno e uma das meninas havia sido atirada para fora. Não conseguiram encontrá-la.

"— Qual o nome dela? — perguntei.

"Um dos caras acenou com sua cerveja no ar. Balançou a cabeça.

"— Começa com M. Mary. Marcia. Alguma coisa assim.

"Três barcos da Guarda Costeira apareceram logo em seguida. Luzes piscando e sirenes soando. Seguidos por dois helicópteros. A água ficou totalmente agitada e se tornou um lugar inadequado para meu barco. Também era setembro e a lua estava alta, o que significava que havia cerca de duas vezes mais água, portanto, uma maré vazante correria cerca de duas vezes mais rápido do que o normal em uma tentativa de escoar toda aquela água.

"Perguntei ao cara:

"— A que horas foi isso?

"Ele tomou um gole de cerveja e jogou a lata no rio.

"— Por volta das oito e meia.

"Havia sido quatro horas antes. Olhei para aquelas pessoas como se tivessem perdido a cabeça. *Idiotas.* Estavam todos procurando no lugar errado."

Ellie havia amolecido. Enquanto seus ombros fingiam estar me fazendo um favor, seu rosto me contava que eu estava atravessando aquele exterior de granito. Summer tinha se aproximado. Tocando-me de leve com o ombro.

— Liguei o motor, coloquei o acelerador no máximo e segui meu caminho sob o luar por cerca de cinco quilômetros em direção à enseada onde o rio St. Johns encontra o oceano Atlântico. O Jetties é um canal estreito e profundo para embarcações comerciais e militares, incluindo submarinos, e as ondas rolando entre as rochas do tamanho de um Volkswagen que compõem o Jetties podem atingir de seis a oito pés em um dia calmo. Ninguém em sã consciência levaria meu barco para perto dele.

"Vinte minutos depois, cheguei ao Jetties. As ondas estavam acima da minha cabeça. Mesmo se eu conseguisse navegar para fora do canal, contra as ondas, quando eu retornasse, a força e a altura das ondas fariam meu barco despencar e afundar feito um torpedo. Desliguei o motor, senti a força da corrente me levando a seis ou sete nós e sabia que Marie já havia passado por ali. Ela estava flutuando no Atlântico. Rumo ao mar. Liguei o motor e apontei o nariz atravessando as ondas. Minha única salvação era que eu era o único passageiro e tanto meu peso quanto o peso do motor levantaram a proa o suficiente para suavizar o golpe das ondas. Várias ondas quebraram por cima da proa, mas consegui retirar água suficiente para permanecer flutuando e ainda avançar para o mar.

"Assim que me libertei do Jetties, as ondas se acalmaram e eu pude ver a superfície da água ao luar. Desliguei o motor, deixei a corrente me puxar e escutei. Eu fazia isso a cada dois minutos, conforme as luzes da costa ficavam mais e mais distantes. Finalmente, com terra a cerca de dez quilômetros a oeste e uma imensidão de água a leste, eu apenas me sentei ali flutuando. Ouvindo. Deixando a corrente me puxar. Em algum lugar ali, ouvi uma voz se erguer da água. No meio daquele oceano escuro grande de verdade, ouvi meu nome. Fraco. Depois mais alto. Procurei freneticamente, mas não conseguia encontrar. Até que..."

Calei-me, dei de ombros e agi como se aquele fosse o fim da história.

Ellie olhou para mim como se eu fosse louco.

— É isso?!

— Sim, eu apenas desisti dela porque era difícil e eu não tinha informações suficientes para continuar.

Ela olhou para o anel em sua mão, depois para mim e revirou os olhos.

Inclinei-me para mais perto.

— Gostaria que eu terminasse a história, ou gostaria de atirar esse anel na água?

Ela fingiu indiferença. Cruzou os braços.

— Estou ouvindo.

— Duzentos metros ao sul, vi uma perturbação na água. Poderia ter sido qualquer coisa. Mas mirei nela e mantive o acelerador no máximo até chegar onde pensei que estava, então desliguei o motor, deslizei e escutei. Marie estava gritando comigo do meu lado de estibordo. Esse é o lado direito. Puxei com força o leme e a encontrei agarrada a um pedaço de madeira à deriva e usando um colete salva-vidas, o que provavelmente a salvou. Ela estava com frio, em choque, mal conseguindo manter a cabeça fora da água.

"Eu sabia que nunca conseguiria voltar pelo Jetties, e não tinha certeza se tinha combustível bastante para retornar à terra, por isso apontei a proa para as luzes na costa e torci. Ficamos sem combustível a algumas centenas de metros da costa. Remei o restante. Puxamos o Gheenoe para a praia, fiz uma fogueira e ficamos ali, abraçados, até o sol nascer. Nunca contamos a ninguém o que aconteceu. Quando perguntaram para ela na escola, ela falou para todos que tinha batido a cabeça em uma estaca do cais e conseguiu apenas subir antes de desmaiar. Quando acordou, foi andando para casa."

Calei-me de novo, e Ellie percebeu meu blefe.

— Esse não é o fim da história.

— É, sim.

Ela balançou a cabeça.

— Sou jovem, não burra.

Os olhos de Summer estavam perfurando um buraco em mim, forçando-me a contar o resto. Levantei, andei até a proa e falei voltado para a água. Para a memória.

— Naquela noite na praia, depois que ela terminou de tremer, levantou apenas um dedo, tocando o meu com a ponta do dela. Ela falou:

"— Você poderia ter morrido lá fora esta noite.

"Ela estava certa. Eu assenti.

"— Por que deixou todo mundo para me encontrar?

"Talvez eu estivesse tentando impressioná-la e talvez eu estivesse falando a verdade. Tanto faz. Eu respondi:

"— Porque as necessidades da escolhida superam as das noventa e nove."

Ellie franziu a testa.

— Parece meio pesado para um garoto do ensino médio.

— Olhando para trás, talvez tenha sido.

— Onde aprendeu isso? Em um livro de autoajuda?

— Com um amigo meu. Um padre. E até aquele momento com Marie, eu de fato não fazia ideia do que ele estava falando.

Continuei minha história.

— Quando falei isso, os dedos dela se abriram e se entrelaçaram com os meus. — Levantei a mão com os dedos abertos. — Esse gesto bobo começou naquele momento. Tornou-se nosso símbolo. Coisa nossa. Era como nos lembrávamos do momento. Podíamos estar em uma multidão de pessoas, música alta, tagarelice, e tudo o que ela precisava fazer era tocar a ponta do meu dedo com o dela, e imediatamente estávamos de volta naquela água. Sentados naquela praia. Ela e eu. Nós contra o mundo. Então, não era mais tão bobo.

"E naquela manhã, quando o sol nasceu, caminhamos pela praia. De mãos dadas. Talvez o nascer do sol mais perfeito na história do sol nascente. Com a água espumando ao redor de nossos tornozelos, o sol atingiu a praia e refletiu em algo na beira da água. Eu a peguei. Uma cruz de prata. Levada pela mesma maré que a havia carregado onze quilômetros mar adentro. Estava pendurada em um cadarço de couro. Dei um nó direito no cadarço e pendurei no pescoço dela. Repousou plana sobre seu coração. Ela se inclinou contra mim, pressionando o ouvido no meu coração. Sob as ondas rolando suavemente ao nosso lado, ela sussurrou:

"— Se algum dia eu me perder, você vem me encontrar?

"Eu assenti.

"— Sempre.

"Ela passou os braços em volta de mim e me beijou — o que quase fez meu coração parar — e falou:

"— Promete?"

"— Prometo."

Quando me virei, Ellie estava me encarando. Summer estava sentada embaixo do T-top, enxugando lágrimas. Ellie tentou endurecer a voz, mas minha história tinha aparado suas arestas.

— Por que está me contando isso?

— Porque encontrar pessoas é o que eu faço.

— O que aconteceu com Marie?

Fiquei calado por um minuto. Balancei a cabeça.

Ela me pressionou.

— O que aconteceu?

— Ela morreu.

Ellie engoliu em seco. Summer conteve um soluço.

Tentei nos fazer voltar ao momento.

— Sei que é difícil e que estou pedindo para você ser mais adulta do que é, mas acho que tenho alguma experiência com Key West. Conheço aquele convento. Pelo menos acho que já o vi. Aguente firme mais alguns dias. Eu levo você até lá. Nós vamos juntos.

A descrença tomou seu rosto.

— Por que faria isso?

— Quem colocou esse anel nesse envelope está tentando lhe mandar uma mensagem. — Nesse momento, meu telefone tocou. Colorado. Atendi: — Oi.

— Sua garota está acordada. Perguntando por você.

— Para onde a levaram?

— UTI. Mesmo hospital.

Eu estava prestes a desligar quando olhei para Ellie. Virei-me, falando baixinho.

— Ei...

— Sim?

Perguntei a ele:

— Você sabe algo que eu não sei? Algo sobre mim?

Ele ouviu minha pergunta no tom da minha voz. Eu raramente usava esse tom com ele.

— Eu sei muita coisa que você não sabe.
— Estou perguntando algo específico. Se você soubesse, viria à mente.
— O que ouço no meu confessionário fica lá.
— Vai mesmo fazer isso comigo? Depois de tudo que nós...
— Os médicos dizem que ela vai precisar de alguns meses para se recuperar, mas ela vai ficar bem. O Narcan que você injetou provavelmente salvou a vida dela.

A água batia contra o casco do barco. Por algum motivo, tudo em que eu conseguia pensar naquele momento era Angel. Eu podia ouvir o cronômetro correndo.

— Manterei contato.

Desliguei e me virei para Ellie. Ela estava olhando para o anel e balançando a cabeça.

— Que mensagem?

Eu sabia que o mundo dela estava desmoronando e não sabia como responder.

— Fique. Alguns dias. Uma semana talvez. Iremos juntos. Talvez possamos descobrir. Depois, se quiser, coloco você em um avião. Combinado?

Ela levou algum tempo pensando, por fim concordando. Calada, dobrou a carta e sentou no banco de trás. Sozinha. Girando o anel em seu dedo. Olhando para ele a cada volta. Ocorreu-me que poderia ser a primeira peça de joia verdadeira que ela já teve.

CAPÍTULO 30

Artilheiro nos ouviu chegando e saiu correndo do quarto de hospital, com suas unhas arranhando o chão encerado. Ele pulou em cima de mim no corredor. A força de suas lambidas animadas e seu rabo abanando me disseram que ele queria desesperadamente sair daquele hospital. Clay estava sentado quando entrei. Seja lá o que tenham dado a ele, tinha funcionado. Parecia dez anos mais jovem. Ele se levantou.

— Se está me esperando, você está ficando para trás.

Sentei-me ao lado dele.

— Como está se sentindo?

— Melhor. Estou bem. E você?

— Preciso de alguns minutos, mas pegue suas coisas. Vamos estar na água em uma hora.

— É bom ouvir isso. — Ele limpou a garganta. — Preciso falar com você quando tiver um segundo.

— É urgente?

— Pode esperar.

Summer e eu saímos do elevador no andar da UTI, e mostrei minhas credenciais de clérigo para a enfermeira. Ela as leu e nos conduziu ao quarto da garota. Havia um policial de guarda. O médico estava saindo quando subimos. Falei para ele quem eu era, e ele me informou sobre a condição dela, que era estável, mas ainda ruim. Ela havia ingerido, injetado ou recebido alguma forma de opioide e, em seguida, uma dose fatal de drogas alucinógenas. Ele terminou falando:

— Ninguém toma essa receita ou essa quantidade a menos que queira dar cabo de si mesmo. Por isso... — Ele olhou para o policial. E esfregou as mãos. — Embora haja uma chance de outra pessoa ter dado a ela.

O quarto estava escuro. Iluminado apenas por telas e pequenas luzes azuis, verdes e vermelhas. Estava tomando soro em ambos os braços. O pulso dela estava lento, mas constante, e, embora baixa, sua pressão estava estável. Seus olhos estavam pesados. Quando entramos, ela moveu a cabeça e virou a mão direita, convidando a minha.

Sentei, repousei minha mão na dela e me apresentei:

— Meu nome é Murphy. A maioria das pessoas me chama de Murph.

Seus olhos se fecharam preguiçosamente e depois se abriram. As palavras saíram arrastadas.

— Prazer em conhecê-lo. — Ela engoliu em seco. Outra piscada longa. — Casey.

— Como está se sentindo?

— Viva.

— Você se lembra de alguma coisa?

Ela balançou a cabeça uma vez. Então, viu Summer e a cruz de Jerusalém pendurada na base do seu pescoço. Ela a observou. Tentou afastar a névoa.

— Eu tinha... Minha temperatura estava ficando alta. Muito alta. Alguém... me colocou em uma banheira e encheu de gelo. — Ela balançou a cabeça. — Embalou-me em gelo. Axilas. Em todo lugar. Uma garota. Quando acordei, ela tinha sumido... Consegui chegar ao chuveiro.

— Você lembra do nome dela?

— Nunca a conheci.

Levantei meu celular, mostrando a ela a foto de Angel.

— É ela?

Ela assentiu. Olhou para Summer.

— Ela é sua?

Summer assentiu.

Casey estendeu a mão para Summer.

— Quando encontrá-la... — Uma lágrima rolou por sua bochecha. — Abrace-a por mim.

Summer beijou Casey na testa.

Casey falou sem olhar para mim.

— Os homens eram... — Ela virou mais a cabeça para longe. A vergonha caiu feito uma sombra. — Um após o outro. Perdi a conta. Por semanas. — Ela engoliu em seco.

— Aí eles me injetaram... — Ela olhou para mim. — Minha vida acabou?

Isto aqui era o que os homens cuspiam. O resíduo. Quando terminavam, era isto que sobrava. Minha raiva rugiu. Inúmeras vezes ajoelhei-me em cabeceiras semelhantes e me fizeram perguntas semelhantes. Balancei a cabeça.

— Acho que está apenas começando.

— Parece que acabou.

— Você tem família?

— Não.

— Você faria uma pequena viagem?

Ela assentiu.

— Qualquer lugar, menos aqui.

— Vou conversar com os médicos e, quando você estiver bem o suficiente para viajar, vou pedir que a liberem sob minha custódia. Ou pelo menos de algumas pessoas que trabalham comigo. Eles virão buscá-la e levá-la em um avião particular para o Colorado, onde vão cuidar de você até que fique saudável, darão a você um lugar para morar e vão colocá-la na escola. Você vai conhecer outras garotas como você.

— Perdedoras completas...

Eu ri.

— Não se iluda. Todos nós nos perdemos pelo caminho. Às vezes, é preciso apenas que outra pessoa nos encontre e nos traga de volta. Que nos lembre.

Ela riu.

— De quê?

Inclinei-me para perto e falei devagar para que minhas palavras fossem registradas.

— Que fomos feitos para querer e dar amor. Que não importa quão escura seja a noite, a meia-noite passará. Nenhuma escuridão, não importa quão escura, pode parar os ponteiros do relógio. Quer você goste ou não, quer queira ou não, quer espere ou não, quer construa um muro ao redor de sua alma e arranque seus olhos, espere algumas horas e o sol vai irromper no horizonte e a escuridão se recolherá como um pergaminho.

As lágrimas se esgotaram.

— Este lugar... é real mesmo?

— É.

— Você vai estar lá?

— Vou visitar você.

— Promete?

— Prometo. Mas primeiro eu tenho que ir encontrar alguém.

Ela olhou para a cruz. Depois de volta para mim. Estava balançando a cabeça.

— Eles não vão deixá-la ir.

— Eu sei.

— Estão guardando ela. Aceitando lances. Ela e mais algumas. Um leilão *online*. Tiram fotos dela. Algumas quando ela está desmaiada. Então as postam. Os lances ficam mais altos. Eles são homens maus. Armas e...

Eu assenti.

— Tem alguma ideia de para onde estão indo?

— Eles fazem segredo. Mas eu os ouvi mencionar Cuba. Estão animados porque estão recebendo muito dinheiro por ela e não querem terminar o leilão. — Ela apertou minha mão. Lágrimas rolaram por suas bochechas. — Sinto muito.

— Shhh. — Fiquei de pé. — Inspire. Depois expire. Agora — sorri — de novo. Inspire. Expire. E de novo. Você vai gostar do Colorado nesta época do ano.

Ela olhou fixamente para a janela.

— Eu nunca voei de avião.

— Bem, vai deixar você mal-acostumada para viagens comuns, mas é uma ótima maneira de começar.

Ela estava chorando agora. Em posição fetal. Soluçando silenciosamente. Prendendo. Summer sentou e a abraçou. Por um momento, Casey não quis colocar para fora, mas depois que foi crescendo e ela não conseguiu mais prender, transbordou. Eu já tinha ouvido os mesmos sons antes, o que tornava tudo ainda mais doloroso. O policial enfiou a cabeça para dentro, mas, quando viu o que estava acontecendo, assentiu, recuou e ficou de guarda.

Ajoelhei-me ao lado da cama, meu rosto a centímetros do dela. Quando ela abriu os olhos, estava olhando além de mim. Para o passado. Para todas as coisas feias. As memórias que a escuridão pintava. Ela tentou formar as palavras, mas elas não vinham. Por fim, sussurrou:

— Quem vai me amar depois de...? — Fez um gesto indicando a si mesma.

Segurei a mão dela. Esperei até que seus olhos se fixassem nos meus.

— Neste momento, há um homem caminhando nesta terra que mal pode esperar para conhecê-la.

Ele esperou a vida toda.

Ela riu.

— Achei que era eu quem estava drogada.

— Quando ele conhecer você, o coração dele vai bater mais forte. Suas palmas vão suar. Ele vai pensar que alguém enfiou um monte de algodão em sua boca. Não vai saber o que dizer, mas vai querer falar.

— Como sabe?

— É assim que somos feitos.

— Você já viu isso?

— Eu casei essas pessoas.

— Você é padre?

Eu movi minha cabeça de um lado para o outro. Pausei. Depois, assenti uma vez.

— Eu também sou padre.

— Mas...

— O amor é algo incrível. Ele pega o que está partido, as cicatrizes, a dor, a escuridão, tudo, e deixa tudo novo.

— Você viu mesmo isso?

— Eu vivi isso. Conheci isso. Conheço.

— E tudo isso fica no Colorado?

— Sim. — Considerei minha próxima pergunta cuidadosamente. — Você gosta de ler?

Ela assentiu.

— Certo, vou lhe mandar alguns livros. Algo para passar o tempo. A maioria são apenas romances do tipo "desligue seu cérebro ao começar", mas são divertidos. Podem encher seu coração de esperança e talvez possamos conversar sobre eles na próxima vez que eu vir você.

Ela assentiu. Querendo acreditar em mim, mas com medo mesmo assim. Quando me virei para ir embora, ela não soltou minha mão.

Caminhando pelo corredor, apertei rediscar no meu telefone.

Ele atendeu:

— Ela concordou.

— Eu cuido disso.

— E ela nunca voou, então...

— Vamos estender o tapete vermelho.

— E ela gosta de ler.

— Perguntou isso a ela?

— Sim.

— Está mudando de ideia?

— Só mande alguns livros para ela, pode ser?

— Tem um favorito em mente?

— Você sabe muito bem.

— Sei mesmo. — Ele fez uma pausa. — A trilha de Angel está fria. Não tenho nada.

Virei-me para que Summer não pudesse me ouvir.

— Eu sei. Estou achando que eles vão abastecer mais uma vez em Miami, talvez pegar mais garotas, depois ir para Key West e desaparecer.

— Eles já sabem. Aquele telefone na árvore foi colocado lá por alguém que sabe o que está fazendo. Esta não é a primeira vez dele.

Eu estava prestes a desligar quando tive uma ideia.

— Ei, mais uma coisa.

Ele esperou.

— Veja o que consegue descobrir sobre um convento das Irmãs da Misericórdia. Em algum lugar no sul da Flórida. Provavelmente Key West.

— Provavelmente há uma história aí.

— Não tenho certeza. É aí que você entra.

Desliguei e apertei o botão do elevador. Parado ali, com medo de olhar para Summer por medo de que ela lesse meu rosto, senti-a deslizar a mão na minha. Ela se aproximou um pouco mais, seu corpo tocando o meu. Ela não falou nada.

O que disse muito.

Descendo o elevador, eu sabia que precisava falar. Olhei para os números acima de nós.

— Precisamos ir para o sul. Rápido. As coisas estão… Eu não posso…

Ela pressionou o dedo nos meus lábios.

— Não estou com medo.

Os números diminuíram em um. Quando falei, foi só para mim mesmo, e ela não pôde me ouvir.

— Eu estou.

CAPÍTULO 31

Quatro mil rpm provocavam uma sensação boa. O *Gone Fiction* deslizava sobre a superfície da água a cinquenta quilômetros por hora. Clay estava reclinado no pufe, com os pés apoiados no convés de pesca dianteiro. Artilheiro fez sua melhor imitação de *Titanic*, pairando sobre a proa. O vento puxando e sacudindo suas orelhas. Sua língua balançando no ritmo de seu rabo.

Summer estava sentada ao meu lado no assento do leme. Ela nunca estava longe, diminuindo a distância física entre nós a cada novo dia. Eu sabia que certa porcentagem de seu apego a mim tinha algo a ver com a possibilidade muito real de que ela nunca mais visse a filha. E, a cada dia que passava, isso se tornava mais real. Sua proximidade comigo era uma questão de autoproteção — ela queria algo ou alguém em que se segurar caso não houvesse mais ninguém.

Ellie estava sentada com os joelhos dobrados contra o peito no banco de trás, olhando para o leste, girando distraidamente o anel no dedo. Ela não tinha comido muito no café da manhã nem no almoço. A caixa laranja de Fingers repousava acima de mim, amarrada no T-top. Olhando para todos nós. Provavelmente rindo. O pensamento de espalhar as cinzas do meu amigo na água onde nos conhecemos parecia muito distante.

A verdade é que estávamos em uma situação ruim. Problemas empilhados em cima de problemas.

Quando Bones e eu criamos a cidade, sabíamos que precisávamos de uma fortaleza isolada. Mulheres viciadas em drogas que foram abusadas emocional, física e sexualmente precisam de um local seguro para desfazer todos os nós que o mal amarrou. Já é difícil se libertar sem ficar olhando por cima do ombro.

Por isso, nós a construímos em um lugar seguro: uma cidade deserta. Literalmente. O que antes, no final dos anos 1800, havia florescido com escolas, igrejas, lojas e crianças brincando nas ruas se tornara uma cidade fantasma quando a prata acabou. Situada em um alto vale alpino, é um dos lugares mais lindos que já visitei. E, com a tecnologia mais recente e estradas melhores, agora é acessível, mas também escondida. Leva algum tempo para se acostumar à altitude quando se está a mais de 3 mil metros acima do nível do mar, mas a aclimatação não demora muito. A maioria das pessoas que moram na região não faz ideia de que existimos. Nós gostamos que seja assim.

Para nos proteger, Bones trouxe alguns ex-membros da marinha e das Forças especiais de Los Angeles. Nós os deixamos morar sem pagar aluguel. Educar seus filhos de graça. Assistência médica gratuita. E pagamos para que eles façam a segurança. O que eles fazem. E com bastante zelo. Não apenas isso, mas a maioria ainda está em algum tipo de serviço ativo, o que exige que se mantenham atualizados em seu treinamento. E, como as montanhas ao nosso redor estão entre as mais desafiadoras possíveis, eles trazem seus amigos militares e conduzem seu treinamento urbano de montanhas e clima frio ao nosso redor. Às vezes, até me deixam treinar junto. Compartilhamos histórias a 3 mil e quinhentos metros de altura.

Bones, ao mesmo tempo que faz o papel do avô despreocupado que todos adoram amar, caminha por aquelas montanhas de manhã e à noite, e não há pegada ou galho quebrado que passem batidos por ele. Estas são suas ovelhas.

Na falta de algo mais criativo, costumávamos chamá-la apenas de A Cidade. Mas, em algum momento do nosso primeiro ano de operação, uma das garotas falou algo que mudou isso. Ela havia passado por momentos difíceis. Sem que tivesse culpa alguma, tinha sido levada de casa e vendida como escrava sexual. Por dois anos, foi negociada. Sofreu horrores incalculáveis. Para se medicar, ela tomava qualquer coisa em que pudesse colocar as mãos, anestesiando a dor do presente, do passado e do futuro.

Demorou um pouco para encontrá-la. Quando a encontramos, a levamos de avião para lá. Ela ficou na UTI por dois meses. Bones tornou-se seu protetor, o que eu achei incrível quando soubemos o que ela havia suportado. O fato de ela chegar perto de outro homem me surpreendeu. Mas Bones é assim. O avô de todo mundo. Ou o avô que nunca tiveram. Quatro anos depois de sua estadia lá, ela se formou na faculdade — com nada menos que um diploma de enfermagem — e assumiu um cargo em nosso hospital. Trabalhando com as meninas. Cuidando delas para que voltassem à vida. Ela conheceu um rapaz. Bones gostava dele. Eles marcaram uma data. Ela pediu para Bones conduzi-la até o altar.

Durante os primeiros anos da Cidade, muitas das meninas queriam escalar até o topo da montanha, que se nivelava a pouco acima de 4 mil metros. O problema era que a maioria delas estava em um estado tão ruim ou havia sido espancada de tal maneira que estava a meses de ser fisicamente capaz de fazer a caminhada. Sendo assim, Bones e eu compramos um teleférico e o instalamos. Levando até o topo. Cabem quatro pessoas sentadas lado a lado. Também construímos um chalé. Lareira crepitante. Máquina de café expresso. Nós o chamamos de Ninho da Águia.

Algumas semanas antes do casamento, essa garota, seu noivo, Bones e eu fomos até o topo e estávamos sentados na varanda, tomando café, olhando para uma vista que se estendia quase 160 quilômetros em quase todas as direções. E, enquanto estávamos sentados lá em cima, ela começou a balançar a cabeça. Falou:

— Houve um momento na minha vida em que eu estava deitada na escuridão, um homem diferente a cada hora, todas as horas, dia após dia após semana após mês, e eu senti minha alma ir embora. Simplesmente me deixou. Porque viver dentro de mim era doloroso demais. Eu a deixei ir porque não conseguia entender como alguém, muito menos eu, ia querer viver dentro de mim. Muito suja. Muito... — Ela parou de falar, apenas balançando a cabeça.

Por fim, virou-se e olhou para nós.

— Então, você arrombou a porta. Você me ergueu e me carregou. Até aqui. E, pouco a pouco, aprendi a respirar de novo. A acordar e ver a luz do dia. E o que eu descobri a cada dia foi que algo em mim estava se agitando. Algo que eu não sentia há muito tempo. Algo que eu pensava que estava morto há muito tempo. E essa era minha esperança. Eu tinha esperança de que alguém, algum dia, me visse. Apenas uma garota. Querendo amor e disposta a dá-lo, a dar tudo de mim. Eu tinha essa esperança de que alguém me aceitaria sem me culpar pelo meu passado. Sem me ver como manchada. Como um horror. Como algo que simplesmente se joga fora. Mas de alguma forma...

Ela afundou a mão na neve acumulada no corrimão.

— Desse jeito.

Por vários minutos ela apenas chorou nos braços do noivo. Mas foi o que ela disse por último que mudou o nome. Com seu olhar indo de Bones para mim, ela falou:

— Nunca pensei que caminharia até o altar de branco. Como eu poderia ser merecedora disso? Não quando... E, ainda assim, eu mereço. Realmente não entendo, mas de alguma forma, de alguma maneira impossível, o amor alcançou meu interior, tirou todo o velho e sujo, as cicatrizes e as manchas que nenhum sabão de lugar nenhum jamais lavaria. E o amor não apenas me limpou, mas me renovou. E talvez a parte mais louca disso seja como eu me vejo.

Ela segurou a mão do noivo.

— Uma coisa é ele me ver como eu quero ser vista. Outra coisa completamente diferente é eu me ver, e eu quero me ver. — Ela riu. — Quando olho no espelho, não vejo a aberração. O verme. O lixo. Vejo o novo. Brilhante. Radiante. E gosto dela. Tenho esperança por ela. Acho que ela vai conseguir. Ela é agora o que já foi um dia... linda. Uma filha. Uma esposa. Talvez um dia, uma mãe. Se soubessem o quanto isso parecia impossível não muito tempo atrás.

Ela acenou com a mão para a Cidade aninhada no vale abaixo.

— Nem consigo... — Ficamos em silêncio por mais alguns minutos. A temperatura estava caindo. Eu aticei o fogo. Ela estendeu a mão para o ar na frente dela, fechou o punho e o trouxe de volta ao peito. Batendo.

— Eu estava lá. Agora estou aqui. O amor fez isso.

Ela falou com os dentes cerrados:

— Eu sou livre.

Assim, embora possa parecer cafona se você não conhece a história, A Cidade virou Freetown. Funcionou na África Ocidental; por que não poderia funcionar no oeste do Colorado?[1]

Entrar em Freetown é um pouco como voltar para casa para mim. É lá e de fato apenas lá que possuo algum tipo de *status* de celebridade. Essas garotas não sabem nada sobre minha carreira artística. Claro, elas leem meus livros; só não sabem que eu os escrevi. Elas só sabem que eu sou o cara que chutou a porta. Algumas nem isso sabem. Por isso, andar pela rua principal pode levar um tempo. Amo ver seus rostos. Ouvir as histórias.

Tomando meu café, o vento chicoteando ao meu redor enquanto o *Gone Fiction* rasgava a água, deixei minha mente vagar de volta até a rua principal e ao som da liberdade. Que é o riso.

Uma mão no volante, olhando para a água que me encarava de volta, eu precisava do som daquelas risadas. Teria dado quase tudo que tinha para teletransportar todos nós para Freetown naquele momento. Apenas sair daqui e deixar tudo isso para trás.

Seguimos para o sul de West Palm Beach para Lake Worth, Delray Beach e Deerfield Beach. Era lento, mas eu tinha uma forte sensação de que qualquer capitão ou capitães que eu estivesse perseguindo não se aventurariam no Atlântico. O vento soprava do nordeste a mais de trinta mph. Nenhum capitão em sã consciência levaria um barco recreativo para lá. Não se quisesse manter as pessoas no barco. E meu palpite

---

[1] "Cidade Livre". Freetown também é o nome da capital da Serra Leoa, cujo nome vinha da esperança de liberdade e recomeço dos primeiros habitantes da localidade, majoritariamente escravizados britânicos libertos. [N. T.]

era que ele queria desesperadamente mantê-los no barco e continuar a festa. Mesmo que isso significasse descer a passo de tartaruga a hidrovia.

Pompano deu lugar a Fort Lauderdale, o que tirava Miami da jogada. Eu já tinha percorrido quase quinhentos quilômetros desde minha ilha. Um bom bocado de água passou abaixo do casco. Meu problema era simples: eu não fazia ideia de em qual embarcação eles estavam ou para onde estavam indo. Cada barco era uma possibilidade, e havia dez mil barcos. A caixa de Fingers estava pendurada acima da minha cabeça. Olhando para baixo. Eu sentia falta dele.

Passando sob o passadiço Rickenbacker a caminho da baía Biscayne, Clay se levantou de seu poleiro no pufe e veio arrastando os pés em minha direção. Ele perguntou:

— Tem um minuto, senhor Murphy?

Estávamos em marcha lenta a pouco mais de seiscentos rpm. Ellie estava dormindo no banco de trás com a cabeça no colo de Summer. Eu levantei.

— Sim, senhor.

— Tarde da noite, quando a festa acabava e eu estava limpando meu bar, os dois sujeitos pediam bebidas, ficavam à distância de um sussurro e conversavam em tom baixo. Um estrangeiro. Um não. Eu não entendia muito. Pesquei uma coisa ou outra. Eles achavam que eu era ruim do ouvido. Inofensivo. — Ele riu. — Talvez eu não fosse tão ruim quanto pensavam. Eles falavam perto de mim enquanto tomavam suas bebidas, e apontavam para um mapa que mostrava o extremo sul da Flórida. Mais ou menos onde estamos agora. Ficavam usando frases como "colher cocos" e "andar sobre as águas até a doca de carga". Isso faz algum sentido para você?

Eu balancei a cabeça.

— Não, senhor.

— A última coisa que lembro deles dizendo foi algo sobre "frutas no bosque", "andar sobre as águas" e "passar uma última noite com Mel e suas tartarugas" antes de trocarem suas fichas.

Deixei as palavras se acomodarem.

— Nada disso me traz algo à mente no momento.

Ele pareceu incomodado ao olhar para Summer.

— Ela é uma mãe durona. Mas pode ter coisas mais duras por vir. Eles são homens maus. — Ele fez uma pausa. — E eu conheço homens maus.

Observei Summer se abraçar contra o vento.

— Sim, senhor.

Ele pôs a mão no meu ombro e falou:

— Desculpe por eu não poder ajudar mais.

Em seguida, voltou para seu pufe.

Estudei o mapa. A Universidade de Miami ficava apenas uma milha ou mais a oeste. Coconut Grove também. Um ponto de encontro comum para garotas da Universidade de Miami. Talvez tivesse algo a ver. Andar sobre as águas? Não tenho certeza. Mas logo estaríamos a uma curta distância de Stiltsville. O que restou de um grupo de casas de férias construídas pelas pessoas mais otimistas do planeta na plataforma rasa da baía Biscayne. A maioria das quarenta casas ou mais foram destruídas por furacões. Talvez seis ou sete tenham permanecido. Não seria um lugar ruim para se esconder se quisesse fazer isso à vista de todos.

E Mel e suas tartarugas. Mel Fisher encontrou o *Atocha* — o maior tesouro de um naufrágio subaquático de todos os tempos — perto de Dry Tortugas. *Tortuga* é a palavra espanhola para tartaruga, e Dry Tortugas é o nome de um forte da época da Guerra Civil em uma pequena ilha cerca de mais ou menos 95 quilômetros a oeste de Key West.

Embora eu soubesse um pouco mais, ainda não sabia muita coisa.

A baía Biscayne se abriu diante de nós. O vento do Atlântico havia agitado a água até formar uma espuma branca. Tentei contornar o mais próximo possível da borda para ter uma trégua do vento, mas não adiantou. Ela nos deu uma bela surra. Abastecemos na marina Black Point, usamos os banheiros e tentei animar a tropa para o restante da viagem pela baía. As condições eram ruins e estavam piorando. Se eu conseguisse sair da marina e navegar para leste-sudeste em direção a Elliott Key, eu poderia entrar pelo lado de barlavento da ilha, onde as águas seriam mais calmas. Mas chegar lá seria como levar uma surra de arrancar os dentes. Seguir para o sul ao longo da borda oeste da baía era pedir mais do mesmo, só que por mais tempo. Minha esperança era chegar à Ponte Card Sound e entrar na proteção de Key Largo, onde poderíamos atracar para passar a noite em um hotel à beira da água. Depois da surra de hoje, eles precisariam de uma boa noite de sono em uma cama.

Escolhi Elliott Key. Sofreríamos durante a primeira hora, mas chegar lá valeria a pena. Quando saímos da segurança do canal e estávamos de volta às águas abertas, Artilheiro pulou no colo de Clay e os dois se abraçaram. Summer e Ellie se agacharam atrás de mim, apoiando-se entre o banco de trás e o assento do meu console central.

Eu? Segurei firme enquanto as ondas quebravam por cima das amuradas. Fiz o barco planar, tentei encontrar um ritmo para as ondas com a menor quantidade de água no barco e ajustei os lemes. Tentei tudo o que sabia, mas não ajudou muito. Estávamos ficando encharcados. Entre a espuma levantada e as ondas quebrando sobre a proa, liguei a bomba de porão e observei a água na altura dos tornozelos drenar pelos embornais. Embora o *Gone Fiction* pudesse lidar com isso, eu não tinha muita certeza sobre nós. Cruzando a baía, uma coisa se tornou evidente: éramos a única embarcação na água.

Duas horas depois, nos aproximamos de Elliott Key. Uma vez dentro de sua sombra, ele quebrou o vento e a água se acalmou. Quase como vidro. Artilheiro andou pelo barco, cheirou meu tornozelo, olhou para mim e depois voltou para Clay. Acho que essa era sua maneira de me dizer que eu era doido.

Elliott Key é um parque nacional. Bela marina de enseada. As pessoas acampam aqui por dias a fio. O Atlântico de um lado, a baía do outro. É idílico. Agora, o lugar estava vazio, pois as águas e o vento do Atlântico se chocavam na costa e nos acampamentos. Exceto por um barco.

Um belo barco. Mais de quarenta pés. Cinco motores Mercury. Dois mil cavalos de potência no total. Era uma embarcação que navegava a mais de cento e dez quilômetros por hora, feita para percorrer as ilhas e retornar no tempo de comer um sanduíche. Um milhão de dólares ou mais. Casco preto. Janelas pretas. Motores pretos combinando.

Dizia: "não mexa comigo". Então é claro que eu mexi.

Amarrei atrás dela e deixei a tropa e Artilheiro esticarem as pernas enquanto fingi estar ocupado. Ninguém se movia lá no alto, mas ouvi o barulho fraco de um aparelho de som abaixo. Caminhando pelo píer até o banheiro, passei por ele da popa à proa. Era impecável. Novo. Bem cuidado. O orgulho de alguém. Também não tinha nome e nenhuma marca significativa. Nada que o diferenciasse, exceto o fato de ser todo preto.

Se eu estivesse esperando uma tempestade passar ou diminuir, este seria um bom lugar para fazer isso. Ninguém em sã consciência tentaria pegar alguém da terra ou entregar a outra embarcação ou — e isso me fez pensar —uma casa sobre palafitas. O vento e as ondas tornavam isso impossível. Tanto as pessoas quanto os barcos seriam esmagados. Mas, caso o vento diminuísse, eu guardaria meu barco bem aqui.

Eu precisava dar uma espiada e não poderia fazê-lo com um deque cheio de gente cansada. Saímos da marina e serpenteamos pelos manguezais a caminho de Key Largo. Manguezais são uma das minhas árvores favoritas, e Summer percebeu quando passamos entre eles. Ela também estava feliz por estar fora do batedor de ovos.

O sol estava se pondo, mas ela decidiu não falar nada. Apenas ficou ali parada ao meu lado. E, para ser sincero, eu gostei.

CAPÍTULO 32

Key Largo surgiu à nossa esquerda, e logo passamos por baixo da Ponte Card Sound. Uma ponte com uma certa reputação. Anos atrás, um escritor maluco com o coração partido atirou sua Mercedes do alto do vão. Seu automóvel alemão destruído foi recuperado e erguido como um monumento enferrujado na costa próxima. Seu corpo, por outro lado, nunca foi encontrado.

Passamos pelas águas relativamente calmas de Barnes Sound, onde Clay se sentou e começou a prestar atenção. À nossa esquerda, um velho veleiro, talvez com sessenta pés ou mais, estava deitado de lado, entrando água. Estava assim há anos. Seu mastro estava quebrado na linha d'água. Nunca se recuperaria. Perdido no mar. Uma vez lindo. Agora, nem tanto.

Deslizamos por baixo da US1, e a vida de Key Largo se abriu diante de nós. Bares à beira-mar, *jet skis*, barcos de pesca — as águas calmas estavam cheias de gente. A maioria tinha vindo para fazer mergulho com *snorkel* ou com cilindro no parque estadual John Pennekamp Coral Reef, um paraíso subaquático de quase cinco quilômetros por quarenta do outro lado da ilha. No Atlântico. É o Grand Canyon da Flórida. Coral vivo por 120 quilômetros quadrados ou mais. É tão frágil e tão vivo que os velejadores não têm permissão para ancorar nele por medo de matá-lo. É uma pequena parte de um todo maior conhecido como Grande Recife da Flórida, que se estende de Miami até cerca de 110 quilômetros ao sul de Key West. Se você quer "ver" a Flórida de verdade, dificilmente encontrará algo melhor do que Pennekamp. É um país das maravilhas submarino. Cheio de castanhetas-das-rochas, xaréu-cavalão, pampo, roncador-listrado-americano, caranhas, barracudas sorridentes, tubarões, arraias-leopardo — o que você quiser está lá. E tem o coral. Todas as cores do arco-íris pintam o coral, que acena para você conforme a corrente ondula.

Mas não íamos para Pennekamp. Contornei a borda leste e entrei na marina anexa ao *resort* Key Largo Bay Marriot Beach. Eu precisava de algo que atraísse o público que buscava diversão.

Estacionei o barco da mesma forma que se faz com um carro e aluguei três quartos. Enquanto os tons vermelho-escuros e carmesim do pôr do sol irrompiam no horizonte a oeste, entreguei a cada um a chave e falei:

— Não esperem acordados.

Clay ficou tenso. Summer também. Ambos se opuseram, mas expliquei:

— Tenho que dar uma espiada e, além disso, preciso dos seus olhos e ouvidos no deque da piscina. Preciso que vocês ouçam o que as pessoas estão falando. Eu volto. Lá pela meia-noite. Talvez mais tarde.

Summer tentou me convencer do contrário, e falei para ela:

— Você pode me ajudar muito se ficar de olho em Ellie, tomar algumas bebidas com guarda-chuva no copo e ouvir atentamente as conversas das outras pessoas.

Artilheiro olhou para mim e empurrou as orelhas para a frente. Dei um tapinha na minha coxa e ele enrijeceu e olhou para Clay. Clay mandou: "Suba", e Artilheiro pulou para dentro do barco. Eu soltei, voltei para a água e tentei me livrar do cansaço e da fadiga. Atrás de mim, Summer estava no cais de braços cruzados. Virei o volante e retornei, parando ao lado do muro de contenção. Ela olhou para mim. Mudei para o ponto morto.

— Eu vou voltar.

— Eu sei.

— Ah, você sabe? — Eu não esperava isso de forma alguma. — Achei que você parecia preocupada que eu não fosse voltar.

Ela balançou a cabeça.

— Estou preocupada com a condição em que você estará quando fizer isso.

Eu ri.

— Isso é reconfortante.

Girei o volante e deixei o *resort* às minhas costas. Com a luz do dia desaparecendo, mudei para o modo noturno em meus aparelhos, passei de volta por baixo da Ponte Card Sound e à vista do monumento Mercedes, e comecei a contornar o litoral mais a leste. Enquanto eu fiquei sob a cobertura dos manguezais, estive em águas calmas. Mas, no momento em que me aventurei muito longe da proteção da costa, as ondas e as cristas brancas retornaram. Uma hora depois, envolto em escuridão, desliguei todas as minhas luzes de navegação, navegando ilegalmente e invisível a qualquer coisa, exceto radares, e continuei me esgueirando pelo interior. Quando cheguei a Elliott Key, amarrei frouxamente a um manguezal e observei a entrada da enseada com binóculos.

Por três horas estudei a enseada e as águas agitadas da baía. À distância, recortadas contra o céu, contei sete casas sobre palafitas.

Todas estavam escuras. Nenhuma luz em lugar nenhum. As únicas luzes que eu conseguia ver eram as da costa de Miami e do farol logo ao norte.

Às duas da manhã, uma embarcação de mais de quarenta pés, envolta em preto e contendo cinco motores de popa, saiu da enseada sem uma única luz acesa. Uma vez livre da água rasa, acelerou e agitou a água turbulenta, tendo definido um trajeto em direção ao que parecia ser Stiltsville. Aquele barco era muito mais capaz de lidar com mares de seis a oito pés, que era o que estávamos vendo. Eu podia sobreviver no meu Whaler. Aquele barco era capaz de navegar. Uma grande diferença.

Perdendo a visão, eu sabia que precisava diminuir a distância. Puxei minha corda, coloquei meu celular dentro de uma capa à prova d'água e me aventurei onde as ondas começavam a se chocar contra as amuradas. Em minutos, eu estava encharcado. Entre meu mapa e o marco físico do farol, estabeleci um curso em direção à casa mais próxima, sabendo que não conseguiria chegar perto de nenhuma das estacas ou as ondas partiriam o *Gone Fiction* contra elas. A embarcação que eu estava seguindo sem dúvida tinha propulsores de proa. Dado seu peso, agilidade e potência, ela poderia navegar perto o suficiente de uma das casas para embarcar ou desembarcar passageiros.

O vento me empurrou com força para fora do curso, e tive que lutar contra o volante para mantê-lo apontado para o norte. Artilheiro choramingou acima do rugido do vento. Ele não gostava disso mais do que eu. Ele deixou a proa e se aninhou ao meu lado, por fim se apoiando entre minhas pernas. Eu mantive uma mão no volante, uma no acelerador, e a cada poucos segundos tocava a cabeça dele para deixá-lo saber que eu sabia que ele estava lá.

No caos, perdi o barco de vista, mas isso não significava que eles tinham me perdido de vista. Embora eu não conseguisse ver vinte pés além da proa, as chances eram boas de que eles tivessem um radar, o que lhes informava minha localização exata e a deles. Meu mapa me dizia que eu estava a mil pés da primeira casa, mas meus aparelhos eletrônicos funcionavam com GPS; devido às nuvens, duvidei da minha localização. E eu estava certo em duvidar. Uma onda quebrou sobre a proa, inundando o interior. Quando olhei para cima, eu estava quase abaixo da varanda ou de algum afloramento da primeira casa. Acima de mim, vigas de concreto ameaçavam esmagar meu T-top.

Empurrei o acelerador todo para a frente, escapando do buraco negro em que caí. Meu impulso me empurrou para dentro e através da onda seguinte, inundando ainda mais o convés. A água subiu acima dos meus tornozelos. Passando do meio da canela. O que me preocupava não era tanto que o *Gone Fiction* afundasse, e sim que o motor inundasse e me deixasse à mercê de ser atirado contra os pilares ou jogado sem controle pela baía.

A próxima onda trouxe mais água. O barco virou trinta graus abaixo de mim e Artilheiro deslizou, saindo de debaixo das minhas pernas e batendo na parede da amurada. O impacto o virou e o fez girar no ar como em uma cena de história em quadrinhos. Embora ele fosse um bom nadador, eu duvidava que fosse tão bom assim. Eu me lancei, agarrei sua coleira e o arrastei de volta através da espuma e da água. Eu o prendi entre minhas pernas e acelerei pela próxima onda enquanto a água caía sobre a proa, mais uma vez ameaçando inundar o barco. As condições haviam piorado, e eu precisava sair antes que perdesse o barco. Artilheiro choramingou abaixo de mim em concordância.

À distância, uma única luz de navegação brilhou. Oscilando na água como uma boia. Lá estava ela de novo. Com metade do acelerador, circulei, permitindo que o vento soprasse por trás de mim, o que significava que as ondas não estavam mais caindo sobre a proa. Agora o vento estava empurrando o nariz para baixo, ameaçando enterrar a proa nas depressões entre as ondas.

Usei a luz como um farol e me movi em direção a ela. De alguma forma, o barco tinha força suficiente para permanecer parado no lado de sotavento de uma das casas em direção ao meio do aglomerado. Com seus dois mil cavalos de potência, seus propulsores de proa e uma linha de proa que ameaçava quebrar o pilar em dois, conseguiu enfrentar a tempestade e permanecer estável o bastante sob uma plataforma. Estável o suficiente para que corpos aparecessem, caminhando na varanda acima. Noventa segundos depois, uma fila se formou na borda da varanda e, um por um, começaram a pular da plataforma para o convés do barco abaixo. Isso era mais ou menos semelhante a pular de uma casa térrea em uma piscina — embora a piscina estivesse se movendo e se inclinando mais de trinta graus. As figuras eram mulheres. Exceto pela última. Ele era atarracado, no comando e apontava algo para elas. Instando-as. Uma por uma, elas pularam. Talvez dez no total. Suas bocas diziam que estavam gritando, mas eu não conseguia ouvi-las.

Faltavam duas, e uma das meninas perdeu o tempo do salto e errou o barco completamente, caindo na água. Uma das meninas no barco tentou alcançá-la enquanto outras acenderam uma luz, mas foi inútil. Ela se foi.

O cara com a arma empurrou a última das garotas para dentro do barco, e então virou-se para mim. Soube disso porque vi a coisa na mão dele piscar em vermelho. Uma, duas vezes, depois um *flash* vermelho contínuo. Não ouvi o disparo do rifle acima do rugido do vento, mas, na minha experiência, nunca ouvimos as balas antes que nos atinjam. Com sorte, ouvimos depois.

Girei o volante com força para o norte e pisei fundo no acelerador, atirando-me para fora de uma depressão de onda e imediatamente para outra. Girei o volante outra vez com força para a esquerda, vi que o navio de transporte tinha acelerado e estava se deslocando para planar. Atestando a potência dos motores. Tudo o que eu conseguia ver era a espuma branca de sua esteira pintada contra a escuridão em que o oceano havia se transformado.

Quem quer que tenha acabado na água com certeza já tinha partido há muito tempo, mas, a julgar pelo pouso mal calculado, ela estava a apenas cem metros ou mais da próxima casa. O vento e as ondas a empurrariam direto para os pilares ou para o cais. O que quebraria seu pescoço, fazendo-a se afogar, ou a cuspiria no cais flutuante.

Passei uma vez. Não vi nada. Então dei a volta de novo. Nada ainda. Artilheiro choramingou. O barco preto estava se tornando um pontinho à distância. Gritei para o cachorro.

— Está vendo ela, garoto? — Apontei para o cais, que aparecia e desaparecia a cada onda. Na minha terceira passada, Artilheiro ficou de pé no console, fazendo seus olhos ficarem perto do nível dos meus ombros. Quando me virei para seguir o barco, ele latiu. Então outra vez. Eu não sabia se ele tinha visto alguma coisa ou se estava apenas bravo com a tempestade, mas, como era o cachorro mais inteligente que eu já tinha conhecido, girei o volante em 180 graus e empurrei o acelerador para cinquenta por cento.

Um corpo jazia no cais.

De alguma forma, a corrente ou uma onda a tinha atirado para cima do cais flutuante. Ela se enrolou em uma corda de amarração e se agarrou a um dos pilares. Quando me aproximei, ondas enormes ameaçavam arrancá-la da superfície do cais. Eu sabia que tinha apenas uma chance. Medindo a corrente, o vento e o tempo entre as ondas, desci uma onda, subi outra e acelerei até quase noventa por cento, quase atirando-me no ar para cima do cais flutuante. O casco pousou com força, e a superfície sólida do cais tombou o barco violentamente, quase atirando Artilheiro e eu para fora do barco.

Vi a garota. Estiquei o braço. Mas ela não largava o pilar. Uma onda quebrou na proa e pegou o console central no meio, catapultando o *Gone Fiction* para fora do cais e de volta para o mar aberto.

A garota estava enfraquecendo. Não duraria outra onda. Bati o acelerador para a frente, rompi a próxima onda com a proa, peguei a onda que se aproximava até ficar em cima do cais flutuante e inclinei a amurada para o pilar. A garota estendeu a mão, e eu a agarrei enquanto a próxima onda nos atirava para fora do cais e de volta para o oceano.

Artilheiro tinha se agachado abaixo de mim. Choramingando. A garota voou pelo espaço entre nós dois e eu a peguei com um braço enquanto girava o volante com o outro. A onda caiu sobre meus ombros e acertou Artilheiro bem no peito, arrastando-o de debaixo de mim. Eu tinha uma das mãos na garota e a outra alternando entre volante e acelerador enquanto observava a água arrastá-lo para fora da parte de trás do barco. A água tinha enchido o barco, e eu perderia o motor se não acelerasse *agora mesmo*.

Gritei:

— Artilheiro! — mas não houve resposta.

Ele se fora.

Com a garota se agarrando a mim com um aperto mortal de medo e outra onda se aproximando de nós, xinguei, acelerei o máximo que pude e me amaldiçoei por tê-lo trazido.

CAPÍTULO 33

Nós navegamos para sudoeste. Um minuto se passou. Depois outro. A água escoou pela parte traseira enquanto o motor soltava vapor e fumaça em meio a um dilúvio de água salgada. Virei para oeste-sudoeste e coloquei o vento bem atrás de nós, esperando usar o T-top como vela. Nós ganhamos velocidade, batendo de uma crista de onda para a depressão de onda seguinte.

A perda de Artilheiro me feriu profundamente. Direcionei minha raiva para o barco.

Dez minutos depois, havíamos cruzado metade da baía. À distância, eu podia ver as luzes da Ponte Card Sound, mas não havia sinal do navio de transporte. Eu tinha que escolher. Marina Black Point ou a ponte. Ele foi para um lado ou para o outro. Com um barco tão potente e uma carga tão cara, imaginei que ele dispararia por baixo da ponte, alcançaria as águas claras de Barnes Sound e viraria para o oeste em direção ao golfo, encontrando um canal através das águas rasas. Meu palpite era que ele ou se encontraria com outro iate maior nas proximidades ou iria para Key West hoje à noite para fazer a transferência.

Escolhi a ponte. Apesar de termos abastecido ontem, meu medidor de combustível marcava menos de dez por cento. Eu tinha passado tanto tempo acelerando para cima e para baixo nas ondas, muitas vezes quase na potência máxima, que tinha queimado muito do meu combustível. O barco drenou, mas as condições não melhoraram. As ondas nos atiravam para todo lado feito uma boneca de pano. Cinco minutos depois, minha passageira estava vomitando no convés abaixo de mim. Toda vez que ela fazia isso, uma onda quebrava na amurada e o lavava. Isso aconteceu mais do que eu queria contar. Por fim, ela se ajoelhou no chão ao meu lado, com ânsia de vômito.

O que deveria ter levado vinte minutos levou quase quarenta. Quando finalmente chegamos à ponte, minhas mãos estavam com cãibra no volante e a garota estava deitada abaixo de mim, agarrada às minhas pernas, gritando. Quando passamos por baixo da ponte, a ilha apareceu à nossa esquerda e bloqueou o vento. A superfície da água mudou de violenta e cheia de raiva para plácida e quase pacífica em menos de um quarto de milha. Logo a água se transformou em vidro.

Puxei o acelerador para o ponto morto, liguei minhas luzes LED internas e ajudei a garota a levantar. Ela havia perdido todo o controle de suas emoções e estava gritando e batendo no ar descontroladamente. Agarrei suas mãos, passei os braços em volta dela e a segurei.

— Está tudo bem. Está tudo bem. Você está segura. Você vai ficar bem. Não vou machucar você.

Depois de alguns minutos, ela se deu conta da realidade de sua situação, e deve ter acreditado em mim, porque os gritos se transformaram em choramingos e ela caiu em meus braços. Coloquei-a no banco, afastei o cabelo do rosto dela e falei:

— Eu sei que você provavelmente está morrendo de medo, mas sabe para onde aquele navio de transporte está indo?

Ela balançou a cabeça em negativa.

— Tem certeza? Pode me contar alguma coisa? Ouviu alguma coisa?

Outra sacudida.

Estávamos sem combustível, então eu dirigi até uma marina e uma bomba de combustível protegida em uma enseada no extremo norte de Key Largo. Um restaurante mexicano ao lado. Enquanto ela ficava sentada no convés do barco e chorava, enchi o tanque e estudei o horizonte escuro em busca de qualquer sinal de um barco em movimento. Também olhei para trás, procurando por qualquer sinal de Artilheiro. Mas eu sabia que não fazia sentido. Estávamos a pouco mais de onze quilômetros de onde ele tinha voado para fora do barco. Em um mar torrencial.

Artilheiro tinha partido.

Tentei não pensar na conversa com Clay.

Contornei o litoral. À distância, pude ver as luzes do último andar do *resort*. Enrolei uma toalha em volta da garota, acelerei para planar e percorri os poucos quilômetros em apenas alguns minutos. Em vez de atracar no cais indicado pelo recepcionista, circulei para sudeste e cheguei à área da praia. Eram quase quatro da manhã. A praia estava iluminada e todas as espreguiçadeiras estavam vazias, exceto uma. Conduzi a proa nas águas rasas, ajustei o motor e parei quando a proa tocou a areia com suavidade.

Summer se levantou da cadeira, enxugou os olhos e me viu sair do barco carregando uma mulher. Ela correu para a água, mas, vendo que eu não estava carregando Angel, pegou uma toalha e cobriu a garota depois que eu a coloquei em uma cadeira.

A garota era loira. Aparência de líder de torcida. Idade universitária, talvez no segundo ano. Duvido que fosse veterana. Vestida com um shorts jeans curto e uma camiseta, usava biquíni por baixo, o que sugeria que tinha sido tirada de algum lugar perto da água com a intenção de entrar nela. Um exame rápido me informou que ela estava ilesa, exceto por suas emoções e capacidades mentais, que poderiam levar um tempo para se curar.

Assim que ela parou de soluçar, ajoelhei-me e falei:

— Preciso que me conte o que aconteceu e preciso que faça isso rápido.

Summer deu um tapinha no meu ombro.

— Onde está Artilheiro?

Balancei a cabeça.

Ela cobriu a boca com a mão.

A garota não conseguia falar. Segurei sua mão e esperei enquanto seus olhos focavam em nós. Quando ela finalmente fez contato visual, fiz a pergunta de forma diferente.

— Você conhecia as outras garotas?

Ela balançou a cabeça.

— Irmandade? Turmas?

Um único gesto.

— Atendemos a um chamado por modelos. Ensaio fotográfico. Primeiro a praia. Depois em um iate. Quinhentos dólares se escolhessem você. Escolheram nós dez, nos colocaram em um barco pequeno, talvez do tamanho do seu, e depois nos deixaram naquela casa.

Esperto.

— Há quantos dias você está lá?

— Cinco. Eu acho.

— Alguma ideia de para onde eles estavam levando vocês?

— Não.

Voltei para o barco, tirei meu telefone seco da OtterBox, cliquei na foto de Angel e a segurei.

— Reconhece ela?

Ela olhou e balançou a cabeça.

— Tem certeza? Olhe com atenção. Por favor.

Ela olhou de novo e balançou a cabeça uma última vez.

Olhei para Summer.

— Ligue para o 911. Conte-lhes o que sabe. Qualquer coisa e tudo o que ela puder lhe contar. — Voltei para o *Gone Fiction*.

Summer me agarrou pelo braço e não me soltou. Quando me virei, ela não falou nada. Só ficou ali parada. A desesperança gritava para mim por trás dos olhos dela.

— Dê-me algumas horas. Estarei de volta ao amanhecer. Se eu não encontrar nada, estaremos em Key West na hora do almoço.

Lágrimas surgiram. Ela não me soltou.

— Summer. Eu...

Ela me puxou para ela e me beijou. Quando terminou, olhou para mim, pressionou-se contra mim e me beijou novamente. Desta vez, mais demorado. Seus lábios tremiam e eram salgados. As lágrimas transbordaram, escorreram por suas bochechas e ficaram penduradas em seu queixo.

Sequei cada uma com o polegar, falando suavemente.

— Eu vou voltar. Prometo.

Ela me soltou e começou a discar. Do leme, olhei na direção da baía e do túmulo aquático de Artilheiro.

— Melhor deixar que eu conte para Clay.

Saí da praia particular, virei para oeste e comecei a estudar os mapas em busca de canais que levassem a águas mais profundas. Embora o navio de transporte tivesse certas vantagens na baía, aqui, em águas rasas, eu conseguia navegar com mais facilidade. Ele provavelmente precisava de uns dois metros de profundidade para o calado. E pelo menos três para planar. Eu só precisava de um. Às vezes, menos. Isso significava que eu podia ir a lugares que eles não podiam.

A meu ver, o capitão daquele barco de transporte tinha duas opções: entregar as meninas a um iate maior ancorado em algum lugar no golfo do México e depois fazer um pernoite demorado em Key West enquanto pegavam clientes, ou fazer uma corrida rápida pelas águas calmas do interior a caminho de Key West, onde um navio maior e clientes aguardavam. De qualquer forma, senti que Key West era o destino e que havia alguma urgência; caso contrário, nunca teriam arriscado a coleta em Stiltsville.

As Florida Keys separam as águas às vezes furiosas do oceano Atlântico das águas relativamente calmas do golfo do México. Obviamente, há exceções, como quando furacões vêm do sul, mas, no geral, o golfo é muito mais calmo do que o Atlântico. Às vezes, é mais lago do que oceano. O golfo também é muito mais raso.

O fundo oceânico exposto ao redor das Keys é calcário polvilhado com areia, onde as profundidades variam de algumas polegadas a alguns pés. Navegar com segurança até as águas mais profundas do golfo requer conhecimento local de canais, ou algo como rios subterrâneos marcados ao longo do tempo para permitir que embarcações maiores tenham acesso a águas mais profundas.

Esses canais são mais fáceis de ver do ar e difíceis de encontrar da linha d'água. Um bom mapa é fundamental, bem como conhecimento local. Não importava se o barco preto que transportava as nove garotas as estava levando a uma curta distância para um barco maior ou a uma distância maior para Key West, o capitão precisava conhecer essas águas. O que queria dizer que ele já tinha feito isso antes.

Acelerei ao máximo, ajustei os motores e naveguei com o mapa para sudoeste, através de águas rasas, passando por Plantation, Islamorada, Lower Matecumbe Key, Duck Key e finalmente Marathon. Pensei que, se eu conseguisse correr pelo lado de dentro, poderia passar na frente dele, porque ele teria que desviar para oeste para encontrar uma passagem segura, enquanto eu podia deslizar por cima. De Marathon, virei para noroeste e naveguei cerca de onze quilômetros rumo ao golfo, onde ancorei e fiquei em pé no meu T-top olhando através dos binóculos enquanto o sol rompia o horizonte a leste de mim. Em tese, isso me dava pelo menos 25 quilômetros de visão — provavelmente mais longe. Se qualquer embarcação viajasse para o norte ou sul pelo lado de dentro, eu teria uma boa chance de vê-la.

Meu problema era o sono. Ou a falta dele. Eu não dormia há pelo menos um dia, e não conseguia me lembrar de quando dormi mais de quatro horas seguidas. Eu estava exausto e mal conseguia manter os olhos abertos. Contando meus pontos, hematomas profundos, o estresse e a surra da travessia da baía na noite passada, meu corpo doía em todos os lugares. Eu sabia que, se me sentasse, dormiria várias horas das quais não podia me dar ao luxo.

Acendi minha Jetboil e passei um café. Ajudou. O café pode ser um conforto quando o conforto é difícil de encontrar. Conforme o sol subia mais alto, fiquei de pé e estudei a extremidade do mundo. Barcos passavam, mas não o que eu estava procurando. Eu devia tê-la perdido.

Ao meio-dia, desci, levantei âncora e estabeleci um curso para Key Largo. Uma hora depois, amarrei no meu cais. Clay, Summer e Ellie estavam sentados na praia. Eu sabia que minha conversa com Clay não seria fácil.

Summer me informou que a garota que resgatamos da água ontem à noite tinha sido avaliada pelos paramédicos e — além do trauma de ter sido sequestrada e do choque de quase se afogar e do horror de saber que quase tinha sido uma engrenagem na roda do tráfico sexual — ela ficaria bem. Acontece que ela era filha de um rico fabricante do setor de tecnologia de Miami com amigos no governo. Summer e Clay haviam passado a manhã toda conversando com agentes e, até alguns minutos atrás, este lugar estava cheio de homens portando armas — todos queriam falar comigo.

Isso significava que as comunicações via satélite, rádio e telefone haviam aumentado cem vezes, e quem quer que estivesse transportando as garotas sabia disso. Caras nesse negócio sempre estavam atentos e conseguiam sentir quando a coisa estava esquentando. Eles pagavam bem por esse tipo de informação, o que pode explicar por que não nos cruzamos ontem à noite ou esta manhã.

Clay ouviu enquanto eu contava a história, seu rosto enrugado ficando mais enrugado conforme eu falava. Quando terminei, ele assentiu e olhou para o norte em direção à baía. Finalmente, sugou por entre os dentes e pousou a mão no meu ombro.

Eu sabia que precisávamos ir para o sul, mas eu estava lutando contra um cansaço que não sentia há um bom tempo. Falei para eles pegarem suas malas que nós íamos embora.

Se eu parasse de me mover, levaria algum tempo até que pudesse continuar. Eu estava com medo de que, se eu fechasse meus olhos, não voltaria a abri-los por 24 horas. Dez minutos depois, estávamos embarcados e partindo. Todos estavam quietos. A perda de Artilheiro nos atingiu duramente. Pensei nos eventos da noite passada pela décima milésima vez, imaginando o que eu poderia ter feito diferente. A única resposta era não levá-lo, e, entretanto, foi ele quem a viu. Sem Artilheiro, eu nunca teria encontrado aquela garota.

Passamos lentamente pelo restaurante mexicano, os *jet skis* e os veleiros puxando suas amarras. Eu estava prestes a nos fazer planar quando Summer pensou que eu poderia estar com fome, e eu estava, então ela me trouxe um sanduíche. Parei o suficiente para abrir a embalagem e dar uma mordida.

Uma mordida gloriosa e magnífica. Que me deu tempo bastante para ouvir o mundo ao meu redor.

Clay também ouviu. Virei-me, e lá estava ele de novo. O som atraiu cada um de nós para a amurada, nossos olhos procurando a linha d'água. Várias centenas de metros a distância, tossindo água salgada, cansado e latindo com todas as suas forças, Artilheiro remava.

Clay se levantou, deu um tapa na coxa e exclamou.

— Eu só posso estar vendo coisas!

Girei o leme, acelerei e cruzei a distância. Quando o alcançamos, as patas de Artilheiro estavam agitando a água como pistões. Abaixei-me, levantei-o da água e o coloquei no convés, onde ele se sacudiu e começou a lamber meu rosto, seu rabo balançando a seiscentas rotações por minuto.

Foi um ponto radiante em dois dias sombrios. Nós nos aglomeramos ao redor enquanto Artilheiro lambia nossos rostos. Ele subiu em Clay, girou, latiu, pulou para baixo, correu uma vez ao redor do barco, depois outra, então saltou em mim. Nunca fiquei mais feliz em ver um cachorro em toda a minha vida. Ele cheirou meu sanduíche, farejou e devorou de uma só mordida, apenas para me atacar de novo.

Segurei-o, puxei-o para mim e falei:

— Você me perdoa?

Ele correu até Ellie, subiu no colo dela enquanto ela ficava sentada e ria, depois Summer, depois voltou para Clay — que riu alto. Finalmente, ele se deitou no convés de pesca da frente e rolou de costas, com a língua para fora. Voltei para o leme e falei com ele por cima do ruído do motor em marcha lenta.

— Quando chegarmos a Key West, o bife será por minha conta.

CAPÍTULO 34

Nosso humor melhorou imensamente. E a viagem para Key West passou rápido. Escondido atrás do para-brisa, disquei para Colorado. Ele atendeu, e eu o atualizei sobre a noite passada, a garota, a investigação, e pedi que fizesse algumas perguntas. Ele afirmou que faria. Também falei para ele que precisava de um lugar para nós quatro ficarmos em Key West.

— Um lugar que seja apropriado para cães.

Eu estava prestes a desligar quando ele falou:

— Mais uma coisa. Irmãs da Misericórdia.

— Sim.

— Costumava ser um convento.

— O que quer dizer com costumava?

— As mulheres pararam de entrar. As freiras envelheceram. Começaram a morrer. Só restaram algumas. Se restaram. Elas têm um complexo, a alguns quarteirões da água. Podem ficar com ele até que a última morra, depois ele volta para alguma entidade vagamente associada a uma igreja.

— Tem um endereço?

Passamos por Islamorada, a capital mundial da pesca, e então viramos para oeste, deixando Lignumvitae Key para trás — uma ilha antiga de trezentos acres, acessível apenas por barco e nomeada em homenagem a uma árvore pequena e muito densa que cresce nos trópicos.

Tão densa que afunda na água. Com 79 libras por pé cúbico, é forte mesmo. Em latim, significa "madeira da vida".

Lignumvitae Key é a Flórida antes das pessoas. Antes das máquinas. Antes de qualquer coisa, exceto o sopro de Deus. Também é o lar do raríssimo pau-ferro preto — a madeira mais densa e pesada da Terra. Oitenta e sete libras por pé cúbico. Os indígenas calusa viviam aqui. Eles pescavam, cultivavam árvores cítricas e matavam os mosquitos que enxameavam aos bilhões. O que pode ser o motivo pelo qual ninguém mora aqui agora. Os anjos do pântano tomaram conta.

Apesar da minha afinidade pela beleza intocada de Lignumvitae, também não pararíamos ali.

Seguimos o mapa, viramos para sudoeste e contornamos No Name, Big Pine, Middle Torch, Big Torch, Summerland, Cudjoe e Sugarloaf Keys. Todas ilhas menores conectando a ponta sul da Flórida a Key West. Finalmente, deslizamos pela bacia de Waltz Key e entramos nas águas ao redor de Key West. Colorado havia feito reservas para nós na ponta mais ao sul. Logo ao norte da Praça Mallory, no Pier House Resort and Spa. A localização era estratégica, pois nos dava uma visão de todas as embarcações que passavam dentro do campo de visão.

Dois dias tranquilos se passaram.

Eu circulava a ilha várias vezes por dia. Uma viagem de 42 quilômetros no total, que levava pouco mais de uma hora. Eu estava procurando por qualquer coisa. Um iate grande. Uma embarcação preta. Qualquer coisa vistosa ou discreta que chamasse minha atenção. Nada chamou. A trilha estava fria.

Clay chegou em Key West e desapareceu imediatamente. Sem Artilheiro. Curiosos, Artilheiro e eu seguimos de longe. Clay entrou em uma loja masculina, experimentou roupas e voltou um dia depois para sair usando um terno novo, sapatos reluzentes e um chapéu. Ele comprou algumas flores e caminhou oito quarteirões até o cemitério de Key West. Ziguezagueou entre as lápides por quase meia hora, parando finalmente. Quando o fez, tirou o chapéu, olhou para a lápide e falou. Em voz alta. Depois de vários minutos, colocou as flores no chão, tirou o lenço e enxugou os olhos. Ficou parado segurando o chapéu, as mãos cruzadas. Parecendo radiante em seu terno novo.

Artilheiro e eu nos aproximamos por trás dele e ficamos duas fileiras atrás. Ele falou comigo sem olhar.

— Senhor Murphy, gostaria de lhe apresentar minha esposa.

Dei a volta nas lápides e parei ao lado dele. Ele apontou.

"Celeste", a lápide dizia.

— Mary Celeste Pettybone. — Falou ele em um tom suave, como se tivesse medo de acordá-la. — Ela morreu há dez anos. Aos 70. — Ele sugou entre os dentes e continuou: — Ia me ver toda semana. Dirigia seis horas só de ida.

Ele enxugou os olhos novamente.

— Por quarenta anos.

Apenas olhei para ele.

Ele riu.

— Tentei me divorciar dela, tentei falar para ela encontrar outro homem, até parei de ir vê-la por um tempo quando ela vinha me visitar, mas... — Ele parou. — Ela nunca desistiu. Não de mim. Não de nós. — Ele olhou para as pedras. — Quarenta anos. — Outro balançar de cabeça. — Escreveu cartas para mim. Contou-me sobre seu trabalho no restaurante. Limpando casas. Ela foi contratada em um hotel. Trabalho bom. Doze anos. Então, quando a artrite começou, ela...

Ele abaixou o olhar.

— Eu não estava lá quando ela... — Enxugou os olhos. — Vieram e me contaram na minha cela. Falaram que ela tinha morrido. Só isso.

Ele estalou os dedos.

— Ela se foi assim.

Ele ficou em silêncio por um longo tempo.

— Quando eu era jovem e cheio de energia, costumava falar sobre o dia em que meu navio chegaria. No dia em que a conheci, aconteceu. Ela era meu mundo inteiro. — Ele balançou a cabeça. — A vida é difícil. Mais difícil do que eu esperava. De ambos os lados das grades.

Ele se ajoelhou e tirou o pó da lápide dela.

— Celeste, quero lhe dizer que você é uma boa mulher. A melhor, na verdade. E sinto muito. Sinto muito por... não estar lá quando você precisou de mim. E por tudo mais que aconteceu. Eu...

Clay se calou. Apoiou-se na lápide e se levantou. Em seguida, desdobrou o lenço e enxugou os olhos. Eu o deixei chorar. Seus ombros tremeram, sugerindo que ele estava segurando aquelas lágrimas há muito tempo.

Finalmente, ele ajeitou seu terno novo e colocou seu chapéu. Falou suavemente, olhando para a terra. Ele olhou para mim e de volta para a lápide.

— Celeste sempre falava sobre me ver de terno. Quando eu saísse. Como íamos jantar. Dançar. Espero que ela goste. — Parado no sol, Clay cambaleou. Segurei seu braço, e ele se apoiou em mim. Ele tossiu. Uma tosse profunda e carregada. Eu não sabia dizer se estava voltando ou indo embora. A única coisa aparente para mim era que o que quer que tenha mantido Clay vivo até aquele momento, o que quer que o tenha feito passar pela prisão e sair dela, tinha sumido.

Ficamos ali por mais de uma hora.

Depois de se despedir, nos viramos e começamos a caminhar em direção ao portão. Ele era bem mais alto do que eu, então, quando falou, sua sombra caiu sobre mim.

— Quero agradecer por me trazer aqui, senhor Murphy.

— Sinto muito que não tenha sido um pouco antes.

Ele abriu o portão, depois olhou para trás de nós. Um longo minuto se passou.

— Eu também. — Outra chupada entre os dentes. — Mas não tanto quanto ela.

De pé em sua sombra, eu sabia que estava assistindo a uma linda história de amor se desenrolar no ar ao meu redor.

Caminhamos de volta para o hotel enquanto Clay se apoiava em mim. Mais do que o normal. Uma chuva leve cobria nossos ombros. Depois de alguns quarteirões, ele falou.

— Já descobriu o que vai falar para a senhorita Summer se e quando não conseguir encontrar a filha dela?

— Não.

Ele olhou para mim, mas não comentou nada. Seu rosto dizia muito.

Summer estava sentada à beira da piscina quando voltei no começo da tarde. Um livro no colo. Número treze. Remexendo-o nas mãos. O sol estava se pondo e as multidões enchiam os bares à beira da água a caminho da Praça Mallory para o ritual do pôr do sol. Olhando para Summer, duas coisas chamaram minha atenção: o livro e sua roupa de banho. Um biquíni. E fazia um tempo que eu não notava uma mulher de roupa de banho.

— Belo biquíni — elogiei quando ela me pegou olhando. Em flagrante. Um corte no tornozelo sugeria que ela tinha raspado as pernas.

Insegura, ela mexeu nas alças.

— É demais? Foi tudo o que consegui encontrar. Não tinham um maiô. — Ela pegou uma toalha. — Não tem muita gente tentando se cobrir em Key West. Aqui, mais roupas são tiradas do que colocadas.

Sentei-me de frente para ela. — Posso perguntar uma coisa?

Ela esperou. Suor se formou em seu lábio superior, e seus ombros nus revelavam os efeitos remanescentes das ostras da noite em que nos conhecemos. Estavam se curando, e me ocorreu novamente que ela não havia reclamado nem um pouco. Sequer uma vez.

— Por que você se esforça tanto para cobrir o que tantas exibiriam ao mundo inteiro? — Acenei com a mão para todas as formas e tamanhos do deque da piscina. A maioria usava trajes que eram alguns números menores. Vestindo uma memória.

Ela colocou a toalha no chão. Summer era linda. Uma categoria só dela. Ela apenas não sabia. Ou, se em algum momento soube, algo ou alguém a convenceu de que não era mais verdade. Quando ela falou, sua honestidade foi cativante.

— Ser conhecida... — Ela levantou os joelhos e puxou os calcanhares para mais perto de seu bumbum. — Pode ser doloroso. Ela dobrou a toalha e olhou para todos os banhistas. — Às vezes é mais fácil ser uma figurante no palco do que a protagonista.

Olhei para o livro.

— Está bom?

Ela sorriu e gesticulou para quatro mulheres na beira da piscina que estavam lendo o mesmo autor. Depois, apontou para os homens que estavam com as mulheres.

— Se todos esses caras soubessem como amar uma mulher do jeito — ela deu um tapinha na capa — que esse cara ama...

Ela se recostou e balançou a cabeça.

— O mundo seria um lugar diferente. Embora — colocou o livro de lado — pareça errado se perder em uma faz de conta quando minha filha está... — Ela se virou e olhou para o golfo.

Balancei a cabeça.

— Não é bom. Estamos procurando a agulha no palheiro.

— Angel é forte. Ela vai lutar.

Eu escolhi não contar a ela o que minha experiência me dizia sobre essas garotas.

— Eu sei. — Eu tive uma ideia. Era um tiro no escuro, mas apontei para a calçada que levava à Praça Mallory. — Posso pagar uma cerveja para você?

Ela riu.

— Está flertando comigo?

— Eu gostaria de fazer isso, mas estava pensando que poderíamos usar você como isca, se me perdoa a analogia.

— O quê?

— Quero que você ande pela praça, parecendo desiludida. Uma cerveja na mão. Uma mulher desprezada. Vendo o sol se pôr.

Ela meio que sorriu.

— Isso se chama pescar de corrico.

Eu assenti.

— Por quê?

— Porque eu acho que você será notada. E honestamente, preciso que seja. — Eu balancei minha cabeça de um lado para o outro. — Você topa?

Ela se levantou e começou a enrolar a toalha ao redor de si.

— Achei que você estava me chamando para assistir ao pôr do sol com você.

Coloquei a mão na toalha.

— Talvez em outra hora.

— Não posso andar por aí desse jeito.

— É Key West. Você vai se encaixar perfeitamente.

— Mas eu me sinto nua.

Eu ri.

— Você com certeza não deixou muito para a imaginação.

Ela corou.

— Eu sabia que deveria ter encontrado outra coisa.

Segurei a mão dela.

— Você vai chamar atenção feito um cachorrinho no parque. Todos os homens lá fora vão notar você, e agora precisamos disso.

— Murph…

— Eu estarei por perto. Só preciso que você entretenha um pouco qualquer cara que comece a falar com você e a fazer perguntas. Especificamente perguntas sobre se você está sozinha. Não seja fácil, mas não seja rápida em ignorá-los. Seja…

Ela colocou os óculos escuros.

— E de que isso vai servir?

— Caras que vendem carne gostam de estar em lugares onde podem encontrá-la. — Apontei para os quartos de hotel com vista para a praça e para a água. — Eles alugam esses quartos com o único propósito de observar as pessoas. São profissionais em identificar o que está disponível e o que não está disponível. Então, vamos pescar.

Para completar o visual, ela colocou um boné por cima dos olhos e começou a caminhar em direção ao bar, balançando os quadris um pouco mais do que o normal.

— Não tenho certeza se devo considerar isso um elogio ou não.

Ela comprou uma cerveja e saiu descalça em direção à multidão.

Ainda faltava uma hora para o pôr do sol, então tínhamos tempo. Summer desfilava. Caminhando devagar. Pescando.

Ela parou na grade com vista para a água. Apoiando-se. Tomando sua cerveja. Olhando para as ondas. Perdida em pensamentos enquanto estava alheia a todos os homens ao seu redor. Para seu crédito, ela tinha toda a atenção deles. Não tenho certeza se é algo planejado ou por acaso, mas trajes de banho femininos costumam se encolher entre suas nádegas quanto mais elas se movem. A maioria das garotas rotineiramente "conserta" a situação para que não mostrem seus traseiros não bronzeados para o mundo.

O traje de Summer tinha chegado a tal condição, mas por alguma razão ela não o ajeitou. Ela o deixou como estava. Dando a todos uma boa visão. Enquanto eu caminhava atrás a uma distância relativamente segura, não tinha certeza se era para os caras que poderiam estar assistindo ou para mim. Eu ri.

Você pode tirar a garota da Broadway, mas não pode tirar a Broadway da garota. Ela era muito boa no papel principal.

Todos os homens na Praça Mallory já tinham notado Summer. Alguns foram conversar com ela, mas ela fingiu desinteresse. Adicionando complexidade à aparência de coração partido.

Trinta minutos depois, ela comprou uma segunda cerveja e se aproximou do ponto — onde a multidão formava grandes círculos ao redor dos artistas de rua esperando o sol. Consumida nos próprios pensamentos, Summer se aproximou o suficiente da multidão para ser notada, mas não tão perto a ponto de se envolver na felicidade que estavam vendendo. Ela ouvia as risadas; porém, não se juntava a elas. Alguns homens corajosos, besuntados em óleo bronzeador, inchados de músculos e envoltos em correntes de ouro e com mais pelos no peito do que gorilas, tentaram uma conversa fiada. Ela respondeu, mas não iniciou nada. Deixando-a livre para assistir ao pôr do sol sozinha.

E foi o que ela fez. Sua atuação foi tão convincente que me perguntei se era atuação.

Foi difícil vê-la assistir ao pôr do sol. Eu tinha feito a mesma coisa quase do mesmo lugar por quase um ano da minha vida. A pontada e a dor da memória retornaram.

O sol ficou vermelho, depois rosa, seguido de roxo e depois azul profundo. Até que desapareceu. A multidão brindou o fechar das cortinas, aplaudiu e voltou para suas mesas e dosadores. Summer se demorou. Escolhendo um banco e sentando-se sozinha. Trinta minutos depois, um homem apareceu. Barbudo. Cabelo branco. Shorts surrado. Chapéu de palha. Chinelos. Passeando com um cachorro. Seus antebraços eram volumosos, sugerindo mais músculos sob as roupas largas. Ele deixou o cachorro vagar perto de Summer. Ela mordeu a isca e acariciou o cachorro, que saltou no banco ao lado dela. O homem riu, mas não a pressionou. Não puxou o cachorro para longe. Eles conversaram, e dois minutos se transformaram em cinco. Que se transformaram em oito. Ele era bom. No fim, ele pegou uma caneta e escreveu algo na mão dela, o que ela gentilmente permitiu.

Quando terminou, ele tirou o chapéu e seguiu seu caminho.

Summer lançou um olhar para mim e voltou pelo píer até o hotel.

Quando me virei, Clay estava ao meu lado. Eu não tinha percebido que ele estava ali.

Encostado em um poste de luz. Seus olhos estavam fixos no homem. Perguntei sem olhar para ele:

— Você está bem?

Ele coçou a barba branca e seguiu Summer.

CAPÍTULO 35

O homem andou para o sul e leste em volta do restante do píer, tentando parecer casual, mas sua rota era tudo menos uma postura casual. Ele ditava para onde o cachorro ia. Não o contrário. Ele também parou e esperou nas sombras várias vezes, observando multidões de pessoas. Especialmente mulheres. Talvez ele fosse culpado de observar as pessoas e nada mais. Talvez ele fosse introvertido.

Eu sabia que não. O método dele seguia a cartilha. Perto das 23h, ele comprou comida para viagem e voltou para um quarto de aluguel semanal próximo da água, onde assistiu a um jogo de futebol com o jantar no colo.

Summer tinha se trocado e estava me esperando no bar da piscina. Um cara com um violão estava em um microfone cantando *covers* de baladas românticas. Muito bom também. Quando me sentei, o alívio tomou conta do rosto dela.

Ela contou que o cara com o cachorro tinha sido gentil, não insistente, e finalmente chegou à pergunta "você está sozinha?" Mas ele chegou a ela fazendo uma declaração sobre si mesmo em vez de perguntar diretamente. "Estou sozinho há vinte anos", afirmara, com o mesmo olhar desamparado para o outro lado da água, permitindo que ela concordasse com ele e oferecesse sua compreensão. Ele continuou com: "Não é divertido, é?". Ela balançou a cabeça. Ele então se ofereceu para levá-la em um cruzeiro ao luar na noite seguinte. Disse que seriam ele e vários amigos. Ele tinha um velho veleiro. Grelhariam peixes. Estariam de volta por volta em uma ou duas horas. Ela agradeceu e disse que ia pensar.

Eu não tinha certeza. Sobre ele ou sobre prosseguir. Tendo visto Summer usar a si mesma e seu corpo como isca, eu descobri que não gostava. Queria não ter feito isso. Ela me viu vacilando e levantou a mão.

— Vou ligar para ele amanhã à tarde. Ou à noite. Talvez de última hora. Depois que eu tiver tempo para pensar no convite.

Eu concordei, mas não estava convencido.

Quando voltei para o meu quarto, Clay estava parado nas sombras me esperando. De sua posição, ele podia ver os quartos de Summer e Ellie.

Artilheiro estava deitado a seus pés. Ele chamou:

— Senhor Murphy?

Virei-me e observamos Summer fechar a porta.

Ele continuou:

— Eu conheço aquele homem. — Ele gesticulou em direção ao píer. — Aquele com o cachorro.

— Como assim?

Ele me mostrou uma foto do homem, tirada de perto. De apenas alguns metros de distância.

Tanto a presença quanto a perspectiva da foto indicavam que Clay tinha chegado perto.

— Você tirou isso?

— Não sou tão velho quanto você pensa.

A foto foi tirada no meio de uma multidão de pessoas, levemente inclinada, mas mostrava o rosto dele e, mais importante, a tatuagem em seu braço esquerdo. Clay ampliou a foto.

— Quando eu estava trabalhando no barco, ele levava garotas para lá. Só levava. Nunca tirava. Ele usava vários barcos e nunca tinha a mesma aparência duas vezes. Seu rosto mudava. Disfarces e coisas do tipo.

— Tem certeza disso?

Ele tocou na foto.

— Ele pode mudar o rosto, mas é um pouco mais difícil mudar uma tatuagem. E... — Ele fez uma pausa. — Tenho alguma experiência com homens maus.

Ele fechou a foto e colocou o celular no bolso da camisa.

— Ele é mau. Um coração escuro como petróleo bruto.

Acordei duas horas antes do amanhecer e estava parado nas sombras estudando o quarto dele quando sua luz se acendeu. Senti o cheiro de café sendo preparado, e então ele apareceu. Desta vez não tinha cachorro. Ele estava usando um agasalho de corrida listrado e, estranhamente, estava sem barba. Ele era careca. E, quando se virou para ir embora, vi uma tatuagem subindo por seu pescoço. Ele andava depressa, furtivamente, em direção a uma garagem, entrou em um Porsche Carrera com motor turbo e desapareceu rumo ao norte.

Sua saída me deixou com uma impressão. Eu não sabia quem ele era, só que não era quem ou o que ele parecia ser. Liguei para Colorado. Quando ele atendeu, parecia sem fôlego.

— Você tem estado quieto por alguns dias.

— Não há muito a relatar. Verifique seu telefone. Acabei de enviar uma mensagem de texto com uma placa de carro. Preciso que você a identifique. Depressa.

— Entendido. Mais alguma coisa?

Fiquei calado por um minuto.

— Estou com medo que tenhamos perdido nossa chance.

Ele ouviu meu tom de voz e não precisou falar mais nada.

— Deixe eu checar a placa. — Ele parou um segundo, mas não desligou. De propósito. Sua voz tinha se suavizado. Como se o que ele tinha a dizer doesse mais do que o resto. — E... Murph?

— Sim.

— Dê uma olhada no convento.

Havia algo mais aí.

— O que você não está me contando?

A chamada foi encerrada.

Voltei para o píer e para o quarto. Encontrei o disjuntor do quarto dele e cortei a energia. Se tivesse um sistema eletrônico de monitoramento, eu não queria que eles me gravassem quando entrasse. O cachorro me encontrou na porta, farejou-me e rolou de costas. O quarto era simples. Uma mala. Roupas cuidadosamente dobradas. Nada de bebida. Nada de drogas. Cama feita. Uma toalha suada pendurada no banheiro, provavelmente de um treino matinal. No armário, havia três mudas de roupa separadas. Cada uma diferente. Um terno listrado. Sapatos pretos de couro envernizado. Um par de jeans. Tênis de corrida. Camisa de linho branca. Um par de shorts surrado. Camisa havaiana. Chinelos. No balcão do banheiro, havia três perucas e vários tipos de maquiagem. Palavras cruzadas completadas — e a caligrafia era muito caprichada. Letra de imprensa.

    A cozinha estava vazia. Nada na geladeira. Nenhuma comida na despensa, exceto um saco de comida de cachorro. Apenas uma coleira pendurada na parede. Estranhamente, havia uma lista de compras escrita à mão presa na porta da geladeira, mas ele ainda não tinha pegado os itens. O teto da cozinha era feito de ladrilhos transparentes com luzes fluorescentes acima. Um umidificador de charutos estava no balcão. Cerca de cinquenta cubanos. E, curiosamente, um isqueiro Zippo de latão. A única cadeira da cozinha estava longe da mesa. Não exatamente na mesa ou no balcão. Como se tivesse sido usada, mas não para sentar.

    Calculei que ele tinha cerca de 1,75 de altura. Olhei para cima.

    Fiquei em pé na cadeira, deslizei o ladrilho para trás e examinei a área acima dos ladrilhos, onde eles encontravam a parede. Deitados na estrutura estavam duas pistolas e um fuzil. Eu sabia que estava abusando da sorte, mas rapidamente deslizei o pino de remoção que prendia a parte superior à parte inferior do fuzil, deslizei a culatra para trás, removi-a da parte superior, puxei a culatra, removi o pequeno contrapino que fixava o percussor e deslizei o percussor para fora. Depois, remontei o rifle. Rapidamente inutilizei cada uma das pistolas. A única maneira de saber se eu havia alterado qualquer um dos três era desmontá-los e procurar o percussor ou tentar atirar — o que ninguém faria.

    Cocei a cabeça. Tinha que haver mais sobre esse cara. Ele era astuto demais. Deixava poucos rastros. Poucos eletrônicos. Ele me parecia mais da velha guarda. Um cara do tipo que usa papel. Meus olhos pousaram na lista de compras colada na geladeira. Mesma caligrafia. Continha quatorze itens. Três dos quais haviam sido riscados da lista: baunilha, macarrão instantâneo e molho de soja. Restavam onze: manteiga, azeite de oliva, salsa, leite, *curry*, cominho, hortelã, sal e pimenta, *cheesecake* de chocolate, pimenta caiena e bolo de anjo. Não havia nada disso na cozinha. E, ainda assim, ao lado de cada um dos onze restantes, havia marcas de visto. Alguns itens tinham duas ou três marcas de visto. Alguns tinham nove ou dez. *Cheesecake* de chocolate tinha dezenove. Bolo de anjo tinha 27.

Li a palavra *anjo* várias vezes. Em seguida olhei para este apartamento esparso. Aquele Carrera. Aquelas armas. Tudo ao meu redor era um disfarce. Quando me dei conta, falei em voz alta.

— Esse cara é um corretor. — A lista chamou minha atenção outra vez. — Ele está vendendo pessoas.

Estudei os nomes novamente. Meu palpite era que as marcas de seleção representavam compradores ou lances ou ambos — um preço crescente. Sem dúvida, ele estava conduzindo o lado comercial dessas transações em um computador. Um telefone. Algo que permitia lances e transferências sem deixar rastros. Mas um cara da idade dele, um cara que aprendeu a pensar e calcular antes dos *smartphones* e da *dark web*, tinha um jeito de fazer as coisas que estava arraigado pela prática e educação. Eu estava apostando que esse jeito de pensar tinha a ver com escrever onde pudesse ver. No final da lista, li: "Receita para viagem: Sopa de tartaruga-cabeçuda. Serve onze pessoas. Somente retirada". Mas não havia receita.

Eu tinha a suspeita de que significava algo mais, mas era enigmático demais.

Antes de sair do apartamento dele, estudei o calçadão. Queria saber se ele estava me observando enquanto eu o observava. Três minutos sugeriram que eu estava sozinho. Fechei a porta atrás de mim, liguei o disjuntor dele de novo e encontrei Summer e Clay na beira da piscina.

— Onde está Ellie?

Clay estendeu um envelope.

— Ela pediu para entregar isso a você.

A carta dizia: "Obrigada por tentar. Você provavelmente é um bom homem".

Virei a carta.

— Foi só isso que ela falou?

Ele estendeu meu relógio.

— Ela também falou para lhe dar isso.

Algo no meu coração doeu. Devolver meu relógio declarava um encerramento.

— Sabe para onde ela foi?

Ele balançou a cabeça.

— Ela não quis dizer.

Um avião decolou do Aeroporto Internacional de Key West. Voando para noroeste.

Virei-me para Summer.

— Ela contou alguma coisa para você?

Summer balançou a cabeça e se levantou.

— Não, mas eu vou com você.

— Como você sabe que estou indo a algum lugar?

— Você está com aquele olhar nos olhos.

Virei-me um pouco. Não queria que a intuição de mãe dela lesse meu rosto e soubesse que havia algo que eu não estava contando. E eu não estava disposto a contar a ela que seu encontro era o corretor que havia vendido sua filha. Pelo menos não antes do encontro.

O motorista do Uber nos deixou na calçada do *check-in*. Entramos e não tivemos que procurar muito. Ellie estava sentada em uma cadeira estudando as placas de partida. Lendo os destinos em voz alta. Artilheiro a cheirou e começou a lamber suas mãos. Sentei-me ao lado dela.

— Encontrou uma que parece boa?

Ela pareceu surpresa em me ver.

— Dei seu relógio para o Clay.

Levantei o pulso.

— Eu não roubei nada do hotel.

Eu levantei uma sobrancelha.

— Exceto talvez uma toalha.

Eu esperei.

— Está bem. — Ela gesticulou para a mochila. — Eu peguei o roupão também, mas...

Nós ficamos sentados lendo placas de partida. Em algum lugar Jimmy Buffet tocava. Ela estava girando o anel que encontramos no cofre em seu dedo.

Finalmente, ela se virou para mim. Seu rosto estava anguloso. Duro.

— Não existe nada de Irmãs da Misericórdia. Pelo menos não mais.

— Ela virou a cabeça, olhando para longe. — Acho que elas ficaram sem misericórdia. Quem fecha um convento? Tipo, Deus está... fechado?

Deixei que ela desabafasse.

Ela não sabia o que fazer com o silêncio, então recomeçou a falar.

— Não sei por que está aqui. Você não me deve nada, ok? Você fez a sua parte. É um cara honesto e tudo mais. — Ela gesticulou para Summer.

— Eu percebo que vocês dois estão com as mãos ocupadas agora. Estou apenas tomando espaço no barco.

Acenei para as placas.

— Você tem um avião para pegar?

— Bem, ainda não...

— Posso lhe mostrar uma coisa?

— Quê? Agora?

— Se realmente quer ir embora, eu trago você de volta, compro uma passagem, mando você para onde quiser. Até lhe dou algum dinheiro para sua viagem. Mas isso é algo que você precisa ver.

Ela olhou para Summer. Artilheiro havia se acomodado aos pés dela e rolado de costas. Língua pendurada. Esperando.

Ela não pareceu impressionada.

— Eles só têm mais algumas partidas. Se eu perder...

— Faço um acordo com você.

Ela revirou os olhos.

— Estou esperando.

— Fique por aqui mais alguns dias, depois eu levo você para qualquer lugar que você queira ir dentro dos Estados Unidos continentais em um avião particular.

— Você está de brin...

Eu levantei uma das mãos.

— Eu prometo.

Incrédula, ela perguntou:

— Você realmente tem um avião?

Eu assenti.

— Achei que você estava mentindo para aquela garota no hospital.

— Eu não minto. E é um jato. Voa perto da velocidade do som.

Summer olhou para mim como se eu tivesse perdido a cabeça. A palavra saiu antes que ela pudesse filtrá-la.

— Sério?

Falei com as duas.

— Na verdade, eu tenho dois aviões.

Às vezes, você tem que mostrar suas cartas para as pessoas para mantê-las no jogo. Levantei e estendi minha mão para Ellie.

Ela olhou para Summer, depois para mim, depois de volta para as placas de partida. Por fim, ela se levantou sem pegar minha mão e espanou a própria roupa.

— Não acredito que você tenha um avião. Só para deixar claro.

CAPÍTULO 36

O Uber serpenteava pelas ruas estreitas. Finalmente, dei um tapinha em seu ombro e ele parou. Ficamos na calçada, mas Ellie não pareceu impressionada. Ela perguntou:

— E agora?

Summer observou enquanto eu estendia a mão.

— Dá uma volta comigo?

Ela enfiou as mãos no jeans e acenou para que eu avançasse. Eu sabia que Ellie estava se protegendo. Eu também faria isso. Eu também sabia que não seria capaz de protegê-la do que poderia estar por vir. Eu só podia conduzi-la até lá. Seu coração tivera esperança por tanto tempo que mais um beco sem saída estava matando o pouco que ainda restava. Estendi a mão, tentando pegar a dela, mas ela não a aceitou. Mantive-a ali tempo suficiente para deixá-la desconfortável. Surpreendentemente, ela cedeu e pegou minha mão.

Nós três saímos para a rua e para a multidão crescente de pessoas. Andamos dois quarteirões, e comprei um par de chinelos para cada uma. De couro. Icônicos.

Passamos pelos bares, pelo cheiro de esgoto e urina, depois atravessamos para os bairros e pelos cheiros de rosas e menta. Serpenteamos pela ilha — uns quinze quarteirões. Durante boa parte do caminho, segurei a mão de Ellie. A maior parte de quarenta minutos. Summer estava pensativa. Ellie distraída. Eu duvidava que ela já tivesse segurado a mão de um homem. A cada poucos segundos, eu a pegava olhando para nossas mãos. Comprei raspadinha e andamos mais três quarteirões até a água. Atravessando a ilha de fato. Para o lado menos lotado.

O portão estava coberto de mato. Trepadeiras. Nenhuma placa. O muro de tijolos tinha oito pés e se estendia por um quarteirão inteiro. Depois outro. Lá dentro, orquídeas oportunistas se agarravam a gigantescas figueiras-de-bengala. Algum tipo de pássaro de cores brilhantes grasnou acima da minha cabeça. No meio do pátio, dois pavões desfilavam, abanando suas caudas com penas de sete pés. Levantei a grande fechadura de ferro e empurrei o portão. Alguns gatos fugiram. Oito chalés de paredes grossas de taipa se elevavam recortados contra a água. Cada um precisava de uma nova camada de tinta há uns dez anos. Uma capela de coquina ficava no outro extremo. Dada sua relação com o clima, nada em Keys era muito antigo. Olhando ao redor, vi que este complexo era mais antigo do que a maioria.

Os chalés consistiam de um andar com um cômodo. O que provavelmente explicava por que ainda estavam ali. Bati na porta do primeiro, mas ninguém atendeu. O mesmo aconteceu com o segundo. E o terceiro. Quando bati na quarta porta, uma mulher mais velha colocou a cabeça para fora da varanda dos fundos com vista para o oceano. Ela pareceu surpresa em nos ver.

— Olá?

Andei pelo caminho de cascalho entre os chalés em direção ao oceano. Ela tinha 80 anos, se não mais, e dado o estado de sua pele, que parecia couro, ela tinha passado boa parte do tempo no sol. Seu cabelo curto era branco brilhante e suas roupas eram mais de jardineira do que de freira. Jeans esfarrapado enfiado em botas de borracha. Avental com tesoura de poda. Camisa branca manchada. Apesar da idade, ela desceu da varanda com relativa agilidade.

Ela riu.

— Estão perdidos?

— Talvez.

— Vocês são os primeiros visitantes a tropeçar aqui em... — Ela empurrou o chapéu para trás. — Algum tempo.

— Procuramos as Irmãs da Misericórdia.

Ela acenou com as mãos para o mundo ao nosso redor.

— Acharam. Ou melhor, o que sobrou.

— O que aconteceu?

Ela riu.

— Celibato.

Eu ri alto. Summer também. Falei alto o bastante para ela me ouvir.

— Senhora, meu nome é Murphy, e esta é Ellie.

Ela assentiu. Quase se curvando.

— Irmã June.

— Por acaso você não conhece nenhuma Irmã Margaret, conhece?

— Sim. — Ela apontou para um pequeno cemitério. — Você pode falar com ela se quiser. A velha cabra adorava conversar quando estava aqui. Nunca ficava quieta. Mas pode ser difícil conseguir alguma conversa com ela agora.

O cemitério era bem cuidado. Havia flores frescas ao pé da lápide. Perguntei:

— Há quanto tempo está aqui?

Ela considerou isso.

— Sessenta e dois anos.

Atrás de mim, Ellie murmurou:

— Caral...

A mulher olhou para Ellie e sorriu.

— Nem me fale.

Decidi perguntar de vez o que vim saber.

— Você já ouviu falar de uma Irmã Florence? Talvez treze anos atrás ou algo assim?

Ela colocou as mãos nos quadris. Pensou. Então balançou a cabeça.

— Não. Nunca conheci uma Florence... — Ela me estudou. Andou pela varanda, seu cabelo branco esvoaçando. Ela tirou as luvas. Escovou a sujeira de seu jeans puído. Ela chegou perto. Estudando-me. Seus olhos eram os mais azuis que eu já tinha visto e combinavam com o fundo de água atrás dela. — O que, ou quem, você está procurando, filho?

Entreguei a carta a ela. Ela pendurou os óculos de leitura na ponta do nariz e leu a carta. Assentindo.

— Ah-han. Hããã. Ah-han.

Ao meu lado, um pavão abriu seu leque e girou em círculos.

Quando terminou, ela olhou para Ellie, depois para Summer, de volta para Ellie e, finalmente, para mim. Ela dobrou a carta, respirou fundo e falou:

— Ninguém vinha se juntar a nós havia mais de vinte anos. As poucas que vinham não ficavam muito tempo. Quente demais. Mosquitos demais. Água demais. — Ela deu um tapinha na carta. — Mas... eu me lembro dela.

Ellie explodiu:

— Lembra?

A mulher olhou demoradamente para Ellie, depois apontou para o portão pelo qual tínhamos acabado de passar.

— Treze, talvez quatorze anos atrás. Uma das pessoas mais bonitas que já vi. Entrou aqui. Parecia que alguém a tinha chutado no estômago. Deu uma olhada ao redor. Cruzou os braços como se estivesse com frio. Disse que não sabia o que estava pensando. Virou-se.

A mulher balançou a cabeça.

Um tanto cético, perguntei:

— Como se lembra?

— Fácil. — Ela levantou dois dedos. — Tinha os olhos azul-água mais intensos que eu já tinha visto. Como o mar ao meio-dia. A única vez que vi olhos assim... — Ela olhou de novo para Ellie e apontou. — Muito parecidos com os seus. — Ela se virou para o oceano, lembrando.

— Eu lembro que ela falou uma coisa muito estranha. *Apollumi*.

Ela deu de ombros.

— Não é todo dia que alguém entra aqui citando grego.

Engoli em seco.

— Tem alguma ideia do que aconteceu com ela?

Ela olhou para Ellie e de volta para mim.

— Sinto muito, querida. — A mulher acenou com as mãos pelo chão. — Sinta-se à vontade para olhar ao redor.

Ela moveu a mão em direção à lona azul rolando em ondas além dos chalés.

— É bonito a esta hora do dia. — Com isso, desapareceu tão rápido quanto apareceu.

Quando voltamos para a calçada, Ellie ficou parada, olhando. Balançando a cabeça. Ela chutou o portão. E de novo. Finalmente, ela o sacudiu, chacoalhando suas dobradiças enferrujadas. Ela estava resmungando, xingando. Logo ela estava gritando. A maior parte era inteligível. As poucas palavras que eu conseguia entender me partiram o coração.

A última pista tinha secado, e Ellie sabia disso. Dali, não havia mais rastros. Nenhuma migalha de pão. Nenhuma carta enigmática. Conforme o espaço entre seus olhos se estreitava e a raiva cobria sua dor, eu sabia que estava vendo a esperança de Ellie morrer. Summer tentou segurá-la, mas ela não queria. Ela apenas andava de um lado para o outro na calçada gritando uma série de palavrões. Depois de alguns minutos, ela se virou para mim e me disse o que eu poderia fazer com meu barco e que ela queria estar em um avião.

— Agora mesmo.

Eu ainda tinha uma carta para jogar.

— Está bem.

CAPÍTULO 37

Desamarrei o *Gone Fiction*, e Ellie olhou para mim desconfiada.
— Não estou com humor para mais nenhum dos seus jogos.
— Eu sei. — Eu apontei. — O aeroporto privado tem um cais.
Nós circulamos a ilha. Devagar. O golfo estava límpido, e era bom estar de volta à água. Eu sempre pensava melhor aqui. Nós atracamos em um cais dentro da visão do marcador extravagante e gigantesco para o ponto mais ao sul dos Estados Unidos. É um marcador de concreto de oito ou nove pés que parece um ovo gigante. Eu nunca entendi o fascínio, mas as pessoas se aglomeram aqui e ficam na fila para tirar uma foto.
Ajudei Ellie a sair do barco, e ela cruzou os braços.
— Não vejo um aeroporto.
— Sei que você está sofrendo, mas estou pedindo que me dê cinco minutos.
— Você não faz ideia de como me sinto.
Eu não tirei os olhos dela.
— Talvez.
Caminhamos até o cais com Artilheiro na coleira, o que ele tolerava, mas não gostava, e andamos para a direita do marcador. Estávamos em uma cerca alta, preta e de ferro fundido, com vista para um muro de contenção e linha d'água de pedaços de concreto irregular.
Seguimos pela rua Whitehead, passando por um caminhão que vendia raspadinhas e *piña coladas* e passamos por uma pequena porta na cerca.

Abri a trava escondida e atravessamos uma praia semigramada, mas com muitas ervas daninhas, que levava ao paredão de concreto. Uma vez ali, subimos no muro e ficamos olhando quase para o sul, direto para a fenda invisível onde o Atlântico desaguava no golfo do México e vice-versa.

Apontei para um grande pedaço de concreto. Mais ou menos do tamanho de uma *minivan*. Antes parte de uma ponte em algum lugar, agora estava meio enterrado na areia. Uma defesa contra as tempestades.

— Quero lhe contar sobre aquela pedra.

Ela e Summer demonstraram que eu tinha despertado seu interesse, mas a descrença também estava lá.

— Eu tinha 23 anos. Havia me formado na Academia quase como o melhor da minha turma. Eu também tinha me formado no seminário, o que é outra história, mas isso significava que eu poderia passar por padre se necessário. E era necessário. Eu tinha aceitado um emprego em uma agência dentro do governo que realmente não tinha um nome. Havia motivos para ser secreto. Eu falava para as pessoas que trabalhava em Washington, mas só tinha estado lá uma vez. De férias.

"De qualquer forma, meu chefe me enviou disfarçado para uma igreja na Costa Leste que tinha um histórico de desaparecimento de garotas bonitas. Padre jovem. Inexperiente. Mas seis meses depois eu tinha seguido as migalhas de pão. Sussurros de pessoas com medo de falar. Entrei na casa na água de um cara. Manda-chuva na igreja. Doava muito dinheiro. O problema era que ele tinha uma queda por garotinhas. Eu era meio inexperiente na época, por isso não esperava que ele estivesse me esperando, e ele estava. Tirei as meninas, mas virei as costas cedo demais. Senti as balas entrando e saindo. Não foi o melhor dos meus dias.

"Meu chefe, Bones, jogou-me por cima do ombro e me carregou para um hospital com uma unidade de trauma. Depois ligou para Marie e falou para ela que nosso casamento talvez tivesse que ser adiado. Doze horas de cirurgia. Várias bolsas de sangue. Meu coração parou três vezes. Ela aguentou tudo isso. Eles me colocaram na UTI. Um mês. Depois seis meses em uma unidade de reabilitação, onde eu não conseguia levantar um haltere de dois quilos. Não conseguia dar dois passos.

Não conseguia ir ao banheiro. Ela me deu banho. Cortou meu cabelo. Trocou meus curativos. Dormimos juntos por seis meses antes de nos casarmos e, ainda assim, nunca 'dormimos' juntos, se é que me entende. Ela nunca saiu do meu lado. Pelo menos não quando eu estava acordado. Marie é a única razão pela qual saí daquele hospital.

"Embora tenha sido adiado por quase um ano, ela não ficaria sem aquilo com o que sempre sonhou. A capela era pequena, mas era assim que eram feitas naquela época. Eu esperava no altar. A capela estava cheia de amigos e familiares, o padre à minha direita, padrinhos e madrinhas alinhados em ambas as direções. Meu padrinho e amigo mais antigo, Roger, estava logo atrás de mim, e então a música começou, e eu pisquei e lá estava ela. Só me lembro de ver branco, e sol, e... meus joelhos quase cederam.

"Eu cambaleei e Roger me segurou, arrancando risadas do padre e de todos os presentes. Então ela deu um passo, e eu assisti em câmera lenta. Era como se o mundo que existia antes simplesmente tivesse desaparecido, deixando ela. Somente ela. Eu jamais tinha visto alguém tão linda. Até que... Ela chegou na metade do corredor e sua madrinha estava me entregando um lenço. Obviamente eu estava chorando. Mais risadas. Ela subiu os degraus e, quando pegou minha mão, a dela estava tremendo.

"Eu tinha me formado na Academia. Eu estava trabalhando em um emprego sobre o qual não podia contar muito a ela — embora ela tivesse suas suspeitas porque tinha acabado de passar os últimos seis meses cuidando de mim até eu ficar saudável. Ensinara-me a andar novamente. Corpos não reagem bem a balas."

Ellie fingiu não estar prestando atenção antes, mas agora estava concentrada.

Continuei:

— Ela declarou que sentia como se o mundo tivesse sido aberto diante de nós. Eu afirmei para ela que ela era meu mundo inteiro. Ela olhou para os pés, depois para mim, de volta para os pés. Ela estava nervosa. Eu também estava. Tentamos acompanhar o padre, Bones, mas ele teve que voltar algumas vezes e começar de novo, e então, quando ele chegou aos votos, ela se inclinou e sussurrou para mim, baixo o suficiente para que ninguém mais pudesse ouvir:

"— Tem certeza de que me quer?

"Bones... — Olhei para as duas e levantei meu celular. — Vocês o conhecem como Colorado. Ele estava limpando a garganta, sorrindo, tentando chamar minha atenção. Eu me inclinei e sussurrei. Meu rosto a centímetros do dela.

"— Você é meu mundo inteiro.

"Ela balançou a cabeça uma vez enquanto as lágrimas caíam. Uma pausa cheia de expectativa. Ela levantou o olhar, implorando.

"— Não é tarde demais.

"Marie estava se esforçando muito para não me contar algo que realmente queria me contar.

"Eu sorri e repeti depois do padre:

"— Eu, David, tomo você, Marie...

À menção do meu verdadeiro primeiro nome, o rosto de Summer se contraiu de leve. Ela ficou tensa.

Continuei minha história.

— Ter e manter... até que a morte nos separe.

"Lembro-me das minhas mãos suando. Tentei secá-las nas calças, mas ela não as soltou. Finalmente, Bones se virou para ela e pediu que ela repetisse depois dele. Sua voz era tão baixa, quase um sussurro. Em seguida, Bones nos serviu a comunhão, acendemos a vela e depois ele nos virou para encarar a congregação. Ela havia entrelaçado seu braço no meu. Só nós dois. Poderíamos enfrentar qualquer coisa. Contanto que fôssemos 'nós'. Eu a beijei, e, quando me beijou de volta, ela me segurou por um longo tempo. Seu corpo inteiro tremia. Seus dentes se chocavam. O público riu. Quase dançamos pelo corredor. Era novembro, e o ar estava fresco. A recepção tinha sido montada sob uma tenda no gramado, e, quando entramos, eles nos apresentaram. Lembro-me de rir."

Fiz uma pausa.

— Lembro de rir. Todos os meus sonhos haviam se realizado. Sem dúvida, o dia mais feliz da minha vida. Sem dúvida. Nada sequer chegou perto.

Fiz uma pausa enquanto a amargura retornava.

— Nós dançamos, tiramos fotos. Ela nunca estava fora do alcance do braço. Nunca me soltou. Depois nos sentamos para comer, e meus pés estavam me matando porque meus sapatos de *smoking* eram dois tamanhos menores porque tinham errado meu pedido, mas eu não me importei. Eu não estava planejando ficar neles por muito mais tempo. Ou no *smoking*, para falar a verdade. Até que os brindes começaram.

Outra pausa.

— Várias pessoas falaram um monte de coisas que não consigo lembrar, e então Roger, meu padrinho… bateu na sua taça com um talher. E lembro que, quando ele fez isso, Marie agarrou minha mão e apertou com força e seus olhos estavam marejados e ela estava tentando sorrir e… ele ergueu sua taça e…

Minha voz sumiu. Tentei não olhar para a memória, mas era tarde demais. Ela havia retornado.

— Ele estava sorrindo quando falou:

"— David e eu somos melhores amigos há muito tempo. Estou honrado que ele tenha me pedido para ser padrinho dele. Sério. E eu tenho um presente para a noiva e o noivo. É uma das minhas memórias favoritas. Um dos meus momentos favoritos. Algo que nunca vou esquecer. Também dei uma cópia para cada um de vocês.

"Algo em seu tom de voz me pareceu um pouco estranho, mas ele já estava pegando debaixo da cadeira em que eu estava sentado. Ele puxou um envelope pardo preso na parte de baixo. Levantou-o e falou:

"— Cada um de vocês tem um também.

"Observei enquanto as pessoas começavam a abrir seus envelopes e seus rostos mudavam do sorriso para o horror. Mais de cem pessoas sugavam um arquejo coletivo que transformou a sala em um vácuo. Elas cobriram as bocas e olharam para mim.

"Roger levantou seu copo.

"— Para David e Marie.

"Marie abriu o envelope, a luz sumiu de seu rosto, ela deixou cair as fotos, e a cor de sua pele combinava com a de seu vestido. Ela olhou para mim. Balançou a cabeça. A câmera lenta retornou. Abaixei-me, virei as fotos e olhei para a primeira. Demorei um minuto para registrar. Era uma foto de um quarto de hotel onde tínhamos tido o jantar de ensaio na noite anterior. Na mesa de cabeceira estava o jornal de ontem, e na cama havia duas figuras nuas."

Engoli em seco enquanto minha voz se transformava em um sussurro.

— As quatro fotos seguintes eram variações da primeira. Apenas posições diferentes. —

Olhei para a água.

— Meu padrinho e minha esposa. E... na mão dela estava o anel que eu havia dado a ela.

Summer e Ellie me encararam perplexas. De queixo caído.

CAPÍTULO 38

Continuei. Na metade agora.
— Levou um minuto para as imagens serem registradas. Para o significado ser compreendido. As pessoas começaram a deixar silenciosamente a recepção. Indo embora. Quando olhei para onde Marie estava sentada, sua cadeira estava vazia. Ela tinha ido embora. Levantei, e meu padrinho estava ali, com um olhar contente e satisfeito que dizia "O que vai fazer sobre isso?" em seu rosto. Eu ainda não conseguia acreditar. Tentei correr atrás de Marie, mas ele segurou meu braço e sussurrou:

"— Eu sempre serei o primeiro dela. E ela sempre será minha.

"Por alguma razão, ocorreu-me, então, que ele tinha feito isso intencionalmente. Como que para me ferir. Vingar-se de mim por algo. Eu o encarei enquanto a diferença entre o que era real e o que não era ficava embaçada na minha mente, e então ele sorriu. Assentiu. Riu. Seu golpe de estado estava completo.

"Enquanto eu estava de cama, ele tinha se mudado para nossa casa e a convencido de que eu não sobreviveria. Que ela precisava se preparar. Guerra psicológica. Terrorismo emocional. Aproveitando-se de sua fragilidade."

Parei de novo. Summer engoliu em seco. Ellie não se moveu.

— Bones me puxou para longe dele enquanto eu me esforçava ao máximo para matá-lo. Roger estava inconsciente, vários ossos do rosto quebrados, dentes estilhaçados. Ele passou os meses seguintes no hospital, mas, enquanto estava lá, amassado como um *pretzel* quebrado, eu ainda podia ver aquele sorriso presunçoso em seu rosto.

"Corri atrás de Marie, mas ela já tinha ido embora. Ela tinha pegado um dos barcos e deixado a ilha. Um vestido de noiva branco esfarrapado flutuando em seu rastro. Tirei uma licença do trabalho e comecei a procurar. Usei todas as tecnologias existentes à minha disposição e, dado meu trabalho no governo e o fato de que Bones ainda estava me pastoreando, tive acesso a muita coisa. Persegui-a por meses. Meses se transformaram em um ano. Eu encontrava uma pista, chegava perto e ela desaparecia. Aprendi a viver com uma mochila e com muito pouco. A ficar sem comer por dias. Às vezes uma semana. Passei dias e até semanas com as mesmas roupas. Observando. Esperando. Vasculhando recibos ou filmagens ou uma lixeira de hotel onde as coisas mais nojentas do mundo são jogadas — coisas que fariam um verme ter ânsias. Eu estava lendo cada pedaço. Todos os pedaços.

"Até que um dia dei sorte, ou ela se cansou de fugir, e eu a alcancei. Hospedada em um hotel de alto padrão. A coisa devia ter sessenta ou setenta andares. A varanda de cada quarto ficava acima da água. No livro de hóspedes, ela assinou um nome falso. Convenci o atendente de que eu era seu marido e ele me deu uma chave. Antes de entrar, vi dois pombos brigando por sementes de pássaros, e depois destranquei a porta e entrei. O quarto estava arrumado, a cama feita, sua bolsa e roupas no chão. Havia uma carta endereçada a mim na cama e a porta do pátio estava escancarada. Peguei a carta, saí para o pátio e vi onde ela havia tirado os sapatos e as meias antes de subir no corrimão. Vi onde seus pés estiveram no orvalho da manhã talvez sessenta segundos antes. Então li a carta."

Fiquei calado por um longo tempo.

— Eles nunca encontraram o corpo dela. Águas profundas e uma corrente de retorno. Vários hóspedes nos quartos abaixo de nós relataram ter visto algo como uma pessoa voando pela janela deles em direção à água abaixo. Voltei para casa, entorpecido, e falei para Bones para me enviar para algum lugar. Qualquer lugar.

"Ele enviou. O mal não se importa com a dor que você está sentindo. Tínhamos muito o que fazer. Pensei que, se eu trabalhasse duro o suficiente, poderia esquecer. O problema era que, ao persegui-la, eu tinha me tornado muito bom em encontrar pessoas que não queriam ser encontradas ou que outros não queriam que eu encontrasse. Desse modo, eu mesmo mediquei a dor, pensando que, de alguma forma, encontrar todas essas outras pessoas compensaria não tê-la encontrado noventa segundos antes."

Um grupo de pelicanos em formação voou baixo no horizonte.

— Por anos, tive esse sonho recorrente. Eu entrava pela porta. Ela estaria parada no corrimão. Usando seu vestido de noiva. Segurando um buquê. Sorrindo para mim. Eu avançava. Mas nunca a alcancei. Eu acordava suando, incapaz de respirar, meu braço com cãibra de tanto esticar.

Summer e Ellie pareciam estar com frio.

— Nos anos seguintes, encontrei 81 pessoas. Meninas. Mulheres. Crianças. Todas vítimas. Em cada uma delas, eu procurava o rosto de Marie, mas nunca o encontrava. Eu trabalhava noventa ou 120 horas por semana. Eu não era humano. Não era nada. Não sentia frio. Calor. Fome. Não amava. Não dormia. Eu simplesmente existia.

"Seis anos depois, eu estava em West Palm, no The Breakers. Estudando os movimentos de um cara de fundos de investimentos que gostava de garotinhas. Pagava generosamente pelo que gostava. Enfim, trouxeram três meninas asiáticas. Oito, nove e dez anos. Uma usava aparelho. As outras duas usavam marias-chiquinhas. Então, nós o prendemos. Ele não gostou disso. Ofereceu-me muito dinheiro para esquecer que eu o tinha visto. Quebrei um braço, estilhacei sua mandíbula, desloquei ambos os cotovelos, fiz sua mão atravessar uma porta de correr de vidro e disse-lhe para aproveitar a prisão.

"Enquanto ele ia de elevador até a ambulância, eu voltei para o meu quarto. O aniversário de sete anos do meu quase casamento. Eu estava cansado. Minha alma estava cansada. Eu estava sentado ali olhando para a água quando uma leve batida soou na minha porta. Pensei que talvez tivessem vindo para limpar o quarto. Abri e dei de cara com Marie. Pensei que estava alucinando. Até que ela me tocou. Dedos trêmulos..."

Ellie e Summer ficaram olhando perplexas. Eu apenas tentei respirar. Artilheiro sentou-se ao meu lado. Minha voz se suavizou.

— Sete anos antes, Marie estava cansada de fugir, então fingiu a própria morte para me despistar. E deu certo. Obviamente, eu parei de procurar. Os anos seguintes não foram gentis com ela. Ela estava mais magra. Mais atormentada. Havia um cansaço atrás de seus olhos que o sono não curaria. Cicatrizes de agulhas pontilhavam a parte interna de seus cotovelos. Nas horas seguintes, ela circulou ao meu redor. Nunca cruzando uma bolha de um metro e meio entre nós. Um metro e meio que poderia muito bem ter sido um milhão de quilômetros. Ela me contou a verdade sobre nosso casamento, Roger, e como tudo começou depois que eu fui baleado. Como ela estava com medo de que eu morresse. Quantas vezes quis me contar. E como estava arrependida. Fiquei sentado, descrente. Atordoado. Em algum momento por volta das duas ou três da manhã, eu desabei e chorei feito um bebê. Deixei sair todas as lágrimas e raiva que estavam se acumulando há sete anos. Ela não falou muito. Apenas ficou sentada lá. Uma brisa fria. Quando acordei ao amanhecer, ela tinha ido embora. Deixado outro bilhete.

Ellie ficou sentada em silêncio por um longo tempo. Balançando a cabeça. Enquanto o sol brilhava sobre nossos ombros e as pessoas continuavam a fazer fila para tirar fotos no marcador do outro lado da cerca, nós ficamos sentados em silêncio.

Por fim, Ellie falou.

— Por que está me contando isso?

— Porque às vezes ajuda saber que você não está sozinha. Que não é a única pessoa neste planeta que foi traída por alguém que você ama. Você carrega sua ferida onde o mundo inteiro pode vê-la. Como se o mundo lhe devesse alguma coisa.

Ela enrijeceu.

— Não deve?

— Não vai lhe satisfazer. Você ainda estará vazia.

Ela fez um gesto de desprezo com a mão.

— Ah, como se você fosse um especialista porque uma mulher acabou com você. Você não é melhor do que eu. É só um velho amargo tentando entender por que uma vagabunda não amava você. Terra para seja-lá-qual-for-seu-nome. — Ela estava gritando agora. — Às vezes as pessoas não amam você de volta!

Ela abaixou a cabeça entre as mãos. O anel do envelope pendia de uma corrente em volta do pescoço. Summer sentou-se, joelhos dobrados contra o peito, olhando para mim. Ela parecia fria e com dor.

Debati comigo mesmo. Eu sabia que precisava contar o restante a ela; eu só não queria. Isso não tinha corrido do jeito que eu esperava. E, dada a reação de Ellie, minhas próximas palavras poderiam piorar tudo. Mas imaginei que ela tinha o direito de saber. Apontei para o anel.

— Posso ver isso?

Ela o levantou da cabeça e jogou em mim. Peguei-o e me sentei ao lado dela.

Na minha rocha.

CAPÍTULO 39

O anel estava na palma da minha mão, brilhando.
— Vinte e dois anos atrás, eu era um calouro na Academia. Tinha voado para casa nas férias. E, sem contar a Marie, fui ver um joalheiro no centro de Jacksonville. Tinha um escritório perto do rio. O nome dele era Harby. Somente com hora marcada. Um desses lugares com interfone na porta da frente. Falei para ele o que estava procurando, ele desenhou um esboço e, quando concordei, ele fez. Talvez um em 10 mil pudesse fazer o que ele fez. Levou algumas semanas. Um anel de um em um milhão.

Olhei para a memória e ri.

— Custou-me dois anos de economias mais meu barco. — Um aceno de cabeça. — Ela sabia que eu estava falando sério quando vendi meu barco. Quando lhe ofereci o anel, ela não conseguia acreditar. Não conseguia acreditar que tinha feito isso sozinho. Sem ajuda dela. Ela colocou no dedo, chorou e, naquele momento, eu dei tudo de mim a ela. E, daquele momento até agora, nunca mais pedi nada de mim de volta.

Levantei a mão de Ellie, desenrolei seus dedos e coloquei o anel em sua palma suada.

— Aquele anel é este anel.

A descrença se aprofundou. Ela olhou do objeto para mim e de volta para ele, finalmente balançando a cabeça.

— Isto era da sua esposa?

Eu assenti.

Ela olhou para mim.

— Isso significa...?

Eu balancei a cabeça.

— Ela morreu. Um ano antes de você nascer.

— Como sabe? Depois de tudo, como tem certeza?

O ar cheirava a carvão e lavanda. Em algum lugar, gaivotas enchiam o ar com barulho. Engoli em seco.

— Acordei no quarto do hotel. Sozinho. Um bilhete no travesseiro. E, diferente da primeira vez, nesta ela não deixou nada ao acaso. Desta vez, ela faria de verdade. Ela alugou um barco, levou-o a alguns quilômetros da costa, flutuando em cerca de 95 pés de água. Ela ligou uma câmera de vídeo, amarrou um balde de cinco galões cheio de cimento seco aos pés, jogou-o ao mar e depois encarou a câmera por um longo tempo. Enfim, enxugou as lágrimas, murmurou as palavras "amo você", acenou uma última vez e seguiu o balde. A Guarda Costeira encontrou o barco e exibiu o vídeo para mim no escritório do gerente do hotel. Isso foi um ano antes de você nascer.

Nós três ficamos sentados em silêncio por um longo tempo.

— Depois disso... eu perdi a noção. Enchi a cara. Durante grande parte de um ano. Eu me vi em várias praias em Keys, até que, como se uma mão gigante tivesse me levantado e me colocado no chão, eu me vi aqui, nesta rocha, uma garrafa vazia na mão, olhando para esse sol, fazendo-me algumas perguntas difíceis. Não acho que eu cheirava muito bem, já que eu não tomava banho há algumas semanas. E, enquanto estava sentado mais ou menos onde você está, ouvi uma voz. — Eu ri da lembrança. — No começo, pensei que estava alucinando. Ouvindo vozes. Depois, ele falou de novo.

Ela se virou de lado e olhou para mim. Perguntando sem perguntar.

— Ele se inclinou, projetando uma sombra sobre meu rosto, e falou: "— Conte-me o que sabe sobre ovelhas.

"Eu não sabia se a voz que eu estava ouvindo estava na minha cabeça e eu estava ficando louco, ou se era real. Quando respondi, falei com a voz na minha cabeça.

"— Eu sei que elas são os animais mais idiotas da face da Terra e têm uma tendência a vagar e se perder.

"Então ele se inclinou para que eu pudesse vê-lo e sorriu.

"— E... — declarou — elas precisam de um pastor.

"Eu levantei. Enfiei as mãos nos bolsos e olhei através dos meus óculos escuros para a água cristalina. Depois caí na água. Até hoje não sei como ele me encontrou, mas ele encontrou. Ele me tirou da água para que eu não me afogasse, colocou-me em um pequeno apartamento cerca de três quarteirões daqui e cuidou de mim até que eu voltasse à vida. De novo. Alimentando-me. Deixando-me sóbrio."

Summer sussurrou:

— Colorado?

Eu assenti.

— Então, um dia, eu estava sentado na varanda da frente do hotelzinho barato onde ele me isolou. Ele estava tomando vinho. Eu estava bebendo chá gelado. E ele colocou um bloco de anotações na minha frente. Olhei para ele. Não fiquei impressionado. Eu estava apenas com raiva. Quanto mais sóbrio eu ficava, com mais raiva eu ficava. Que era a razão pela qual eu bebia. Para afogar a raiva. Eu não poderia estar mais infeliz ou com raiva. Podia arrancar a cabeça de alguém com minhas próprias mãos. Eu sabia que estava a dois segundos de estrangular alguém. Qualquer um. Eu era uma bomba-relógio ambulante e não precisava de muito para explodir. Ele sabia disso também, por isso colocou aquele bloco na minha frente e falou:

"— Diga-me quem você ama.

"Olhei para ele como se ele tivesse perdido a cabeça completamente. Falei:

"— Amor? — Balancei a cabeça. — Eu nunca mais vou amar.

"Ele se recostou, deu de ombros, tomou um gole e disse:

"— Você pode escolher isso se quiser, ou pode perceber que todos nós estamos quebrados, e às vezes não importa o quanto tentemos e não importa o que façamos, as pessoas simplesmente não correspondem ao nosso amor. — Ele se aproximou, sua respiração no meu rosto. — E.

quando não o fazem, temos uma escolha. Podemos nos agarrar a isso, deixar apodrecer e viver dessa amargura cheia de pus, ou... — Ele bateu no bloco de papel. — Podemos aprender a amar de novo.

"Ele tomou mais um gole de vinho e me cutucou com força no peito.

"— Todo coração é feito para se derramar. Mas às vezes estamos feridos e o que derramamos azedou e virou veneno. Você pode escolher. Veneno ou antídoto? Vida ou morte? Você escolhe. Então, o que vai ser, David Bishop?"

Summer deu um pequeno pulo, seguido por um gemido baixo do qual parecia não estar totalmente consciente.

Dei de ombros.

— Talvez esse tenha sido meu momento. Talvez tenha sido quando eu despertei. Quando vi mais do que apenas minha própria dor. Talvez eu tenha visto a dele também. O fato de eu estar sofrendo o machucou. Profundamente. Em algum lugar ali, ocorreu-me que fomos criados para amar. É a coisa que nossos corações são feitos para derramar. Mais tarde, eu descobriria que era a própria ferida dele vindo à tona quando ele me disse:

"— Nós não amamos porque as pessoas nos amam de volta. Amamos porque podemos. Porque fomos feitos para isso. Porque é tudo o que temos. Porque, no final do dia, o mal pode levar tudo, exceto uma coisa: seu amor. E quando você perceber isso, que a única coisa que realmente controla nesta vida é seu amor, você verá, talvez pela primeira vez, que estamos todos perdidos.

"Ele se inclinou e sussurrou:

"— *Apollumi*. E as necessidades da *apollumi* superam as necessidades das noventa e nove. Portanto... — Bateu no bloco outra vez. — Diga-me quem você ama."

CAPÍTULO 40

Olhei para a água. Recordando.
— Eu costumava vir aqui todo dia. E eu escrevia. Não sabia nada sobre escrever. Eu só sabia que, quando eu escrevia, era como tirar a pressão da panela. Eu enterrava a caneta no papel, marcando mais do que escrevendo, mas logo eu estava lembrando do belo e não do doloroso. E eu queria olhar para aquelas memórias nas quais nós compartilhamos risos e esperança e ternura, por isso eu as escrevi. Logo eu estava falando pela boca desses personagens que criei.

Summer enrijeceu e inclinou a cabeça.
— O mentor mais velho eu chamei de Fingers, inspirado em Bones. — O queixo de Summer caiu, mas eu continuei falando. — Para o mais novo eu dei meu nome. Porque eu não queria mais. Porque pensei que talvez pudesse reescrever a vida que ele viveu. Bones me deu licença do meu trabalho no governo. Ele vinha uma vez por mês para me ver, e toda vez ele me encontrava escrevendo. Eu aceitei um emprego de *barman* — apontei — lá embaixo. Um bar à beira-mar. Muitos solteiros. Procurando por amor em todos os lugares errados.

"Eu estava sóbrio e escrevendo há um ano quando uma mulher, uma moça que não se encaixava muito bem, sentou no meu bar e me observou. Ela não era como uma cliente comum. Essa moça tinha poder em outro lugar e estava ali sozinha, deixando sua mente relaxar. Eu tinha limpado meu bar e ninguém estava fazendo pedidos, então, eu estava sentado lá com um lápis e um bloco, continuando minha história, e ela me questionou:

"— O que você está escrevendo? — E eu pensei na sua pergunta.

"Quando respondi, eu falei:

"— O eu que eu gostaria de ser.

"Ela pareceu curiosa e perguntou:

"— Quem você gostaria de ser?

Respondi:

"— Não partido.

"Ela sorriu, assentiu, deslizou para mais perto, acendeu um cigarro e olhou para o papel.

"— Conte-me sobre ele.

Bati meu lápis e olhei para minhas palavras. *Um amor que conheci.* Ela estendeu a mão.

"— Posso?

Talvez a pergunta mais perigosa que já me fizeram. Mas pensei, o que tenho a perder? Por isso, deslizei o bloco para ela. Ela leu alguns minutos e acendeu outro cigarro.

"— Você tem mais disso?

"Eu respondi com sinceridade:

"— Mais sessenta e sete blocos.

"Ela sorriu.

"— Deixaria eu vê-los?

"Eu não sabia se ela estava dando em cima de mim ou apenas passando o tempo, mas eu respondi:

"— Vou estar aqui amanhã. Se estiver, poderá vê-los.

"Então, o amanhã chegou, fui dar um longo mergulho no oceano, e ela estava sentada no bar quando abrimos. Coloquei a montanha de blocos na frente dela, e ela ficou sentada lendo, tomando café e fumando cigarros até as duas da manhã seguinte.

"Quando ela fechou o último bloco, tirou os óculos, enxugou os olhos e olhou para mim. Ela perguntou:

"— Você sabe quem eu sou?

Eu neguei, balançando a cabeça. Eu não fazia ideia. Ela colocou uma mão sobre o monte de papel.

"— Você me deixa publicar isso?

"Isso me pareceu estranho.

"— Por quê? — perguntei.

"Ela apagou um cigarro.

"— Porque eu publico livros há 38 anos, e ainda não encontrei um que cure corações partidos como este.

"Eu me servi de um pouco de *club soda* e tomei um gole.

"— Realmente acredita nisso?

"Ela assentiu uma vez.

"— Acredito.

"Depois disso, conversamos por uma hora enquanto ela tentava me convencer. Peguei o número dela. Ela falou que ficaria aqui por uma semana. Eu poderia ligar a qualquer momento. Antes de voar, ela passou no bar. Eu estava sentado lá escrevendo. Entreguei a ela uma sacola plástica de supermercado cheia de todos os meus cadernos. Levantei um dedo.

"— Ninguém além de você me conhece. Não usamos meu nome verdadeiro, não colocamos meu rosto na capa e nunca darei uma única entrevista. Sou um fantasma.

"Ela sorriu.

"— Melhor ainda."

Tentei não olhar para Summer, cujo queixo estava tão caído que poderia bater na água.

— Assim, nós criamos esse plano de deixar meu personagem continuar a escrever as próprias histórias. Essa estranha reviravolta na ficção autobiográfica. Como se Indiana Jones tivesse escrito os próprios livros e os publicado sob seu próprio nome. Usamos meu nome. David Bishop. — Dei de ombros. — Meu nome verdadeiro é David Bishop Murphy. "Murph" ou "Murphy" era meu apelido. Acrescentamos "Shepherd". Ou melhor, Bones acrescentou.

"A editora levou minha bolsa de volta para Nova York e dividiu aqueles 68 blocos em quatro histórias, que ela publicou sistematicamente a cada seis meses. Quando a segunda parte estava programada para ser lançada, as pessoas estavam ansiosas e as empresas de notícias contrataram investigadores particulares para descobrir minha identidade. O livro ficou em primeiro lugar por semanas antes de chegar às prateleiras. Os números três e quatro estabeleceram recordes editoriais dos quais eu não sabia nada. Parece que as leitoras tinham uma queda por um cara como David Bishop. Assim, enquanto eu trabalhava no bar em troca de gorjetas, ganhava mais dinheiro do que poderia gastar em dez vidas.

"Liguei para Colorado e disse que queria voltar a trabalhar, mas queria fazer de forma um pouco diferente. Queria criar um lugar onde pudéssemos ajudar as pessoas quando as encontrássemos — ajudá-las a atravessar a estrada de feridas a curadas. Assim fizemos. Comprei uma cidade fantasma. Literalmente uma cidade que havia sido abandonada quando a prata acabou, e a trouxemos de volta à vida. Agora temos uma escola, um hospital, times esportivos femininos e uma segurança muito boa. É uma comunidade de pessoas acolhendo garotas que achavam que nunca mais ouviriam o som da própria risada. Cujas vidas foram mil vezes piores do que qualquer coisa que eu possa imaginar. Construímos condomínios. Casas. Se elas não querem ir para a faculdade, nós lhes damos treinamento profissional. Também fazemos parcerias, discretamente, com empresas Fortune 500, já que muitas delas são administradas por mães e pais das crianças que encontramos. Elas esquiam nos fins de semana. Praticam *rafting* e *mountain bike* no verão.

"Colorado, ou Bones, comanda nossa pequena cidade secreta, enquanto eu encontro pessoas que precisam ser encontradas. — Dei de ombros. — E à noite, para me lembrar de que um dia conheci o amor, eu escrevo. Ou pelo menos escrevia."

Summer sussurrou:

— O que quer dizer?

Apontei para o *Gone Fiction*. Para a caixa laranja de Fingers.

— Escrevi a última parte, que deve sair em algumas semanas. — Balancei a cabeça. — Graças a leitoras como você, ele também está em primeiro lugar. Há mais de um mês. Na história, Fingers morre. Assim como

Marie. Escrever dói demais. Tive que matá-los e a série porque escrever a vida de David Bishop estava me matando. Então, antes de começar esta viagem, peguei todos os quatorze romances, queimei-os, juntei suas cinzas naquela caixa laranja e amarrei-a ao meu barco para que, quando chegasse aqui — no fim do mundo — eu pudesse espalhar essas palavras pela água onde as ouvi pela primeira vez. Para que eu pudesse dizer adeus a Fingers. E, quando eu chegar em casa, direi adeus a Marie.

Summer sentou-se balançando a cabeça. Ela falou baixinho.

— E quanto a David?

— Você estava certa. Estou ferido. Alguns dias escrevo para lembrar. E alguns dias escrevo para esquecer.

Ellie estava branca feito papel. Artilheiro estava imóvel com a cabeça apoiada na rocha.

— Se, ao escrever sobre meu amor por ela, dei a Marie uma vida além de seu túmulo aquático, então estou feliz. Se essa vida falou com pessoas feridas e as ajudou a passar de feridas a curadas, então nem sei o que dizer. Fico mais do que feliz. Não esperava por isso. Em algum lugar perto daqui, Bones me convenceu de que talvez eu pudesse escrever para sair do meu estado ferido... mas, a cada ano e a cada livro e a cada palavra escrita que abro e olho para dentro, descubro que a escrita está me ferindo. Porque, não importa o que eu diga ou como eu diga, não posso trazê-la de volta. Marie se foi, e, não importa o quanto eu escreva, nada vai restaurá-la nem o meu coração partido.

Sequei minhas próprias lágrimas.

— Uma vez, eu amei. Com todo o meu ser. Esvaziei-me sem interesse. E então ela se foi, e eu nunca consegui falar para ela. Nada. Publiquei mais de um milhão de palavras, espalhei minha alma pelas páginas. Sou conhecido por milhões e ainda assim sou totalmente desconhecido. E, quando acordo e caminho por esta terra, inspirando e expirando, tento dar meu amor... e não consigo. Não consigo mais carregá-la.

Ficamos sentados em silêncio enquanto a brisa nos envolvia. Artilheiro se levantou e andou ao meu redor, até que parou, apenas se inclinando contra mim. Falei para o vento. Não exatamente para elas, mas alto o bastante para que me ouvissem. Eu estava falando com outra pessoa, mas ela não era capaz de me ouvir.

— Cada nome nas minhas costas... — Eu balancei a cabeça uma vez. — Eu não estava procurando por eles. Estava procurando por Marie. Tentando encontrar a única garota que perdi. E procurei no mundo todo.

Summer estava soluçando. Ellie me olhava fixamente, sem saber o que dizer. Ninguém falou nada por vários momentos. A água ao redor de nós tinha apenas um a três pés de profundidade.

Desci da pedra e entrei na água. Artilheiro me seguiu, nadando ao lado. Andei na água até o *Gone Fiction*, desamarrei a caixa e continuei andando. Várias centenas de metros afastado da costa. A água empurrando contra mim. Fiquei um longo tempo segurando aquela caixa laranja. As memórias retornaram. O riso. A diversão. Mentor e amigo. Enquanto eu estava naquela água, tudo voltou. Eu ia sentir falta dele. Eu ia sentir falta do som de sua voz em minha mente. Mas era só isso. Era apenas uma medicação imaginária, e eu não conseguia mais lidar com isso. Minha droga, escrever, havia perdido sua eficácia. A dor em mim era mais profunda do que a escrita era capaz de eliminar.

Abri a caixa, tirei a garrafa de vinho, puxei a rolha com os dentes e fiquei ali, vinho em uma das mão, cinzas na outra. Esmagado pela intensidade do momento, virei as duas de cabeça para baixo. O vinho tingiu a água enquanto as cinzas flutuaram ao meu redor, cercando-me. Divertindo-se, Artilheiro nadou em círculos. O vento levantou algumas das cinzas e enviou uma nuvem para o sul. Para partes desconhecidas. Ondas oscilavam ao meu redor, a maré que subia puxava meus pés e, em três minutos, a nuvem vermelha na água havia sido levada para o mar. Em algum lugar na costura onde o golfo se une ao Atlântico. Aquela tapeçaria que chamamos de oceano. Um homem em meio a um mosaico que chamamos de coração humano.

Quando me virei, Ellie e Summer estavam poucos metros atrás de mim. As mãos de Summer estavam apertadas contra a boca. Ellie estava com um braço preso no de Summer.

A dor no meu peito era lancinante. Era a maior dor que eu já havia sentido. Minha respiração estava superficial e a fenda na minha alma tinha se alargado, fraturando-se. Dividindo-me. Fazendo as duas metades de mim girarem em direções opostas.

Passei a vida procurando e encontrando quem estava perdido. Devolvendo a escolhida às noventa e nove.

Mas quem me resgataria? Quem me devolveria os pedaços de mim?

CAPÍTULO 41

Entramos no *Gone Fiction* e navegamos lentamente de volta para o hotel.

Ellie continuou olhando por cima do ombro para a rocha. Summer continuou olhando para mim. Depois que amarramos, Summer ficou olhando para o oeste, esfregando um polegar com o outro. Energia nervosa escapando. Ela queria falar algo, mas tínhamos passado tempo demais lá. E Angel ainda estava lá fora em algum lugar. Eu precisava trazer Summer de volta à realidade. Bati no meu relógio.

— Sei que você tem perguntas, mas precisa ligar para o seu encontro.

Ela se recompôs e ligou para o homem misterioso, que ficou contente com a ligação dela e informou onde encontrá-lo. Ela trocou de roupa para seu biquíni e complementou a fantasia com uma saída de praia de *chiffon* em volta da cintura.

Ela estava se colocando em perigo. Eu falei:

— Não precisa fazer isso.

— Olha quem fala.

— Eu faço isso há muito tempo.

— Eu tenho que fazer alguma coisa.

— É arriscado.

— Você vai estar por perto, não vai?

Pendurei um colar em volta do pescoço dela. Um dente de tubarão prateado em uma corrente. Dei um tapinha no dente.

— Ele me permite rastrear você.

Ela perguntou outra vez, revelando seu medo.

— Você vai estar por perto?

— O mais perto que posso chegar sem assustá-lo.

Ela piscou e soltou uma lágrima.

— Murph...

Eu sorri.

— Minha mãe me chamava de Bishop.

Um sorriso fraco.

— Angel está...?

Segurei as mãos dela nas minhas.

— Acho que não, mas... — Tentei encontrar as palavras. — O tempo não está do nosso lado. E...

— O quê?

— O tempo está acabando.

Ela engoliu em seco e assentiu enquanto o sol banhava seu rosto. Summer era naturalmente linda. Ela deslizou seu celular dentro da lateral de seu biquíni e me beijou no canto da boca, depois me beijou mais uma vez. Em seguida, gentilmente tocou meu rosto, virou-me e pressionou seus lábios trêmulos e salgados nos meus. Sem outra palavra, tirou seus chinelos e os carregou na mão. Adicionando as pinceladas finais à aparência desamparada. Antes de virar a esquina, ela parou, olhou para mim, fechou os olhos, deu uma pirueta, depois outra, e desapareceu.

Andei pelo cais até a vaga onde eu tinha atracado o *Gone Fiction* e encontrei Ellie sentada na proa, a caixa de Fingers aberta e vazia em seu colo. Ela não tinha falado muito desde que deixamos o ponto mais ao sul. Dei partida no motor e comecei a puxar as cordas quando me virei e a encontrei olhando para mim, o anel de Marie na palma de sua mão. Uma oferenda. Balancei a cabeça.

— Era para ser seu. — Olhei para meu relógio. — Eu falei que levaria você para qualquer lugar.

Ofereci meu celular.

Ela olhou de mim para Artilheiro. Depois em direção ao pôr do sol.

— Eu poderia... você... poderia me levar para o Colorado?

— É só pedir.

Finalmente, ela tocou meu braço. Uma oferta de paz.

— Eu gostaria de ir.

Olhei para fora e vi Summer apoiada na grade do píer, gastando a energia do nervosismo.

— Não vai demorar muito. Um ou dois dias.

Quando Ellie falou, havia uma gentileza em sua voz que eu nunca tinha ouvido.

— Eu posso esperar.

O encontro de Summer prometeu ligar assim que tivesse carregado e preparado o barco. Falou que a pegaria na marina a algumas quadras de distância. O momento atual, essa era a parte difícil. A espera. Onde cada segundo era um minuto. E cada minuto um dia. Eu me saía muito melhor a todo vapor com o cabelo ao vento, mas no momento não era assim. Era agonizante.

Assim que ela pisasse no barco, ou assim que pudesse fazê-lo sem levantar suspeitas, Summer deveria me mandar uma mensagem de texto com o nome que ele informou a ela e o número de pessoas no barco. Eu também pedi que ela me enviasse o nome e a descrição do barco. Uma foto, se conseguisse.

O dente de tubarão de Summer não era muito bom além do campo de visão. No oceano, isso significa quase dez quilômetros. Menos se as condições piorassem. Eu poderia rastrear o telefone dela, desde que ela permanecesse na área de cobertura de celular. A chave era a cobertura. Sem serviço, sem rastreamento. Meu trunfo era Bones. Se o nome não desse em nada, ele seria capaz de pegar uma assinatura de calor do barco e conectá-la ao meu telefone via satélite. Isso significava que eu poderia rastreá-lo em qualquer lugar e ele nunca me veria — desde que mantivesse os motores funcionando.

Falei para Summer para não ingerir nada em nenhuma circunstância. Mesmo que ele desse a ela uma garrafa de água fechada, ela devia fingir. Deixá-la tocar seus lábios. Não engolir. Jogar fora quando ele não estivesse olhando. Se ele tivesse algo a ver com os caras que levaram Angel, iria drogá-la. A deixaria inconsciente. Ela acordaria em um contêiner de transporte na Austrália. Também mudamos meu nome em seus contatos para "Amber". Criativo, eu sei.

Nossa história e código eram simples. Summer era uma estilista de Los Angeles. Em uma pausa muito necessária. Uma trabalhadora compulsiva com um término doloroso. Amber era sua assistente, segurando as pontas enquanto preparavam uma linha de roupas para lançar no mês que vem. Por isso ela me mandaria instruções por mensagem de texto sobre basicamente nada, mas usando nomes de cores para me informar que estava bem. Qualquer cor era um bom sinal. Mas, assim que ela usasse *preto* ou *branco*, então, as coisas tinham ficado ruins e ela precisava de evacuação imediata. Era para mandar a cavalaria. Se em algum momento ela sentisse a presença de Angel ou tivesse alguma informação sobre Angel, ela me diria que as estrelas estavam lindas na noite passada. Se ele a levasse para algum lugar e houvesse outros homens armados, ela me pediria para não me preocupar, que estaria em casa em tantos dias, e nós então conversaríamos. Quer dizer, se ela estivesse em casa em três dias, significaria que havia três homens. Quatro dias, quatro homens, e assim por diante. Por último, caso ele a levasse para um lugar onde houvesse outras mulheres, e Summer acreditasse que essas garotas ou mulheres estavam lá contra a própria vontade, então, ela me informaria o número delas usando o número de dias antes do lançamento das roupas.

Quer dizer: "Use o cinto de seda vermelha e turquesa" significava que estava tudo bem. "Você devia ter visto as estrelas ontem à noite" queria dizer que Angel estava em jogo. "Volto em três dias e teremos cinco dias para nos preparar para o desfile" significava mais três bandidos, totalizando quatro, e cinco garotas. E qualquer menção a preto ou branco significava que as coisas não estavam boas. Era para ir correndo.

Por fim, a cartada final era uma palavra: *balé*. Por nenhuma razão em particular, exceto que era muito diferente de qualquer outra coisa. *Balé* significava que as coisas estavam ruins e que ele sabia sobre ela. E absolutamente tudo isso dependia da cobertura de celular. Sem celular, sem comunicação. Eu estaria navegando às cegas.

Quando terminamos nossa revisão de códigos, Ellie balançou a cabeça e perguntou:

— Todas essas coisas de serviço secreto são realmente necessárias?

Respondi mais para mim mesmo do que para ela.

— Espero que não.

— Então, qual é a pior coisa que ela poderia dizer para você? Como se o mundo tivesse acabado...

— Balé à meia-noite.

Ela me dispensou com um aceno.

— Marcante.

Não gostei da ideia de Summer ir sem mim. Senti-me impotente. Responsável até. E se eu estivesse errado? E se...? As perguntas surgiram. Summer era durona, até mesmo corajosa, mas ela não era nada contra esses homens. Chega um ponto em toda busca em que você se inclina um pouco demais. Em que você ouve o relógio correndo e seu pensamento fica confuso e você faz coisas que normalmente não faria. Coisas estúpidas. O problema é que você não consegue enxergar isso na hora. Era como pedir para um peixe descrever a água.

Fiquei imaginando o quão cego eu havia ficado.

CAPÍTULO 42

Sentado à beira da piscina, girei meu telefone nas mãos e comecei a batucar os dedos.

Ellie e Clay estavam sentados perto. Artilheiro estava deitado na ponta da espreguiçadeira de Ellie, com a mão dela esfregando seu estômago.

Clay rompeu o silêncio.

— Sabe, alguém tem que discar um número para que essa coisa de fato toque.

Coloquei o celular no bolso e pedi um café. Uma sombra apareceu acima do meu ombro. Clay e Ellie ergueram o olhar para cima, surpresa se espalhando por ambos os rostos. Virei-me para encontrar Irmã June vestida em seu hábito e olhando para mim. Suas mãos estavam cruzadas. Sua expressão gentil havia sido substituída por uma muito mais séria.

Fiquei de pé.

— Irmã June.

Ela se virou para um lado e gesticulou para mim e Ellie.

— Vocês dois poderiam vir comigo, por favor?

— Do que se trata?

Irmã June considerou suas palavras.

— Tenho algumas informações para você. Ou... — Ela esfregou as mãos. — Não fui totalmente honesta com você.

Ellie se levantou.

— Não foi?

Ela gesticulou novamente.

— Por favor.

Olhei para o meu celular. Depois para a água. Finalmente para a Irmã June.

— Pode esperar? Estamos um pouco ocupados aqui.

Ela balançou a cabeça.

— Temo que não.

— Vá em frente. — Clay se levantou, acenou para Irmã June e sussurrou: — Eu fico de olho nas coisas.

Eu estava com medo de olhar para Ellie. Quando olhei, seus olhos estavam suplicantes.

Nós fomos no *Gone Fiction*. Irmã June sorriu quando sugeri, mas não falou nada. Nós partimos, circulamos rumo ao sul, depois seguimos para leste e ao longo do lado sul de Key West. Passamos pela minha rocha e pelo marcador mais ao sul, em seguida pela praia Smathers, o aeroporto e o pequeno corte que levava à marina de Stock Island. Finalmente, diminuímos a velocidade nas águas que levavam à praia de Boca Chica. As casas das Irmãs da Misericórdia ficavam sob as árvores, bem à nossa frente.

Navegando devagar em águas rasas, senti meu celular vibrar no meu bolso. Abri a mensagem e descobri que Summer havia enviado uma foto do barco. O que significava que ele havia ligado. O que significava que ela estava em jogo agora. E algo em mim não gostou disso.

Nem um pouco.

A foto havia sido tirada de um ângulo estranho, talvez na altura da coxa, o que significava que ela tinha tirado sem que ele percebesse. Ou tentado. Quando vi, cocei a cabeça. Eu conhecia esse tipo de barco.

Feitos sob medida em colaboração com a Mercedes, são o que há de melhor em barcos desta classe. O *515 Project One* tem mais de cinquenta pés de comprimento, quase dez pés de largura e ostenta um *pedigree* de contrabandistas de rum que remonta à Lei Seca. Antigamente usados para contrabandear rum e drogas, eram populares entre caras de corridas *offshore* das ilhas até o continente. Barcos como este têm um formato de V profundo, o que os torna notavelmente confortáveis em águas agitadas. Esta versão em particular foi feita sob medida da proa à popa e movida por um par de motores de corrida que produziam 1.350 cavalos de potência cada. Quando combustível de corrida era usado, essa potência subia para 3.100, empurrando o barco a 225 quilômetros por hora. Um foguete aquático. De Key West, poderia estar em Cuba ou Bimini em menos de uma hora. Pior ainda, poderia estar lá e voltar em menos de duas. O problema dele, que também era o meu, era o vento de mais de quarenta quilômetros por hora e as ondas de oito pés no Atlântico. No momento não havia nada disso nas águas calmas do golfo.

Enquanto eu olhava para a foto, meu coração afundou. Se ele decidisse ir embora, tudo o que eu poderia fazer era assistir. Para piorar a situação, o nome pintado na parte traseira era *Daemon*.

Depois da foto Summer enviou o nome dele. Michael Detangelo. Duvidei que fosse real, mas encaminhei o nome e a foto para Bones, que verificaria ambos. Bones, meus olhos no céu, estava rastreando o celular de Summer, mas só conseguiria fazê-lo enquanto ela tivesse sinal. Ainda assim, mesmo um curto período deveria permitir que ele identificasse a assinatura de calor do barco e a seguisse por satélite. O que nos permitia rastreá-lo em qualquer lugar que ele fosse, desde que os motores permanecessem quentes.

Alguns segundos depois, Bones respondeu:

— Localizado.

Na praia, sob o brilho da lua, um pavão marchava. Eu estava em conflito. Summer ou Irmãs da Misericórdia. Eu queria ajudar Ellie, mas minha mente não conseguia de afastar de Summer, sozinha em um barco com um homem mau. Eu xinguei.

Irmã June se virou e me viu olhando para o meu celular. Encalhei o *Gone Fiction* gentilmente em menos de um metro de água. O suficiente para segurá-lo contra a maré, mas não o bastante para segurá-lo contra o Mercury no caso de eu precisar sair depressa. Enquanto saltávamos, virei-me para Artilheiro.

— Fique. — Ele não gostou, mas deitou-se de bruços, pendurou as patas dianteiras sobre a borda da proa e descansou a cabeça nas patas dianteiras. Choramingando. Suas orelhas se voltaram para mim. Falei suavemente: — Já volto.

Irmã June, bastante ágil com mais de 80 anos, conduziu-nos até a praia sob a copa das árvores e virou para o norte, caminhando na areia macia. Espalhadas acima e ao redor de nós, parasitando os galhos das árvores, havia mais orquídeas do que eu era capaz de contar. Dezenas. Talvez uma centena. Orquídeas são oportunistas, por isso agarram onde podem, seja colocadas pela mão de Deus ou pela mão do homem. Uma coleção tão densa significava que alguém aqui devia amar orquídeas. A água batia à nossa direita; as casas estavam estoicas à nossa esquerda. Soldados de brinquedo. Sob as sombras das orquídeas, marchamos pela praia. Irmã June, Ellie e eu.

No último chalé, Irmã June se virou e começou a serpentear em direção à varanda dos fundos. Este chalé tinha sido mais bem conservado do que os outros. Tinta fresca, telhado sem ceder e, pelo ruído do aparelho, o ar-condicionado funcionava.

Irmã June subiu os poucos degraus, parou na varanda dos fundos e tirou a areia dos pés. Ela bateu suavemente, abriu a porta e falou:

— Sou eu. — Abrindo a porta, ela nos fez entrar e fechou-a silenciosamente atrás de nós. O quarto cheirava a lavanda, e uma lâmpada iluminava o outro lado, onde alguém com uma estrutura muito pequena estava deitada em uma cama. Os lençóis estavam passados, dobrados com cuidado e arrumados, formando uma espécie de casulo. Ao lado da cama, havia uma estante de livros. A pessoa estava sentada ereta na cama, e havia um tanque de oxigênio verde e cilíndrico ao lado dela. Um tubo de plástico transparente saía do tanque. O som de uma respiração rítmica enchia o quarto.

Uma luminária de cabeceira iluminava a cama e projetava uma sombra no rosto da pessoa. Irmã June nos fez avançar adiante no quarto, depois, desdobrou um cobertor aos pés da cama e o estendeu sobre a metade inferior da pessoa. Depois de ajeitá-lo, deu um tapinha no pé da pessoa e falou:

— Venho dar uma olhada em você em breve. — Ao sair, ela tocou meu braço e sussurrou: — Seja gentil. — Irmã June fechou a porta atrás de nós e nos deixou sozinhos. Ellie olhou para a mulher envolta em sombras, para mim e depois para mais ou menos a direção de Irmã June. Ela parecia confusa.

A mulher na cama estendeu sua mão direita pelo espaço entre nós devagar. Seu braço era fino, quase emaciado e coberto de veias. Uma pausa silenciosa soou entre o momento em que seu braço parou e ela falou. No meio-tempo, ela inalou e exalou propositalmente e com algum esforço, extraindo uma frágil vida da linha que passava por cima de suas orelhas e pelas duas pequenas pontas que se projetavam em seu nariz.

Ela sussurrou:

— Você deve ser Ellie.

Quando ouvi o sussurro, caí de joelhos.

CAPÍTULO 43

A luminária havia projetado uma sombra sobre o rosto dela. Girei a base da luminária de leitura, e a luz subiu por seu peito, pescoço e rosto.

Ela era pele esticada sobre ossos frágeis. Uma vela de lona esfarrapada. Com as narinas dilatadas, lutava para respirar. Aproximei-me, inclinando-me. Seu rosto estava quase irreconhecível. Seus olhos não.

Tentei falar, mas a voz não saiu. Ela inclinou a cabeça e sua palma roçou minha bochecha. Sussurrei:

— Marie?

Ela me puxou para si. Sorrindo. E lábios trêmulos alcançaram o tempo e o espaço e o céu e o inferno e me beijaram, puxando meu coração para cima e para fora de uma sepultura aquosa construída durante quatorze anos.

Momentos se passaram. Anos. Eu me esforçava para respirar. Como? O quê? Quando? A dor em meu peito explodiu, e eu chorei. Eu a abracei, esforcei-me para enxergá-la, balancei a cabeça e tentei falar, mas as palavras, assim como o tempo, recuavam com a maré. Puxadas para o mar por uma lua de amantes.

Ellie se levantou, uma ruga entre os olhos. Marie estendeu a mão uma segunda vez. Ellie segurou a mão dela e sentou na cadeira ao lado da cama. Marie ficou sentada, chorou e se concentrou em sua respiração. Finalmente, ela falou.

— Preciso lhe contar uma história.

Uma respiração intencional.

— Preciso lhe contar sobre você.

Apenas a vibração do meu bolso me trouxe de volta do outro lado da Via Láctea. Marie sorriu e inclinou a cabeça.

— Você está trabalhando?

Ela se lembrava. Como ela poderia esquecer? Assenti e olhei para o telefone. A mensagem era um vídeo de cinco segundos. Tirado do timão. Ele mostrava o volante e um canto do mapa eletrônico. O gráfico mostrava a velocidade deles. Atualmente, cem quilômetros por hora. Quando a câmera focou, a velocidade aumentou rapidamente para 140. Depois 150. Tendo estabelecido a velocidade do barco, o vídeo girou 180 graus e mostrou um corpo deitado nos três assentos traseiros. Membros flácidos movendo-se com o balanço rítmico do barco.

Summer.

O vídeo se aproximou do rosto dela. A expressão e a baba escorrendo de sua boca sugeriam que ela havia sido drogada. O vídeo se aproximou mais da cintura e dos quadris dela, onde a mão que não segurava o telefone se movia suavemente para cima e para baixo na perna dela. Pouco antes do vídeo terminar, ele riu.

Eu queria vomitar. Levantei. Meu telefone estava tocando. Era Bones.

Marie segurou minha mão. Por dentro, minha raiva borbulhava. Ela leu a incerteza em meu rosto. Eu balancei a cabeça.

— Eu...

Ela me puxou para perto dela, colocou a mão espalmada sobre meu coração e me beijou. Mantendo o beijo por vários segundos. Depois de novo.

— Ninguém é melhor em encontrar a pessoa certa... do que você. — Ela olhou para Ellie e deu um tapinha na cama ao lado dela.

A imagem de Summer me chamava. Marie sentiu isso.

— Estaremos aqui. Temos muito que conversar.

Eu sacudi a cabeça.

— Eu...

Ela olhou para sua estante. Meus livros estavam ordenados. Amarelados. Páginas com as pontas dobradas. Capas coladas. Ela deitou a cabeça no travesseiro e sorriu satisfeita.

— Ouvi cada palavra.

— Como?

Ela segurou a mão de Ellie nas suas. Falou com Ellie enquanto olhava para mim.

— Quero lhe contar sobre seu pai... e como ele me salvou.

Ellie olhou para mim com os olhos arregalados.

Eu desmoronei. Balançando a cabeça. Meu telefone tocava incessantemente no meu bolso.

Marie falou:

— Apenas vá. — Um sorriso. — Volte para nós. Há tanta coisa que deixamos sem dizer.

Só consegui dizer uma palavra.

— Pai?

Ela sorriu e segurou meu rosto com ambas as mãos.

— Fizemos uma coisa certa. E ela está bem aqui.

Olhei para Ellie. Olhei para minha filha. Meu telefone tocava de novo. E de novo.

Fiquei de pé, beijei a testa de Marie, depois seus lábios, em seguida disparei porta afora, correndo pela areia macia. Cheguei ao *Gone Fiction*, empurrei fundo o acelerador e liguei para Bones. A apresentação na minha mente exibia duas imagens concorrentes. Marie. Derretendo na cama. A morte olhando por cima do ombro dela. Há quanto tempo ela estava ali? Há quanto tempo se mantinha? Quais sofrimentos tinha vivido? Como chegou lá? E o vídeo e o balde de concreto? Onde ela... Minha mente disparava 10 mil perguntas por segundo. A imagem mudou e Summer apareceu. Drogada e inconsciente. Corpo mole balançando no ritmo do barco. Uma mão deslizando por sua coxa. O som de uma risada maligna.

Bones me mandou uma mensagem com a latitude e longitude atuais. Estavam indo para oeste em direção às Tortugas. Acelerei com tudo.

O *Gone Fiction* saiu da água. Levantei o motor um pouco no suporte de popa, ouvindo a hélice atingir o ponto ideal, e ajustei os motores. Cinco segundos depois, estava deslizando pela água. Cinquenta e três. Cinquenta e quatro. Um pouco mais de ajuste e o GPS marcou noventa quilômetros por hora.

O *Gone Fiction* estava berrando.

E ainda assim ele estava nos deixando pelos menos sessenta quilômetros atrás. Talvez eu estivesse atrasado demais. Bones falou enquanto eu pilotava.

— Quando ele a pegou, circulou a ilha uma vez, todos os quarenta quilômetros, mas, dado seu curso e velocidade errática, deduzi que ele é muito bom em olhar por cima do ombro. Provando...

Eu o interrompi.

— Este não é o primeiro rodeio dele.

Ele continuou:

— Sempre se movendo à vista da ilha. Acho que estava dando tempo para Summer se sentir confortável com ele. Deixando-a à vontade. Considerando seus movimentos, ele já fez isso antes. Seja lá o que "isso" for.

O sinal estava falhando. Eu estava perdendo palavras alternadas. Seria inútil nas Tortugas. Se Bones precisasse de mim, ligaria para meu celular via satélite.

— Estou perdendo sinal.

— Entendido. Cuidado com a cab...

O telefone ficou mudo.

CAPÍTULO 44

As Tortugas ficavam a pouco mais de noventa quilômetros de Key West. Ele chegaria lá em trinta minutos. Eu levaria uma hora. Eu também sabia que não conseguiria chegar exatamente atrás dele, por isso, tracei um curso que se aproximava pela lateral. Se eles estivessem no centro do mostrador de um relógio, eu estaria por volta das quatro e meia. Bones ligou para o telefone via satélite.

— Cuidado. Um cara como esse pode ter alguém vigiando a traseira.

Artilheiro ficou farejando o ar nervosamente. Dada a nossa velocidade, estava agachado entre meus joelhos. Choramingando. Procurando por um lugar onde se segurar em um barco no qual não havia nada para um animal com patas.

A lua cheia havia surgido, projetando a sombra do *Gone Fiction* na água. A cerca de trinta quilômetros de Key West, ele circulou as Marquesas. Um pequeno arquipélago a oeste de Key West era composto por algumas ilhas privadas. Estilo de vida dos ultrarricos. Fazer isso sugeria que ele não tinha olhos no céu como eu. Queria saber se alguém estava em seu encalço. Serpenteando entre as ilhas feito uma víbora, ele estava tentando despistar.

O medo tomou conta de mim.

Os nós dos meus dedos brancos agarravam o acelerador, tentando empurrá-lo mais, mas ele não se movia. Minha velocidade era de quase noventa quilômetros por hora. A pressão do óleo estava aumentando, assim como a temperatura do motor. A lua brilhava na placa de vidro à minha frente. Abaixo dos meus pés, eu tinha instalado uma escotilha selada. Situada acima do tanque de combustível e abaixo do convés. Eu a destranquei e abri a tampa. Abaixo estava meu armário de armas.

Vesti uma camisa preta justa e uma máscara, depois passei os braços pelo colete tático e o prendi com velcro ao peito. Chequei minha pistola e usei os dedos para contar quatro carregadores de dezoito cartuchos nos porta-carregadores no meu colete. Cada um havia sido equipado com uma espoleta de mais dois, elevando a capacidade de cada carregador para vinte cartuchos. Liguei a mira fixa. É uma mira de ponto vermelho para pistolas — algo conveniente quando sob pressão. Pressionei o botão do polegar na minha lanterna, certificando-me de que iluminava o mundo ao meu redor. Iluminou. Deslizei a espingarda semiautomática para fora do suporte e a prendi com velcro com o cano para baixo aos suportes do T-top. Continha nove cartuchos capazes de causar o caos. Antes de fechar o armário, ergui meu fuzil do suporte e o coloquei no ombro. Contei os seis carregadores de trinta cartuchos instalados no meu colete e liguei os óculos de visão noturna.

O colete parecia familiar, mas também pesado. Graças às placas de um quarto de polegada cobrindo meu peito e costas. No armário dianteiro, eu tinha guardado minha balestra. Era silenciosa e precisa numa distância de até cem jardas.

O problema de entrar no ringue com alguém inclinado ao mal é exatamente esse. O mal. E não há como contorná-lo. Não se conversa com ele. Não se argumenta com ele. Não se negocia. Terra em troca de paz nunca funciona. Nunca funcionou. Se entram no ringue com um taco de beisebol, não se encara eles com uma colher. O mal não está interessado na paz, e, não importa o quanto se converse, não diminuirá sua intenção.

Artilheiro olhou para mim e choramingou. Coloquei a mão em sua cabeça e tentei confortá-lo, mas o conforto era difícil de encontrar. Deslizamos pela água, perseguindo o barco demoníaco. Depois de cinquenta minutos, as Dry Tortugas apareceram a distância. Eu estava olhando para elas no meu mapa desde que saí da praia, mas agora estava colocando os olhos nelas na realidade. O forte se erguia a distância. Mais a oeste, um grande iate estava estacionado. Bem iluminado. Mais de 150 pés de comprimento. Provavelmente mais próximo de duzentos. Uma festa nos conveses dianteiro e traseiro.

Estudei-o através dos binóculos. Vários iates de apoio estavam ancorados nas proximidades. O barco demoníaco parou na popa do iate maior. Dois homens carregaram algo do tamanho de um corpo humano do barco menor. Em seguida, alguém saltou para a popa, apertando a mão de uma pessoa a bordo. Curiosamente, mantiveram os dois motores ligados.

Não pretendiam ficar. Eu não tinha muito tempo.

Nesse momento, meu telefone via satélite tocou. Não tinha tempo para falar com Bones, mas o identificador de chamadas informava "desconhecido". Abaixo, a descrição dizia "chamada wi-fi".

Eu atendi. A voz dela estava trêmula, e quando ela falou eu sabia que estava lutando para ser firme.

— Padre. — O medo ecoou pela linha. — Eu quero sair deste barco. Angel.

— Onde você está?

Ela sussurrou. Eu podia ouvir a comoção ao fundo.

— Eu... eu não sei.

— Consegue enxergar do lado de fora?

Ouvi movimento. Ela sussurrou:

— Estou com os olhos vendados. Siri discou para mim.

— Onde você está no barco?

— Minhas mãos e pés estão amarrados. Não estamos nos movendo. O barco não está balançando.

— Há quanto tempo você está aí?

— Eu não... não sei quanto tempo.

— Consegue ouvir alguma coisa?

— Homens falando. Eles... Padre, eu estou bem mal...

— Ouviu mais alguma coisa? Qualquer coisa?

— Acho que outro barco acabou de passar por nós. Posso ouvir o motor.

Poderia ter sido o barco demoníaco.

— Fique invisível. — Ouvi a comoção ao fundo. — Angel?

A voz dela vacilava. Seu sussurro estava mais baixo.

— Padre?

— Sim.

Suas próximas palavras soaram com um tom definitivo.

— Diga à minha mãe que sinto muito. Diga a ela... — Ela choramingou e a ligação caiu.

CAPÍTULO 45

O tempo estava ficando curto. Imaginei que o barco demoníaco tinha vindo para pegar Angel e entregá-la ao comprador. Cuba ou Bimini. Talvez em algum lugar no golfo. Dei a volta por trás da ilha, colocando o forte entre o iate e eu. Amarrei na parede, e Artilheiro e eu nos esgueiramos ao redor do paredão, observando o iate ancorado a cerca de meia milha de distância. Coloquei as nadadeiras e tranquei meu telefone em uma capa Pelican à prova d'água, grande o bastante para contê-lo.

Entrei na água e olhei para Artilheiro.

— Vamos.

Artilheiro se lançou na água e começamos a nadar. Meu porta-carregadores e todo o peso acoplado a ele, sem mencionar o AR pendurado nas minhas costas, puxaram-me para baixo. Pensar em Summer e Angel me puxava para cima. Mas fez pouco para aliviar o arrasto. Nadamos cem metros. Depois dois. Depois mais dois. Eu podia ouvir vozes nos conveses. Nadamos cem metros e nos agarramos a um caiaque de pesca de 36 pés ancorado em cerca de seis pés de água. Possivelmente o barco de um cliente. Segurei a escada com uma das mãos e deslizei a outra por baixo de Artilheiro, dando-lhe um descanso. Seus olhos estavam fixos no iate. O nome na parte de trás dizia *Pluto*.

A maioria leria isso e pensaria em um personagem fofo da Disney. Mas Pluto era o nome romano para o deus grego Hades, deus do submundo. A mensagem era clara. "Bem-vindo ao inferno."

Mergulhei até o fundo e desconectei o engate rápido da corrente da âncora do caiaque. O engate rápido suportaria cerca de doze mil quilos, mas havia sido projetado com um pino que desparafusava com relativa facilidade na remota possibilidade de a âncora ficar presa e precisar ser sacrificada para liberar o barco. Nadamos em silêncio. Com a corrente fluindo a nosso favor, deixei que ela nos levasse em direção ao *Pluto*. Mergulhei outra vez, prendi o engate rápido à âncora do iate maior e observei o caiaque de 36 pés se acomodar no lugar. O capitão nunca saberia que tinha um problema até tentar ir embora e começar a arrastar o barco menor com ele.

Nadei ao redor do lado de estibordo, nas sombras, e serpenteei uma linha de popa de três quartos de polegada em direção à popa do barco demoníaco, prendendo-a ao parafuso U logo acima da superfície da água. A popa estava escura, por isso ergui Artilheiro e coloquei seus pés no convés de popa. Ele tremeu e ficou olhando para mim. Subi e inclinei meu fuzil para drenar a água do tubo de gás. Se tivesse que apertar o gatilho, não queria que ele explodisse nas minhas mãos.

Lá dentro, música tocava, luzes piscavam e vozes soavam. Se eu entrasse pela porta dos fundos, as coisas ficariam barulhentas bem depressa e eu correria o risco de ferir pessoas inocentes. Nada bom. Falei para Artilheiro que ficasse, e ele olhou para mim como se eu fosse louco.

— Está bem, mas mantenha os olhos abertos.

Ele não respondeu. Além disso, seus olhos já estavam abertos.

Subimos o passadiço lateral e galgamos os degraus até o terceiro andar e o convés do capitão, que estava vazio. Calculei que poderia haver cinquenta ou mais pessoas a bordo. Não sou especialista em fazer coisas explodirem, mas precisava de uma distração. Um barulho alto acompanhado de danos suficientes para fazer essas pessoas quererem sair deste barco.

Abaixo de mim, no segundo nível, estava o que eu gosto de chamar de convés de diversão, onde duas dúzias de homens e mulheres nadavam na piscina, mergulhavam na *jacuzzi* ou reclinavam-se em espreguiçadeiras, exibindo variados graus de afeto público. Alguns estavam vestidos. A maioria não. Muitos fumavam. Todos bebiam. Em um canto havia um grupo de homens fumando charutos. Os bastões de ponta vermelha incandescente saindo de suas bocas combinavam com a intenção em seus olhos. Dada sua linguagem corporal, julguei que eram clientes e não tripulantes. Logo abaixo de mim, o DJ estava trabalhando para criar algum tipo de clima.

Não vi sinal de Summer ou de seu acompanhante. De um lado ficava a cozinha ao ar livre. Completa com um fogão a gás de oito bocas. Considerando que ninguém parecia focado na comida, a cozinha estava fria e escura. Artilheiro e eu descemos, e comecei a procurar um tanque de propano extra. Encontrei um na grelha a gás no convés de popa. Levei-o de volta até o fogão, conectei-o e coloquei o tanque no queimador. Não sabia quanto tempo levaria para um tanque de propano esquentar demais, mas não ia ficar por ali para descobrir. Sabia que isso não afundaria o navio, mas não precisava afundá-lo. Precisava fazer que as pessoas quisessem sair dele. Meu plano era como colocar um rato ou uma cobra grande em um salão de dança cheio de pessoas. Não demoraria muito para saírem.

Artilheiro e eu contornamos a lateral de bombordo do *Pluto* quando obtive minha resposta. A explosão partiu o tanque em pedaços, com estilhaços afiados como navalhas, e foi seguida por um estrondo alto e uma bola de fogo que, embora não intencional, acendeu as linhas de gás que passavam pela cozinha e desciam para o tanque interno no casco abaixo. A segunda explosão soou como se o fogo tivesse atingido o tanque interno, que, em um navio desse tamanho, poderia ter quase quinhentos galões.

A primeira explosão arrancou um pedaço do segundo andar, atirando o DJ e todo o seu equipamento nas águas ao redor das Tortugas. Os cinco homens fumando charutos foram os próximos a se juntar a ele e, dada sua discordância vocal, não ficaram muito felizes com isso. A segunda explosão ocorreu cerca de dois segundos depois e soou mais como um baque abafado do que um estrondo, quando a força resultante disparou para baixo e para fora do casco e para a água, que cancelou o ruído. O fogo explodiu abaixo da superfície da água, espalhando destroços e pessoas. Imediatamente o navio começou a se inclinar para um lado. Com uma profundidade de apenas dez a doze pés, não iria muito longe.

O caos se instalou. Chamas se elevaram da cozinha e começaram a encher outras partes do navio com fumaça. Gritos soaram da proa à popa. Festeiros seminus e despidos começaram a deixar o barco mergulhando dos conveses superiores, nadando até uma das doze embarcações ancoradas ao redor. O calor crescente acionou o sistema de combate a incêndio do navio, que começou a nos encharcar de água. O dono do caiaque de pesca subiu no leme e tentou içar a âncora. Isso revelou seu problema. O capitão do *Pluto* ao mesmo tempo acionou os motores a diesel gêmeos do navio maior e tentou mover o navio adernado para um dos maiores locais de atracação próximos ao forte, mas a guinada repentina mostrou que, enquanto estava enchendo de água, também estava em um cabo de guerra com um caiaque. A briga o estava forçando a girar em um círculo. A interação entre os dois capitães era quase cômica, pois os dois gritavam obscenidades e aceleravam seus motores. O caiaque parecia um cachorro acorrentado a uma árvore puxando sua coleira.

Artilheiro e eu assistimos das sombras enquanto o encontro de Summer, o motorista tatuado do barco demoníaco, apareceu correndo com um corpo gritando e chutando sobre o ombro. Eu o alcancei sem problemas e peguei o corpo enquanto caía no convés. O homem, que era mais rápido do que eu imaginava, enfiou sua bota na minha caixa torácica, puxou sua pistola, segurou-o a uns trinta centímetros da minha cabeça e apertou o gatilho. Sua expressão mudou ligeiramente quando ele ouviu um clique. Ele puxou a corrediça e apertou o gatilho de novo. Eu estava recuperando minha capacidade de respirar quando do ele me chutou mais uma vez e acertou um punho de ferro no meu rosto. Quando me levantei, ele estava no barco demoníaco, acelerando o motor e logo também se vendo em um cabo de guerra com o *Pluto*. Agora, todos os três capitães estavam gritando um com o outro.

Apesar de eu ter desmontado sua pistola, o capitão do barco demoníaco estendeu a mão para baixo e apontou algo na minha direção que começou a cuspir fogo e balas. Puxei a garota e Artilheiro para baixo de mim e rastejei para baixo, até o que parecia uma sala de cinema conectada à cozinha. Lá fora, houve uma pausa momentânea, seguida pelo giro de motores potentes. Coloquei a cabeça acima do peitoril apenas para assistir enquanto o barco demoníaco disparava para o leste. Em oito segundos, ele sumiu de vista.

CAPÍTULO 46

Iluminei a garota que gritava e me socava com os punhos, mas não era Angel nem Summer. Eu nunca a tinha visto antes. Acima de mim, os *sprinklers* apagaram o fogo, mas fizeram pouco para diminuir o cheiro de borracha queimada ou livrar as cabines da fumaça. Os barcos ancorados ao nosso redor começaram a desaparecer, um por um, na escuridão.

Agarrei as mãos da garota.

— Ei... ei... eu não vou te machucar. Quantas garotas há neste barco?

O rosto dela estava inchado. Roxo. Os olhos um pouco mais que fendas. Lábios ensanguentados.

— Talvez quinze.

— Onde?

— Lá embaixo.

— Você sabe nadar?

Ela negou com um gesto de cabeça, sugerindo que estava mais machucada do que eu pensava.

O capitão do caiaque de pesca identificou seu problema e cortou a linha, libertando-se do *Pluto*. Ele também desapareceu em um rugido obsceno de motores e um rastro espumoso. Peguei um colete salva-vidas e passei os braços dela por ele. Ela choramingou.

— Se alguém além de mim voltar por aquela porta nos próximos cinco minutos, deslize para dentro da água e vá até a ilha. Guardas ambientais moram lá. — Olhei para a ilha escura. — Espero que eles tenham ouvido o estrondo e estejam vindo para cá.

Ela assentiu, chorando.

Levantei-me, percebendo que uma das minhas costelas estava causando uma dor lancinante nos meus pulmões, e entrei na fumaça que se dissipava.

Como a maioria das balas viaja mais rápido que o som, senti um impacto parecido com uma marretada me acertar e me lançar contra a parede mais distante antes de ouvir o disparo da arma. A placa peitoral salvou minha vida, mas também tirou totalmente o ar do meu peito. Fiquei ali sentado, arquejando, tentando encher meus pulmões já machucados, enquanto Artilheiro se lançava pelo ar e começava a morder o atirador. Através da fumaça, ouvi Artilheiro rosnando e tentando morder, e o homem gritando.

Eu tinha me levantado e estava indo ajudar quando um único tiro soou. Artilheiro caiu no chão, logo em seguida tentou se levantar, mas depois caiu novamente. Uma perna estava mole, dobrada em um ângulo estranho, e ele estremeceu e caiu quando tentou colocar peso sobre ela. Quando se levantou pela terceira vez, seu peito branco estava pintado de vermelho. Ele tentou rastejar até mim, mas não conseguiu. O homem se levantou e chutou o corpo de Artilheiro, em seguida sua pistola reluziu mais uma vez, enviando algo penetrante e quente para o meu quadril.

Olhando para o homem, eu tinha apenas um pensamento: *Você matou meu cachorro.*

Dois segundos depois, passei por cima do homem, olhei para o corpo imóvel de Artilheiro e me movi mais para dentro em direção ao salão do convés principal, onde três homens vinham em minha direção. Eu não estava com vontade de conversar, então nossa interação foi curta. Depois de passar por cima deles, subi a escada em espiral um nível acima até o salão do convés da ponte, encontrando mais dois homens. Depois de outra curta conversa, chutei a porta do escritório do navio, tropecei em um sexto homem e corri até a ponte, que estava deserta por causa do fogo. Ou o fogo ou a explosão do tanque estouraram o vidro frontal, e uma brisa suave de espuma salgada esfriou meu rosto — o que sugeriu que eu poderia ter sofrido algumas queimaduras com a explosão.

Subi até o último andar e fui até o salão do convés do proprietário, onde fui recebido por um homem grande com uma barriga enorme e uma boca suja, vestindo apenas cueca. Enquanto ele gritava comigo, quase ri da enorme tatuagem de uma nota de cem dólares em seu peito peludo. Abaixo da nota, as palavras "Cash Money" estavam tatuadas em letra cursiva. Derrubei-o, usei as cordas da cortina para amarrá-lo e então descobri que Cash Money era um cliente frequente de Cuba. Era dono de uma empresa de petróleo. Ele me ofereceu muito dinheiro para deixá-lo ir. Falei para ele para ficar quieto ou eu cortaria sua masculinidade. Quando ele não se calou, quebrei sua mandíbula.

Uma jovem estava deitada na cama, inconsciente, mas respirando. Puxei um machado da parede e cortei as portas de mogno hondurenho para entrar no camarote maior, onde encontrei outro homem segurando uma faca contra a garganta de outra garota. Ele era magro, não estava vestido, seu rosto estava sujo de pó branco e estava gritando bobagens.

O mais incrível sobre o córtex cerebral é o quão rápido e imediatamente ele controla nossos movimentos. É a área do nosso corpo com a qual, quando pensamos algo, nosso corpo se move como resultado desse pensamento. Também é incrível o quão rápido ele para de funcionar quando um objeto duro de cobre o atravessa viajando a mais de novecentos metros por segundo. Apagado, ele largou a faca e soltou a garota, que gritava a plenos pulmões.

Abaixo de nós, o *Pluto* oscilou para a frente de repente, informando-me que estava recebendo mais água do que eu pensara inicialmente. Estava, de fato, afundando. Isso significava que eu tinha apenas alguns minutos para encontrar Summer, Angel e qualquer outra pessoa presa aqui contra sua vontade, e sair dessa coisa antes que todos nós nos afogássemos. No ar, senti cheiro de fumaça, sugerindo que o fogo havia recomeçado, provavelmente na sala de máquinas, porque algo havia desativado os *sprinklers*. Desci as escadas e virei para a popa na sala de máquinas, mas a metade inferior estava inundada e a metade superior estava envolta em chamas e com o cheiro de óleo diesel queimado, depois caminhei para a frente através da água na altura da cintura até as cabines da tripulação, passei por algum tipo de santuário de oração e em direção à porta da sala de ancoragem, onde a água havia ficado vermelha.

E lá encontrei Summer.

Eu estava no processo de alcançá-la quando senti o impacto familiar de uma marretada me erguendo e me jogando contra a parede à minha frente. Tentei me levantar do chão, mas quem quer que tivesse acabado de atirar em mim pelas costas atirou de novo. Desta vez, a bala errou o colete, mas atravessou de trás para a frente meu ombro — depois outra passou pela carne do lado externo da minha coxa esquerda.

Ele estava vindo em minha direção quando me ouvi falar:

— Mira frontal, mira frontal, pressione. — Ele desabou em uma pilha à frente de mim e de Summer, que tinha perdido completamente a cabeça. Ela estava viva, acordada e gritando a plenos pulmões.

A água ao redor de nós havia ficado vermelha, e eu não tinha certeza se eu era a causa ou algo além da porta. A água escorria pela fresta abaixo da porta, provando que o espaço havia inundado. Puxei a trava, mas a pressão de dentro tornou impossível abrir a porta. Voltei para a sala de máquinas, abaixei-me sob as chamas e nadei para o outro lado, tentando não inalar a fumaça. Levantei um pé de cabra da parede e voltei para o porão da âncora. Deslizei a ponta contra o mecanismo de trava e puxei, usando minhas pernas como alavanca. Ou pelo menos uma delas. A perna que havia sido baleada não estava funcionando direito. Temendo que sua filha estivesse se afogando enquanto eu me atrapalhava com a alavanca, Summer se pôs ao meu lado e puxou, gritando algo incoerente. Senti que estava ficando fraco e sabia que, se não estancasse o sangue escorrendo de mim, eu ia sangrar até morrer no fundo deste barco.

Como um último esforço, puxei com toda a força de Fingers. Quando a pressão de dentro e minha alavancagem do lado de fora quebraram a fechadura, a porta se abriu com força, prendendo Summer e eu contra a parede até que os níveis de água se equilibrassem. Eu podia ouvir garotas gritando, mas o som era abafado pela água. Meus olhos caíram em um tanque de mergulho pendurado logo depois da porta. Ao lado dele, pendia uma variedade de pesos e equipamentos, incluindo uma lanterna subaquática. Verifiquei o regulador, enfiei os braços nas tiras do tanque, acendi a luz e nadei para baixo, pela escada que levava ao interior escuro do navio.

Lá, encontrei onze garotas assustadas em um grupo compacto respirando o último resquício de uma bolha de ar presa. Com um pequeno estímulo e um rápido comentário sobre o *Titanic*, formamos uma fila indiana, e eu as conduzi pela água escura, subindo as escadas. Quando viram as luzes de emergência piscantes de cor laranja do iate acima, as garotas nadaram e começaram a subir a quilha agora inclinada em direção ao salão do convés principal. Meu problema era como tirá-las daquele barco e levá-las até o *Gone Fiction*, que estava a mais de meia milha de distância. Eu precisava da guarda ambiental de Tortuga.

Todas as garotas estavam assustadas, tremendo e quase nuas. Angel não era uma delas. Nadei mais uma vez para dentro do buraco escuro, mas Angel não estava em lugar nenhum. Verifiquei os outros três quartos, mas todos estavam vazios. Por fim, verifiquei a sala de eletrônicos e vasculhei de novo os cômodos de cima. Tudo lá dentro estava cheio de fumaça.

Angel não estava neste barco.

No convés de popa, Summer havia reunido quinze garotas. Elas continuavam aparecendo do nada. Felizmente, dois guardas ambientais surgiram em um tipo de barco utilitário bimotor usado para mover cargas pesadas de barcos maiores através das águas rasas e para a ilha. Vendo as chamas saindo da sala de máquinas e a fumaça saindo das janelas, eles sabiam que restavam apenas alguns segundos. As garotas, seguidas por Summer, subiram no barco dos guardas florestais e ficaram encolhidas juntas. Summer pegou seu celular, abriu a foto que eu havia enviado de Angel e mostrou para as garotas. Nenhuma delas a vira antes.

Estávamos no barco errado.

Onde estava Angel?

Um dos guardas me viu e se ofereceu para me ajudar a entrar em seu barco. Eu manquei de volta para dentro, ajoelhei-me, deslizei meus braços por baixo do corpo de Artilheiro e o levantei do carpete encharcado de sangue. Enquanto eu fazia isso, o cachorro gemeu.

Eu seria capaz de dar um beijo nele.

Artilheiro e eu chegamos ao barco, mas eu não tinha certeza de qual de nós estava em pior estado. As paredes do meu mundo estavam se fechando, e eu estava tendo dificuldade para me concentrar. Deitei Artilheiro no convés do barco.

O guarda perguntou:

— Saiu todo mundo?

Perguntei às meninas:

— Estão todas vocês aqui?

Elas balançaram a cabeça em negativa. Foi quando me lembrei da garota inconsciente lá em cima. Arrastei-me subindo a escada em espiral e voltei para o camarote. Cash Money, percebendo que estava prestes a morrer queimado, implorou para que eu o soltasse. Eu o fiz, levantei a garota inconsciente da cama, apontei minha pistola vazia para o rosto de Cash Money e disse para ele mover seu traseiro enorme. Tossindo por causa da fumaça e sem saber que minha nove milímetros estava descarregada, ele o fez.

No convés de popa, Cash Money desceu para o barco do guarda ambiental. Choramingando. Pisei no convés, segurando a garota inconsciente, e perguntei outra vez:

— Só ela?

Elas assentiram em uníssono.

O guarda acelerou, e tínhamos nos afastado apenas cem metros quando a explosão soou. Summer virou quando a bola de fogo engolfou o *Pluto* e um zilhão de pedaços do iate superluxuoso choveu no golfo do México. Fiquei parado na proa, sorrindo para a visão atrás de nós, sem notar que estava vazando por vários buracos. O guarda acelerou, encostou a quilha na areia, desligou o motor e começou a ajudar cada um de nós a sair do barco.

Ainda segurando a menina, perguntei:

— Vocês têm enfermaria?

CAPÍTULO 47

O guarda assentiu.
— Siga-me.
Considerando que estavam a mais de cem quilômetros de Key West e ainda mais longe de cuidados médicos, os guardas tinham uma sala médica bem abastecida. Enquanto sua parceira, que mais tarde descobri que era sua esposa, trabalhava na garota, arranquei meu colete e minha camisa. Ele olhou para mim e começou a vasculhar gavetas e armários. Por cima do meu ombro, sua esposa verificou o pulso da garota e depois suas pupilas, afirmando:
— Ela vai ficar bem.
Meu guarda ambiental não estava tão otimista. Vendo que eu estava praticamente todo estourado, ele acelerou as coisas. Em quatro minutos, George Stallworth, um guarda ambiental de 58 anos que passara vinte anos na Guarda Costeira como médico, tampou meus buracos enquanto Summer ajudava a me costurar. Suas mãos tremiam e seu rosto estava todo inchado. Ela estava tentando se concentrar em mim, mas seus lábios sussurraram:
— Ela não estava no barco.
Coloquei minha mão sobre a dela.
— Não acabou.
Depois que parou o sangramento, George aplicou soro e começou a fazer pressão física na bolsa com as mãos, forçando o conteúdo para

dentro do meu fluxo sanguíneo em uma tentativa de aumentar minha pressão arterial, que havia diminuído perigosamente. Por fim, ele abriu uma Coca-Cola e mandou:

— Beba isso. Rápido.

Foi a melhor Coca-Cola que já tomei na vida.

Em sete minutos, ele havia me remendado e fez com que eu me sentisse mais vivo do que morto. Enquanto a vida fluía de volta para minhas veias, olhei para meu colete e percebi que havia muita coisa de que não me lembrava. Todos os carregadores tinham sumido. Quer dizer, eu tinha usado todos eles. Minha pistola descansava no coldre preso ao meu colete, mas a corrediça estava travada, anunciando até para um quase cego que estava descarregada. Claramente, Cash Money não tinha muita experiência com armas, ou jamais teria sido tão obediente. Meu fuzil tinha sumido e eu não tinha lembrança de onde ele e eu tínhamos nos separado. Minhas placas dianteiras e traseiras pararam pelo menos seis tiros.

Eu dei sorte. De novo.

Saímos da enfermaria até onde as quinze meninas estavam cercando Cash Money, que estava caído em posição fetal, gritando no chão. Uma das meninas segurava um pedaço de madeira; outras três seguravam tijolos. Todas gritavam com ele.

Virei-me para George.

— Você pode mantê-lo aqui até que chegue ajuda?

— Com prazer. — Ele olhou para mim. — Você vai a algum lugar?

Acenei com a mão para a escuridão que se estendia entre nós e Key West.

— Tenho mais uma para encontrar.

— Posso fazer alguma coisa para ajudá-lo?

— Dar roupas e comida para essas garotas. Elas passaram por momentos difíceis. Receio que algumas delas estavam naquele barco há algum tempo, e não há como dizer que tipo de mal elas suportaram.

— Feito.

Olhei para o corpo de Artilheiro. Eu sabia que, quando a ajuda chegasse, ele seria o último na lista de prioridades, o que significava que morreria se eu o deixasse na ilha. Também sabia que colocá-lo em um barco comigo e voltar para Key West provavelmente o mataria. No final das contas, eu não podia deixá-lo. Portanto, deslizei os braços por baixo de seu corpo flácido e o ergui, fazendo-o estremecer. Ele estava com dificuldade para respirar e um gorgolejo havia começado.

Andei até o muro de contenção, coloquei Artilheiro no banco de trás do *Gone Fiction*, enrolei-o em um cobertor e estava a ponto de dar partida no motor quando Summer agarrou meu braço e enrolou um cobertor em volta de mim. Seu rosto me falou que ela não estava disposta a conversar.

— Nem pense em me dizer para ficar aqui.

Soltei a corda da âncora, joguei o acelerador para a frente e, um minuto depois, estávamos planando de volta para Key West a pouco mais de noventa quilômetros por hora. Quando ajustei o motor e os lemes, disquei para Bones no telefone via satélite.

— Bones, Angel não estava no iate. — Silêncio se seguiu. Pensei nas últimas horas. Falei: — Quando deixou Key West e circulou as Marquesas, ele parou?

Alguns segundos se passaram.

— Brevemente. Dois minutos talvez. Não mais.

— Tempo suficiente para alguém entrar ou sair?

— Sim.

— Você conseguiu ver uma casa ou edifícios anexos na ilha?

— Sim.

— Pode me conduzir de volta para lá?

— Sim, mas por quê?

— Porque ele se foi.

— Não, ele não se foi.

— Sim, ele se foi. Eu o vi ir embora.

— Ele pode ter ido embora. Mas ele voltou. Estou olhando para ele. Ele tinha dado a volta de novo!

— Onde?

— Loggerhead.

Loggerhead Key é uma ilha de 49 acres, quase cinco quilômetros a oeste do Parque Nacional Dry Tortugas. Sua característica mais notável é um farol de 47,8 metros de altura, que pode ser visto a quase quarenta quilômetros de distância. Olhei por cima do ombro. A lanterna girava como um olho gigante examinando a superfície do oceano.

Virei bruscamente em 180 graus. O vento estava aumentando.

Ele continuou.

— Summer está com você?

Contei a ele a versão resumida dos acontecimentos.

— E você?

— Eu vou sobreviver. — Olhei para Artilheiro. — Encontre o melhor veterinário ao sul de Miami. Preciso dele me esperando quando eu atracar.

— Feito.

— E... Bones? — Eu precisava contar a ele sobre Marie.

— Sim, Bish...

— Marie está viva. — O silêncio ecoou enquanto as palavras se assentavam. Quando ele não respondeu, eu falei: — Você me ouviu?

Seu tom de voz mudou.

— Ouvi.

A mudança o entregou. Eu me esforcei para entender.

— Você sabia?

Uma pausa.

— Bones...

— Sinto muito.

— Sente muito? Você sente muito?

— Bishop...

— Há quanto tempo?

Ele não respondeu.

— Bones, há quanto tempo?

Arrependimento em sua voz.

— Ela falsificou o vídeo.

— Você sabe há quatorze anos? Como?

— O confessionário.
Eu estava gritando agora.
— E você acha que isso justifica?
Sua voz diminuiu para um sussurro.
— Nada justifica. — Ele engoliu em seco.
Desliguei e deixei o vento secar minhas lágrimas.

CAPÍTULO 48

Eu estava rígido. Minha perna e meu ombro gritavam, sem mencionar uma das minhas costelas. Eu estava mal. Pilotei direto para o sinal. Quatro minutos depois, circulamos a ilha. Loggerhead Key. A imagem da lista de compras colada na geladeira voltou à minha mente. *Sopa de tartaruga-cabeçuda. Serve onze pessoas.* Quando ele deixou o *Pluto*, o barco demoníaco tinha ido na direção de Key West. Fazendo-me pensar que ele estava indo para o continente. Mas ele não estava. Ele tinha feito um círculo gigantesco.

A lancha jazia escura e elegante contra o horizonte, amarrada no longo cais que servia a casa do faroleiro — bem ao lado de um hidroavião flutuando em seus dois pontões. Eu reduzi a velocidade, desliguei o motor e deslizei até a praia bem ao norte do farol. Meu corpo me implorava para não sair do barco.

Olhei para o farol e sabia que precisava de armas, mas tinha perdido meu fuzil, e minha pistola estava descarregada, bem como a espingarda. Restava a balestra. Passei para a areia, peguei minha balestra da escotilha dianteira, armei-a e deslizei uma flecha na coronha. Se eu tivesse sorte, acertaria um tiro com isso, e depois as coisas iam ficar feias. A única boa notícia é que era silenciosa, e quem quer que eu acertasse com ela não saberia minha localização. Mas, uma vez descarregada, serviria para pouca coisa além de golpear alguém.

Summer estava saindo quando eu a parei.

— Não. E não discuta comigo. Se eu não voltar em cinco minutos, vá para o leste. — Entreguei para ela o telefone via satélite. — Bones vai levar você para casa.

Ela bateu um pé.

— Eu não vou apenas...

Coloquei a mão sobre a dela.

— Summer, isso não é uma dança. — Levantei a mão. — Cinco minutos.

Ela estendeu a dela e pressionou as pontas dos dedos nas minhas. Eu assenti e me esgueirei pela praia.

O farol escaneava o mar acima de mim enquanto luzes solares iluminavam o cais e o píer que levava da beira da água até o farol e os prédios ao redor. Ouvi gritos vindos de algum lugar perto do farol. As dunas eram baixas, o que não me dava muita cobertura, por isso ajoelhei e observei um homem tentando arrastar um corpo para fora da base do farol. A voz sugeria que o corpo pertencia a uma mulher. Ela estava chutando e gritando. Selvagemente.

Com dificuldade de segurar, ele a soltou. Por um momento, dobrando-se na cintura, dando-me uma fração de segundo para tomar uma decisão e disparar o dardo. Disparei. A flecha entrou pela nádega direita dele e saiu pela virilha. Sei disso porque ouvi o grito. Foi mais agudo que o dela.

Corri pelo píer iluminado onde Angel estava lutando contra as braçadeiras que prendiam suas mãos e tornozelos. Ela havia tirado a venda, mas isso não ajudou muito a me reconhecer na escuridão. Tentei cortar os lacres e ela me chutou no rosto. Rolei para cima do homem que estava gritando e sangrando abaixo de mim. Quando saí de cima dele, dei uma boa olhada em seu rosto. Só então percebi que ele não era o condutor do barco demoníaco.

Comecei a me perguntar onde ele poderia estar, quando ele falou às minhas costas.

— Eu deveria ter imaginado.

Virei-me devagar. Ele estava parado feito um gato. Segurando uma faca. Acenei com a mão para a ilha.

— Somente retirada.

Ele sorriu, mas não falou nada.

Apontei para o farol.

— Aposto que, se eu abrir aquela porta, vou encontrar dez garotas iguais a essa.

Ele sorriu novamente. Mas não havia humor algum nele.

Considerando minha condição e o fato de que ele era mais rápido do que eu, eu tinha uma boa noção de que não poderia vencê-lo em uma luta. Por isso, tentei apelar para seu lado ganancioso.

— Você é um homem de negócios. E se eu lhe oferecer mais dinheiro?

Ele fez uma pausa. Seu sotaque surgiu quando ele falou. Europeu.

— Você não pode pagar por elas.

— Eu posso surpreender você.

— Quanto vai pagar?

Fiz uma pausa. Imaginei que tínhamos parado de falar sobre dinheiro.

— O quanto custar.

Ele entendeu.

— Eu dei minha palavra.

— Um ladrão honrado.

Outro sorriso.

— Ladrão, sim. Honrado, nem tanto. — Ele apontou para mim. — Já ouvi falar de você.

Gesticulou em direção às próprias costas.

— Você é o cara com os nomes.

Eu assenti.

— Você nos custou um bom dinheiro. — Ele acenou com a faca para mim. Circulando. — Por que faz isso?

— Porque sei o que é amar alguém e perdê-la. — Fiz uma pausa para intensificar. — Claro, um verme como você não entenderia isso.

Ele balançou a cabeça e riu, seus olhos brilhando vermelhos.

— Carne. Um lugar para enfiar algo. Só isso. — Ele passou a faca para a outra mão. — Temos um apelido para você.

— É mesmo?

— Mercúrio.

Mercúrio era o lendário mensageiro dos deuses, enviado para resgatar prisioneiros do Hades.

— Apropriado.

Ele sorriu mais uma vez. Sem alegria.

Ele era mais velho que eu, porém mais rápido. E, dados os furos no meu ombro e perna, além do que provavelmente era uma costela quebrada, ele estava mais forte no momento. O máximo que eu poderia conseguir era atrasá-lo. Conseguir dar sorte. Ele cruzou a distância entre nós em um segundo e rolou dando uma cambalhota. Tentei pegá-lo, mas ele escapou. Antes que eu pudesse me virar, ele enfiou a faca na minha coxa. Com o calor escaldante e a dor, me dei conta de que ele estava em cima de mim. Suas mãos eram patas e sua testa uma marreta. Seu aperto esmagou meu esôfago.

Eu lutei, mas estava esgotado. Ele era demais. Fiz uma última tentativa, mas ele a bloqueou. Como se pudesse ler minha mente. Ele sabia o que estava fazendo. Conforme as paredes se fechavam, ele se inclinou, rindo. Os vasos de seus olhos estavam vermelhos e esbugalhados. Ele enfiou um soco no buraco em meu ombro que Summer tinha acabado de costurar e enviou uma onda de dor para meu cérebro.

Ao meu lado, Angel gritava, chutava-o e batia em suas costas com os punhos. Ele golpeou com um braço poderoso e a lançou longe. Observando meu mundo chegar ao fim, senti uma estranha calma cair sobre mim. Tentei tirar a mão dele de mim, mas não adiantou. Era um torno. Pouco antes de o mundo escurecer, uma sombra passou pelo ar atrás dele. Uma sombra que rosnava, grunhia e estava furiosa. O homem gritou, soltou-me e voltou sua atenção para a coisa que ameaçava arrancar sua perna.

Tendo escapado de Summer, Artilheiro, em três pernas, correu pela praia, subiu o píer e se lançou sobre meu carrasco. Ele pousou nas costas do homem e cravou os dentes em sua coxa. O homem imediatamente me soltou e balançou sua faca com violência, acertando Artilheiro no mesmo ombro onde a bala havia entrado. O cachorro choramingou, estremeceu, rolou e não se moveu enquanto o sangue escorria de seu ombro e boca.

O homem se levantou, olhou para o fluxo constante de sangue escorrendo da parte de trás de sua perna e deu um passo em minha direção com a faca, até que um remo de barco descesse sobre sua cabeça. O remo quebrou e ele cambaleou, voltando sua atenção para Summer, que estava parada segurando o que restava do remo.

O homem tentou golpear Summer, mas ela se esquivou, distraindo-o apenas o bastante para que eu pudesse ficar de pé. Dei um soco no rosto do homem, sentindo algo quebrar. Mas eu sabia que não conseguiria dar um segundo golpe. Se ele viesse para cima de mim de novo, Summer e Angel me veriam morrer.

Por alguma razão, ele não o fez. Ele cambaleou, deixou cair a faca, limpou uma das mãos na parte de trás da coxa, avaliou o próprio ferimento e em seguida me encarou. Cuspindo, ele sorriu e falou uma palavra:

— Ellie.

Em seguida, começou a se arrastar em direção ao seu barco. Incapazes de persegui-lo, nós três o observamos partir.

Quando chegou ao fim do cais, ele soltou as cordas do hidroavião, entrou, ligou o motor e acelerou contra o vento. Quando ele virou noventa graus, encarando o vento, acelerou o motor, deslizou pela superfície da água, depois levantou voo em direção ao céu, circulando para o leste. Em menos de dois minutos, havia desaparecido da nossa vista e audição.

Enquanto Summer soluçava e abraçava a filha, eu olhava para o fim do cais. O barco demoníaco. Virei-me para Angel e direcionei sua atenção para o farol.

— Elas estão aí?

Ela estava agarrada à mãe. Chorando, mas nenhum som saía. Ela assentiu e soltou a barragem que segurava o som. O choro ecoou pela ilha. Iluminei a base do farol com minha lanterna e vi dez lindas garotas, todas vendadas e amarradas com braçadeiras. Comecei a levantar as vendas.

— Conseguem andar? — Elas eram jovens. Ainda não tinham 16 anos. — Vamos. Estamos indo para casa.

Todas assentiram. Com a faca do chão, eu as soltei e me ajoelhei ao lado de Artilheiro. Sua respiração estava difícil, borbulhante. Seus olhos pesados estavam com dificuldade para focar em mim.

— Calma, garoto.

Ele tentou lamber meu rosto, mas havia sangue demais. Deslizei meus braços por baixo dele e manquei até o barco de corrida de 2 milhões de dólares.

Eu precisava chegar até Ellie antes que ele chegasse.

CAPÍTULO 49

Summer e Angel se apoiaram uma na outra no píer enquanto Artilheiro e eu pintávamos nosso próprio caminho até o barco. As dez garotas seguiram, agarradas umas às outras. Coloquei-o no convés abaixo do banco de trás. As garotas subiram e começaram a prender os cintos de segurança. Summer me ajudou a soltar as cordas e eu acelerei para longe do cais. Depois ela me entregou o telefone via satélite.

Circulei para oeste, depois para sul, navegando devagar por águas rasas. Quando chegamos a quatro pés, o suficiente para planar, acelerei adiante, lançando-me para cima e para fora de nosso túmulo no farol. Em segundos, estávamos viajando a mais de 150 quilômetros por hora. O barco é equipado com uma espécie de chaveiro eletrônico que, quando acionado, permite que o capitão use toda a potência dos motores. O chaveiro balançava na minha frente em um painel que parecia mais um jato de caça do que um barco. Apertei o botão e os motores rugiram como um caça a jato. Com o mar vítreo, quase levantamos voo. Quando olhei para baixo, vi que estávamos viajando a quase duzentos quilômetros por hora.

As teclas estavam escorregadias de sangue quando disquei para Bones. Ele atendeu com:

— Desculpe.

Eu não tinha tempo para nosso assunto.

— Está vendo um avião voando para o leste?

— Não, mas seu barco demoníaco está viajando para o leste a 220 quilômetros por hora.

— Somos nós.

— O quê?

— Não há tempo. Encontre o avião. É pequeno. Como um avião teco-teco.

Uma pausa enquanto ele verificava o satélite.

— Consegui.

— Diga-me quando ele pousar.

Vinte minutos depois, ele ligou de volta.

— Ele acabou de pousar.

— Onde?

— Na costa ao lado de seu hotel.

— Onde está o veterinário?

— Onde você o quer?

— Irmãs da Misericórdia.

— Ele pode chegar lá em cinco minutos.

Desliguei e tracei um curso para o lado sul da ilha e para as Irmãs da Misericórdia. Cinco minutos depois, encalhei o barco demoníaco na areia em frente à casa de Marie. Agarrei Artilheiro, tropecei para fora do barco, caí na água e manquei até a praia. Ele não estava respirando.

Virei-me para Summer.

— Você fica com ele? — Reenrolando o torniquete em volta da minha perna, manquei até os degraus dos fundos de Marie. Abri a porta e encontrei Irmã June dando sopa para Marie. Quando ela me viu, seus olhos se arregalaram e ela começou a respirar rápido e superficialmente, desejando que o oxigênio enchesse seus pulmões. Examinei a sala. Ellie não estava em lugar nenhum. Falei sentindo a dor enquanto estava ali sangrando.

— Onde está Ellie?

— Foi pegar algumas fotos.

— Onde?

— No seu hotel.

As palavras estavam sendo registradas no meu cérebro quando meu telefone tocou. Uma mensagem de texto.

Era de Ellie. Dizia:

— Balé à meia-noite.

Saltei dos degraus de trás, rolei na areia, fiquei de pé, caí de novo e escalei meu caminho de volta para o barco demoníaco. Summer estava sentada aninhando Artilheiro enquanto Angel e as outras dez garotas se amontoavam na praia. Sirenes e luzes piscantes me informaram que Bones havia trazido a cavalaria.

Eu não podia fazer mais nada aqui e haveria tempo para conversar mais tarde. Subi no barco, engatei a marcha a ré e arrastei o barco de cinquenta pés para fora da praia escavando a areia com as hélices potentes. Livre da praia, virei para o leste em direção ao *resort*. Quando passei por Sunset Point, estava viajando a mais de 150 quilômetros por hora.

Ao ver o *resort*, virei noventa graus para a direita, mirei na cauda do hidroavião e acelerei. O barco deslizou pela água e cortou o avião ao meio, fazendo-o girar. Com velocidade demais, deslizei para a praia, e o barco demoníaco pousou em solo seco entre a piscina e a cabana *tiki*, onde um cara estava cantando *covers*. Caí do barco e comecei a mancar até o quarto de Ellie em meio aos gritos e berros raivosos que saíam do bar.

Quando cheguei ao quarto dela e de Summer, a porta estava aberta. Maçaneta quebrada. Entrei e encontrei o quarto em desordem. Mesa virada. Lâmpadas quebradas. Um rastro de sangue entrava e saía. No canto, ouvi gemidos. Acendi a luz.

Clay estava no chão atrás da porta. Sangue escorrendo do seu rosto. Ele balançou a cabeça.

— Ele a pegou.

— Para onde eles foram?

Ele apontou para o píer e para Sunset Point. Uma vez lá, ele poderia contornar a multidão, chegar ao seu apartamento, seu Porsche, e iria embora. Comecei a correr.

Ou melhor, a mancar.

Virei a esquina, onde uma multidão havia se reunido para admirar minhas habilidades de piloto de barco. A piscina estava vazia. Assim como o bar. Cinquenta pessoas estavam paradas, olhando e segurando bebidas com guarda-chuvas saindo do topo. O hidroavião estava inclinado na água, parecendo escalpelado sem sua asa traseira. Contornei a multidão e corri pela beira da água no escuro. Os postes de luz iluminavam o que normalmente seria um passeio romântico ao longo da costa. Eu mancava, sentindo calor escorrer pela minha perna. Eu tinha sangrado muito. Não sabia quanto tempo me restava. Não muito. Agarrei minha costela porque cada respiração enviava uma facada pelos meus pulmões.

À minha frente, ouvi uma comoção entre as pessoas no píer e ouvi um grito abafado. Gritei:

— Ellie!

Um estrondo soou. Seguido por uma mulher gritando e outro berro. Dessa vez não foi tão abafado. Forcei minhas pernas a se moverem mais rápido e gritei de novo.

— Ellie! Ellie!

A primeira vez a resposta foi abafada e difícil de entender. A segunda vez não foi e ouvi exatamente o que ela disse.

— Papai!

Papai.

Lá estava de novo. A palavra circulou dentro da minha cabeça, dando voltas no meu cérebro, por fim parando no meu coração. O significado foi registrado, e finalmente me ocorreu que Ellie estava me chamando.

Ela me chamou de papai.

Ele estava a menos de um quarteirão da garagem de seu apartamento e de seu Porsche. Se a colocasse no carro, eu nunca mais veria nenhum dos dois. Uma mesa caiu, uma garrafa quebrou e mais gritos irromperam de um bar à beira-mar. Vendo minha última chance, deslizei para trás de um prédio de escritórios, atravessando um jardim, contornei duas pessoas em uma *jacuzzi*, cruzando uma garagem, e, por fim, do outro lado da rua e entrando nas sombras na entrada da garagem.

Assisti impotente enquanto ele empurrava Ellie para dentro do Porsche e depois caía do lado do motorista. Cruzei a distância. Ele bateu a porta, deu marcha a ré e engatou a primeira — foi quando soquei o vidro do lado do motorista e o agarrei pelos cabelos e pela perna. Artilheiro tinha transformado a parte de trás do tendão em carne moída, então, quando eu apertei, ele soltou um berro.

Puxei com mais força e o tirei do Porsche, onde caímos no asfalto da garagem. Ele chutou minha perna, fazendo-me cair de joelhos.

Levantei e trocamos golpes. Atrás dele estava sua liberdade. Atrás de mim estava minha filha. Quando o acertei no queixo, ele me acertou na garganta, me atordoando por um instante. Afastei-me, mas ele estava em cima de mim. Tentando arrancar minha cabeça dos ombros. Eu simplesmente não conseguia fazer nada para vencer esse cara. Com uma explosão final de energia, fiquei de pé, saltei com toda a força e arqueei as costas. Giramos no ar e caímos. Eu em cima dele em cima de um bate-rodas de concreto. Ele grunhiu, soltou meu pescoço, rolou e ficou de pé antes que eu pudesse ficar de joelhos.

Sirenes soaram à distância.

Ele se virou para Ellie.

— Todos os dias, sempre que você se virar, eu estarei atrás de você. — Ele me deu um soco, acertou meu queixo e quase me fez apagar. Virei-me e o observei mancar pelo beco que levava de volta ao píer ao longo de Sunset Point. Enquanto ele recuava para a escuridão, eu sabia que teria que passar o resto da minha vida mantendo Ellie a salvo. Cuidando dela. Minha única missão seria garantir que ela nunca vivesse um único dia com medo daquele homem.

Eu a protegeria.

Enquanto a luz dos postes de luz caía sobre ele e sua liberdade, ele virou uma esquina e desapareceu. Ele se foi. Eu sabia que o foco da minha vida havia mudado.

Enquanto esse pensamento estava se infiltrando em meu cérebro, uma sombra apareceu onde o homem havia desaparecido. Uma sombra mais alta. A sombra oscilou, e o corretor de carne reapareceu tão depressa quanto havia ido embora. Só que dessa vez ele estava no ar. Voando para trás, a cabeça conduzindo seus pés. Sua cabeça balançava de forma não natural em seus ombros e seus pés se enrolavam feito um *pretzel*. Ele voou pelo ar em um arco perfeito, parando sobre a cabeça e os ombros enquanto o resto de seu corpo se amontoava em cima dele como macarrão. Acima dele estava um homem. Um homem com um rosto raivoso gravado com um mapa rodoviário de rugas e cicatrizes escrito com uma vida inteira de dor. Aquele homem estava suando, e sangue havia manchado seu cabelo e barba brancos.

Clay.

Arrastei-me até a calçada, onde uma multidão havia se reunido. Clay estava de pé acima do homem como Ali. Eu olhei em espanto estupefato. Nunca saberei como, dada sua condição, sem mencionar sua idade, ele conseguiu ir do quarto de hotel de Ellie até lá.

Eu o encarava. Ele olhava para o homem inconsciente a seus pés. Depois sorriu para mim. Seus dentes estavam vermelhos. Um pouco amolecido, ele se arrastou até um banco do parque, sentou-se, cruzou as pernas e as mãos no colo. Avaliou as unhas como um homem na manicure, em seguida, olhou para a pele rachada acima da articulação do dedo do meio como se estivesse olhando para o relógio para ver as horas. Enfim, olhou para mim de novo e assentiu.

Olhei para o homem e sabia que podia matá-lo. Talvez devesse. Eu também sabia que a prisão não era gentil com homens que vendiam carne. Na prisão, seus pecados costumam voltar contra você, e os dele voltariam com juros. Quando acordou, o meu rosto foi o primeiro que ele viu. Eu o virei, enfiei meu joelho em seu rim, enfiei meu outro joelho no hambúrguer que antes era sua coxa e torci seu ombro o suficiente para cima para romper seu manguito rotador e deslocá-lo da articulação.

Ele se rendeu.

Uma hora depois, os paramédicos cortaram minha camisa e transformaram minhas calças em shorts em uma tentativa de tapar meus buracos e me costurar. De novo. Eu estava em péssimo estado, e tudo o que eu queria fazer era dormir.

Mas, enquanto os paramédicos me colocavam em uma maca para me transportar para o hospital, Irmã June apareceu. Ela pegou minha mão. Seu rosto estava tenso.

— Irmã Marie. — Ela apontou para um Cadillac velho na rua.

Eu manquei até o carro enquanto os primeiros raios de sol começavam a romper o horizonte e caí no banco da frente. Ellie embarcou silenciosa no banco de trás.

CAPÍTULO 50

A viagem através da cidade foi curta. E silenciosa. Irmã June não falou uma palavra.

Estacionamos no portão e serpenteamos por entre as árvores, mas não havia pavões dessa vez. Só silêncio. Irmã June subiu os degraus até a casa de Marie e segurou a porta para mim. Marie estava deitada na cama. Apenas uma luz brilhava sobre ela. Meu último livro em seu peito. O resto estava empilhado ordenadamente na estante ao lado de sua cama. Cada um com páginas com orelhas, capas esfarrapadas, páginas gastas. Eu estava cansado e não conseguia diferenciar entre delírio e euforia. Quando me ajoelhei, ela sorriu. Deslizei minha mão por baixo da dela.

Ela deu um tapinha no livro.

— Eu gosto deste. — Ela estava pálida. Lutando. Estas eram as últimas palavras de uma mulher moribunda. — Meu favorito.

Eu assenti. Tantas perguntas. Lutando para respirar, ela forçou seus pulmões a se expandirem, inspirou e expirou. Lentamente. Olhou para a água à nossa frente, onde o sol estava apenas rompendo o horizonte. Inclinou-se para o lado, pressionando a testa na minha. Ela falou sem esforço e sem medo.

— Você me acompanha até em casa?

Eu balancei a cabeça.

— Tenho tanta coisa que quero contar a você.

Ela acenou com a mão para a estante.

— Você já contou. — Um sorriso. — Dez mil vezes. Eu costumava ficar aqui deitada e me perguntar se você algum dia entraria por aquela porta.

Eu assenti e abri a boca, mas nenhuma palavra saiu.

Ela riu.

— Você estava aqui todos os dias. Todo nascer do sol. Pôr do sol. Eu nunca estive sozinha. — Ela fez uma pausa. Respirando. A veia em sua têmpora pulsando, revelando a carga sob a qual seu coração estava e como ele estava se esforçando para manter o ritmo. Ela colocou a palma da mão na minha bochecha. Não tínhamos muito tempo. Ela estava com dificuldade. — Eu fugi... porque não me sentia digna de seu amor. Quanto mais eu tentava afastá-lo, mais você procurava e mais provava que eu estava errada.

Ela tentou sorrir.

— Tantas vezes eu olhei pela janela. Você tinha chegado ao alcance da minha voz. E ainda assim eu não conseguia me permitir gritar, sabendo o que eu tinha feito.

— Marie...

Ela me parou.

— Eu não mereço, mas preciso de um favor.

— O que quiser.

Ela respirou devagar. Inspirando. Expirando. O fim havia chegado. Ela afastou o tubo transparente do rosto e ficou esperando. Apontou para a praia. Apertou minha mão.

— Seja meu padre... e me acompanhe até em casa.

Engoli em seco. Eu sabia o que ela estava pedindo. E a dor estava me matando.

— Só se me deixar ser seu marido primeiro.

Ela piscou e sorriu, incapaz de falar. Deslizei as mãos por baixo de suas pernas e ergui seu corpo frágil e magro. Ela pendurou os braços ao redor do meu pescoço e pressionou o nariz na minha bochecha, respirando fundo. Ela não pesava quase nada. O pouco que pesava estava me esmagando.

Sem oxigênio, Marie estava com dificuldade de se concentrar, então chamei-a de volta.

— Marie...

Em todas as minhas andanças, em todos os meus sonhos, todos os filmes que se passaram na minha mente, eu nunca tinha nos visto terminar desse jeito. Meu lábio tremia. A mente em disparada. Não consegui encontrar as palavras. Apenas a apertei junto ao meu peito, desci os degraus até a praia e a segurei enquanto a vida se esvaía e a escuridão se infiltrava.

Enquanto eu a carregava, ela sorriu e sussurrou em meu ouvido:

— Pão primeiro. Depois vinho.

Diante de nós, Irmã June havia posto uma mesa.

Entramos na água.

O vestido desbotado grudou em sua pele. Ela havia se tornado uma sombra. Apenas alguns segundos agora. Com água na altura da cintura, segurei-a. Rasguei um pequeno pedaço de pão, murmurei algo que ninguém podia ouvir e consegui sussurrar algo que imitava as palavras que eu havia escrito em meus livros uma centena de vezes:

— ...corpo, partido por... — Em seguida, pus o pão em sua língua.

Ela empurrou-o dentro da boca e tentou engolir, o que lhe causou um espasmo de medo. Da incapacidade de levar oxigênio aos pulmões. Seu corpo ficou tenso, os olhos reviraram, e eu apenas a segurei. Ellie estava chorando a poucos metros de distância. Ao nosso redor, a água havia começado a lavar o sangue de mim, causando uma coloração. Primeiro rosa. Depois Cabernet. Merlot.

Marie se acomodou e repousou a palma da mão espalmada contra meu peito, onde podia sentir meu coração batendo forte. Puxei a rolha, inclinei a garrafa e virei o vinho contra seus lábios.

— O sangue, derramado por... — Minha voz falhou novamente. — Todas as vezes que fazeis isto, proclamais a... — Minha voz sumiu.

Ela falou antes de deixar o vinho entrar em sua boca. O sorriso em seus lábios combinava com o de seus olhos. Eu conhecia aquele sorriso desde a nossa infância. Desde a praia onde brincávamos quando crianças. Eu sentiria falta daquele sorriso. O olhar por trás de seus olhos. A janela para sua alma. Ele falava com os lugares mais profundos em mim. Sempre falara. O vinho enchia o fundo de sua boca e escorria pelas laterais.

    Sangue com sangue.

    Outro espasmo. Mais dificuldade para respirar. Agarrei-me a Marie enquanto as ondas balançavam seu corpo. Uma respiração. Depois duas. Reunindo suas forças, ela apontou. Águas mais profundas.

    Eu hesitei.

    Os olhos de Marie rolaram para trás, mas ela forçou seu retorno e eles se estreitaram em mim.

    — Por favor.

    Avancei mais fundo. A respiração dela estava mais superficial. Menos frequente. Seus olhos se abriam e fechavam. O sono era pesado. Falei as únicas palavras que eu sabia.

    — Se eu pudesse parar o sol ou pedir a Deus para me levar e não você, eu faria.

    Ela colocou a mão atrás do meu pescoço e puxou meu rosto para perto do dela.

    — Eu... sempre... amei... você. — Ela engoliu em seco e lutou por ar. — Ainda amo.

    Eu a beijei, tentando gravar dentro de mim o toque e o gosto dela.

    Andei mais para dentro da água cristalina, acima da minha cintura, enquanto o corpo de Marie flutuava no berço dos meus braços. Um rastro vermelho pintava a água na vazante. Marie me deu um tapinha no peito e usou uma das mãos para fazer os números. Ela recolheu três dedos, deixando dois. Sem parar, levantou todos os cinco. Em seguida, recomeçou. Estendendo cinco apenas para recolher três, deixando dois. Fazendo um sete. Seus movimentos enigmáticos significavam 25-7.

    Não te lembres dos pecados e transgressões da minha juventude; conforme a tua misericórdia, lembra-te de mim, pois tu, Senhor, és bom.

    Assenti, e as lágrimas romperam a represa. Eu não conseguia mais contê-las.

A cabeça dela pendeu para um lado. Seus lábios formaram as palavras, depois, veio o som.

— Perdoa-me?

Continuei balançando a cabeça.

— Não há nada para...

Ela pressionou os dedos nos meus lábios e tentou assentir.

— Por favor. Perdoe...

Ela ficou tensa. Seus lábios estavam ficando azuis.

As lágrimas escorreram do meu rosto. Ela secou cada uma com o polegar. Consegui dizer:

— Eu amo você com todo meu ser. Eu...

— Eu sei. Você me falou...

Enquanto a vida de Marie se esvaía no oceano e seus pulmões seguravam menos ar, ela me puxou para perto de si. Ela estava me libertando.

— Conte-me o que você sabe sobre ovelhas.

Nós tínhamos começado assim, e terminaríamos assim. Doía demais. Balancei a cabeça.

— Conte-me.

— As necessidades da escolhida...

Ela fechou os olhos.

— Superam as das noventa e nove.

Ela colocou a mão espalmada sobre meu peito. Apenas duas crianças em uma praia. Ela se puxou em minha direção.

— Mais uma coisa...

O pulso dela tinha diminuído para quase nada. Esperei.

— Espalhe minhas cinzas onde começamos... naquela água rasa perto da ponta norte da ilha.

Olhei seiscentos quilômetros ao norte. Além do olho da minha mente. Para a praia onde brincávamos quando crianças. Balancei a cabeça.

— Eu...

Sangue escorreu pelo canto da boca dela.

— Onde nos apaixonamos. — O fluxo era vermelho profundo. Depois espumoso. Ela estava engasgando agora. Em vez de lutar por ar, ela escolheu falar. — Fez então... faz agora. Sempre fará.

Ela envolveu os dedos em volta do fino colar de couro pendurado em seu pescoço e o tirou. Os anos o tinham desgastado. Manchado o exterior. O lado que ficava contra o peito dela tinha sido polido até brilhar. Ela o colocou na minha mão e fechou seus dedos em volta dos meus.

Marie olhou para Ellie e depois para mim. Ela levantou a mão, estendendo as pontas dos dedos e esperando pela minha. Eu a coloquei na água, e nós entrelaçamos nossos dedos uns nos outros como videiras. Ela tentou respirar, mas não conseguiu. Era isso. A vida de Marie acabaria em minhas mãos. Eu não queria deixá-la ir. Eu não podia. Vendo minha dor, ela pressionou a palma da mão no meu peito, espalmada. Em seguida, puxou-me para si e pressionou seus lábios nos meus. Ela me segurou ali. Um momento. Um ano. Para sempre.

Ela cruzou os braços, sorrindo de leve. Olhei para a água, mas meu coração tinha embaçado meus olhos e eu não conseguia ver nada. Assenti pela última vez. Ela me soltou, e seu corpo ficou mole em meus braços. Suas palavras se foram. Ela falou a última vez. Só a expiração permaneceu. A luz em seus olhos estava desaparecendo.

Inclinei-me. Forçando seus olhos a focar. Consegui dizer com voz embargada:

— Vou sentir sua falta.

Ela piscou, dizendo-me que aquele único movimento muscular era tudo o que lhe restava. Reuni o pouco de força que restava em mim.

— Pronta?

Seus olhos reviraram, então, ela atraiu uma onda de energia das profundezas e focou em mim. Uma última vez.

Embora ela pudesse estar pronta, eu não estava. As palavras de sua vida estavam escorrendo da página, de preto para branco. De algum lugar, ela encontrou uma palavra final. Embora não a tenha falado. De olhos fechados, senti as pontas dos dedos dela no meu peito. Ela estava escrevendo seu nome sobre meu coração.

Com uma das mãos sob seu pescoço e outra cobrindo seu peito, falei através da superfície da água.

— Em nome do Pai... do Filho... e do... — Minha boca terminou as palavras, mas minha voz não.

Ela piscou, cortando uma lágrima, e eu a empurrei para baixo da superfície.

Naquele segundo, seu corpo ficou mole, as últimas bolhas de ar escaparam pelo canto de sua boca e a água ficou vermelha.

Seu corpo parecia leve quando a levantei. Como se sua alma já tivesse partido. Quando ela emergiu, seus olhos estavam abertos, mas ela não estava olhando para mim. Pelo menos não neste mundo. E a voz que eu havia ouvido uma vez eu não podia mais ouvir. Carreguei-a até a praia e coloquei-a na areia, onde as ondas batiam em seus tornozelos. Seus braços estavam estendidos sobre o peito — mas mesmo na morte seus dedos gritavam a plenos pulmões: "23".

Puxei-a para mim e chorei feito um bebê.

CAPÍTULO 51

Bones alugou uma casa à beira da água, onde me falaram que passei os três primeiros dias dormindo. Ele trouxe médicos e enfermeiros para cuidar de todos nós. Minhas feridas físicas iam sarar. Eu só precisava de tempo. As feridas no meu coração eram outra questão. As feridas de Angel eram mais profundas que a pele. As dela também levariam tempo. Felizmente, ela tinha um bom bocado disso. Ela e Summer nunca estavam afastadas. De braços dados, Summer e Angel andavam para cima e para baixo pela praia para suar as toxinas do corpo de Angel.

Quando acordei, foi com o som rítmico de uma cadeira se movendo sob o peso preguiçoso de alguém aproveitando o momento. Abri os olhos e encontrei Clay sentado em uma cadeira de balanço, com uma bolsa de soro pendurada acima dele em um poste de aço inoxidável com rodas. Vi que eu estava em uma rede balançando entre dois postes na varanda. A brisa do mar esfriando o suor na minha pele. A distância, ouvi o som de pequenas ondas rolando na praia. E risadas de mulheres.

Clay parecia bem. O que quer que estivesse pingando para dentro dele estava ajudando. Sentei e tentei sair da rede, mas ainda estava cansado demais. Fechei os olhos e, quando os abri de novo, estava escuro e senti o cheiro de uma fogueira e ouvi uma conversa suave. Observei as meninas assando *marshmallows* em palitos ao redor de uma fogueira na praia. Olhando para a luz do fogo, senti a mão de Summer em meu ombro. Depois, um beijo na minha testa.

Quando acordei novamente, ainda estava escuro, o fogo tinha se apagado e a praia estava quieta. Apenas as estrelas falavam acima de mim. Olhei para a cadeira de balanço, mas, em vez de Clay, encontrei Summer. Eu me contorci para fora da rede, coloquei um cobertor sobre Summer e caminhei descalço até a praia onde a lua brilhava. Artilheiro mancou ao meu lado, lambeu minha perna e ficou me encarando. Esfreguei sua cabeça, mas estava dolorido demais para me abaixar. Andei pela praia, deixei as ondas lavarem meus pés e depois entrei na água. Quando a água atingiu minha coxa, agachei-me, sentei-me — ou melhor, caí para trás — e me encharquei. Uma hora depois, foi lá que o sol me encontrou quando rompeu o horizonte.

Uma semana se passou. Cozinhávamos nossas próprias refeições, caminhávamos pela praia, balançávamos em redes e nadávamos com frequência. Apesar dos próprios ferimentos e de um claudicar doloroso, Artilheiro nunca estava longe. Quando eu dormia, eu o ouvia respirando ao meu lado ou sentia seu rabo abanando e batendo no chão abaixo de mim. E, quando eu acordava, seus olhos seguiam cada um de meus movimentos. Ele havia se tornado meu protetor.

Meu guardião.

Uma semana depois, nos reunimos na pista de voo. Ellie estava nos degraus que levavam ao jato. Sua casca dura tinha rachado e o lado mais macio havia subido à superfície. Eu gostei. Muito. Ela olhou para mim.

— Vem me ver?

Tínhamos muito que conversar, e eu lhe devia anos, não momentos. Ela amaria Freetown.

— Sim.

— Quando?

— Em breve.

— Você promete?

Assenti.

Ela se virou e deu um passo, mas então parou e voltou.

— Eu não tenho um bom histórico com pessoas que cumprem suas promessas para mim.

Abri o fecho do meu relógio, passei-o pela mão e fechei-o ao redor do pulso dela e declarei:

— Quero isso de volta.

Ela sorriu e olhou as horas.

— Pouco provável. — Depois ela olhou para mim.

Um minuto inteiro. Sua cabeça se inclinou para o lado. Ela levantou meus óculos. Costas dos meus olhos e falou:

— Toda a minha vida eu me perguntei como você era. — Então ela me beijou e me abraçou. E, quando fez isso, pensei ter notado seus braços tremendo. Ela levantou uma das mãos, abriu os dedos e esperou que os meus os tocassem. Quando eu o fiz, ela dobrou os dedos em volta dos meus, e nós fizemos o tecido de nós.

Angel era a próxima. A desintoxicação tinha sido difícil e ela estava na metade. Estava sendo difícil. Ela se inclinou para mim.

— Padre.

Eu ri.

— Sim.

Ela me beijou na bochecha.

— Eu beijo bem.

Eu ri.

— Não é só nisso que você é boa.

Dessa vez ela riu também.

— É, ainda estou muito arrependida de ter feito aquilo com sua capela. A culpa é minha.

Sua honestidade e habilidade de se ver com clareza eram um presente lindo. Magnético. Esperei.

Ela me beijou de novo. Invadindo mais do meu espaço pessoal.

— E minha mãe é uma boa dançarina.

— Ela é mesmo. — Tentei aliviar o clima. — Beija bem também.

Angel riu.

— Melhor que eu?

— Ela é muito boa.

As lágrimas vinham facilmente. Seu corpo as estava usando para eliminar as toxinas.

— Não demore muito. Mamãe vai sentir sua falta. Eu também.

— Pode deixar.

Ela me beijou uma última vez e depois falou por cima do ombro.

— Estou guardando uma dança para você. — Antes de passar pela porta do avião, virou-se, fechou os olhos e levantou as mãos. Congelada. Tomando sol. Então fez uma pirueta e desapareceu. Um lindo desaparecimento.

Clay foi o próximo. Vestido com seu terno e sapatos novos, ele tirou o chapéu, apertou minha mão e olhou para o carro. E balançou a cabeça.

— Meu primeiro voo de avião. — Bones o havia colocado em contato com um especialista que estava tratando sua cepa específica de câncer. Sua chance de recuperação total era boa. Como todos nós, Clay morrerá um dia, mas provavelmente de velhice.

— Se pegarem um pouco de vento de cauda, vocês vão alcançar a velocidade do som.

— Quão rápido é isso?

—1070 quilômetros por hora. Mais ou menos. Depende da temperatura do ar.

— Está de brincadeira.

Ele estava se divertindo. Talvez mais do que em qualquer outro momento em sua memória recente. Ele limpou os dentes com um palito.

— Incrível.

Dei um tapinha nas costas dele.

— O treinamento de primavera começa em breve.

Seus olhos se arregalaram.

— Começa mesmo.

— Tem um time favorito?

— Os Yankees me recrutaram, mas me negociaram com os Dodgers antes que eu pudesse chegar lá.

— É uma curta viagem até L.A. E eles têm um time muito bom em Denver.

Ele olhou para o avião.

— Nós vamos nessa coisa?

— O que você quiser.
Ele balançou a cabeça.
— Eu compro os cachorros-quentes.
Eu sacudi sua mão enorme. Sua articulação do meio recebeu sete pontos depois que ele socou o rosto do comerciante de carne. Ele admirou seu trabalho. Antes de subir a bordo, Clay se virou e disse:
— Senhor Murphy.
Eu sorri.
— Sim.
— Pela maior parte da minha vida eu tive raiva de homens que se parecem com você. Com a cor da pele igual a sua. — Uma pausa. — Eles tiraram tanto. Tudo. — Ele sugou por entre os dentes.
— Eu perdi a conta do número de brigas na prisão. — Ele olhou para a mão. — Mas então aquele homem levou Ellie e... eu pensei que ela estava perdida e não conseguia suportar a ideia daquela garotinha sendo... e então você o parou, e ele veio correndo até mim, e eu remontei uns sessenta anos e peguei toda a raiva que já senti e enfiei o punho na cara dele. — Ele endireitou seu paletó e chapéu. — E agora eu não estou mais tão bravo.
— Isso é bom, porque eles tiveram que prender o maxilar dele de volta. Ele está bebendo suas refeições por um canudo.
A expressão de Clay mudou.
— A prisão não será divertida para ele.
— Não mesmo.
Ele apertou minha mão novamente. Dessa vez segurando-a.
— Obrigado.
De dentro do avião, Ellie estava rindo de Angel, que acabara de dizer:
— Sabe, você nunca se acostuma com o cheiro de um avião novo.
Eu assenti.
— Fica de olho nessas duas.
Summer foi a última. Ela estava linda contra o sol da tarde, o vento puxando seu vestido. Suas pernas bronzeadas e firmes. Ela tirou os óculos escuros do rosto, segurou meu rosto em suas mãos e me beijou.

Uma vez. Duas vezes. Então, uma terceira vez. Seus lábios eram macios. Ternos. Convidativos. E o tremor havia sumido.

Ela afastou meu cabelo dos meus olhos.

— Dançar é melhor em par.

— Eu não sou um bom dançarino.

Um sorriso malicioso.

— Eu sou.

Eu ri.

Ela subiu alguns degraus, deu uma pirueta, depois outra, e desapareceu no avião. Quando fez isso, senti uma parte de mim ir com ela.

O piloto surgiu da cabine. Bones. Ele estava parado na porta, peito largo, definido. Sorrindo como o gato de Cheshire atrás de óculos de aviador espelhados. Ele amava essas coisas. Agora com quase 60 anos, estava mais em forma do que a maioria dos fãs de *crossfit*. Seu rosto estava bronzeado de tanto esquiar em Vail e Beaver Creek. Ele e eu precisávamos ter uma conversa, mas não era a hora nem o lugar. O olhar em seu rosto reconheceu isso. Ele me fez um sinal de positivo, seguido por movimentos rápidos e praticados com os dedos. Quando terminaram, haviam dito: "91-11".

A seus anjos ele dará ordens a seu respeito, para que o protejam em todos os seus caminhos.

O avião taxiou, os jatos rugiram e, em segundos, eram pouco mais que um pontinho.

Virei-me para Artilheiro, que estava sentado ao meu lado. Abanando o rabo.

— Está pronto, garoto?

Ele ficou parado, com os ouvidos atentos ao avião que desaparecia, a cauda se movendo a seiscentos rpm.

Caminhamos do aeroporto do outro lado da rua até a água onde o *Gone Fiction* estava amarrado em um cais. De pé no cais, usando um chapéu enorme e óculos escuros, estava um rosto familiar. Ela tinha feito sua jornada anual até Key West. Estava segurando uma bebida em uma das mãos e as páginas impressas de um manuscrito na outra.

Levantei Artilheiro, coloquei-o no pufe e o enrolei em um cobertor. Ela olhou para mim e gesticulou com as páginas.

— Tem certeza?

Dei de ombros.

— Metade de mim diz sim. A outra metade diz não.

— Não precisa terminar assim.

Dei uma olhada lá dentro.

— Meu poço está bem seco. Não sei se consigo...

Ela assentiu.

— Quer que eu fale com você como sua editora ou sua amiga?

Minha mente vagou para os quase mil quilômetros à minha frente.

— Acho que preciso de uma amiga agora.

— Reescreva.

Olhei para a água, finalmente deixando meus olhos pousarem na caixa laranja e surrada amarrada à proa. Aquela que continha as cinzas de Marie. Minha editora tomou um gole de sua bebida e depois apontou para a caixa.

— Eu consigo segurar a imprensa. — Ela balançou a cabeça de um lado para o outro. — Caro, mas... você vale a pena.

Dei partida no motor. A água se estendia vítrea diante de mim. A brisa refrescava minha pele. Robalos dispararam sob o casco. Atrás de mim, ouvi o eco de Marie: Acompanhe-me até em casa. Assenti.

— Talvez você devesse segurá-la.

Ela sorriu, levantou sua bebida em um brinde e desapareceu pelo cais em direção ao próximo bar.

Artilheiro e eu demos marcha a ré para sair da vaga. Acelerei para avançarmos e seguimos em marcha lenta pelo lado sul de Key West, onde o sol brilhava sobre aquela caixa laranja. Seiscentos quilômetros nos encaravam.

E isso era bom.

CAPÍTULO 52

Bones divulgou os vídeos dos homens capturados no *Sea Tenderly* e no *Fire and Rain*. As autoridades começaram a fazer prisões por toda a costa da Flórida. Mais de cinquenta homens. Pessoas famosas também. A maioria contratou advogados e tentou comprar sua liberdade e silenciar o circo da mídia, mas é difícil argumentar contra vídeos. Especialmente quando há garotinhas envolvidas.

Apesar das tentativas, a mídia não conseguiu me farejar. Tudo o que conseguiram descobrir foi que um homem misterioso havia resgatado cerca de 26 garotas ao longo de uma semana e cravado uma estaca no coração de uma rede de tráfico sexual administrada pela máfia que se estendia pela Costa Leste. Várias das garotas precisavam de cuidados médicos, mas todas elas haviam retornado às suas vidas e aos seus pais. Algumas não puderam ser contatadas porque seus números haviam sido desligados. A teoria era que elas haviam sido realocadas para locais desconhecidos. Cada um sabia um pouco da verdade. O capitão do barco demoníaco recebeu uma oferta caso falasse. Sentença reduzida. Prisão "mais suave". Ele estava cantando feito um canário.

A viagem para casa levou uma semana. Navegamos devagar a maior parte do caminho. Nada em mim tinha pressa. Na maioria das noites, eu dormia na minha rede, embalando a urna que continha Marie.

A ilha tinha sobrevivido praticamente do jeito que eu a deixei. Mais de duzentas árvores cítricas ficaram bem, já que são regadas individualmente com irrigadores automáticos. As ervas daninhas tinham retornado com força total, por isso passei alguns dias lutando contra elas — pulverizando ou arrancando-as. Quando finalmente criei coragem para retornar à capela, meu bilhete ainda estava pendurado na porta. Pensei em tirá-lo, mas não consegui fazer isso.

Então eu o deixei.

Artilheiro era, sem dúvida, o cachorro que mais fazia xixi que eu já tinha visto. Marcou todas as árvores da ilha. Para acelerar sua terapia, eu o levei para nadar. No começo, segurei-o enquanto ele nadava gentilmente em meus braços, recuperando a força. Aos poucos, eu o soltei e ele nadou sozinho. Quando ele começou a nadar contra a corrente eu soube que ficaria bem. Era um bom sinal.

Tirei o *Gone Fiction* da água e passei vários dias fazendo uma limpeza profunda nele. Ele merecia. Até tirei o envelopamento, restaurando-o à cor original.

O pôr do sol me encontrou olhando por cima de uma xícara de café para a água rasa onde Marie e eu nos conhecemos quando crianças. Em algum momento nos dias seguintes, peguei meu computador e abri uma página em branco. Durante o mês seguinte, escrevi o eu que eu queria que fôssemos. Escrevi a história que eu queria ler em vez da história que eu vivi. Provando mais uma vez que escrever é uma transação incrível e que a coisa mais poderosa que existe é uma palavra.

Quando terminei, li em voz alta para Marie e Artilheiro enquanto o sol se punha atrás das palmeiras. Então li mais uma vez. Artilheiro abanou o rabo e rolou de costas. Talvez Marie também tenha gostado. Eu sabia que minha editora tinha roído as unhas até o sabugo, por isso cliquei em enviar e esperei algumas horas, e, quando meu telefone tocou, perto da meia-noite, ela nem conseguia falar. Geralmente um bom sinal. Ela conseguiu dizer duas palavras.

— Muito obrigada. — Seguidas por: — O casamento...

Ela fez uma pausa. Assoou o nariz.

— A coisa mais linda que eu já... — Ela não conseguiu terminar. Provando que, embora fosse minha editora, era uma leitora acima de tudo.

Desliguei, encarei a lua cheia e senti o puxão. Saí para a areia, e Marie e eu sentamos debaixo de um cobertor e assistimos ao nascer do sol.

Artilheiro me farejou ao amanhecer e disse olá lambendo meu rosto.

— Está bem, está bem... Estou indo. — Ele correu em círculos ao meu redor, espirrando água, afundando o focinho até as orelhas, perseguindo cardumes de tainhas.

Parado na praia onde procurávamos dentes de tubarão quando éramos crianças, abri a caixa e levantei o pote. Então, segurando a mão dela, entrei na água até os joelhos. Artilheiro parou, inclinou a cabeça e ficou abanando o rabo. Abaixo de mim, a maré vazante puxava minha pele. Peixinhos mordiscavam meus dedos. Segurei o pote por algum tempo. Lembrando como a água brilhava em sua pele e o vento puxava seu cabelo. E como sua mão segurava a minha quando estávamos mergulhando de *snorkel*. Um farol de orientação. Fechei os olhos e deixei a água me lavar.

Ellie me contou a história que a mãe lhe contara depois que eu corri para resgatar Summer. No dia do nosso casamento, ela foi embora envergonhada. Uma traição diferente de qualquer outra. Embora ela soubesse que eu seria capaz de perdoá-la, ela não conseguia se perdoar. Por isso ela fugiu. Medicando e afogando sua dor em bebidas, drogas e pessoas. Sempre um passo à minha frente.

Sete anos depois, ela cansou de fugir e voltou para minha vida. Passamos aquela noite conversando, e, pouco antes do amanhecer, ela se entregou a mim. A lua de mel que nunca tivemos. Sete anos depois, e a única vez que estive com minha esposa. Ela partiu antes do amanhecer, então subiu em um barco alugado e ligou a câmera. No entanto, sentada naquele barco e amarrando-se a um balde de concreto, ela tinha um problema. Seu corpo parecia diferente. Algo estava errado. Ou novo. E, como a maioria das garotas, ela sabia o que era o "novo".

Então, querendo completar a farsa para a câmera, ela seguiu o balde. Vinte pés abaixo, o nó se desfez. Ela o amarrou frouxo ou era outra coisa? Pairando abaixo do barco no que seria seu túmulo aquático, ela observou o balde desaparecer. Escuridão abaixo. Luz acima. Algo novo dentro. Por razões que nunca foi capaz de entender, ela escolheu a luz.

No entanto, caminhando até a costa, como poderia retornar para mim? Como eu poderia confiar nela? Depois de uma traição tão grande. Duas vezes. Pelo menos era isso que ela pensava. Ela retornou para o norte, para os Hamptons, e serviu mesas até o bebê nascer. Enquanto estava lá, soube de uma agência de adoção que atendia os ricos. Talvez eles pudessem dar uma vida melhor à menina. Então ela deu à luz Ellie, assinou os papéis e deixou os Hamptons, imagine só, em um ônibus Greyhound.

Durante o parto, ela teve complicações. Eles fizeram exames e determinaram que ela tinha vários problemas, o pior dos quais era um vírus incurável que ataca o revestimento do coração de indivíduos saudáveis, sufocando-o. Ele entra por meio de agulhas e sexo. Dos quais ela tivera sua cota. Falaram que ela tinha sorte de estar viva. Deram a ela alguns meses de vida. Inclusive, o vírus não passava pelo útero. Apenas na hospedeira.

Depois de duas tentativas de cometer suicídio, ela não conseguiu fazer novamente. Por isso, procurou nas páginas amarelas e encontrou um convento, entre todos os lugares, em Key West. Ela imaginou que poderia se esconder e morrer lá. Ela perguntou sob um nome falso, elas a aceitaram como aspirante, e ela fez a viagem para o sul. Soterrada pela culpa, ela deixou uma trilha ao longo do caminho, caso a filha quisesse saber sobre suas origens. Sobre de onde ela veio — sem toda a dor e traição. Marie chegou às Irmãs da Misericórdia e foi recebida pela Irmã June. Eram grandes amigas desde então.

Ela explicou sua vida e situação para Irmã June e pediu permissão para morrer naquela casinha. Irmã June concordou, apesar de lhe dizer:

— Tenho a sensação de que o que está para acontecer não vai se desenrolar do jeito que você pensa que vai.

Então ela andou pelas praias. E esperou. Sentindo sua capacidade de respirar e encher os pulmões diminuir a cada dia. Mas então uma coisa curiosa ocorreu. Uma noite, quase um ano depois do dia em que ela havia me deixado, ela estava caminhando pela praia e se viu perto do ponto mais ao sul. Com a brisa às suas costas. Observando as pessoas. Então um cara chamou sua atenção. Bronzeado, sentado em uma pedra, rabiscando em um caderno.

O homem mais bonito que ela já tinha visto. Dia após dia, ela ficava de pé a distância e espiava por entre árvores e disfarces. Chapéus grandes e óculos escuros. Quando terminava de escrever em seu caderno, ele caminhava para o trabalho, servia bebidas e continuava escrevendo — noite adentro. Várias noites ela o seguia até em casa e esperava até que ele apagasse a luz. Depois ela ficava na janela aberta dele e o ouvia respirar.

Ela sabia dos turnos dele, então um dia, enquanto ele estava no trabalho, entrou em seu apartamento destrancado e abriu o caderno mais antigo. Nos dias seguintes, ela leu cada um do começo ao fim. Em espanto perplexo.

Este homem, esta criatura torturada, estava escrevendo uma história que ele não viveu. Uma história que ele só podia sonhar. De amor conhecido. Compartilhado. De uma mulher diferente de todas as outras. Ele escreveu sobre como ela se movia, como ela cheirava, como o vento secava a água em sua pele e como arrepios surgiam em volta de seus folículos capilares quando ela ficava com frio. E ele escreveu sobre como, quando ela dormia, ele colocava a mão em sua barriga e a sentia subir e descer.

Dividida e atormentada pelas decisões da própria vida, seu próprio egoísmo, ela tirou fotocópias do primeiro caderno e o enviou com um bilhete para uma mulher que conhecera nos Hamptons. Uma editora de uma empresa de Nova York. O bilhete dizia: "Há mais sessenta desses. Ele é barman no 'Fim do Mundo' em Key West. Você tem uma semana para pedir uma bebida ou eu vou mandar para outro lugar". Cinco dias depois, ela observou da janela do segundo andar de uma pousada em ruínas a mulher que se tornaria minha editora se aproximando do bar.

Um ano depois, deitadas na cama de sua casa de campo, uma mesa de cabeceira cheia de esteroides e medicamentos, Marie e a irmã June leram o primeiro volume. Em voz alta. Cinco vezes.

Quando a Irmã June a pressionou sobre me contar a verdade, Marie balançou a cabeça e apertou a capa dura contra o peito.

— Quero que o coração dele se cure.

A irmã June a desafiou.

— Só isso?

Marie balançou a cabeça.

— Quero que nosso amor viva para sempre.

E ela estava certa. Viveu. Até que não mais. Até que treze anos se passaram e eu não pude mais escrever. Então queimei todos os livros, coloquei na minha lancha, e pretendia retornar à minha rocha, onde eu entraria na água e espalharia nossas cinzas, nossas memórias, nossa esperança e todo meu amor nas águas onde o golfo beijava o Atlântico.

Mas o amor é uma coisa difícil de matar. Na verdade, é a única coisa neste universo ou em qualquer outro que não se pode matar. Nenhuma arma já feita pode fazer uma marca nele. Você pode socá-lo, esfaqueá-lo, chicoteá-lo e pendurá-lo para secar — você pode até mesmo enfiar uma lança nele, perfurar o próprio coração. Mas tudo o que vai conseguir é sangue e água, porque o amor dá à luz o amor.

Marie se acomodou no que ela pensou que seriam seus últimos meses. Mas, com quatro lançamentos de livros em um período de dois anos, o processo desacelerou. Houve dias em que ela se sentava na beira da água, seus dedos dos pés cavando a areia molhada, minhas palavras em suas mãos, e sentia-se como se estivesse fortalecida. Como se as próprias palavras que eu havia escrito tivessem revertido o vírus. Ela assistiu com espanto enquanto milhões e milhões de cópias circularam o globo, filmes eram feitos, e ainda assim esse autor anônimo nunca saiu das sombras.

Nunca pisou no centro das atenções. Ele simplesmente escrevia por amor. Ela contou que houve dias em que sua alegria espremia mais lágrimas de seus olhos do que ela pensou ser humanamente possível. Mas no choro vinha uma lavagem. Uma limpeza.

A água faz isso.

Treze anos se passaram, e ela ainda estava sobrevivendo. Enfraquecida, respirando oxigênio extra, pele e ossos, uma sombra de seu antigo eu, pagando as consequências de anos de más decisões — e ainda assim lá estava ela, assim como o restante do mundo, esperando a próxima parte. Uma injeção de palavras do coração dele para o dela que lhe daria mais alguns meses.

Mas rumores na internet sugeriam que o autor havia chegado ao fim. Que ele havia escrito sua última história de amor. Ela e a Irmã June, com o tanque de oxigênio a tiracolo, embarcaram em um trem, alugaram um vagão-leito e só desembarcaram nos Hamptons. Elas foram até a cidade e pegaram o elevador até o andar setenta e tantos, e Marie se apresentou. A princípio, a editora ficou indiferente. Descrente. Mas apenas duas pessoas sabiam do pacote de fotocópias que ela recebeu pelo correio. Ela e a pessoa que o enviou. Essa pessoa estava sentada na frente dela.

Marie confessou que sabia a identidade do escritor e que tinha ouvido falar que ele havia escrito o último livro. A editora olhou para um manuscrito impresso em sua mesa. Manchado de lágrimas. Marie pediu para lê-lo.

A editora respondeu:
— E se eu não deixar?
Marie balançou a cabeça.
— Eu vou para casa. De coração partido. Assim como você.

A editora concordou, e Marie passou o dia enrolada em um cobertor no escritório, encarando abaixo um manto de neve cobrindo o Central Park. Quando terminou, ela secou os olhos e sentou-se balançando a cabeça. A editora contou que havia me implorado para que eu não fizesse isso, mas até ela podia ouvir na minha voz. Eu, o autor anônimo, estava acabado. Bem, vazio.

Marie passou a mão pelas páginas.
— Ele está se despedindo. Ele chegou ao fim de nós. O fim de mim.
Quando Marie se levantou para partir, a editora perguntou:
— O que você vai fazer?
Marie olhou fixamente, fora das janelas, para a neve caindo.
— Dê a ele uma razão para não fazer isso.

Então a espera começou. Ela não sabia sobre Angel, Ellie ou Summer. Ela apenas sabia que eu estava voltando para Key West com uma caixa e as cinzas do nosso amor. Quatorze anos atrás, o amor me trouxera de volta para ela. Agora, cerca de 21 anos desde o dia do nosso casamento, talvez o amor me trouxesse de volta mais uma vez.

Quando aparecemos no convento das Irmãs da Misericórdia naquela tarde, fazendo perguntas, ela olhou no espelho e se acovardou. Instruiu

Irmã June a negar sua existência. Fazer-nos ir embora. Então ela nos viu na rocha. Viu Ellie e ficou hipnotizada. Reconheceu-a imediatamente. Viu quando eu entrei na água e espalhei as cinzas. Viu os nomes tatuados nas minhas costas. Viu como eu estava tentando ser forte por todos os outros quando ela sabia que eu estava surtando.

Quando viu Summer, ela sabia que eu ficaria bem.

Quando finalmente decidiu nos convocar naquela noite, o vírus atacou com força total. Dada sua condição enfraquecida, ele a deixou com horas em vez de dias. Ela passou suas últimas horas com a filha. Contando-lhe quem ela era. Quem eu sou.

Fiquei parado nas águas ao redor da minha ilha, lágrimas escorrendo pelo meu rosto, segurando dois potes. Em um, eu segurava Marie. Meu amor. Meu coração. Meu centro. E no segundo, a urna roxa da mesa da cozinha, eu segurava todas as palavras que eu havia escrito sobre ela ao longo de treze romances. Ela continha tudo que eu sempre quis dizer a ela.

A brisa batia na minha pele. Olhei para a minha ilha do outro lado da água. O andar de cima do celeiro que chamo de escritório. A janela pela qual olho quando desvio o olhar por cima do meu computador. Havia tanta coisa não dita. Sem saber o que mais dizer, falei em voz alta algumas das palavras do obituário de Marie:

> Alguns de nós carregamos nossas feridas por dentro. Alguns por fora. Não importa onde, estamos todos feridos. Todos andamos mancando. Eu queria tê-la encontrado antes. Sinto muito por não ter encontrado. Embora eu ache que, se estivesse aqui, você me diria que eu encontrei. Que cada palavra que eu sempre quis te dizer te encontrou. E quando eu penso nisso, em como essas palavras acalmaram seu coração partido, que você dormiu comigo aninhada contra seu peito e sob seu queixo, eu me sinto... melhor. Eu não sei se estou bem, mas talvez melhor.
>
> Sei que você está se perguntando, então eu vou lhe contar — eu decidi continuar escrevendo. Por quê? Porque eu tenho

mais para lhe contar. A história não acabou. Pelo menos ainda não. Você ainda é amada. E nada que você fez ou pode fazer me faz amá-la menos. Nosso amor vai viver. Todos nós enfrentamos a escolha — como passar de escravizado a livre. Correndo? Andando? Rastejando? Vale a pena? Vai doer? Vai me matar? Alguns levam mais tempo do que outros. Alguns nunca arriscam. Alguns nunca conseguem. Você conseguiu. E, no presente mais lindo que você já me deu, eu pude acompanhá-la até a porta.

Nos anos que virão, quando eu ficar velho e cansado, e talvez quando meu poço secar e as palavras desaparecerem e o seu cheiro se tornar tênue, eu caminharei de volta para essas águas, mergulharei abaixo da superfície e deixarei você me preencher. Céu vermelho à noite.

O amor é como a água. Não importa como você o corta, fatia, bate ou explode em dez trilhões de gotas, dê alguns minutos e tudo se juntará novamente. Como se nada tivesse acontecido. Nenhuma cicatriz. Nenhum estilhaço. Apenas um corpo gigante de água. Claro. Límpido. Legal. O amor preenche os lugares vazios e flui do que antes era o epicentro da ferida. E é o fluir que lava o resíduo da dor e nos torna inteiros novamente. Esse é o milagre louco que é o amor. Quanto mais você derrama, mais você tem que derramar. Eu não entendo, só sei que é verdade.

Virei o jarro, e as cinzas de Marie se espalharam na água, levantando-se em uma nuvem definida ao meu redor. Agarrando-se à minha pele. Em seguida, esvaziei as palavras que escrevi. Para fazer-lhe companhia. Mantê-la aquecida. Lembrá-la quando ela esquecesse. Se esta água pudesse falar, eu queria que ela ouvisse minha voz. Para me ouvir dizer com cada ondulação, corrente e onda que não havia então e não há agora nada que ela pudesse fazer para perder meu amor. Nada pode nos separar.

O amor faz isso. Ele apaga a dor. A escuridão. Aquilo que quer segurar nossa cabeça debaixo d'água. O amor nos lembra quem somos e quem sempre fomos destinados a ser. E nunca houve nem nunca haverá nada que possa matá-lo.

Sacudi as duas urnas e misturei as cinzas até que não houvesse mais distinção entre elas. Ficamos ali, na maré baixa. Marie, eu e a tinta que gravava as memórias. Então a correnteza mudou, puxou minhas pernas, seu fluxo atraído pela lua, e a carregou para onde o Atlântico beijava o céu.

Em poucas horas, ela estaria nadando na corrente do golfo. Livre novamente.

CAPÍTULO 53

Poucos dias depois, eu me vi sentado no chão da capela. A inscrição de batom de Angel logo acima da minha cabeça. Ferramentas espalhadas ao meu redor.

Com um mandril na mão. Eu tinha acabado de esculpir cinco nomes na parede da capela.

ANGEL
ELLIE
MARIE
SUMMER
CLAY

Então, por razões que não consigo entender, levantei-me e inscrevi uma frase acima de todos os nomes:

ESTES PASSARAM DE FERIDOS A CURADOS.
DE ESCRAVIZADOS A LIBERTOS.

Sentei-me, encostado na parede mais distante. Olhando para os nomes. Os cortes recentes nas pedras. Cocei a cabeça. Estava quente, então tirei a camisa e fiquei ali suando. As gotas escorrendo. Limpando-me. Enquanto eu olhava para a parede, algo me incomodou. Artilheiro também. Ele estava deitado no chão frio de pedra, de barriga para cima, o rabo abanando, a língua arrastando. Ele tinha se adaptado muito bem à vida na ilha.

Dei voltas na parede a tarde toda, tentando encontrar a peça que faltava. Só à meia-noite, com água até os joelhos na maré que se aproximava, é que me dei conta. Saí da água, voltei para a capela e peguei o mandril. Levou apenas alguns minutos. Quando terminei, soprei a poeira, limpei com um pano molhado e recuei. Lendo os dois nomes. De novo e de novo.

David Bisphop
Murphy Shepherd

Às vezes não consigo entender para onde minha vida me levou. A profundidade e a amplitude. Eu assenti com a cabeça para os dois nomes. Eles também tinham sido soltos de suas amarras. Uma brisa salgada varreu a capela.

Eu não tinha muita certeza de quem eu deveria ser.

Arrumei algumas coisas e fechei a ilha, e Artilheiro e eu chegamos à pista no meio da tarde. O avião estava nos esperando. Embarcamos, o G5 decolou e três horas depois pousamos em um aeroporto particular a dez minutos de Freetown. Destranquei minha unidade de armazenamento, dei ré no meu Chevrolet a diesel, engatei a tração nas quatro rodas, observei a rodovia mudar de asfalto para cascalho e comecei a fazer meu caminho até Freetown.

Nunca contei para eles quando viria. Nem mesmo para Bones. Só os pilotos sabiam e mesmo assim foi com apenas algumas horas de antecedência. Dirigi por estradas secundárias e estacionei em uma trilha que serpenteava até uma das montanhas Collegiate de 14 mil pés, mas também me permitia acesso pela porta dos fundos ao Ninho da Águia sem ser visto. Eu queria um tempo para mim. Na verdade, eu queria espionar Summer e Angel. Ou melhor, Summer.

Precisava de alguns dias para me aclimatar, então a subida foi lenta; eu ainda não tinha me recuperado totalmente dos meus ferimentos.

Na verdade, minha subida foi anêmica. Eu ainda tinha um longo caminho a percorrer. Cheguei ao Ninho pouco antes do pôr do sol. Embora fosse fim de verão, a temperatura havia caído para os quarenta e o vento tinha aumentado. Frio para um garoto da Flórida. Acendi uma fogueira, fiz café e olhei para Freetown da varanda. Eu conseguia reconhecer as formas e tamanhos dos corpos. A cadência do andar de cada pessoa. Eu conhecia a maioria de vista. E cada avistamento me fazia sorrir.

Eu desceria até lá amanhã. Hoje à noite, eu só queria ver uma pessoa. Tendo algum tempo e distância atrás de nós, eu precisava saber se a visão, o som e o cheiro dela me atraíam. Ou minha conexão emocional com ela era apenas uma função do trauma que ambos sofremos em nossa provação? Fiquei olhando para a cidade, precisando saber se eu poderia dar meu coração a outra pessoa. Ele era saudável o suficiente, e eu tinha controle sobre ele para poder doá-lo? Ele era mesmo doável? Eu não sabia, o que explicava meu olhar através de binóculos para o castelo onde Summer, Angel e Ellie viveram no último mês ou mais.

Angel e Ellie estavam cozinhando o jantar. Cantando. Girando ao redor de uma panela de água fervente. Angel segurava macarrão na mão como uma varinha de condão enquanto Ellie cantava em um microfone que parecia uma colher de pau. Angel parecia saudável e feliz; ela até tinha engordado alguns quilos, o que ela precisava. Seu cabelo tinha voltado à cor normal — um castanho avermelhado. Ellie parecia mais leve e despreocupada. Como se sua nova vida estivesse fazendo bem a ela.

O rádio estava alto, e as duas estavam tocando The Supremes. "Stop in the Name of Love". Toda vez que Angel cantava o refrão, ela gritava "Stop!" a plenos pulmões e estendia uma mão em sinal de parada, seguida por mais regência com o macarrão na outra. Bem cômico. Também mostrava o quão longe ela havia chegado na própria cura e na perda de inibições. Ela havia se tornado confortável na própria pele. Ellie continuou cantando na colher, sua voz um pouco mais alta do que a projeção dos alto-falantes. Estudei a casa, as janelas e todas as portas. A mesa da cozinha estava posta para quatro, mas não havia sinal de Summer.

O sol caiu e o ar ficou mais frio, então vesti um moletom, aticei o fogo e envolvi uma caneca quente com minhas mãos. Estava prestes a me retirar para o sofá quando o som de passos ecoou das sombras. Eles eram leves e rápidos.

Como os de uma dançarina.

Duas mãos envolveram minha cintura, e senti o seio quente de uma mulher se pressionar contra mim. Não precisei me virar.

Ela sussurrou:

— Senti sua falta.

Fiquei impressionado com o quão saudável ela parecia. Também fiquei impressionado com o quão incrivelmente feliz eu estava em vê-la. Algo em mim realmente vibrava.

Ela sorriu.

— Você me deve uma dança.

— Tenho uma pergunta para você.

— Você está fazendo aquela coisa de novo.

— Que coisa é essa?

— Aquela coisa de você ignorar a pergunta difícil dizendo algo inesperado.

Inclinei a cabeça.

— Talvez.

Ela sorriu, mãos estendidas.

— Estou esperando.

Eu me esforcei para encontrar as palavras. Levantei a mão direita dela do meu pescoço e a pressionei contra meu peito.

— Há muito tempo, eu entreguei meu coração. E passei quase vinte anos sem um. Quero dizer, eu tinha o órgão, mas parte dele estava faltando. Então, recentemente, ele voltou para mim. E eu o tenho de novo. O problema é que ele não cabe mais em mim. Enquanto estava longe, ele cresceu. O lugar em mim onde costumava ficar é pequeno demais para contê-lo. Então, ele precisa de um lar. E eu estava me perguntando se... você ficaria com ele. Talvez cuidasse dele. Estou pensando se você seria a guardiã do meu coração.

Summer se inclinou contra mim e pressionou o rosto contra meu peito.

Ficamos balançando. Sussurrei:

— Por muito tempo, senti que minha vida tinha acabado. Medida em rostos devolvidos àqueles que amavam; a maioria dos quais nunca me conheceu. Pode ser um risco ocupacional me aproximar das garotas e mulheres que encontro. Então, parei de pensar no amor há muito tempo. Imaginei que isso estava fora do meu alcance. Que havia passado por mim. Talvez eu tivesse tido minha chance.

"Até que eu estava pilotando para o sul, descendo o fosso, cuidando da minha vida, quando vi você roubar um barco e se aventurar em águas profundas quando sequer sabia nadar. E pensei: *que tipo de mulher faz isso?* Então você me contou sobre Angel e foi tão honesta e modesta e simplesmente derramou seu coração nos meus ovos e café. E tem aquele rodopiozinho que você faz inconscientemente quando está pensando ou está sofrendo.

"Quando voltamos para o barco, eu estava nadando na ideia de você, no seu cheiro e na sua presença. Não conseguia tirar você da cabeça, e algo no centro do meu peito começou a doer. Uma parte de mim que estava morta, ou adormecida, estava acordando e retornando à vida. E a dor que eu sentia não era algo morrendo, mas um músculo sendo flexionado. E pensei: Não pode ser. Eu esqueci como. Já faz muito tempo. Quem pensaria duas vezes sobre mim?

"No entanto, desde que fiquei na pista e vi todas vocês desaparecerem nas nuvens, você está na minha mente. Frequentemente. Na maioria dos dias, não consigo tirar você da minha mente. Eu me pego ensaiando o que eu diria se você estivesse lá, e então eu falo em voz alta e parece estúpido, depois, eu volto e falo de novo e às vezes de novo. Até eu acertar. Então eu saio da água e me pego no espelho e vejo todas essas cicatrizes e penso: *Não tem como. Se ela sabe o que é bom para ela, ela vai embora. Sabendo que toda vez que eu atender esse telefone e correr até o problema, eu posso não voltar...*

"Não sei o que pensar. Tudo o que sei é que pensei em contratar alguém para me dar aulas de dança para que, da próxima vez que eu a visse e você me pedisse para dançar, eu não tropeçasse feito um idiota. Só sei que estou realmente cansado de andar sozinho, e eu..."

Ela pressionou o dedo nos meus lábios.

— Shhh.

— Estou tentando falar com você. Estou ensaiando isso há...

Ela secou o rosto e sorriu.

— Eu sei. É fofo.

— Mas...

Ela rodopiou ao meu redor, traçando as linhas dos meus ombros com o dedo. Nunca perdendo o contato com seu parceiro. Avaliando-me.

— Se quiser fazer aquela coisa que você faz quando eu faço uma pergunta direta e você muda de assunto, você pode. Qualquer hora está bom.

Tentei me recuperar.

— Não sei como é a vida daqui, mas acho que parece...

Ela levantou as sobrancelhas e assentiu com conhecimento de causa.

— Vire-se.

— O quê?

Ela falou lentamente.

— Vire-se...

— Mas...

— Vire.

— Por quê?

— Você vive sua vida oscilando entre variáveis. Constantemente preparado para os "e se". É uma das coisas que eu amo em você. É por isso que há uma cidade no Colorado povoada por garotas e suas mães que sonham e riem e... essas garotas estão seguras. Eu sei. Eu vivo entre elas. Mas você não. Você escolhe viver sozinho em uma capela de escravizados onde é lembrado diariamente de que o mal é real. Não baixa a guarda.

Ela traçou o dedo outra vez ao longo das linhas dos meus ombros. Parando em cada cicatriz. As pontas dos dedos mal tocando cada uma.

— Eu... — Ela fez uma pausa. Olhou para as minhas costas. Devagar traçou as letras. Finalmente colocando uma das mãos espalmada na parte de trás do meu coração. A outra em volta da minha cintura. Ela pressionou a bochecha no meu ombro. Nós oscilamos. Ela sussurrou: — Eu quero ler você.

Eu me virei.

— Adicionei quatro nomes.

Ela levantou meu moletom e estudou minhas costas.

— Onde?

— Você não consegue vê-los?

— Não.

— É um novo tipo de tatuagem. Tinta permanente, mas difícil de ver a olho nu.

Sua confusão mudou para divertimento.

— Ah, é?

Coloquei a mão dela espalmada sobre meu coração, que batia como um tambor.

— Eu as escrevi aqui.

Ela pressionou o rosto contra meu peito.

— Nada pode apagar o que está escrito no coração. Nunca.

Nós oscilamos, minha primeira aula de dança. Ela me ouviu respirar. Fiquei maravilhado com o cheiro dela. Sua ternura. Como cada movimento era uma interação compartilhada. Ela até me deixou liderar. Não querendo que eu ficasse envergonhado, ela colocou os braços em volta de mim e sussurrou:

— Você tem uma boa estrutura.

Eu não tinha certeza de como interpretar isso.

— Isso é um elogio?

Ela riu. Então, sem muito aviso, ela me puxou para perto de si e me beijou. Um beijo longo. Um que ela estivera guardando. Quando terminou, ela se afastou, olhou para mim e me beijou novamente — só que dessa vez ela colocou as mãos dentro do meu moletom, bem esticadas contra minha pele. Suas mãos estavam quentes, e as pontas dos dedos traçaram as linhas das cicatrizes nas minhas costas.

Rindo, ela se afastou de mim e tentou esconder o fato de que seu rosto estava vermelho. Ela sorriu.

— O ar é bem rarefeito aqui em cima.

— Sim.

Ela me soltou, andou até a porta e falou:

— O jantar será servido em quinze minutos. Angel está cozinhando seu prato favorito. Macarrão com *pesto* de manjericão. Frango frito. Espinafre salteado. É melhor não deixar esfriar.

Ocorreu-me novamente que a mesa estava posta para quatro.

— Como você sabia?

Ela sorriu.

— Eu sou uma mulher, não uma idiota. Eu tenho meus meios.

— É claro.

Summer me beijou novamente e disse:

— Diga-me.

— Dizer o quê?

— Que está feliz em me ver.

— Estou feliz em ver você.

— Não desse jeito. Como se quisesse dizer mesmo.

Estendi a mão esquerda, na altura do ombro, e ela colocou a dela dentro da minha. Passei minha mão direita em volta da cintura dela, e ela seguiu meus passos enquanto eu a conduzia no sentido anti-horário ao redor da sala. Dançando sob um cobertor de luz do fogo. Levantei a mão, e ela girou e voltou para mim. Levantei-a novamente, ela girou e girou, e acabamos enrolados um no outro. Entrelaçados.

Ela sorriu, fechou os olhos e pressionou sua testa na minha.

— Isso funciona.

Ela andou até o teleférico, dizendo: "Quinze minutos", depois pegou a primeira cadeira que descia. Voltei para a varanda e a observei descendo a montanha sozinha. Se eu havia chegado aqui me perguntando quais eram meus sentimentos por Summer, eu tinha minha resposta. Eu não queria deixá-la fora da minha vista.

CAPÍTULO 54

Eu tinha a intenção de tomar banho e talvez até trocar de roupa, mas, quando me virei e voltei para minha pequena cabana, encontrei Bones. Parado em frente ao fogo. Se aquecendo.

No mês e meio desde a morte de Marie, não falamos sobre o que ele sabia, quando ele soube e por que ele não me contou. E, enquanto parte de mim estava feliz em vê-lo, parte de mim queria dar um soco na cara dele.

Imaginei que pularíamos as sutilezas.

— Você me deve uma explicação.

— Devo.

— Bem?

— Não vai adiantar nada.

— Claro que adianta.

Ele balançou a cabeça.

— Neste exato momento, você tem algo mais importante com que lidar.

— Como o quê?

Ele ergueu o celular. A imagem do que parecia ser uma menina de 10 ou 12 anos brilhou na tela. Eu me virei.

— Estou de licença.

— Aí que está. Você não decide quando está dentro e quando está fora quando escolhe esse tipo de trabalho. — Ele apontou para Summer e Angel, dançando em volta uma da outra na cozinha.

— E agora você tem que escolher entre — mostrou o telefone outra vez — Macy de 11 anos e — gesticulou com o telefone — macarrão com *pesto* de manjericão.

Olhei para o telefone.

— O que aconteceu?

— Recital de dança. Eles a tiraram pela porta dos fundos. O pai dela comanda uma empresa de tecnologia no Vale do Silício.

Eu xinguei baixinho.

— Isso não é justo.

Ele se aproximou. A centímetros do meu rosto.

— Você está certo. Não é. Nunca foi. Mas, até agora, você nunca se preocupou com justiça. Apenas com liberdade.

Olhei para a extensão. Minha visão se estendia por cerca de 115 quilômetros de distância.

— Você deveria ter me falado sobre Marie.

— Talvez.

Virei-me rapidamente. Tão rápido que ele não pôde reagir. Minha mão direita o acertou sob o queixo, e eu o levantei, apertando seu esôfago enquanto seus calcanhares saíam do chão. Falei entre dentes.

— O amor importa.

Ele segurou uma das minhas mãos com as duas dele, assentiu e tentou falar.

— Mais do que você imagina.

Eu o joguei no chão.

— O que você sabe sobre o amor? Se soubesse alguma coisa sobre isso, não a teria mantido em segredo. Eu morria um pouco a cada dia por sua causa.

— O relógio está correndo. O que vai ser? Jantar e uma lareira quente — ele levantou o telefone — ou...?

— Isso nunca acaba! Sempre tem mais um!

Ele se aproximou. Sua voz não era mais que um sussurro.

— Está certo. E, neste momento, você tem que escolher. Uma ou as noventa e nove.

— Você deveria ter me contado.

— Se você precisa saber o porquê, então não consegue lidar com a resposta e deve ficar em casa.

Levantei meu capuz e peguei as chaves da caminhonete. Falei enquanto fechava a porta. Ele percebeu pelo meu tom de voz que eu estava falando sério.

— Bones, pode chegar um dia em que você acorde e encontre minhas mãos em volta do seu pescoço. E, quando isso acontecer, saberá que estou farto de você.

Ele assentiu, mas não havia raiva no gesto. Apenas aceitação.

Desci a montanha a pé, parando tempo suficiente do lado de fora da porta de Summer para sentir o cheiro do ar e espiá-la através de uma janela aberta. Angel e Ellie haviam passado para a sobremesa e estavam cobrindo morangos com duas latas de *chantilly*. A cada poucos segundos, cada garota inclinava a lata para cima, apontava o bico para dentro da boca e atirava *chantilly*, tudo isso enquanto tentava não rir. Às vezes, elas conseguiam.

Um movimento através da porta de correr de vidro chamou minha atenção. Summer tinha acabado de sair do chuveiro e estava enrolando uma toalha em volta de si. Ela estava cantarolando. Seu rosto brilhando. Escovando o cabelo. Girando a cada poucos segundos. O cheiro do perfume dela chegou até mim. Os cortes e marcas profundos nas costas dela, causados pelas ostras, tinham sarado, deixando apenas cicatrizes finas. Artilheiro ficou em silêncio aos meus pés. Eu inalei e prendi, imprimindo a imagem dela na minha mente.

Por fim, virei-me, xinguei Bones baixinho e segui para o caminhão enquanto o som do canto de Angel e Ellie acompanhava minha descida. O ar estava mais frio ainda, e minha respiração começou a soltar fumaça. Vinte minutos depois, virei uma esquina e abri a porta do chalé. Quando o fiz, encontrei Clay. Mãos cruzadas. Esperando por mim.

— Você não achou que eu deixaria você ir embora daqui sem mim, achou, senhor Murphy?

Balancei a cabeça e liguei o motor.

— Aparentemente não.

— Para onde estamos indo?

— Vegas.

— É uma pena que eu não jogue.

Mudei de marcha e apontei o nariz do caminhão morro abaixo.

— Nem eu.

Pisei no freio e apontei pelo para-brisa.

— Clay, não sei o que nos espera lá fora. Se você quiser ir embora, é melhor falar. Não é lugar para um...

Ele levantou as duas pálpebras.

— Um o quê? Velho?

— Sim.

Clay afivelou o cinto de segurança e não falou nada.

Tirei o pé do freio.

— Não diga que eu não avisei.

— Você avisou. — Então ele se virou, olhou pela janela e cutucou os dentes com um palito, falando tanto para mim quanto para a memória que o trouxera ao meu banco da frente. — E não me diga que eu não avisei.

Artilheiro ficou com as patas traseiras no banco de trás e a dianteira apoiada no console. Ele alternava entre lamber o rosto de Clay e o meu.

Finalmente, Clay falou:

— Senhor Murphy?

— Sim, senhor Pettybone.

— Depois que encontrarmos essa garota, eu queria saber se poderia me fazer um favor.

Clay não perguntaria se não precisasse de mim.

— É importante para você?

Ele considerou o assunto, e vi uma lágrima se formar no canto do seu olho.

— É praticamente a única coisa que importa.

A estrada mudou do cascalho para o asfalto assim que a escuridão caiu sobre o vale. Tínhamos algumas horas de viagem.

— Talvez você devesse dormir um pouco.

Ele cruzou uma perna sobre a outra, inclinou a cabeça para trás e fechou os olhos.

— Antes de fazer isso, é melhor você deixar eu lhe contar uma história.

Este livro foi impresso em 2025 pela Vozes para a
Thomas Nelson Brasil. A fonte usada no miolo é a Adobe Caslon
e o papel é avena 70g/m². Segundo o Relatório Global sobre
Tráfico de Pessoas de 2024 realizado pelo Escritório das Nações
Unidas sobre Drogas e Crime (UNODC), entre 2020 e 2023,
mais de 202 mil vítimas de tráfico humano foram reportadas
globalmente. Que este livro inspire a todos a não desistirem
de buscar aqueles que precisam ser encontrados.